Mia Sheridan

Kyland

Im nächsten Leben vielleicht

Die »New York Times«-Bestsellerautorin Mia Sheridan liebt e
Geschichten über Menschen auszudenken, die füreinander be
sind. Mia lebt mit ihrem Ehemann in Cincinnati, Ohio. Sie hab
Kinder hier auf der Erde und eines im Himmel.

Mia Sheridan

Kyland
Im nächsten Leben vielleicht

Roman

Übersetzt aus dem amerikanischen Englisch
von Uta Hege

PIPER

Mehr über unsere Autorinnen, Autoren und Bücher:
www.piper.de

Wenn Ihnen dieser Roman gefallen hat, schreiben Sie uns unter Nennung des Titels »Kyland. Im nächsten Leben vielleicht« an empfehlungen@piper.de, und wir empfehlen Ihnen gerne vergleichbare Bücher.

Dieses Buch enthält mögliche triggernde Inhalte

ISBN 978-3-492-50797-4

Titel der amerikanischen Originalausgabe »Kyland«, CreateSpace Independent Publishing Platform 2015
Satz auf Grundlage eines CSS-Layouts von digital publishing competence (München) mit abavo vlow (Buchloe)
Covergestaltung: zero-media.net, München, nach einem Entwurf von Mia Sheridan
Covermotiv: Bilder unter Lizenzierung von Shutterstock.com genutzt
Printed in the EU

Widmung

Dieses Buch ist Shirley gewidmet.
Danke, dass du als mein zweitgrößter Fan meinen größten Fan geboren hast.

Die Legende von Taurus

Es war einmal ein Stier mit Namen Cerus, der allein und einsam durch die Gegend zog. Obgleich er nicht unsterblich war, hielten ihn die Menschen wegen seiner unglaublichen Kraft dafür.

Cerus war ein unbezähmbares und wildes Tier, das niemandem gehörte. Eines Tages traf Persephone, die Frühlingsgöttin, Cerus an, als er gerade eine Blumenwiese zertrampelte, und strich sanft über sein Fell. Ihre Schönheit und Sanftmut beruhigten ihn, und er verliebte sich in sie. Die Göttin zähmte ihn, lehrte ihn Geduld und zeigte ihm, die Kräfte, die er hatte, weise einzusetzen, statt umherzuziehen und alles zu zerstören.

Wenn Persephone im Herbst hinunter in den Hades zieht, schwingt Cerus sich zum Himmel auf und bildet dort das Sternbild Stier. Und wenn Persephone im Frühjahr wieder auf die Erde kommt, kehrt Cerus ebenfalls dorthin zurück. Dann reitet sie auf ihm über die sonnenhellen Felder und bringt alle Pflanzen zum Erblühen.

1 Tenleigh – 17 Jahre alt

Zum ersten Mal war Kyland Barrett mir in unserer Schulcafeteria aufgefallen. Er hatte sich verstohlen die Reste eines fremden Frühstücks in den Mund geschoben, und um ihn nicht in seinem Stolz zu verletzen, hatte ich mich instinktiv so schnell wie möglich wieder abgewandt. Doch dann hatte ich, als er auf dem Weg zur Tür kauend direkt auf mich zumarschiert gekommen war, noch mal hingesehen. Als unsere Blicke sich getroffen hatten, hatte er die Augen aufgerissen, und errötend hatte ich so schnell es ging wieder woanders hingeschaut. Ich hatte das Gefühl gehabt, ihn in einem hochpeinlichen Moment erwischt zu haben. Und genau das hatte ich. Das war mir klar. Denn schließlich hatte ich auch selbst schon heimlich irgendwelche fremden Essensreste in mich reingestopft. Zwar hatte ich mich jedes Mal dafür geschämt, aber nach einem langen Wochenende ohne Essen hatte mir mein schmerzlich leerer Magen keine andere Wahl gelassen. Wie sein Magen ihm in jenem Augenblick.

Natürlich hatte ich ihn auch schon vorher ab und zu gesehen. Mit seinem fein gemeißelten Gesicht und seiner großen, kräftigen Gestalt zog er die Blicke aller Mädchen unserer Schule an. Doch es war das erste Mal gewesen, dass ich ihn als den erkannte, der er wirklich war. Dass ich etwas wie Mitgefühl empfand, obwohl ich seine gleichgültige Miene, die zum Ausdruck bringen sollte, dass ihn nichts und niemand auch nur ansatzweise interessierte, alles andere als anziehend fand. Solche Typen kannte ich zur Genüge. Sie machten nichts als Ärger, deshalb hielt ich mich von ihnen möglichst fern.

Aber offenbar hatten nicht alle Mädchen unserer Schule ein Problem mit dieser Art von Mann, denn wenn er überhaupt mal in Gesellschaft war, dann nie in der von anderen Jungs.

Da in unsere Schule Jugendliche aus drei Städten gingen, hatte ich in meiner ganzen, über dreijährigen Highschool-Zeit kaum einen Kurs mit ihm gehabt. Er wählte immer einen Platz ganz hinten und verfolgte schweigend das Geschehen, während ich mich immer in die erste Reihe setzte, damit ich die Tafel sah. Ich vermutete, dass ich kurzsichtig war, aber für eine Untersuchung meiner Augen oder gar für eine Brille hatten wir kein Geld. Ich wusste, dass er gute Noten hatte, also musste er trotz seiner aufgesetzten Gleichgültigkeit ziemlich clever sein.

Nach dem Tag in der Cafeteria sah ich ihn mit anderen Augen, und vor allem sah ich ihn von da an praktisch überall. Im überfüllten Flur inmitten unzähliger anderer Jungs und Mädchen, die wie eine Herde Rinder auf dem Weg zu einer neuen Weide gemächlich von einem Klassenzimmer in das nächste trotteten, in der Cafeteria, oder wenn er auf dem Heimweg plötzlich direkt vor mir lief. Meistens hatte er die Hände in den Taschen seiner Jeans vergraben, und sobald wir draußen waren, zog er seinen Kopf zum Schutz vor Wind und Kälte ein. Ich beobachtete gerne, wie er sich bewegte, ohne sich seiner Geschmeidigkeit bewusst zu sein. Vor allem aber war ich plötzlich neugierig auf ihn geworden. Und mit einem Mal kam sein Blick mir nicht mehr abweisend und distanziert, sondern misstrauisch und wachsam vor. Ich wusste nur sehr wenig über ihn. Er lebte oben in den Hügeln wie ich auch. Und anscheinend hatte er oft nicht genug zu essen, aber schließlich nagten in der Gegend zahlreiche Familien am Hungertuch.

Ich stamme aus dem Städtchen Dennville in Kentucky, das

inmitten sanft wogender, grüner Hügel, leuchtend blauer Wasserfälle sowie malerischer, überdachter Brücken in den Appalachen liegt und jeden Großstadtslum problemlos in den Schatten stellt. Die Hoffnungslosigkeit ist so verbreitet wie die weiße Eiche, und Arbeitslosigkeit ist eher die Regel denn die Ausnahme.

Meine große Schwester Marlo hat einmal gesagt, der liebe Gott hätte sich gleich nach der Erschaffung unseres Fleckens Erde aus dem Staub gemacht. Ich glaube zwar, dass eher die Menschen Gott enttäuschen als er sie, aber was weiß ich schon von diesen Dingen? Um mich damit auszukennen, müsste ich vielleicht zumindest in die Kirche gehen.

Mit Bestimmtheit aber kann ich sagen, dass an einem Ort wie Dennville das Gesetz des Darwinismus gilt, dass nur der Stärkste überlebt. Dabei hatte es sich in der Gegend früher durchaus gut leben lassen. Zwar waren auch damals schon ein paar Leute auf Lebensmittelmarken angewiesen gewesen, weil ihr Lohn nicht ausreichte, die meisten aber hatten in der Kohlegrube durchaus ordentlich verdient. Es hatte eine Handvoll gut gehender Geschäfte in der Stadt gegeben, Jobs für die, die welche wollten, und die Leute hatten etwas Geld zum Ausgeben gehabt. Sogar die Ärmsten der Armen, die hoch oben auf dem Berg in einer jämmerlichen Ansammlung von kleinen Häusern, Wohnwagen und Bretterbuden hausten, hatten damals jeden Tag etwas zu essen auf dem Tisch gehabt. Vor der Grubenexplosion. Die Zeitungen hatten sie das schlimmste Grubenunglück seit 50 Jahren in ganz Amerika genannt. 62 Männer, hauptsächlich Familienväter, waren dabei umgekommen, und da Kylands Vater und sein großer Bruder zu den Opfern der Tragödie zählten, lebte er seither allein mit seiner Mutter, einer Invalidin, etwas unterhalb von uns in einem winzig kleinen Haus. Was seine Mutter genau hatte, wusste ich nicht.

Meine Mum, meine Schwester und ich selbst lebten in einem kleinen Wohnwagen am Rande eines Pinienhains. Im

Winter drang der bitterkalte Wind durch alle Ritzen und schüttelte unseren Wohnwagen so kräftig hin und her, dass ich mir sicher war, er würde eines Tages einfach umfallen. Irgendwie hatte er es bisher jedoch geschafft, jedem Sturm zu trotzen. Und das hatten wir Bergbewohner auch.

Irgendwann im Spätherbst stapfte ich den Weg zu unserem Wohnwagen hinauf, hüllte mich wegen des kalten Winds, so gut es ging, in meinen dünnen Sommerpulli ein und stellte plötzlich fest, dass Kyland ein Stück entfernt vor mir lief. Plötzlich rannte Shelly Galvin an mir vorbei, um ihn einzuholen, und während sie gemeinsam weiterliefen, schien sie etwas zu erzählen, denn er nickte plötzlich mit dem Kopf. An der nächsten Kurve verlor ich die beiden aus den Augen und hing weiter meinen eigenen Gedanken nach, doch als ich wenig später eine Ansammlung von Nusssträuchern erreichte, hörte ich ein unterdrücktes Kichern und blieb stehen.

Ich spähte durch die Büsche, und dort presste Kyland Shelly gegen einen Baum und küsste sie, als wäre er ein wildes, ungezähmtes Tier. Shelly hatte mir den Rücken zugewandt, deshalb sah ich nur sein Gesicht. Ich weiß beim besten Willen nicht, weswegen ich nicht einfach weiterging, doch irgendetwas an der Art, wie er mit einem Ausdruck roher, gieriger Konzentration seinen Mund auf ihre Lippen presste, ließ das Blut in meinen Adern kochen, und ich presste meine Beine fest zusammen, weil das Kribbeln zwischen meinen Schenkeln nur auf diese Weise zu ertragen war. Da schob er die Hand auf ihre Brust, sie stieß ein raues Stöhnen aus, und meine eigenen Nippel wurden hart, als berühre er nicht Shelly, sondern mich. Meine Knie gaben nach und eilig hielt ich mich an einem Baumstamm fest. Dabei machte ich anscheinend ein Geräusch, denn Kyland riss die Augen auf und starrte mich durchdringend an. Trotzdem küsste er sie weiter, die Backen eingezogen, und während ich mir vorstellte, was er mit seiner Zunge tat, stieg mir die Schamesröte ins Gesicht. Trotzdem stand ich immer noch wie angewurzelt da, und erst als er die Augen argwöhnisch zusammenkniff, wurde mir klar, was ich da tat, und verlegen stolperte ich einen Schritt zurück.

Ich war zutiefst beschämt, aber vor allem empfand ich brennende Eifersucht. Obwohl ich ganz bestimmt nichts von ihm wollte. Nein – mit einem Kerl wie ihm, mit dem es sowieso nur Ärger gab, würde ich mich niemals einlassen.

Ich machte eilig kehrt, hastete den Rest des Bergs hinauf zu unserem Wohnwagen, riss die Metalltür auf, stürzte hinein, warf sie mit einem lauten Knall hinter mir zu, ließ mich aufs Sofa fallen und rang nach Luft.

»Meine Güte, Tenleigh«, hörte ich die singende Stimme meiner Mutter, die in unserer winzig kleinen Küche stand und etwas auf der Kochplatte erhitzte, das verdächtig nach Kartoffelsuppe roch. Als ich wieder Luft bekam, sah ich sie an und stöhnte innerlich, weil sie ein Nachthemd und darüber ihre ramponierte Miss-Kentucky-Schärpe trug. Offenbar war heute ein in jeder Hinsicht schlechter Tag.

»Hallo, Mum. Es ist heute ziemlich kalt.« Eine andere Erklärung dafür, dass ich derart außer Atem war, gab ich ihr nicht. »Kann ich was tun?«

»Nein, nein, ich komme gut allein zurecht. Ich dachte, ich bringe Eddie etwas Warmes in die Stadt. Er liebt meine Kartoffelsuppe, und wenn es heute Abend kalt wird, wird er sich darüber freuen.«

Ich verzog unglücklich das Gesicht. »Du kannst Eddie keine Suppe bringen, Mum. Er geht nach der Arbeit heim zu seiner Frau.«

Ein Schatten huschte über ihr Gesicht, doch sofort fing sie wieder an zu strahlen und schüttelte den Kopf. »Nein, nein, er geht nicht mehr zu ihr zurück. Er wird sie verlassen, Tenleigh. Sie ist einfach nicht die Richtige für ihn. In Wahrheit liebt er mich. Und heute Abend wird es kalt. Dieser Wind …« Sie rührte weiter ihre Suppe um und summte lächelnd vor sich hin.

»Hast du deine Medizin heute genommen, Mum?«, fragte ich.

Sie riss den Kopf zurück und runzelte verwirrt die Stirn. »Meine Medizin? Oh nein, Baby, die brauche ich nicht mehr.« Sie schüttelte den Kopf. »Das Zeug macht mich immer so müde, und außerdem kriege ich davon immer so ein *seltsames* Gefühl.« Sie rümpfte ihre hübsche Stupsnase, als wäre das einfach zu dumm. »Nein, ich nehme meine Medizin nicht mehr. Und ich fühle mich *wunderbar*!«

»Mum, Marlo und ich haben dir schon hundertmal gesagt, dass du sie nicht einfach absetzen darfst.«

Ich ging zu ihr und legte die Hand auf ihren Arm. »Mum, ohne deine Medizin fühlst du dich erst mal gut, aber danach wird es dir umso schlechter gehen. Du weißt, dass das so ist.«

Mit unglücklicher Miene rührte sie weiter in der dickflüssigen Suppe, doch schließlich schüttelte sie abermals den Kopf. »Nein, diesmal wird es anders sein. Ihr werdet sehen. Und dieses Mal wird Eddie uns drei bitten, zu ihm in sein schönes Haus zu ziehen. Er wird endlich begreifen, dass er mich, das heißt, dass er *uns alle* braucht.«

Ich ließ die Schultern hängen, weil ich wusste, dass es sinnlos war, ihr zu widersprechen. Ich war zu erschöpft, um mit ihr zu diskutieren.

Meine Mutter fuhr sich über ihr schimmerndes, kastanienbraunes Haar – das ich von ihr geerbt hatte – und wandte sich mir wieder strahlend zu. »Ich bin immer noch hübsch, Tenleigh. Eddie sagt immer, dass ich die *schönste* Frau in ganz Kentucky bin. Und ich habe diese Schärpe, die beweist, dass er die Wahrheit sagt.« Sie bekam einen verträumten Blick, wie immer, wenn sie über ihren Titel sprach. Sie war so alt wie ich gewesen, als sie ihn gewonnen hatte, und jetzt hob sie lächelnd eine Strähne meines Haars in die Luft und zwinkerte mir zu. »Du bist genauso hübsch wie ich damals«, erklärte sie, verzog dann aber traurig das Gesicht. »Ich wünschte, ich könnte es mir leisten, dich zu ein paar Wettbewerben zu schicken. Du würdest sie auf jeden Fall gewinnen so wie ich.« Mit einem abgrundtiefen Seufzer wandte sie sich wieder ihrer Suppe zu.

Ich fuhr zusammen, als die Tür aufflog und Marlo keuchend und mit roten Wangen, aber fröhlich grinsend, hereingestürzt kam. »Himmel, heute ist der Wind echt *eisig.*«

Ich nickte knapp, ohne zu lächeln, und als ich mit den Augen auf unsere Mutter wies, die eine von unseren Plastikdosen mit Kartoffelsuppe füllte, wurde auch die Miene meiner Schwester ernst.

»He, Mum, was machst du da?« Sie zog sich ihre Jacke aus und warf sie auf die Couch.

Lächelnd blickte Mum auf. »Ich bringe Eddie Suppe.« Sie drückte den Deckel auf die Dose und trug sie hinüber in den winzigen Wohn-Essbereich.

»Oh nein, das tust du nicht, Mum«, klärte Marlo sie mit bitterer Stimme auf.

Mum blinzelte verwirrt. »Doch, natürlich, Marlo.«

»Nein. Gib mir die Suppe, Mum. Tenleigh, hol mir ihre Medizin.«

Mum schüttelte nachdrücklich den Kopf, und ich schoss an ihr vorbei, ihr ihre Medizin zu holen, die wir uns nur leisten konnten, weil ich mehrmals in der Woche im einzigen Geschäft des Orts, das einem der mit Abstand größten Arschlöcher der Stadt gehörte, putzte und Regale einräumte. Die Medizin, die wir von dem Geld kauften, das für Marlos und mein Essen vorgesehen war.

Während meine Mutter mit Marlo rang, stürzte ich ins Bad, riss mit zitternden Händen Mums Pillenfläschchen aus dem Medizinschrank und rannte so schnell es ging zurück.

Inzwischen schluchzte Mum, und die Suppe hatte sich gleichmäßig über Marlo und den Fußboden verteilt. Mum ließ sich auf die Knie sinken, warf die Hände vors Gesicht und begann zu schluchzen.

Auch Marlos Hände zitterten, als sie die Medizin von mir entgegennahm, sich zu Mum in die zähflüssige Masse auf dem Boden kniete und sie tröstend in die Arme nahm.

»Ich weiß, dass Eddie mich noch immer liebt. Das weiß ich, Mar!«, heulte Mum. »Denn schließlich bin ich hübsch. Viel hübscher als sie!«

»Nein, Mum, er liebt dich nicht«, widersprach ihr Marlo sanft. »Das tut mir leid. Aber *wir* lieben dich. Tenleigh und ich lieben dich unendlich. Wir lieben dich über alles, und wir brauchen dich, Mum.«

»Ich will doch nur, dass jemand für uns sorgt. Ich brauche einfach einen Menschen, der uns hilft. Eddie wird uns helfen, wenn ich nur …«

Sie brach erneut in lautes Schluchzen aus, und schweigend wiegte Marlo sie im Arm. Worte richteten bei Mum nichts aus, wenn sie in diesem Zustand war. Morgen würde sie die Schärpe ausziehen, sich in ihrem Bett verkriechen, und in ein paar Tagen, wenn die Pillen wieder wirkten und sie wieder annähernd die Alte war, würde sie erneut beschließen, dass sie ohne Medizin zurechtkam, sie klammheimlich absetzen, und wir würden zum x-ten Mal von vorne anfangen.

Wahrscheinlich war das einer von den Gründen dafür, dass ich schon mit 17 Jahren derart müde war. So abgrundtief und bis ins Innerste erschöpft.

Ich half den beiden auf, wir gaben Mum ihre Medizin und ein Glas Wasser, brachten sie ins Bett und kehrten leise in den Hauptraum unseres Wohnwagens zurück. Die Suppe löffelten wir vorsichtig vom Boden wieder in die Plastikdose, denn wir wären nie auf die Idee gekommen, jemals irgendwelche Nahrungsmittel wegzuwerfen. Später füllten wir die Suppe in zwei Schüsseln um und aßen sie zum Abendbrot, denn, schmutzig oder nicht, war sie doch das Einzige, was es zu essen gab.

2 Tenleigh

»Hi, Rusty«, rief ich beim Betreten des Geschäfts, in dem ich an vier Tagen in der Woche nach der Schule half. Der Himmel klarte langsam auf, aber ich war nass vom Regen und wischte mir keuchend die verklebten Haare aus der Stirn.

»Du kommst wieder mal zu spät.« Er runzelte die Stirn.

Unter seinem barschen Ton zuckte ich innerlich zusammen und sah auf die Uhr, die im Verkaufsraum hing. Ich war den größten Teil des Wegs gejoggt und vollkommen verschwitzt und atemlos, aber dass man die sechs Meilen von der Schule bis zu seinem Laden unmöglich in weniger als eineinviertel Stunden schaffen konnte, scherte Rusty nicht.

»Nur zwei Minuten, Rusty. Dafür werde ich nachher auch zwei Minuten länger bleiben, ja?« Ich schenkte ihm mein schönstes Lächeln, aber er behielt den grimmigen Gesichtsausdruck auch weiter bei.

»Du wirst eine Viertelstunde länger bleiben, denn in einem von den Sixpacks, die Jay Crowley heute Morgen kaufen wollte, war eine Flasche kaputt.«

Ich presste die Lippen zusammen.

Es war nicht überraschend, dass Jay Crowley schon in aller Frühe einen Sixpack kaufte, doch was hatte ich mit der kaputten Bierflasche zu tun? Die alkoholischen Getränke packte Rusty schließlich immer selbst aus. Trotzdem nickte ich nur schweigend, ging nach hinten, band mir meine Schürze um und nahm den Besen in die Hand.

Wie stets am Monatsersten musste ich so schnell wie

möglich die Regale mit den Softdrinks leeren, denn in einer guten Stunde, wenn die Lebensmittelmarken freigeschaltet wurden, würde das Geschäft von Leuten, die die Arme voller Limokisten hatten, überschwemmt werden. Das war Sozialhilfebetrug in Reinkultur. Man nahm die Marken im Wert von 500 Dollar, die eine Familie mit zwei Kindern monatlich bekam, tauschte sie in JoJos Tankstelle gegen die zuckerhaltigen Getränke ein und bot sie dann zum halben Preis, doch dafür gegen harte Dollar, Rusty an, weil man mit Lebensmittelmarken nicht an Wettscheine, an Lotterielose, an Schnaps, an Zigaretten … oder Drogen kam. Und auch Rusty freute sich natürlich über das Geschäft, obwohl vor allem seinetwegen viele Kinder in der Gegend ständig hungrig waren. Doch wenn er den Leuten nicht die Limoflaschen abgenommen hätte, hätte es wahrscheinlich jemand anderes getan. So liefen diese Dinge nun einmal.

Zwei Stunden später hatte sich der größte Ansturm gelegt, und ich staubte gerade eins der hinteren Regale ab, als das Läuten unserer Türglocke mir verriet, dass es neue Kundschaft gab. Ich fuhr mit meiner Arbeit fort, nahm aber aus dem Augenwinkel wahr, dass jemand vor den Kühlschrank an der rückwärtigen Wand des Ladens trat. Ich richtete mich auf und sah, dass Kyland Barrett sich verstohlen ein eingeschweißtes Sandwich unter seine Jacke schob. Als unsere Blicke sich begegneten, riss er die Augen auf, doch als ich plötzlich hinter meinem Rücken Schritte hörte, sah er schreckensstarr an mir vorbei, und ich drehte mich eilig um. Stirnrunzelnd kam Rusty auf uns zu, und Kyland stand mit von dem dicken Sandwich ausgebeulter Jacke hinter mir.

Wenn ich nicht umgehend etwas unternahm, würde Rusty ihn auf frischer Tat erwischen. Im Sekundenbruchteil musste ich entscheiden, ob ich Kyland helfen sollte oder nicht.

Also stolperte ich wenig elegant und riss mit einem leisen Aufschrei mehrere Kartons uralter Cornflakes – der zuckerfreien Sorte, die kein Mensch in Dennville jemals kaufte – aus dem Regal neben mir. Ich wusste nicht genau, warum. Vielleicht weil Kylands panischer Gesichtsausdruck etwas in meinem Inneren berührt hatte, oder vielleicht weil ich aus eigener Erfahrung wusste, wie entsetzlich Hunger war. Dass mein impulsives Handeln Einfluss auf mein ganzes, zukünftiges Leben haben würde, hätte ich ganz sicher nicht gedacht.

Ich trampelte unbeholfen über die Cornflakes-Kartons, bis sich ihr Inhalt auf dem Fußboden ergoss.

»Was machst du da, du dummes Ding?«, fuhr Rusty mich mit lauter Stimme an und bückte sich nach einem der Kartons, während Kyland wie der Blitz an uns vorbei in Richtung Ausgang schoss. »Jetzt reicht's mir ein für alle Mal mit dir. Du bist gefeuert.«

Wieder läutete die Glocke, ich richtete mich eilig auf und Kyland drehte sich mit großen Augen, aber ausdrucksloser Miene zu mir um. Er zögerte kurz, trat dann aber eilig auf die Straße, und die Tür fiel hinter ihm ins Schloss.

»Es tut mir leid, Rusty. Ich bin gestolpert. Bitte kündige mir nicht.« Ich brauchte diese Arbeit, und so sehr ich es auch hasste, um die Anstellung zu betteln, waren wir auf die paar Dollar dringend angewiesen, die es dafür gab.

»Ich habe dir mehr als eine Chance gegeben. Für den Job werden die Leute morgen Schlange stehen.« Seine kalten Augen funkelten mich boshaft an. »Du hättest diese Arbeit zu schätzen wissen und dich mehr bemühen sollen. Dein Aussehen wird dich auch nicht weiterbringen, wenn dein Kopf nicht fest auf deinen Schultern sitzt.«

Das war mir klar. Um das zu wissen, reichte es bereits, mir meine Mutter anzusehen.

Das Blut rauschte in meinen Ohren, und mit einem heißen Kribbeln im Genick zog ich die Schürze aus und ließ sie auf den Boden fallen, während Rusty weiter vor sich hin murmelte, wie nutzlos und wie undankbar ich war.

Einen Augenblick später trat ich auf die Straße und bemerkte, dass hinter dem Berg in meinem Rücken allmählich die Sonne unterging. Der Himmel leuchtete orange und rosa, und der stechende Geruch von Pinien hing in der regenfeuchten, kalten Luft. Ich atmete tief durch und schlang mir unglücklich die Arme um den Bauch, weil der Verlust von meinem Job für unsere Familie eine sehr, sehr schlechte Nachricht war. Wenn Marlo davon hörte, brachte sie mich um. Ich stieß ein lautes Stöhnen aus und wandte mich dem Universum zu. »Und jetzt?« Aber das Universum war nicht schuld an meiner dämlichen Entscheidung. Die hatte ich schließlich ganz allein gefällt. Manchmal fühlte sich mein Leben winzig klein und unbedeutend an, mein Elend aber nahm ich immer riesengroß und überdeutlich wahr. Das war in höchstem Maße ungerecht.

Ich stopfte meine Hände in die Taschen meiner Jeans und stapfte, meinen Rucksack mit den Schulsachen über der Schulter, heim. Im Frühjahr und im Sommer las ich oft im Gehen. Der Weg war mir derart vertraut, dass ich mich mühelos aufs Lesen konzentrieren konnte, und die Handvoll Autos, die in meine Richtung fuhren, kündigten sich durch das Dröhnen der Motoren immer schon von Weitem an. Doch dafür war es – auch wenn ich das Problem in Zukunft nicht mehr haben würde – in den anderen Jahreszeiten nach der Arbeit im Geschäft bereits zu dunkel, also hing ich auf dem Heimweg einfach meinen Träumen und Gedanken nach. Das tat ich auch an diesem Abend, denn ich hoffte, dass diese mich wenigstens vorübergehend von meinem Elend ablenkten. Ich musste mich ganz einfach an die Hoffnung klammern, dass mein Leben eines Tages leichter werden würde, als es bisher stets gewesen war. Also stellte ich mir vor, wie ich das Tyton-Coal-Stipendium erhielt. Ich rackerte mich seit Beginn der Highschool dafür ab, denn jedes Jahr wurde einer von den besten Schülern ausgewählt, der dann vier Jahre lang die Universität besuchen durfte. Wenn ich das Stipendium bekam, könnte ich der Armut und Verzweiflung, den Sozialhilfebetrügereien und dem in unserer Gegend weitverbreiteten »Vergessenssuff« entfliehen. Endlich würde ich für Mum und für Marlo sorgen können, sie aus Dennville rausholen und einen echten Arzt für Mum finanzieren, statt sie weiterhin dem hohlwangigen Doktor in der freien Klink auszuliefern, der aus meiner Sicht im Zentrum des verbotenen, lokalen Handels mit verschreibungspflichtigen Tabletten stand. Und wenn ich die Stadt verließ, würde ich noch kurz bei Rusty halten und ihm sagen, dass er sich einen Karton uralter Cornflakes in seinen fetten Hintern schieben sollte, weil die Dinger, selbst wenn ich sie nicht aus dem Regal riss, völlig unverkäuflich waren.

Als ich am Fuß des Berges um die Ecke bog, sah ich die alte Mrs Lytle auf den Stufen des geschlossenen Postamts sitzen, wo sie herzhaft in ein Sandwich biss. Die Plastikverpackung lag noch in ihrem Schoß. Ich zwinkerte ihr zu und lächelte, bevor mein Blick auf die Verpackung mit dem Aufdruck »Rustys Schinken-Käse« und dem großen, roten Datumsstempel fiel. Genau die Packung hatte Kyland Barrett vor knapp zehn Minuten in der Hand gehabt.

»'n Abend, Mrs Lytle«, sagte ich, und traurig nickend schob sie sich den Rest des Sandwichs in den Mund. Mrs Lytle war ein Teil der Landschaft … eine alkoholabhängige alte Frau, die durch die Straßen unserer Kleinstadt streifte, leise Selbstgespräche führte und zur Finanzierung ihrer Sucht die anderen Stadtbewohner um ein wenig Kleingeld bat. Sie hatte bei dem Grubenunglück ihre drei erwachsenen Söhne sowie ihren Mann verloren und hoffte offenbar darauf, ihnen möglichst bald ins Jenseits zu folgen, weil das Leben ohne sie nicht zu ertragen war.

»Haben Sie für heute Nacht schon einen Platz zum Schlafen, Mrs Lytle?«, fragte ich und stopfte meine Hände tiefer in die Taschen meiner Jeans. Ich hätte ihr zwar keinen Platz anbieten können, doch sie sollte wissen, dass mir was an ihrem

Wohlergehen lag. Vielleicht wäre das ja wenigstens ein kleiner Trost.

Sie nickte kauend. »Keine Sorge«, artikulierte sie überdeutlich. »Ich werde mir ein Plätzchen suchen, wenn die wunderbare Aufführung vorüber ist.« Sie wies mit ihrem Kopf in Richtung Sonnenuntergang.

Ich nickte ebenfalls und lächelte sie an. »Das freut mich. Gute Nacht.«

»Nacht.«

Auf der Schotterpiste, die hinauf zu unserer Siedlung führte, trat mir plötzlich jemand in den Weg. Ich schrie erschrocken auf, wich einen Schritt zurück und landete in einer Schlammpfütze, bevor ich erkannte, dass es Kyland war.

»Musstest du mich so erschrecken?«, herrschte ich ihn an und spürte, wie die Nässe durch die Sohlen, die sich offenbar gelöst hatten, bis in meine Strümpfe drang. *Na, super, Kyland. Vielen Dank.*

Er warf einen Blick auf meine Füße, sagte aber nichts zu meinen ruinierten Schuhen, sondern sah mich aus zusammengekniffenen Augen reglos an. »Warum hast du das gemacht? Eben im Geschäft? Warum hast du mir geholfen?«

Als ich merkte, dass sein Wangenmuskel zuckte, verengte ich ebenfalls die Augen zu zwei schmalen Schlitzen und legte den Kopf ein wenig schräg. Er war wütend auf *mich?* Was zum Teufel bildete der Kerl sich ein?

»Warum hast du das verdammte Brot nicht selbst gegessen?« Ich verschränkte meine Arme vor der Brust. »Ich weiß, dass du etwas zu essen brauchst.« Ich starrte auf den Boden, weil ich nicht von dem intimen Augenblick in der Cafeteria hatte sprechen wollen, als unsere Blicke sich zum ersten Mal begegnet waren. Doch dann blickte ich eilig wieder auf.

Er gab mir keine Antwort, und wir starrten uns ein paar Sekunden schweigend an. Doch schließlich fragte er: »Er hat dich gefeuert?«

Sein Gesicht war ernst und angespannt, und gegen meinen

Willen fielen mir sein fester Kiefer, seine gerade Nase und die Fülle seiner Lippen auf, und ich seufzte tief, weil mir sein attraktives Äußeres jetzt auch nicht weiterhalf. »Ja.«

Kyland stopfte seine Hände in die Taschen, und als ich mich wieder in Bewegung setzte, stapfte er mir fluchend hinterher. »Verdammt. Du brauchtest diesen Job.«

»Wie kommst du denn auf die Idee? Nein, natürlich habe ich die Fußböden in dem Geschäft alleine wegen Rustys grenzenlosem Charme gefegt. Ach, gäbe es doch mehr so nette Männer auf der Welt.« Ich griff mir ans Herz, als flösse es vor Liebe und Bewunderung für Rusty über, doch falls Kyland mein Sarkasmus auffiel, zeigte er es nicht.

»Das, was du da eben abgezogen hast, war ziemlich dämlich.«

Ich blieb stehen und drehte mich zu ihm herum. »Ein Danke wäre sicher nicht zu viel verlangt. Rusty hätte dich auf alle Fälle wegen Diebstahls angezeigt. Das hätte ihm bestimmt nicht nur den Tag, sondern sein ganzes jämmerliches Leben dauerhaft versüßt.«

Er starrte auf einen Fleck am Horizont, saugte nachdenklich an seiner vollen Unterlippe, runzelte die Stirn und wandte sich mir schließlich wieder zu. »Ja, ich weiß.«

Er sah mir forschend ins Gesicht, und da ich keine Ahnung hatte, was er dachte, machte mich sein durchdringender Blick nervös. »Danke.«

Ich nutzte aus, dass er mir derart nahe war, unterzog ihn meinerseits einer genauso eingehenden Musterung, und er schaute mich argwöhnisch aus seinen grauen Augen unter langen, dichten Wimpern hervor an. Es war nicht gerade einfach, einen derart attraktiven Kerl nicht zu mögen. Was die nächste Ungerechtigkeit in meinem Leben war. Denn ich hätte ihn aus tiefstem Herzen hassen wollen. Stattdessen setzte ich mich wieder in Bewegung, und während der nächsten paar Minuten lief er schweigend neben mir die Anhöhe hinauf.

»Du musst nicht mit mir zusammen gehen.«

»Es ist gefährlich, wenn ein junges Mädchen ganz allein durch die Dunkelheit läuft. Ich werde verhindern, dass dir was passiert.«

»Eigentlich hast du ja genau das Gegenteil gemacht«, rief ich ihm schnaubend in Erinnerung.

Kyland stieß ein überraschtes Lachen aus, und ich schob meinen Rucksack wieder so auf meine Schulter, dass er möglichst gut zu tragen war. »Vor allem, was heißt hier *junges* Mädchen? Ich bin mindestens so alt wie du. Ich werde im Mai schon achtzehn.«

»Und an welchem Tag?«, erkundigte er sich, lief einen Schritt voraus und ging dann rückwärts weiter, um mir auch beim Laufen ins Gesicht zu sehen.

»Am zweiten.«

Er riss ungläubig die Augen auf. »Nie im Leben. An dem Tag habe ich auch Geburtstag.«

Ich blieb stehen und sah ihn fragend an. »Und um wie viel Uhr bist du geboren?«

»Das weiß ich nicht genau … ich weiß nur, dass es morgens war.«

Wieder setzte ich mich in Bewegung, und als er mich fragend von der Seite ansah, gab ich widerstrebend zu: »Bei mir war's Nachmittag«, und presste schlecht gelaunt die Lippen aufeinander, weil ihm seine Freude überdeutlich anzusehen war.

Wir liefen schweigend weiter, aber schließlich meinte er: »Aber im Ernst, du solltest vorsichtiger sein. Hier oben in den Bergen gibt es jede Menge Luchse.«

Ich seufzte tief. »Die sind meine geringste Sorge.«

»Nur, solange keiner hungrig vor dir steht. Weil du dann alle deine anderen Sorgen erst einmal vergessen kannst.«

Als ich spöttisch lachte, sah mich Kyland von der Seite an.

»Und was genau würdest du machen, wenn ein Luchs uns in die Quere käme, Kyland Barrett?«

»Du kennst meinen Namen«, stellte er mit überraschter Stimme fest.

»Schließlich leben wir in einer Kleinstadt, und du willst mir doch wohl nicht erzählen, dass hier irgendjemand lebt, den du nicht mit Namen kennst.«

»Doch. Ich halte mich, so gut es geht, aus allem raus. Ich habe keine Lust, mir die Geschichten irgendwelcher anderen Leute anzuhören, und mir ist auch vollkommen egal, wie sie heißen.«

»Warum denn das?«

»Sobald ich das Tyton-Coal-Stipendium in der Tasche habe, werde ich von hier verschwinden, und je weniger Erinnerungen ich an dieses Scheißkaff habe, umso glücklicher werde ich sein.«

Wieder riss ich überrascht die Augen auf. »Du willst das Stipendium?«

Er zog verwundert eine Braue hoch. »Überrascht dich das etwa? Hast du noch nicht mitbekommen, dass ich mit Abstand einer der besten Schüler bin?«

»Ich … ich meine …«

Ich geriet ins Stolpern, als er grinste, denn ich hatte ihn bisher nie grinsen sehen, und plötzlich war er einfach … wunderschön. Mir klappte die Kinnlade herunter, aber schließlich riss ich mich zusammen und setzte den Weg entschlossen fort.

Bereits nach zwei Sekunden hatte er mich wieder eingeholt, und ich versuchte kopfschüttelnd mich darauf zu besinnen, was das Thema unseres Gesprächs gewesen war. Das Tyton-Coal-Stipendium – ja, genau. Ich war tatsächlich überrascht. Zwar wusste ich, dass Kyland immer gute Noten hatte, doch ich hätte nie gedacht, dass ihm etwas an dem Stipendium lag. Denn schließlich war er bisher nie in irgendeiner Arbeitsgruppe aufgetaucht. Dort waren allwöchentlich nur Ginny Rawlins, Carrie Cooper und ich selbst. Ich wusste, dass die beiden auch versuchten, das Stipendium zu bekommen, denn wir hatten uns schon häufiger darüber unterhalten, und bisher war ich so gut wie sicher davon ausgegangen, dass es keine anderen Interessenten gab.

Und Kyland Barrett wirkte trotz der guten Noten, die er immer hatte, irgendwie … *desinteressiert.*

»Und wie willst du das Stipendium bekommen, wenn ich selber es kriege?«, fragte ich und sah ihn unter hochgezogenen Brauen hervor an.

Kyland unterzog mich einer amüsierten Musterung und schüttelte den Kopf. »Nie im Leben«, klärte er mich feixend auf. »Aber das macht die Sache interessanter, findest du nicht auch?«

Ich schnaubte leise auf. Ich brauchte das Stipendium. *Interessant* musste der Weg dorthin für mich nicht sein. Aber seine Chancen standen sicher nicht zum Besten, wenn ich bisher nicht mal mitbekommen hatte, dass er sich darum bewerben wollte. Also brauchte ich wahrscheinlich keine Angst zu haben, dass mir Kyland plötzlich in die Quere kam.

Wir liefen schweigend weiter, bis ich plötzlich von ihm wissen wollte: »Glaubst du nicht, dass Shelly sauer wird, wenn sie erfährt, dass du ein anderes Mädchen vor Luchsen beschützt?«

Er runzelte verwirrt die Stirn. »Weshalb sollte Shelly deshalb …« Wieder fing er an zu grinsen. »Ach ja, richtig.« Kopfschüttelnd fuhr er mit einer Hand durch sein goldbraunes Haar. Zum ersten Mal bemerkte ich, wie dicht und seidig weich es war und dass es ihm in warm schimmernden Locken in den Nacken fiel.

»Shelly ist nur eine gute Freundin, weiter nichts.«

Ich zog die Brauen hoch, enthielt mich aber eines Kommentars, denn ich hatte schon genug Probleme, ohne mir den Kopf darüber zu zerbrechen, mit wem Kyland Barrett etwas hatte oder nicht. »Und wo wirst du hingehen, falls du das Stipendium bekommst?« *Auch wenn das nie passieren wird.*

»Auf alle Fälle von hier weg.«

»Ach.« Ich biss mir auf die Lippe, und er blickte auf das kleine, blaue Holzhäuschen, das etwas links des Weges lag. Der dunkle Wald ragte wie eine schwarze Wand dahinter auf, und hinter keinem Fenster brannte Licht.

Als er mich wieder ansah, runzelte er leicht die Stirn.

»Nun, danke, Kyland. Es war wirklich ritterlich von dir, mich zu begleiten, auch wenn du dafür gesorgt hast, dass ich meinen Job verloren, mein einziges Paar Schuhe kaputt gemacht und nicht einmal meinen Geburtstag mehr für mich alleine habe.« Ich ging weiter, und als er auch weiterhin an meiner Seite blieb und leise lachte, sah ich fragend zu ihm auf. »Ich muss nur noch ein Stück die Straße rauf und glaube kaum, dass mir auf den paar Metern noch ein Luchs auflauern wird.« Ich setzte ein nervöses Lächeln auf, denn ich war alles andere als erpicht darauf, ihn sehen zu lassen, wie bescheiden unser Wohnwagen verglichen mit dem Haus, in dem er lebte, war. Doch schweigend setzte er den Weg an meiner Seite fort.

»Also, Tenleigh ... wegen deines Jobs ... kommst du auch ohne klar? Ich meine ...« Unbehaglich wandte er sich ab. »Kann ich irgendetwas für dich tun?«

Ich biss mir auf die Lippe, denn was hätte er schon machen sollen? Genau wie ich hatte auch er eine kranke Mutter zu Hause, und nach allem, was ich wusste, ging es ihm vielleicht sogar noch dreckiger als mir. »Nein. Aber ich werde es schon überleben.«

Er nickte, doch als ich ihn wieder ansah, machte er noch immer ein besorgtes Gesicht.

Inzwischen hatten wir den Wohnwagen erreicht, und mit einem angespannten Lächeln blieb ich stehen. »Also, gute Nacht.«

Kyland sah sich mein Zuhause an, und ich errötete. Aus irgendeinem Grund erschien es mir mit einem Mal noch schäbiger als sonst. Der Trailer war uralt und winzig klein, hoffnungslos verrostet, von den Tür- und Fensterrahmen blätterte die Farbe, und nicht einmal literweise Essig löste noch den Schmutzfilm von den Scheiben ab. Sein Zuhause war kaum besser, doch ich schämte mich in Grund und Boden, als ich unseren Wohnwagen mit seinen Augen sah.

Er wandte sich mir wieder zu, und offenbar war die Verlegenheit mir deutlich anzusehen, denn er riss überrascht die Augen auf, und etwas wie Verständnis huschte über sein Gesicht.

Ich machte auf dem Absatz kehrt und lief auf wackeligen Beinen Richtung Tür.

»Tenleigh Falyn«, rief mir Kyland hinterher. Er wusste also, wie ich hieß.

Ich blieb noch einmal stehen und sah ihn fragend an.

Leicht verlegen fuhr er sich erneut mit einer Hand durchs Haar. »Ich habe das verdammte Brot nicht selbst gegessen, weil ...« Er blickte in die Ferne, so, als wöge er die nächsten Worte sorgsam ab. »... ich mich bemühe, niemals zu vergessen, dass es manchen Menschen noch viel schlechter geht als mir. Und dass es Hunger in verschiedenen Formen gibt.«

Damit stopfte er die Hände wieder in die Tasche, drehte mir den Rücken zu und wandte sich zum Gehen.

Ich lehnte mich an unseren Wohnwagen und folgte ihm mit meinem Blick, bis er nicht mehr zu sehen war. Kyland Barrett war vollkommen anders, als ich bisher angenommen hatte. Was ich als verwirrend und beglückend, doch vor allem als in höchstem Maß beunruhigend empfand.

3 Kyland

»Hallo, Mum«, sagte ich. Ich schob die Haustür hinter mir ins Schloss und blickte ins Wohnzimmer, in dem ihr Fernsehsessel stand. Meine Mutter grüßte nicht zurück – das tat sie nie –, doch das war ich inzwischen gewöhnt.

Ich ging weiter in mein Zimmer, öffnete das Fenster so weit wie möglich, stützte mich mit beiden Händen aufs Fensterbrett, sah in den Abendhimmel auf und atmete tief ein.

Ein paar Minuten später legte ich mich auf mein Bett direkt neben dem Fenster und verschränkte meine Hände hinter meinem Kopf. Sofort wanderten meine Gedanken zu Tenleigh Falyn, und mit einem lauten Stöhnen warf ich mir die Hände vors Gesicht. Ich konnte immer noch nicht glauben, dass sie meinetwegen ihren Job verloren hatte. Was zum größten Teil natürlich ihre eigene Schuld war, weshalb es keinen Grund für Schuldgefühle gab. Schließlich war sie selbst auf die bescheuerte Idee gekommen, mich zu decken. Auch wenn das für mich ein Riesenglück gewesen war. Nicht auszudenken, was geschehen wäre, wenn Rusty mich tatsächlich wegen Diebstahls angezeigt hätte.

Ich hatte selbst nicht genau gewusst, warum ich Mrs Lytle unbedingt ein Sandwich hatte schenken wollen, bis ich versucht hatte, es Tenleigh zu erklären. Eine Erklärung war das Einzige, was ich ihr hatte geben können, nachdem sie ihren Job geopfert hatte, damit ich ungeschoren davongekommen war. Ich hatte Mrs Lytle auf der Treppe vor dem alten Postamt sitzen sehen, und die Art, wie sie die Schultern angezogen hatte, als versuche sie, sich in sich selbst zurückzuziehen, hatte mir in der Seele wehgetan. Denn so hatte auch ich selbst mich bereits oft gefühlt. Dabei hatte ich im Gegensatz zu ihr zumindest noch ein Dach über dem Kopf und musste nur die letzte Woche jedes Monats hungern, wenn das Geld zur Neige ging. Um ihret-, aber auch um meinetwillen hatte ich sie wissen lassen müssen, dass ich sie *sah,* und kurzerhand das blöde Brot für sie stibitzt. Auch wenn das eine vollkommen idiotische Idee gewesen war. Die ich jedoch nur deswegen bereute, weil der Preis für diese Tat von jemand anderem gezahlt worden war.

Tenleigh.

Ich dachte an ihr unglückliches Gesicht, das sie gemacht hatte, als ich sie noch bis zu ihrem Wohnwagen hatte begleiten wollen. Sie hatte sich dafür geschämt, doch das war einfach lächerlich, weil schließlich auch das Haus, in dem ich lebte, und mein Leben ein komplettes Durcheinander waren. Ich hatte wahrlich keinen Grund, auf sie herabzusehen. Vor allem hatte ich mir statt des jämmerlichen, kleinen Wohnwagens mehr die *Umgebung* angeschaut. Sie war aufgeräumt und sauber, und wie auch vor meinem eigenen Haus lag nirgends irgendwelcher Müll herum. Dabei waren die meisten Grundstücke auf diesem Berg mit Unrat übersät. Dadurch stellten die Bewohner Dennvilles öffentlich zur Schau, dass der Kampf gegen den Niedergang für sie verloren war. Den Luxus einer Müllabfuhr konnte sich hier niemand leisten, und die meterhohen Abfallberge vor den meisten Häusern waren eine passende Metapher für die meisten Lebensläufe hier an diesem Ort. Ich selbst aber packte jeden Montag meinen Abfall in zwei Tüten, schleppte sie zum Fuß des Bergs, entleerte sie in den Container hinter Rustys Laden, faltete sie ordentlich zusammen und steckte sie wieder ein. Ich benutzte diese Tüten mehrmals, weil es für das Geld, das ich für eine Rolle neuer Tüten hätte bezahlen müssen, mindestens zwei Dosen Nudeln mit Tomatensoße gab.

Ich hatte schon des Öfteren gesehen, wie Tenleigh einen großen Pappkarton den Berg hinuntertrug, und mich gefragt, was er enthielt. Anscheinend trug auch sie den Müll ins Dorf. Sie hatte sich trotz ihres harten Lebens ihren *Stolz* bewahrt. Auch wenn das für unseresgleichen eher ein Fluch als Segen war.

Aber sie war mir schon vorher aufgefallen. Ich hatte sie in den wenigen Fächern, die wir zwei zusammen hatten, oft verstohlen angesehen. Sie saß immer in der ersten Reihe, und von meinem Platz ganz hinten konnte ich genau verfolgen, was sie tat. Ich konnte meinen Blick nicht von ihr lösen. Mir gefiel die unbewusste Reaktion auf Leute, die ihr nicht behagten – wie sie sich die nackten Beine kratzte und die Lippen spitzte, wenn ein Mitschüler, den sie nicht mochte, mit ihr sprach … wie sie mit zusammengekniffenen Augen auf die Tafel schaute und an ihrer pinkfarbenen Unterlippe nagte, während sie sich konzentrierte … oder wie sie manchmal mit verträumtem Blick aus dem Fenster sah. Ich dachte an ihr Profil und ihren sanft geschwungenen Hals, aber beim Gedanken an ihre Schuhe fühlte ich mich ganz leer und elend. Die Sohlen waren durchlöchert, und die Kratzer an der Oberfläche hatte sie mit Filzstift übermalt. Ich stellte sie mir vor, wie sie zu Hause saß und die diversen Macken übertünchte, damit niemand merkte, dass sie täglich mit kaputten alten Schuhen in die Schule kam. Es weckte meinen Zorn, dass sie sich kein neues Paar leisten konnte. Aber das war vollkommen idiotisch, und vor allem zeigte es, dass ich am besten weiter so viel Abstand wie möglich zu ihr hielt. Ich konnte mir Gefühle, wie ich sie empfand, wenn ich sie ansah, schlicht nicht leisten. Und vor allem *wollte* ich ganz sicher nichts für jemanden empfinden, der aus diesem Scheißkaff kam.

Nachdem sie mich gesehen hatte, wie ich heimlich irgendwelche fremden Frühstücksreste hatte mitgehen lassen, hatte sie mir öfter verstohlen hinterhergeschaut. Die Freude am anderen Geschlecht war mir durchaus nicht fremd, und wenn ein Mädchen sich mir anbot, nahm ich gerne an. Wer ließ sich nicht gern von einer willigen Gespielin ab und zu daran erinnern, dass das Leben nicht nur Not und Elend war? Doch ich spürte, dass Tenleigh mich aus einem anderen Grund beobachtete. Als wolle sie ein Rätsel lösen und erfahren, wer ich wirklich war. Während ich mich selbst fragte, was der Grund für diese Art von Neugier war.

Total bescheuert.

Sie hatte diese ruhige Art und strahlte eine Mischung aus Verletzlichkeit und Stärke aus. Dazu sah sie fantastisch aus – das war mir natürlich aufgefallen –, und dass sie nicht versuchte, ihr phänomenales Äußeres zur Schau zu stellen, machte sie noch anziehender für mich. Sie benutzte keinerlei Make-up und trug ihr Haar meistens zu einem schlichten Pferdeschwanz gebunden. Offensichtlich hielt sie ihre Schönheit nicht für ihren wertvollsten Besitz. Ich fragte mich, worauf sie wohl dann am meisten hielt. Ihre Klugheit? Ja, vielleicht. Nicht, dass sie eine Chance hätte, das Stipendium zu bekommen, denn ich hatte schon vor meinem Wechsel auf die Highschool mit dem Lernen angefangen, mich eingehend mit den Leistungen der früheren Stipendiaten befasst und alles unternommen, um auf jeden Fall genauso gut zu sein. Ich *brauchte* das Stipendium. Mein gesamtes Leben hing davon ab. Also war es vollkommen irrelevant, dass ich mich so sehr für Tenleigh interessierte. Ich würde Dennville bald verlassen und niemals mehr daran zurückdenken, weder an die wunderhübsche Tenleigh Falyn mit den leuchtend grünen Augen noch an irgendjemand anderen aus diesem Kaff.

Aber weshalb bekam ich sie einfach nicht mehr aus dem Kopf?

Total bescheuert.

Nach einer Weile hob ich meinen Rucksack auf mein Bett und holte meine Schulbücher heraus. Ich musste mich auch weiter ganz aufs Lernen konzentrieren. Mir blieb nur noch ein halbes Jahr, bis ich das Stipendium bekam, das mich fortbringen würde aus diesem gottverlassenen Nest, fort von der Hoffnungslosigkeit, dem Hunger und der Grube, in der mein älterer Bruder und mein Vater in der rabenschwarzen Enge Meilen unter der Erde umgekommen waren.

♥

Ich sah Tenleigh ein paar Tage später, als sie auf der Straße vor mir lief. In ihren Händen hatte sie ein Buch, das sie im Gehen las. Dieses dumme Mädchen – wenn sie nicht aufpasste, stolperte sie irgendwo und brach sich den Hals. Ich lief hinter ihr her und beobachtete sie. Für den Gefallen, den sie mir erwiesen hatte, war ich ihr wohl etwas schuldig. Ich würde also dafür sorgen, dass ihr auf dem Heimweg von der Schule nichts geschah. Ohne dass sie etwas davon mitbekam, denn ich würde nie mehr mit ihr reden. Das war einfach besser so.

Mit einem Mal bog sie in einen Waldweg ab. Ich schreckte leicht zusammen. Wo in aller Welt wollte sie hin?

Ich blieb zunächst auf der Straße stehen und sah, wie sie im Wald verschwand. Das Mädchen hätte es verdient, wenn es von einem Luchs gefressen würde. Ich stieß einen frustrierten Seufzer aus und folgte ihr.

Ich kannte diesen Weg. Ich war bereits jeden Weg auf diesem Berg gelaufen, entweder mit meinem Bruder, als er noch gelebt hatte, oder allein. Doch ich hatte keine Ahnung, weshalb Tenleigh von der Straße abgebogen war, denn am Ende fiel der Weg in einer steilen Kalksteinklippe ab.

Ich trottete ein paar Minuten hinter ihr den schmalen Pfad hinab, bis die Bäume hinter mir lagen. Tenleigh stand am Rand des Abgrundes und starrte auf den Sonnenuntergang. Der Horizont glühte orange und gelb, und durch die Wolken drangen weiße Strahlen, als bräche in dem Augenblick der Himmel auf. Der farbenfrohe Himmel dehnte sich in all seiner Pracht vor unseren Augen aus, als wolle er die Hässlichkeit des Lebens, das wir führten, und die steten Kämpfe, die wir auszufechten hatten, wettmachen. Und während eines flüchtigen Moments war wirklich alles gut.

Ach, könnte ich doch nur die Hände danach ausstrecken und diese Schönheit dauerhaft bewahren. Ach, könnte ich doch *irgendetwas* Gutes festhalten, damit es mir für alle Zeit erhalten blieb.

Tenleigh setzte sich auf einen Stein und blickte immer noch in den Sonnenuntergang. Langsam ging ich auf sie zu, und plötzlich drehte sie sich um und griff sich mit einem leisen Aufschrei an die Brust. »Mein Gott! Hast du mich erschreckt! Schon wieder. Machst du das mit Absicht?«

»Tut mir leid.«

Als ich mich zu ihr setzte, rollte sie mit den Augen, lehnte sich zurück, stützte sich mit beiden Händen auf den Stein und starrte wieder in den Himmel hinauf. Doch schließlich schaute sie mich wieder an und zog die Braue hoch. »Ich nehme an, du denkst, ich würde mich in dich verlieben, wenn du permanent dort auftauchst, wo ich bin.«

In meiner Kehle stieg ein amüsiertes Lachen auf, doch mein Gesicht blieb ernst. Sie hatte mich mal wieder völlig überrascht. Und davon war ich gegen meinen Willen vollkommen begeistert.

Ich nickte. »Ja, wahrscheinlich.«

Oder – viel schlimmer – ich verliebe mich in dich.

Leise lachend wandte sie den Blick zurück in Richtung Horizont. »Tut mir leid, aber das wird ganz sicher nicht passieren, denn ich habe den Männern abgeschworen.«

Ich stieß ein leises Schnauben aus. »Das sagen sie alle.«

Mit einem amüsierten Blitzen in den Augen wandte Tenleigh sich mir wieder zu. »Hmm, und wie lange denkst du, wird es dauern, bis ich deinem überwältigenden Charme erlegen bin?«

Ich tat, als dächte ich darüber nach. »Eine meiner Eroberungen hat mich mal drei Wochen zappeln lassen.«

»Ah. Das war anscheinend eine wirklich harte Nuss.« Spöttisch zog sie eine Braue hoch und sah mich aus dem Augenwinkel an. »Und woher wirst du wissen, wann es so weit ist?«

»Die Mädchen haben dann diesen ganz bestimmten Blick. Den kenne ich inzwischen ziemlich gut.« Ich schaute sie mit einem möglichst widerwärtigen Grinsen an.

Sie schüttelte den Kopf, behielt aber ihr leises Lächeln bei.

Ich räusperte mich kurz. Ich musste diesen Flirt beenden. Jetzt sofort.

»Nein, im Grunde wollte ich mich einfach vergewissern, dass ich dir nicht gegen irgendwelche Luchse helfen muss. Ich dachte, dass ich dir das schuldig bin.«

Sie schüttelte erneut den Kopf. »Du bist mir gar nichts schuldig, denn ich habe schließlich selbst dafür gesorgt, dass Rusty mich gefeuert hat. Es war nicht deine Schuld, dass ich absichtlich gegen das Regal gestolpert bin.«

»Nein, aber das hättest du nicht machen müssen, wenn ich nicht für eine alte Saufnase ein Sandwich hätte klauen wollen.«

»Hmm, dann hast du also vor, mich regelmäßig vor den Luchsen, die hier auf mich lauern, zu beschützen? Bis du mich herumbekommen hast und meiner – so wie deiner anderen Opfer … eh, *Eroberungen* – überdrüssig wirst?«, erkundigte sie sich und zog erneut die Braue hoch.

Ich schüttelte den Kopf. »Regelmäßig? Nein, ganz sicher nicht. Dies ist das letzte Mal, dass ich verhindere, dass du von einem Luchs gefressen wirst.« Ich fuhr mir mit der Hand durchs Haar. »Es ist ganz einfach so, dass ich immer möglichst lange in der Schule lerne und deswegen selbst jetzt erst auf dem Heimweg bin. Es war reiner Zufall, dass ich dich gesehen habe, weiter nichts.«

Sie legte ihren Kopf schief. »Verstehe. Und weswegen lernst du nicht zu Hause?«

»In der Schule ist es nicht so einsam«, brach es unbewusst

aus mir heraus, und sie bedachte mich mit einem neugierigen Blick.

»Lebst du nicht mit deiner Mum zusammen?«

»Meine Mum ist nicht sonderlich gesprächig.«

Tenleigh sah mich reglos an. »Hmm … das ist auf jeden Fall das letzte Mal, dass du mich vor den Wildkatzen beschützen musst. Ich komme gerade von einem Bewerbungsgespräch bei Al.«

»Bei Al? Für einen Job in einer Bar bist du doch viel zu jung.«

»Das ist ihm offenbar egal«, klärte sie mich achselzuckend auf. »Meine Schwester arbeitet schon dort, und er hat angeboten, dass ich ein paar Extraschichten übernehmen kann. Du siehst also«, erklärte sie mir lächelnd, »du brauchst keine Schuldgefühle mehr zu haben, weil der blöde Rusty mich gefeuert hat. Ich habe bereits einen neuen Job. Zumindest ab und zu.«

Ich runzelte die Stirn, denn plötzlich hatte ich ein seltsames Gefühl. Die Kneipe war ein Scheißladen – und ständig rissen irgendwelche alten Säcke dort blutjunge Mädchen auf. Trotzdem war es gut, dass Tenleigh wieder eine Arbeit hatte, denn in dieser Gegend gab es so gut wie keine Jobs.

Nach einem Augenblick sah sie mich fragend an. »Herrlich hier, findest du nicht auch?«

Ich schaute mir den Himmel an. »Vor allem, wenn man so wie wir ganz vorne in der ersten Reihe sitzt.«

Plötzlich wirkte Tenleigh ungeheuer friedlich, und ich hielt schockiert den Atem an. *Habe ich gesagt, sie wäre hübsch? Ich habe mich geirrt. Sie ist einfach wunderschön.*

In meiner Brust stieg ein Gefühl der Panik auf.

»Ich nehme an, du würdest gern meine Geschichte hören«, meinte sie nach einem Augenblick.

»Was?« Ich kehrte unsanft in die Wirklichkeit zurück. »Nein, die interessiert mich nicht. Ich habe dir doch schon gesagt …«

»Richtig. Du willst keinerlei Erinnerungen mitschleppen, wenn du von hier verschwindest, aber die Geschichte, die ich dir erzählen könnte, wäre wirklich interessant.«

Ich zog skeptisch eine Braue hoch. »So etwas gibt es hier in dieser Gegend nicht. Hier gibt es nur endlose, ermüdende Geschichten von Tragödien und Leid. Und davon, wie jemand seinen letzten Zahn verloren hat.«

Sie stieß ein kurzes Lachen aus und schüttelte den Kopf. Ihre grünen Augen leuchteten, in ihrem braunen Haar tanzten goldene Lichter, und ihre Haut schimmerte weich im Licht des Sonnenuntergangs. Ich lenkte meinen Blick auf ihre Brüste, als sie kurz in eine andere Richtung sah, und rutschte unbehaglich auf dem Felsen herum, denn plötzlich war in meiner Jeans nicht mehr genügend Platz für meinen Schwanz.

»Meine Geschichte ist ganz anders. Und im Grunde sollte ich sie dir gar nicht erzählen, aber …« Wieder sah sie Richtung Horizont, und ich studierte ihr Profil. »In Wahrheit, Kyland, ist mein Vater ein russischer Prinz.« Sie zog die Brauen hoch und sah sich um, als wolle sie sich vergewissern, dass wir beide ganz alleine waren. »Aber leider gibt es einen Rechtsstreit um den Titel und die Ländereien, die er besitzt.« Sie winkte ab. »Das ist alles furchtbar kompliziert, weil für die Aristokratie in Russland ganz besondere Gesetze gelten, die du nicht verstehen würdest, aber bis der Streit entschieden ist, versteckt mein Vater uns an diesem Ort, weil wir hier sicher sind.« Sie beugte sich ein wenig zu mir vor. »Ich weiß, der Wohnwagen, in dem wir leben, wirkt von außen eher bescheiden, aber das ist alles Tarnung. Innen ist er zwar nicht groß, aber echt luxuriös. Und …« Sie riss die Augen auf. »… vor allem sind die Juwelen der Zarenfamilie dort versteckt.« Sie zwinkerte mir zu, und lachend freute ich mich über ihre Ausgelassenheit. Wann hatte ich selbst zum letzten Mal einfach herumgealbert? Als Tenleigh mein Gesicht sah, lächelte sie zurück. Einen Augenblick lang starrten wir uns reglos an. Plötzlich war da etwas zwischen uns, und beunruhigt wandte ich mich eilig ab.

»Die Juwelen der Zarenfamilie, ja? Und du bist dir sicher, dass du mir dieses Geheimnis anvertrauen kannst? Schließlich bin ich schon als Sandwich-Dieb bekannt.«

Wieder legte sie den Kopf auf ihrer Schulter ab. »Ja«, erklärte sie mir ernst. »Ich habe das Gefühl, dass du durchaus vertrauenswürdig bist.«

Wir starrten uns erneut ein paar Sekunden an, und plötzlich stieg etwas in meinem Innern auf, das ich zwar nicht genau benennen konnte, das mir aber keineswegs gefiel, weil es in höchstem Maß gefährlich war. Ich musste den verdammten Bann durchbrechen, deshalb stellte ich mit einem gut gelaunten Zwinkern fest: »Das beruht auf Gegenseitigkeit. Ich würde dir auch meine Kronjuwelen zeigen, wenn du möchtest.«

Lachend warf sie ihren Kopf zurück. Ich hatte mich bereits die ganze Zeit gefragt, wie es wohl klingen würde, wenn sie lauthals lachte, aber jetzt wurde mir klar, dass ich es besser nie gehört hätte. Ich wollte mich in dem Geräusch *verlieren,* und um das Gefühl zu unterdrücken, das erneut in meinem Innern aufstieg, setzte ich mich eilig auf. Am besten nahm ich die Beine in die Hand und lief schnellstmöglich davon.

Sie machte ein Gesicht, als wäre meine innere Zerrissenheit mir deutlich anzusehen. *Absolut lächerlich.* Dann stand sie auf und wandte mir den Rücken zu. »Komm her. Ich will dir etwas zeigen.«

Ich erhob mich ebenfalls von meinem Platz und folgte ihr zu einem großen Felsen. Sie ging in die Hocke und war mit einem Mal verschwunden. Also beugte ich mich etwas vor und sah, dass sie in einer winzig kleinen, dunklen Höhle saß. Panisch stolperte ich einen Schritt zurück, doch lächelnd lugte Tenleigh durch den schmalen Spalt. »Komm rein. Der Platz reicht auch für zwei. Ich will dir etwas zeigen.«

»Nein«, erklärte ich ihr etwas barscher, als ich eigentlich wollte.

Ihr Lächeln schwand und eilig kam sie in gebückter Haltung wieder aus dem Loch, richtete sich auf und sah mich ängstlich an.

Als ich merkte, dass ich mit geballten Fäusten und mit angezogenen Schultern vor ihr stand, holte ich tief Luft und stopfte meine Hände in die Taschen meiner Jeans.

»Tut mir leid«, stieß sie mit leiser Stimme aus. »Magst du keine engen Räume? Ich …«

»Das ist keine große Sache«, tat ich ihre Frage ab.

Schüchtern legte sie die Hand auf meine Schulter, ich zuckte unter der Berührung leicht zusammen und kniff beide Augen zu. Doch dann schlug ich sie wieder auf und machte einen Schritt zurück.

Sie sah mich forschend an, doch schließlich klärte sie mich achselzuckend auf: »Ich habe ein paar Bilder an der Höhlenwand entdeckt. Sie sind kaum zu sehen und wahrscheinlich auch nicht wirklich alt, aber wer weiß? Vielleicht hat hier vor Tausenden von Jahren ja eine Familie von Höhlenmenschen gelebt.«

»Vor Hunderttausenden von Jahren.«

»Was?«

»Die Höhlenmenschen haben nicht vor Tausenden, sondern vor Hunderttausenden von Jahren gelebt.«

Sie stemmte ihre Hände in die Hüften. »Na gut, du Schlauberger.« Sie zog eine ihrer zarten Brauen in die Höhe, und ich lachte leise auf.

Um mein seltsames Verhalten bei der kleinen Höhle wieder wettzumachen, sagte ich in möglichst gleichmütigem Ton: »Komm, Prinzessin Tenleigh, besser, wenn wir wieder auf der Straße sind, bevor es völlig dunkel ist.«

Es dämmerte bereits, und am dunkelblauen Himmel tauchten schon die ersten Sterne auf. Nach ein paar Minuten waren wir wieder auf der Straße und setzten den Weg nach

Hause fort. Tenleigh blickte mich mit einem sanften Lächeln an, und als sie ihren Rucksack auf die Schulter schob, rutschte ein Buch durch einen Riss im Stoff, der von ihr, so gut es ging, mit einer Sicherheitsnadel verschlossen worden war. Mit einer verdammten Nadel, dachte ich und abermals stieg heißer Zorn in meinem Innern auf.

»Huch.« Sie bückte sich im selben Augenblick wie ich nach ihrem Buch, und als wir mit den Köpfen aneinanderstießen, rieb sie lachend ihre Stirn. »Wie soll ich einem derartigen Charme auf Dauer widerstehen?«

»Ich habe dich gewarnt.« Lachend hob ich das Buch vom Boden auf. *»Der Weber von Raveloe?«*

Nickend griff sie nach dem Buch. »Ich lese viel.« Sie schob das Buch zurück in ihren Rucksack und sah plötzlich irgendwie verlegen aus. »Die Auswahl in der Bibliothek von Dennville ist nicht groß, deshalb lese ich die meisten Bücher doppelt …«

»Das da auch?« Ich wies mit meinem Kopf auf ihren Rucksack, während wir unseren Weg gemeinsam fortsetzten.

»Ja.« Sie nickte knapp.

»Und wovon handelt es?«

Sie schwieg einen Moment, vielleicht, weil ihr die Antwort peinlich war. Doch wenn ich ehrlich war, war mir der Inhalt des Buchs vollkommen egal. Sie hätte mir alles Mögliche erzählen können. Denn ich wollte einfach ihre schöne Stimme hören, die die kalte Abendluft durchschnitt. Mir gefiel alles, was sie sagte. Sie war anders als die anderen Mädchen und überraschte mich immer wieder – egal worüber sie sprach. Und das gefiel mir viel zu gut.

»Es geht darin um Silas Marner, der…«

»Silas?«, fragte ich und blieb wie angewurzelt stehen.

Auch Tenleigh machte halt und meinte: »Ja, warum?«

Ich schüttelte den Kopf, und als wir beide weitergingen, antwortete ich: »Schon gut. Mein Bruder hieß so.«

Tenleigh biss sich auf die Lippe und bedachte mich mit

einem mitfühlenden Blick. Sie wusste sicher, dass mein Bruder bei dem Grubenunglück umgekommen war.

»Ich weiß.« Sie lächelte. »Vielleicht hat ja auch deine Mum dieses Buch gelesen und ihn deshalb so genannt.«

Ich schüttelte den Kopf. »Meine Mutter konnte ... kann nicht lesen.«

»Oh.« Sie sah mich an und schwieg einen Moment.

»Ich weiß, das ist inzwischen Jahre her, aber ...« Sie berührte meinen Arm, doch als ich leicht zusammenzuckte, zog sie ihre Hand zurück. »Es tut mir wirklich leid, Kyland.«

»Danke, das ist nett.« Ich räusperte mich leise, und wir setzten unseren Weg in verlegenem Schweigen fort.

»Also, was hat es mit diesem Silas Marner auf sich?«, fragte ich, als wir an meinem dunklen Haus vorübergingen.

»Hm ... tja nun, er lebt in einem Slum in England, und nachdem sein bester Freund ihn fälschlicherweise des Diebstahls beschuldigt hat, wird er verurteilt, und seine Verlobte heiratet den besten Freund.«

»Klingt nach einer echten Wohlfühl-Story«, stellte ich sarkastisch fest. »Freut mich, dass du einen Weg gefunden hast, der rauen Wirklichkeit in Dennville zu entfliehen.«

Tenleighs süßes Lachen wärmte mir das Herz, und ich sah sie verstohlen von der Seite an. Irgendwie erfüllte ihr Gelächter mich mit Stolz.

Das ist gar nicht gut.

Als wir ihren Wohnwagen erreichten, blieb sie stehen und lehnte sich gegen einen Baum am Straßenrand. »Nun, nachdem er seine Strafe abgesessen hat, zieht Silas in ein kleines Dorf in der Nähe von Raveloe. Er wird zu einer Art von Einsiedler und versteckt sich dort vor aller Welt und selbst vor Gott.«

Ich lehnte mich unbewusst nach vorne und saugte ihre Worte geradezu begierig in mich auf. Sie legte ihren Kopf ein wenig schräg, blickte in die Ferne, wandte sich mir schließlich wieder zu und fuhr mit großen Augen fort:

»Aber eines Winterabends ändert sich sein ganzes Leben, als er …«

»Tenleigh!« Eine Frau mit langem braunem Haar wie Tenleigh erschien in der Tür des Wohnwagens. »Da draußen ist es kalt. Komm rein.«

»Okay, Mum«, rief Tenleigh, wandte sich mir wieder zu und sah mich ängstlich an. Ich hatte Tenleighs Mutter bisher kaum gesehen. Offenbar verließ sie ihren Wohnwagen so gut wie nie.

»Ich muss gehen. Bis dann, Kyland.« Mit diesen Worten lief sie los und ließ mich einfach stehen. Ich kam mir irgendwie verloren vor, nachdem sie plötzlich nicht mehr da war, und ich starrte noch einen Moment auf die geschlossene Tür des Wohnwagens, bevor ich durch den kalten Wind allein nach Hause ging.

4 Tenleigh

Abgesehen von den offensichtlichen Problemen, also dem Lohnausfall, der erlittenen Schmach und unserem potenziellen Hungertod, war das Schlimmste an meinem Rausschmiss, dass es in ganz Dennville keinen anderen Laden gab. Normalerweise wäre ich schon aus Prinzip zum Einkaufen die sechs Meilen bis nach Evansly gelaufen, aber nicht, wenn es in Strömen regnete. Ich schluckte also meinen Stolz herunter und trat durch die Ladentür. Rusty war ein Arschloch, doch mein Geld würde er bestimmt nicht ablehnen. Ich atmete erleichtert auf, als ich seine Schwester und nicht Rusty selbst hinter dem Tresen stehen sah. Sie hieß Dusty, was bewies, dass der Genpool der Familie etwas ganz Besonderes war.

Dusty hatte eine *InTouch* vor der Nase, und ich lief so schnell wie möglich durch den Laden und warf meine Einkäufe in meinen Korb. Obst oder Gemüse führte Rusty nicht einmal in Dosen, deshalb hatten Marlo und ich hinter unserem Trailer einen kleinen Garten angelegt und ernährten uns im Sommer häufig wochenlang von den Kartoffeln, grünen Bohnen, den Tomaten und Melonen, die es dort zu ernten gab. Die meisten Leute auf dem Berg hatten zumindest einen kleinen Garten und mitunter tauschten wir verschiedene selbst gezogene Gemüse- oder Obstsorten untereinander aus. Auf diese Art sparten wir Geld und vermieden den Skorbut, den wir auf jeden Fall bekommen hätten, hätten wir uns ausschließlich von dem, was Rusty führte, ernährt.

Im Winter stapfte ich normalerweise einmal in der Woche

durch den Schnee nach Evansly und kaufte Dosenfrüchte und -gemüse ein. Damit mussten wir uns dann begnügen, denn in den Monaten, in denen wir unser Zuhause heizen mussten, fehlte uns das Geld für frische Produkte. Und sobald der Frühling anbrach, und die ersten grünen Triebe aus dem Boden kamen, war unser Entzücken groß.

Wenn die großen Dinge das Verlangen in dir weckten, einfach aufzugeben und dich irgendwo in einer Ecke wie ein Fötus einzurollen, musstest du dich über die kleinen Dinge freuen.

»Hallo, Dusty«, grüßte ich, als ich zu ihr an den Tresen trat.

Sie grüßte nicht zurück und hob noch immer nicht den Kopf, sondern zog die Waren blind zu sich heran, warf einen kurzen Blick darauf und tippte dann den Preis in ihre Kasse ein.

»Na, wie stehen die Aktien?«, fragte ich und stützte mich mit meiner Hüfte an dem Tresen ab.

Endlich zeigte Dusty mir ihr wenig anziehendes Gesicht und bedachte mich mit einem ausdruckslosen Blick. »So beschissen wie sonst auch.«

»Nicht für die Kardashians.« Ich blickte auf das Magazin in ihrer Hand.

Sie verengte ihre Augen zu zwei schmalen Schlitzen, schmatzte schlecht gelaunt auf ihrem Kaugummi herum und blickte erst auf ihre Zeitschrift und danach wieder auf mich. »Khloé und Kourtney erobern jetzt die Hamptons.«

Ich nickte langsam mit dem Kopf. »Da ist es bestimmt sehr nett.«

»Ja«, stimmte mir Dusty zu. »Da ist es bestimmt echt nett.« Dann aber verzog sie ihren Mund zu einem breiten Grinsen und stellte auf diese Weise ihre beiden faulen Zahnreihen zur Schau. Hier in unserer Gegend wurden solche Münder »Mountain-Dew-Mäuler« genannt, und zum Beweis, dass die Bezeichnung stimmte, hob sie eine bereits halb geleerte Flasche der quietschsüßen Limonade an den Mund und genehmigte sich einen möglichst großen Schluck. Ich zuckte innerlich zusammen, zahlte und wandte mich zum Gehen.

Noch ehe ich die Tür erreichte, hörte ich, wie Dusty meinen Namen rief. Ich drehte ich noch einmal um und sah sie fragend an. »Rusty war schon immer eine widerliche Ratte«, sagte sie.

Ich blinzelte verwirrt, doch schließlich stimmte ich ihr zu. »Auf jeden Fall.«

Sie bedachte mich mit einem weiteren gelblich braunen Grinsen, reckte einen Daumen in die Luft, vertiefte sich erneut in ihre Zeitschrift, und ich trat mit meinen beiden Tüten auf den Bürgersteig hinaus. Es hatte inzwischen aufgehört zu regnen.

Verloren in meiner eigenen Welt, machte ich mich auf den Heimweg. Ich versuchte zu entscheiden, was ich heute machen sollte. Marlo wollte sich nach ihrer Schicht mit irgendeinem Typen aus der Bar treffen. Mir wäre es am liebsten gewesen, wenn sie nichts mit diesen Kerlen zu tun gehabt hätte – sie verdienten meine Schwester einfach nicht. Meiner Meinung nach hatten wir außerdem beide allen Grund, den Männern zu misstrauen, aber während ich selbst ihnen deshalb komplett abgeschworen hatte, redete sich Marlo ein, dass die beste Methode für sie, damit umzugehen, war, mit möglichst vielen Typen, die sie eigentlich nicht wirklich interessierten, auszugehen.

Nur einmal hatte sie ihr Herz geöffnet, woran sie am Ende fast zerbrochen war. Vor ein paar Jahren hatte sie Donald kennengelernt, einen jungen, attraktiven Angestellten einer großen Firma, der zu irgendeiner Kohlekonferenz gekommen war. Er war eine Woche lang allabendlich ins Al's gekommen, um ihr bei der Arbeit zuzusehen, und hatte sie mit seinem dämlichen Gerede über *Schicksal* und *Bestimmung* umgeworfen wie der Ritter auf dem weißen Ross, der nur erschienen war, um sie aus ihrem bisherigen Elend zu befreien. Prinz *Donald* – schon der Name hätte meine Schwester vor ihm warnen sollen.

Er hatte sie in seinem schicken, rot lackierten BMW verführt und ihr versprochen, sie in sein Apartment in Chicago nachzuholen, sie dann aber keine drei Minuten danach am Fuß des Berges abgesetzt. Als sie von ihm hatte wissen wollen, was aus dem Apartment in Chicago würde, hatte er sie einfach ausgelacht und ihr erklärt, er brächte sicher keine Hinterwäldlerin mit schiefen Zähnen in sein schönes Heim. Und dann war er davongebraust, und die durchdrehenden Reifen seines Wagens hatten ihren neuen, weißen Pulli, für den wir sechs Meilen bis zum Walmart gelaufen waren und der Marlo das Gefühl gegeben hatte, hübsch zu sein, mit Schlamm bespritzt. Danach hatte Marlo sich nie wieder hübsch gefühlt und angefangen, eine Hand vor ihren Mund zu halten, wenn sie lachte, damit niemand ihre Zähne sah. Zwar waren sie tatsächlich nicht ganz gerade, doch auf eine süße Art, die ihre vollen Filmstarlippen vorteilhaft zur Geltung brachte.

Immer, wenn ich daran dachte, wie wir aufgeregt die Walmart-Gänge abgeklappert, unsere Handgelenke mit Parfüm besprüht und unser letztes Geld für einen Pulli für ihr Date rausgeblasen hatten, kochte ich vor Zorn darüber, dass wir diesen Widerling in unsere Träume einbezogen und ihm einen kurzen Augenblick lang die Macht verliehen hatten, unsere Hoffnungen endgültig zu zerstören. Vor allem aber hatte Marlo etwas Kostbares an einen Kerl verschenkt, der es gar nicht verdient hatte.

Marlo hatte mir sofort erzählt, was vorgefallen war. Sie war an dem Abend schlammverspritzt und zitternd heimgekommen, hatte sich in meinen Armen ausgeweint, und ich hatte ihret- und meinetwegen, wegen unserer zerplatzten Träume, der schmerzlichen Einsamkeit, in der wir lebten, und der abermals zerstörten Hoffnung, dass uns irgendwer daraus erretten würde, ebenfalls geschluchzt. Selbstverständlich hätte uns nach dem, was unserer Mutter widerfahren war, bewusst sein müssen, dass es keine edlen Ritter gab, doch Liebe ist anscheinend ein Versprechen, dem man allzu gern erliegt. Ich konnte Marlo also nicht verdenken, dass sie derart blauäugig gewesen war.

Unser Vater hatte uns als Erster demonstriert, dass Männer letzten Endes Egoisten waren, die nicht die geringste Rücksicht auf die Menschen nahmen, die sie liebevoll umsorgen hätten sollen. Und trotzdem träumte auch ich selbst davon, dass irgendwo auf dieser Welt ein starker und galanter Ritter war, der mit mir im Licht der Sterne tanzte und mich seine Liebste nannte – ohne dass es eine Lüge war.

»Hi.«

Mit einem leisen Aufschrei ließ ich eine meiner Taschen fallen, und während meine Einkäufe über die Straße kullerten, blickte ich auf und sah, dass Kyland vor mir stand. »Findest du das witzig, oder was?«

Er hob beschwichtigend die Hände. »Tut mir leid. Das ist wirklich nur Zufall, echt. Ich war gerade auf dem Weg von Evansly nach Hause und habe gesehen, wie du aus dem Laden kamst.«

Er sammelte meine Sachen auf und streckte seine Hand nach meiner zweiten Tüte aus. Am liebsten hätte ich den Kopf geschüttelt, doch im Grunde konnte er ruhig meine Taschen tragen, denn indem er sich schon wieder lautlos an mich angeschlichen hatte, hatte er mir innerhalb von einer Woche schon den dritten Miniherzinfarkt beschert.

»Wer's glaubt, wird selig.« Ich zog skeptisch eine Braue hoch.

Als ich ihm die Tasche reichte, grinste er schief, und ich runzelte die Stirn. Aber noch während ich mich fragte, was das Kribbeln meines Magens zu bedeuten hatte, stellte Kyland fröhlich fest: »Dann hast du dort jetzt also wieder eingekauft?«

»Was mir nicht gerade leichtgefallen ist.«

Er lachte, und mein dummes Herz schlug einen Purzelbaum. Anscheinend war ich nicht sehr gut darin, den Männern abzuschwören – es brauchte mich nur einer anzulächeln, und schon war ich rettungslos in ihn verliebt. Und was besonders ätzend war: Im Grunde hatte Kyland sich noch nicht mal sonderlich um mich bemüht.

»Wie geht es dem charmanten Rusty?«, fragte er in diesem Augenblick und nickte mit dem Kopf in Richtung des Geschäfts.

»Heute war nur Dusty da.«

»Und wie geht's Dusty? Hat man ihr die Inzucht wieder einmal deutlich angemerkt?«

Mühsam unterdrückte ich ein Lachen. »Das war echt gemein. Im Grunde ist sie ziemlich nett.«

Er stieß ein leises Lachen aus. »Ich weiß. War nur ein Witz. Oder zumindest größtenteils.«

Schweigend liefen wir ein Stückchen weiter, und als wir das Dröhnen eines Motors hinter unseren Rücken hörten, drehte ich den Kopf nach links. Ein schwarzer Mercedes fuhr an uns vorbei, und eilig wandte ich mich ab und blickte angelegentlich zu Kyland.

Er runzelte die Stirn. »Du kennst Edward Kearney?«

Ich sah ihn weiter an, bis der verfluchte Wagen ein Stück weg war, und schüttelte den Kopf. »Nein. Nicht wirklich.« Die schmutzige Wäsche unserer Familie würde ich ganz sicher nicht vor Kyland ausbreiten, denn die ging ihn nichts an. Errötend blickte ich der Limousine hinterher, die mehr gekostet hatte als der Jahreslohn von drei erwachsenen Männern, die er für sich in der Grube schuften ließ. Aus welchem Grund fuhr Edward Kearney überhaupt durch die Stadt? Ich wusste schließlich aus Erfahrung, dass es hier nichts gab, was von Interesse für ihn war.

»Sie haben festgestellt, dass in der alten Grube so ziemlich alle Sicherheitsvorschriften verletzt worden sind.« Kyland hatte seinen Blick noch immer nicht von dem Gefährt gelöst. »Nach dem Unglück wurde Tyton Coal zu einer Geldstrafe verurteilt. Einer *Geldstrafe«,* stieß er entrüstet aus.

»Ich weiß. Das habe ich gehört.« Ich konnte es ihm nicht verdenken, dass er deshalb so verbittert war. Schließlich hatte er sehr viel verloren.

Wortlos setzten wir uns wieder in Bewegung, und die Stille wurde vom Gesang der Vögel in den Bäumen links und rechts der Straße angefüllt. Nach ein paar Minuten schien sich Kylands Stimmung wieder aufzuhellen, und seine Anspannung nahm ab.

Kurz vor dem Pfad, der zu der Klippe führte, an der wir ein paar Tage zuvor gewesen waren, sagte er: »Die Sonne wird bald untergehen. Wir wär's, Prinzessin, sehen wir uns die Show noch einmal an?« Er zwinkerte mir zu, und meine Hormone spielten verrückt.

Ich trat von einem auf den anderen Fuß. »Na ja … eigentlich hatte ich vor, heimzugehen, mich in unseren Whirlpool zu setzen und ein paar Pralinen zu essen, aber warum nicht?«

Lächelnd führte er mich auf den regenfeuchten Pfad. »Übrigens«, erklärte er, »falls du mich in den Wald lockst, um mich zu verführen, sollte ich dir vielleicht sagen, dass ich nicht die Art von Junge bin, die so was mit sich machen lässt.«

»Oh, ich glaube, du bist genau die Art von Junge!« Er wandte sich gespielt beleidigt ab, und lachend fügte ich hinzu: »Übrigens hast du mich in den Wald gelockt und nicht ich dich. *Du* hattest die Idee.«

Jetzt setzte er ein anzügliches Grinsen auf. »Du kannst mir vertrauen.«

»Das wage ich zu bezweifeln.« Und obwohl ich lachte, fragte ich mich, was er von mir wollte. Warum tauchte er – der größte Mädchenschwarm der ganzen Schule – plötzlich permanent dort auf, wo ich selbst gerade war?

Wir traten aus dem Wald, machten es uns auf demselben

Stein wie letztes Mal bequem, und Kyland stellte meine Einkaufstüten vorsichtig auf einem halbwegs trockenen Felsen ab.

Wir blickten auf den rot-orangefarbenen Sonnenuntergang, der den gesamten Himmel oberhalb einer dünnen Nebellinie in Flammen aufgehen zu lassen schien, und ich spürte seinen warmen Oberschenkel dicht an meinem Bein. Immer noch hing der Geruch des Regens in der Luft, und in den Bäumen rund um uns herum glitzerten Regentropfen.

Noch vor wenigen Minuten hatten wir herumgealbert und gelacht, doch plötzlich war die Atmosphäre eine völlig andere. Ich blickte Kyland von der Seite an und nahm seine angespannte Miene wahr. Woran er wohl dachte, wenn er mit einem Mal derart grüblerisch aussah? Schließlich meinte er: »Du hast mir noch nicht erzählt, warum das Leben dieses Typen, dieses Silas, sich so überraschend geändert hat.«

Ich blinzelte verwirrt. Er blickte reglos geradeaus, als wäre meine Antwort ihm im Grunde vollkommen egal. »Warum liest du nicht das Buch?«

»Pff. Das hätte mir gerade noch gefehlt. Ich vergeude ganz bestimmt nicht meine Zeit damit zu lesen, was für ein beschissenes Leben jemand anderes hat.«

»Und warum hast du mich dann danach gefragt?«

»Ich habe einfach ein Gesprächsthema gesucht.«

»Ja, genau.« Ich hob spöttisch eine Braue an.

Abermals verstummten wir, doch schließlich fragte ich: »Also, für welche Colleges hast du dich beworben?« Er musste sich genau wie ich bereits beworben haben, wenn er tatsächlich darauf hoffte, das Stipendium zu bekommen.

»An sämtlichen an der Ostküste«, erklärte er und starrte immer noch in den Himmel. Doch schließlich blickte er mich an und fügte noch hinzu: »Vor allem in und um New York herum. Ich hatte schon immer das Gefühl ...« Er legte eine Pause ein, bis er die rechten Worte fand. »... dass ich was aus mir machen muss. Egal, was.« So lebhaft hatte er bisher noch nie geklungen, doch verlegen brach er ab und sah mich fragend an. »Und du?«

Ich räusperte mich kurz. »Für ein paar Colleges hier und zwei in Kalifornien.«

»Kalifornien?«

»Ich wollte immer schon mal den Pazifik sehen«, klärte ich ihn achselzuckend auf.

Er starrte mich weiter reglos an, doch schließlich nickte er. »Okay.«

Auch ich starrte ihm ins Gesicht, wobei mein Blick auf seine Lippen fiel, und plötzlich schien die Luft um uns herum zu vibrieren – unsichtbar, aber deutlich spürbar. Ich fühlte es und wusste, dass auch er es fühlte, weil er leicht zusammenfuhr. Unruhig rutschte er auf seinem Platz herum, meine Wangen fingen an zu glühen, und plötzlich fiel mir selbst das Atmen schwer. Er bedachte mich mit einem durchdringenden, beinah schmerzerfüllten Blick, rückte vorsichtig ein bisschen näher, und ich nahm die Sommersprossen unter seiner Bräune wahr – als wäre er darunter noch ein Kind. Seine grauen Augen hatten einen weichen blauen Rand, als brächen bald die sonnenhellen Tage an.

»Kyland …«

»Tenleigh …« Seine Stimme war genauso angespannt wie sein Gesichtsausdruck, doch als er sich zu mir herüberbeugte, sog ich seinen Duft in meine Lungen ein, während ein Schauder über meinen Rücken lief. Er roch nach der reinen, vom Geruch der Pinien erfüllten Luft der Berge und nach etwas, was er selbst war – etwas, das mir leise zuzuraunen schien. Etwas, das ich nicht analysieren musste, um es zu verstehen.

Meine Lider fingen an zu flattern, als ich abermals auf seine Lippen sah. Gott, sie waren einfach wunderschön und wirkten samtig weich. Ob sie sich wohl so anfühlen würden, wie sie aussahen, wenn sie erst auf meinen Lippen lagen? Mit wild klopfendem Herzen wartete ich darauf, dass mich

Kyland küsste. Er schob sich noch einen Zentimeter näher, und ich hielt erwartungsvoll den Atem an.

»Hat dich schon mal jemand geküsst, Tenleigh?«, stieß er mit rauer Stimme aus, während er die Hand an mein Gesicht hob und die Finger sanft mit meinem Haar verwob.

»Nein.« Ich spürte, wie mein Körper sich ihm entgegenlehnte. Nein, aber plötzlich wollte ich es unbedingt. Ich wollte unbedingt geküsst werden, und zwar von ihm. Mir war richtiggehend schwindlig vor Erwartung. Ob er mich beim Küssen wohl berühren würde? Ob er seine Hände unter meinen Kleidern über meinen Körper wandern lassen würde? Ich spürte ein Kribbeln zwischen meinen Beinen, während gleichzeitig das Blut durch meine Adern pulsierte.

Ich mag ihn so sehr. Er war ein Junge, der zwar süß war, der aber die Führung übernehmen und wissen würde, was er tat.

Einen weiteren langen Augenblick sah er mir ins Gesicht, dann kniff er plötzlich seine Augen zu und rückte entschlossen wieder von mir ab. Seufzend wollte ich ihm folgen, riss mich dann aber zusammen und zog ebenfalls den Kopf zurück.

Keuchend sprang er auf und kehrte mir den Rücken zu. »Deinen ersten Kuss solltest du jemand anderem schenken.«

Was zum …?

Ich blinzelte und hatte das Gefühl, als hätte er mir eine Ohrfeige verpasst. Zutiefst erniedrigt schlang ich mir die Arme um den Bauch und schluchzte leise auf.

Er sah mich aus zusammengekniffenen Augen an. »Warum hat dich bisher noch kein Junge geküsst?«

Mir wurde heiß, doch trotzig reckte ich das Kinn. »Bisher gab es noch keinen Jungen, den ich hätte küssen wollen«, erklärte ich in möglichst gleichmütigem Ton. Und es war tatsächlich so.

»Aber mich möchtest du küssen?«

Ich verzog verächtlich das Gesicht.

Was für ein arrogantes Arschloch.

Kyland hatte also nicht nur nicht die Absicht, mich zu küssen, sondern wollte mir dazu noch das Gefühl geben, dass ich eine unerfahrene, dumme Göre war? Genau aus diesem Grund wollte ich mit Männern nichts zu tun haben.

»Jetzt nicht mehr.« Ich stand auf, nahm meine Tüten, aber als ich mich zum Gehen wenden wollte, packte er entschlossen meine Hand und zerrte mich zurück. Ich wirbelte zu ihm herum.

»Lass mich los«, fuhr ich ihn an. »Du hast recht. Ich will dich ganz bestimmt nicht küssen. Ich werde aufs College gehen und warten, bis ein echter Mann mich küsst statt eines blöden Hinterwäldlers, der sich einbildet, sein Mund wäre Gottes Geschenk an die Mädchen von Kentucky.«

Betroffen ließ er von mir ab. »Das bilde ich mir ganz bestimmt nicht ein.«

Mir war noch immer ganz heiß, und vor Schmerz und vor Enttäuschung zitternd lief ich los. »Umso besser, denn das solltest du auch nicht. Du hast nichts, was nicht auch jeder andere hat, Kyland Barrett«, rief ich über meine Schulter zurück, rannte durch die Bäume Richtung Straße und marschierte schnellstmöglich den Berg hinauf. Ich hatte keine Ahnung, ob mir Kyland folgte oder nicht, und redete mir ein, dass es mir egal war.

5 Tenleigh

Am darauffolgenden, regnerischen Sonntag liefen Marlo und ich hinunter in die Stadt. Sie musste zur Arbeit, und ich wollte in die Bücherei.

»Bleib nicht zu lange weg, okay?«, bat Marlo mich.

»Nein. Ich hole mir nur ein paar neue Bücher.« Wir ließen unsere Mutter möglichst immer nur für kurze Zeit allein. Wenn sie die Medikamente vorschriftsmäßig schluckte, stellte sie eigentlich keine Dummheiten an. Aber es war schwer zu sagen, ob sie sie auch wirklich nahm, denn schließlich konnten wir sie ihr nicht einfach in den Mund stopfen, und auch das Zählen der Tabletten brachte nichts. Wenn sie beschloss, die Pillen abzusetzen, war sie schlau genug, sie zu verstecken, aber selbst, wenn sie sie schluckte, war sie derart *zart besaitet,* dass sie, außer wenn sie schlief, nicht gern alleine war. Das war zwar furchtbar anstrengend, aber so war es nun einmal, und wir versuchten, uns, so gut es ging, um sie zu kümmern, denn wir hatten keine andere Wahl. Ich hatte mich schon oft gefragt, wie es wohl war, wenn Eltern sich um ihre Kinder kümmerten statt andersrum.

Auf der Hauptstraße kam uns plötzlich ein Mann entgegen, der auf das Display seines Handys sah.

»Oh Gott, guck ja nicht hin!«, zischte Marlo.

»Hoppla!«

Er streifte aus Versehen meine Schulter, machte einen großen Schritt nach links und blickte auf. »Entschuldigung. Oh, hallo, Tenleigh, richtig?«

Marlo stöhnte leise auf.

»Ja. Hi, Dr. Nolan?« Ich warf einen vorsichtigen Blick auf meine Schwester und nahm ihr gequältes Lächeln wahr.

Ich kannte Dr. Nolan nicht persönlich, doch ich hatte ihn bereits des Öfteren gesehen. Er war Zahnarzt und hatte in Evansly – anscheinend um die Appalachian-Mountain-Dew-Mäuler zu retten – eine Praxis aufgemacht. Das fand ich durchaus ehrenwert, und vielleicht konnte er ja tatsächlich einigen Bewohnern zu einem strahlenden Lächeln verhelfen. Immer wenn ich sah, dass Babys Limonade in den Fläschchen hatten, zuckte ich zusammen. Was natürlich hieß, dass ich pro Tag mehrmals zusammenfuhr. Und die meisten seiner Kunden zahlten, falls sie überhaupt bezahlen konnten, nicht mit Geld, sondern mit selbst gekochter Marmelade oder selbst gebranntem Schnaps. Trotzdem hatte er die Praxis noch nicht dichtgemacht. Und kam mir, wenn ich ihm irgendwo begegnete, verblüffend nüchtern vor.

Das andere, was ich über Dr. Nolan wusste, war, dass Marlo einmal mit ihm geschlafen hatte, nachdem er vor ein paar Monaten an einem Sonntagabend auf ein Bier ins Al's gekommen war. *Und* dass sie seitdem versuchte, ihm so gut wie möglich aus dem Weg zu gehen.

»Sag einfach Sam zu mir«, bat er und sah aus dem Augenwinkel meine Schwester an.

»Hi, Marlo. Wie geht's?«, erkundigte er sich, wobei er seine Brille etwas höher schob. Mit seinem strengen Scheitel, der schwarz gerahmten Brille und dem bis ganz oben zugeknöpften Hemd erinnerte der Mann mich an Clark Kent. Trotzdem war er durchaus attraktiv und sah vor allem fitter als die meisten anderen Männer unsrer Gegend aus. Ich warf einen Blick auf Marlo und zog fragend meine Brauen hoch.

»Hallo, gut. Und dir?« Eilig setzte sie ein, wenn auch falsches, so doch möglichst breites Lächeln auf.

Er bedachte sie mit einem schwärmerischen Blick. »Uh, auch gut. Ich war in den letzten Wochen häufiger im Al's, aber du hast an den Tagen nie gearbeitet«, gab er errötend zu. Was ich einfach entzückend fand. Ich grinste meine Schwester an.

»Oh. Tut mir leid. Da haben wir uns wohl verpasst. Aber du hast doch bestimmt in deiner Praxis alle Hände voll zu tun.« Marlo sprach so förmlich wie sonst nie, und ich versuchte blinzelnd, ihren Gesichtsausdruck zu enträtseln.

»Oh, uh, ja. Die Leute rennen mir die Bude ein.« Es folgte eine leicht verlegene Pause, aber schließlich fuhr er fort: »Du weißt ja selbst, dass Karies hier in den Appalachen weitverbreitet ist.« Er blickte zwischen mir und meiner Schwester hin und her. »Aber eure Zähne sind natürlich wunderschön. Ihr müsst sie immer pflegen. Mundhygiene ist so … ihr benutzt wahrscheinlich regelmäßig Zahnseide, was super ist. Wobei das Hauptproblem die viele Limo ist. Und natürlich die schlechte Ernährung allgemein …«, stellte er fest und verzog schmerzlich das Gesicht.

Mit einem unterdrückten Grinsen stimmte ich ihm zu. »Das Problem ist uns schon aufgefallen. Ich finde das, was Sie hier tun, total bewundernswert.«

Er schüttelte den Kopf. »Oh nein, es macht mir wirklich Spaß. Ich kann kaum in Worte fassen, was für ein Gefühl es ist, wenn ein zwölfjähriges Kind mit einem Mund voll kaputter Zähne zu mir kommt und dann mit einem wunderschönen Lächeln aus der Praxis geht. Wisst ihr, ich habe die Möglichkeit, Leben zu verändern.« Seine Augen fingen an zu leuchten, und ich hörte ihm seinen Enthusiasmus deutlich an. »Das ist einfach unbeschreiblich.« Er empfand eindeutig eine große Leidenschaft für seinen Job. Beneidenswert.

»Woher sind Sie, Sam? Dem Dialekt nach nicht von hier.«

Er lachte leise auf. »Aus Florida. Für mich habt ihr einen Dialekt«, er schaute wieder Marlo an, »von dem ich ganz begeistert bin.«

Oh je.

Ich blickte ebenfalls auf Marlo, doch sie wirkte völlig ungerührt. »Nun«, erklärte sie. »Ich muss zur Arbeit. Schönen Tag noch, Sam. Wir treffen uns zu Hause, Tenleigh.«

»Oh. Du musst zur Arbeit?«, fragte er. »Lass mich dich fahren. Ich muss sowieso zurück nach Evansly. Ich habe nur meine Visitenkarte in den Häusern hier verteilt, damit die Leute wissen, dass ich sie auch kostenlos versorge, wenn sie wollen …«

Marlo zögerte, doch ich erklärte: »Super! Da hast du ja wirklich Glück. Wir sehen uns dann zu Hause, Mar.«

Marlo riss die Augen auf, nickte aber schließlich lächelnd mit dem Kopf. »In Ordnung, super. Danke, Sam.«

Sie gingen davon, und auf dem Weg zu seinem Wagen winkte Sam mir freundlich zu, doch Marlo gab mir durch ein stirnrunzelndes Nicken zu verstehen, dass sie noch ein ernstes Wörtchen mit mir zu reden hatte.

Leise lachend lief ich weiter bis zur Bücherei. Natürlich konnte ich nicht sagen, ob sie nur versuchte, diesen Typen nicht zu mögen oder ob er ihr tatsächlich unsympathisch war, doch wenn ich raten müsste, würde ich behaupten, dass Ersteres der Fall war. Denn ich hatte Marlo schon erlebt, wenn sie mit Männern sprach, an denen sie ganz sicher kein Interesse hatte, und so hatte sie bisher auf keinen reagiert. Außerdem verbarg sie gegenüber Sam auch nicht ihr Lächeln hinter ihrer Hand. Das fand ich am allerschönsten – dass es ihm gelang, ihr das Gefühl zu geben, hübsch zu sein.

Ich öffnete die Tür der Bücherei – die eigentlich nur eine kleine Hütte voll mit Büchern überladener hölzerner Regale war. Ich hatte einer Lehrerin vor ein paar Jahren geholfen, Spenden für die Einrichtung der Bibliothek zu sammeln, doch obwohl die Leute uns gegeben hatten, was sie konnten, hatten wir von dem bescheidenen Budget nicht allzu viele Bücher kaufen können – aber immerhin …

Normalerweise war die Bücherei menschenleer, weshalb ich überrascht war, als ich plötzlich jemanden vor einem der Regale stehen und ein Buch durchblättern sah. Es war Kyland.

Der blöde Kerl. Leise trat ich auf ihn zu. Sein breiter Rücken und die karamellfarbenen Locken, die sich weich in seinem Nacken kräuselten, verrieten ihn. Es sah aus, als stellte er ein Buch wieder zurück ins Regal. Ich räusperte mich leise, und als er zu mir herumfuhr, lenkte ich den Blick von seiner überraschten Miene auf das Buch, das er noch immer in den Händen hielt. *Der Weber von Raveloe.*

Möglichst lässig lehnte ich mich gegen ein Regal, verschränkte meine Arme über den diversen Pullis, die ich trug, und nickte zufrieden mit dem Kopf. Wer hätte das gedacht?

Kyland sah mich aus zusammengekniffenen Augen an, knabberte an seiner Unterlippe und lehnte sich ebenfalls an ein Regal. Es war eine seltsame Pattsituation, obwohl ich die hätte sein sollen, die ihn mit bösen Blicken maß.

»Ein kleines Mädchen. Das hat er in dieser Winternacht gefunden. Irgendwer hatte es einfach in den Schnee gelegt«, erklärte er. Ich nickte langsam, während ich den Blick über sein leicht zerzaustes Haar und sein attraktives Gesicht zu seinen Augen wandern ließ. »Durch sie hatte sein Leben plötzlich einen Sinn. Durch sie hat er sich plötzlich viel lebendiger als je zuvor gefühlt.« Er starrte mich auch weiter an. »Und dann hat er all das Gold verloren, das er verdient hatte, nachdem er ins Exil gegangen war.«

Ich zuckte mit den Achseln »Ja, aber das war ihm vollkommen egal. Nachdem er Eppie bei sich aufgenommen hatte, hatte das Gold keine Bedeutung mehr für ihn. Denn am Schluss war sie sein größter Schatz. Sie hat seine Einsamkeit beendet und vor allem seinem Leben einen Sinn gegeben.« Plötzlich änderte sich irgendwas an seinem Blick. Langsam drehte er sich um und stellte das Buch zurück an seinen Platz. Er wandte sich mir wieder zu. »Leihst du dir jetzt ein anderes Buch aus?«, erkundigte ich mich.

Er schüttelte den Kopf. »Nein«, erklärte er so bestimmt, dass jede Widerrede zwecklos war.

Ich trat auf ihn zu, schob mich an ihm vorbei und stellte

Toni Morrisons *Sehr blaue Augen,* die ich selbst gelesen hatte, wieder ins Regal. Obwohl ich ihm dabei sehr nah kam, blieb er einfach stehen. Ich räusperte mich abermals. »Falls du beweisen wolltest, dass du, anders als ich dachte, doch keiner von diesen analphabetischen Hinterwäldlern bist, dann hast du …«

»Tenleigh«, bat er heiser, und ich riss die Augen auf.

Die Luft war zum Zerreißen angespannt, und seine kalte Miene verriet eiserne Entschlossenheit. Wir beide standen schweigend da, und mit zusammengebissenen Zähnen schob er sich noch dichter zu mir. Mein Herz fing an zu rasen, und ich holte keuchend Luft. Großer Gott, wie wunderschön er war, und wie wunderbar der Duft seiner Haut, der mir entgegenschlug. Sauber, etwas salzig, doch vor allem wunderbar männlich. Ich hätte gern den Mund geöffnet, um den Duft mit meiner Zunge einzufangen und zu prüfen, ob er schmeckte, wie er roch. Mein Magen machte einen Salto und für einen flüchtigen Moment kniff ich die Augen zu.

Kyland blickte mich weiter reglos an, bemerkte meine Körpersprache und sah plötzlich … *wütend* aus? Oder wild entschlossen?

Ich richtete mich auf und reckte herausfordernd das Kinn. Ich hatte keine Ahnung, was da zwischen uns passierte, doch ich würde ganz bestimmt nicht kneifen, ganz egal, was es auch war.

Kyland drängte mich mit seinem Körper gegen das Regal und sah auf mich herab. Ich blickte zu ihm auf, während das Blut gleich einem heißen Lavastrom durch meinen Körper pulsierte. »Ich werde von hier weggehen, Tenleigh. Daran wird mich niemand hindern. Weder du noch irgendjemand sonst. Hast du gehört?« Er klang angespannt und funkelte mich zornig an.

Keuchend kämpfte ich gegen das wilde Schlagen meines Herzens an. Meinetwegen musste er bestimmt nicht bleiben, und er brauchte nicht zu denken, dass er mir, aus welchem

Grund auch immer, irgendetwas schuldig war. Doch er musste mich küssen. Jetzt, in diesem Augenblick. Ich lenkte meinen Blick auf seinen Mund und atmete nochmals hörbar aus. Aus Kylands Kehle drang ein unterdrücktes Stöhnen, und den Mund direkt an meinen Lippen, stieß er heiser aus: »Ich werde diesen Ort und alles, was dazugehört, vergessen, sobald ich von hier verschwinde. Sogar dich.«

Warum denn wohl auch nicht? Was bedeute ich dir schon?

»In Ordnung«, keuchte ich.

Er riss die Augen auf, aber nach kurzem Zögern presste er mir endlich seine Lippen auf den Mund. Er umfasste mein Gesicht mit seinen Händen, vergrub seine Finger tief in meinem Haar, und während seine Zunge meine umspielte, kam es mir vor, als würde mein gesamter Körper explodieren. Eilig schlang ich ihm die Arme um den Hals, schmiegte mich an seinen harten Oberkörper und verschmolz mit ihm.

Nach einer Weile löste ich mich von seinem Mund und rang nach Luft. Er knabberte an meinem Hals und leise flehte ich: »Ja, oh Gott, Kyland, hör nicht auf.« Hätte er mich auf den Fußboden gezerrt und mich entjungfert, hätte ich es zugelassen. Beinah hätte ich ihn sogar angebettelt, es zu tun. Das wilde Pochen zwischen meinen Beinen kam mir wie ein Trommelwirbel des Verlangens vor, und meine Brüste waren so schwer und taten weh wie nie zuvor.

Wieder schob er mir wie ein Verhungernder die Zunge in den Mund. *Ich will mehr davon.* Ich wünschte mir, er würde niemals aufhören, mich zu küssen. Ich wünschte mir, es wäre nie vorbei. Doch plötzlich machte er sich von mir los, trat keuchend einen Schritt zurück und bedachte mich, während das Zeugnis seiner eigenen Erregung nicht zu übersehen war, mit einem immer noch erbosten, doch zugleich verwirrten Blick. »Verdammt, Tenleigh, was machst du da?«

Das Blut, das eben noch gekocht hatte, gefror in meinen Adern, und mit ungläubiger Stimme fragte ich zurück: »Was … was *ich* da mache?«

Ohne etwas zu erwidern, machte Kyland auf dem Absatz kehrt und ließ mich alleine und verwirrt, mit geschwollenen Lippen und lädiertem Herz, in Dennvilles Bücherei zurück.

Ich war schon wieder auf ihn hereingefallen. Was war nur mit ihm los? *Und was ist mit mir selbst los, dass ich so was zulasse?*

Müde lehnte ich mich mit dem Rücken gegen das Regal und schwor mir, Kyland Barrett niemals wieder die Gelegenheit zu geben, mich auf irgendeine Weise zu erniedrigen. Er war schließlich nicht der Einzige, der dieses Kaff verlassen wollte. *Warum ist er mir überhaupt je aufgefallen?* Gott, ich *hasste* ihn.

♥

Ich hatte den heimlichen Verdacht, dass man wahrscheinlich nicht den ganzen Tag an einen Menschen denken sollte, den man hasste.

Mist.

Zumindest achtete ich während der gesamten nächsten Woche sorgfältig darauf, ihm aus dem Weg zu gehen. Als ich ihn einmal am Ende eines Flurs in unserer Schule stehen sah, machte ich sofort auf dem Absatz kehrt, damit ich nicht an ihm vorbeigehen musste, und als ich durchs Fenster meines Klassenraums bemerkte, dass er sich im Hof mit Shelly Galvin unterhielt, wandte ich mich eilig wieder ab. Die Eifersucht, die ich mit einem Mal verspürte, machte mich zum einen furchtbar wütend und brach mir zum anderen regelrecht das Herz. *Sie* zu küssen, war für ihn kein Problem gewesen.

Ich würde auch weiter einen möglichst großen Bogen um die Männer dieser Gegend machen – weil sie entweder so arrogant und rücksichtslos wie Kyland oder hoffnungslose Loser waren. Einen kurzen Augenblick lang hatte ich mir eingebildet, dass er anders war, doch das war er nicht. Er hatte ganz genau gewusst, dass ich mich zu ihm hingezogen fühlte, und mich vorsätzlich erniedrigt, doch das würde ich nie wieder zulassen. Ich hatte selbst gesehen, dass es in der Gegend offensichtlich jede Menge Mädchen gab, die gern auf diese Weise mit sich spielen ließen, also würde er ganz sicher nicht vor Einsamkeit sterben. Trotzdem kaute ich an meinem Stift und bekam Kyland immer noch nicht aus dem Kopf.

Verdammt – ich hatte ihn gemocht. Ich hatte mir erlaubt, an ihn zu denken, wenn ich abends auf der kleinen Couch in unserem Wohnwagen gelegen hatte, und davon geträumt, dass er mir so wie auf der Klippe, während wir den Sonnenuntergang betrachtet hatten, in die Augen sah. Dass er mich berührte, küsste und am Ende sogar mit mir schlief. Dass ich ihm das Hemd auszog und mit meinen Fingerspitzen über seinen warmen, leicht gebräunten Oberkörper glitt …

Obwohl mich mein Verstand davor gewarnt hatte, derart zu träumen, hatte allein der Gedanke an uns zwei mein Herz vor Freude schneller schlagen lassen.

Schluss, Tenleigh. Hör auf, du dummes Mädchen. Dummes Ding.

Mein Plan, mich von Männern fernzuhalten, trat wieder offiziell in Kraft.

♥

Nach der Schule machte ich mich auf den Weg zur Bücherei, damit ich Kyland nicht am Berghang begegnete. Er hatte gesagt, dass er keine Bücher mehr dort ausleihen würde, und vor allem hatte ich mich in dem Raum – in meinem ganz privaten, kleinen Arbeitszimmer – auch schon vorher immer wohlgefühlt. Ich konnte an dem kleinen Tischchen an der Rückwand sitzen, meine Hausaufgaben vor mir ausbreiten und war völlig ungestört, weil außer mir in Dennville niemand wirklich wild aufs Lesen war. Vor allem war der Tisch dort deutlich bequemer als der kleine Klapptisch an der Wand des Wohnwagens, der immer furchtbar quietschte, wenn ich irgendetwas schrieb.

Eilig lief ich durch die eisige Dezemberluft zu dem kleinen Häuschen eine Viertelmeile unterhalb unseres Wohnwagens und stieß bei jedem Atemzug ein weißes Wölkchen aus. Ich öffnete die Tür und drückte sie dann schnell wieder ins Schloss. Es gab keine Heizung, und die Luft roch etwas muffig, doch zumindest war es lange nicht so kalt wie draußen oder wie in unserem Wohnwagen, in dem es furchtbar zog.

Entschlossen breitete ich meine Sachen auf dem kleinen Tischchen aus und fing mit meinen Hausaufgaben an. Ich hatte keine Lust, so schnell wieder zu gehen, weil ich die Einsamkeit genoss, und ließ mir bei der Arbeit jede Menge Zeit. Anschließend stand ich auf, um mir die Bücher anzusehen. Ich wollte etwas zu lesen mit nach Hause nehmen. Jemand hatte einen kleinen, weißen Zettel in das Buch von Toni Morrison gesteckt, mit dem ich an dem Tag, als Kyland mich geküsst hatte, hierhergekommen war. Bei der Erinnerung an seinen Kuss stieß ich ein lautes Schnauben aus, das vielleicht kindisch, aber gleichzeitig befreiend war, und nahm das Buch aus dem Regal. Ich zog das Stück Papier heraus und hielt den Atem an, als ich die kleine, leicht schräge Handschrift sah.

Eins der deprimierendsten Bücher, die ich je gelesen habe. Es bietet nicht einmal den kleinsten Hoffnungsschimmer, und am liebsten hätte ich mich nach seiner Lektüre selbst in den Tod gestürzt. KB

Ich las die Zeilen ein ums andere Mal.

KB. Kyland Barrett.

Wollte dieser Blödmann etwa witzig sein? Mit wachsendem Zorn ging ich zurück zu meinem Tisch und setzte eine Antwort auf.

Nur ein ignoranter Hinterwäldler ist zu dumm, um zu erkennen, wovon die Geschichte wirklich handelt, nämlich davon, dass die inneren Dialoge, die wir alle führen, uns entweder gefangen halten oder befreien. Für deinen Sprung empfehle ich den Dead Man's Bluff, den Felsvorsprung des toten Mannes, weil bereits der Name äußerst vielversprechend ist. Vor allem ist es die mit Abstand höchste Klippe der Umgebung, und das Ableben bei einem Sprung ist dank der vielen spitzen Felsen, die am Abgrund liegen, praktisch garantiert. TF

Mit einem schmalen Lächeln auf den Lippen steckte ich den Zettel wieder zurück und suchte dann nach einem anderen Buch, das ich bereits gelesen hatte, und von dem ich wusste, dass es ausnehmend verstörend und in höchstem Maße deprimierend war. Schließlich zog ich Graham Greenes *Am Abgrund des Lebens* aus dem Regal, ließ dort, wo es gestanden hatte, extra eine breite Lücke klaffen, stellte es zwei Tage später wieder hin und nach drei Tagen ragte auch aus diesem Buch ein kleines, weißes Blatt.

Das Buch hat wirklich Spaß gemacht, wobei ich vor allem von Pinkie sehr beeindruckt war. KB

Ich machte ein verächtliches Geräusch und schrieb umgehend zurück.

Nur ein wirklich kranker Mensch kann von einem soziopathischen, fiesen Bandenchef, der gnadenlos das hübsche, anständige Mädchen, das ihn liebt, zerstört, beeindruckt sein. Was ist aus dem Dead Man's Bluff geworden? TF

Abermals trat ich vor das Regal und wählte *Die Straße* von Cormac McCarthy, weil das nicht nur deprimierend, sondern richtiggehend widerlich war.

Fünf Tage später kam die Rezension.

> *Apokalypse ... Überlebenskampf ... Kannibalismus ... unterirdische Bunker. Ein Buch, das jeder Mann verschlingen wird! KB*

Ich runzelte die Stirn.

> *Das Wort »verschlingen« hast du absichtlich benutzt. Du bist wirklich total krank. TF*

Jetzt wählte ich das deprimierendste und trübsinnigste Buch, das meiner Meinung nach jemals geschrieben worden war, *Die Glasglocke* von Sylvia Plath.

Und wieder fand ich nach fünf Tagen seine knappe Buchbesprechung vor.

> *Netter Versuch. Ich weiß, was du im Schilde führst. KB*

Gegen meinen Willen musste ich laut lachen, obwohl ich weiter auf ihn wütend hatte sein wollen. Nur langsam verschwand mein Lächeln wieder. Ich durchsuchte das Regal nach einem anderen Buch, während sich mein Herz vor Trauer und vor Einsamkeit zusammenzog. Ich lehnte mich an das Regal und biss mir auf die Lippe, denn ich mochte ihn, auch wenn es völlig sinnlos war und ich beim besten Willen nicht verstand, weshalb er sich die Mühe machte, mit mir zu spielen. Doch ich wusste, was passierte, wenn sich eine Frau an einen Typen klammerte, der keinerlei Interesse an ihr hatte, und ich würde diesen Weg ganz sicher niemals gehen. Es war besser, alles so zu lassen, wie es war. Ich würde ihn nicht mehr ermutigen, mit diesem Spielchen fortzufahren, denn dann würde ich nur neue Hoffnung schöpfen, die, wenn es um Kyland ging, vollkommen sinnlos war.

Seufzend nahm ich meine Schulsachen vom Tisch, verließ die Bücherei, zog meinen Kopf zum Schutz vor Wind und Kälte ein und schleppte mich den Berg hinauf.

6 Kyland

In der nächsten Woche ging ich jeden Morgen in die Bücherei, ohne eine neue Nachricht von ihr zu finden. Ich bemühte mich, mir einzureden, dass mir das egal war – dass es einfach eine nette Abwechslung und die Lektüre all der Bücher durchaus amüsant und ein hervorragendes Mittel gegen meine abendliche Einsamkeit gewesen war. Doch wenn ich ehrlich war, war ich enttäuscht, weil Tenleigh von dem Austausch zwischen uns genug zu haben schien … und weil sie offenbar noch immer sauer auf mich war. Aber schließlich hatte ich mich auch wie ein Idiot benommen, denn ich hatte sie geküsst und war dann einfach abgehauen. Ich hob meine Finger an die Lippen. Es war, als könnte ich sie dort noch immer spüren. Sie hatte einfach wunderbar geschmeckt. Ich hatte meine ganze Willenskraft gebraucht, um mich von ihr zu lösen, und danach in jeder Nacht von dem verdammten Kuss geträumt. Doch egal, wie sehr ich es auch wollte, ich würde sie nicht noch einmal küssen. Ich würde ihr nicht etwas nehmen, was ich ihr nie wiedergeben könnte … Ihr war während ihres bisherigen Lebens bereits viel zu viel genommen worden. Sie konnte es bestimmt nicht brauchen, dass ich sie jetzt entjungferte, nur um später abzuhauen, während sie allein in diesem Scheißkaff blieb. Sie hatte etwas Besseres als irgendwelche falschen Hoffnungen verdient. Und ich selbst brauchte nichts, was mich auf irgendeine Art an Dennville in Kentucky band. Ich wollte weg von hier und niemals mehr zurückblicken – egal, auf welche Art. Ich wollte mich nicht an ein Mädchen mit verträumten Augen binden, das erwartete, dass ich ihm Liebesbriefe aus dem College schrieb. Natürlich würde ich auch weiter jede Menge Mädchen küssen, hier und auch anderswo, wenn ich von hier verschwunden war, aber keins von diesen Mädchen würde Tenleigh Falyn sein. Ich würde es uns beiden nicht noch schwerer machen, als es ohnehin schon war.

Ich verließ die Bücherei, zog die Tür hinter mir zu und trat den Heimweg an. Es war ein bitterkalter Morgen, doch ich hatte blöderweise nicht an meine Handschuhe gedacht und stapfte, meine Hände in den Hosentaschen, durch den frisch gefallenen Schnee.

»Hallo, Ky.«

Ich sah mich um und merkte, dass es Shelly war. »Hi.«

Sie lächelte mich an, beschleunigte ihr Tempo, bis sie bei mir war, und hakte sich entschlossen bei mir ein. »Brrr. Ist das heute kalt!«

Ich nickte und versuchte, mich von ihr zu lösen, doch sie hielt sich weiter an mir fest. Wir machten manchmal miteinander rum, wenn einem von uns beiden danach war. So lief das, seit wir beide 15 waren. Ich fühlte mich ihr deshalb nicht verpflichtet, und ich war mir ziemlich sicher, dass es ihr genauso ging. Es gefiel ihr allerdings nicht, wenn sie merkte, dass was zwischen mir und einer anderen gelaufen war. Ich hoffte insgeheim, dass sie einen festen Freund fand und die beiläufigen Techtelmechtel, die wir beide hatten, dann ihr Ende fanden. Sie wurden mir allmählich langweilig, doch wenigstens war Shelly so wie ich nicht unbedingt erpicht auf etwas Festes, und vor allem lebte sie – was mir genauso wichtig war – im Gegensatz zu mir nicht auf dem Berg. Sie war vielleicht nicht reich, aber bei Weitem nicht so arm wie Tenleigh, und ich konnte mich ganz auf mein eigenes Überleben konzentrieren, weil das ihre halbwegs sicher war.

»Wo willst du hin?«, erkundigte ich mich.

Sie sah mich unter ihren dichten Wimpern hervor an. »Meine Oma hat mich losgeschickt, weil ihr noch irgendwelche Zutaten fürs Abendessen fehlen. Aber …«, fuhr sie mit kokettem Lächeln fort, »… wenn ich etwas länger brauche, fällt ihr das bestimmt nicht auf.«

»Ich bin auf dem Weg nach Hause, Shelly. Meine Mum braucht mich.«

Die Enttäuschung war ihr deutlich anzusehen. »Tja, dann. He, wollen wir nachher zusammen in die Schule gehen? Die Theater-AG führt wie jedes Jahr *Die Weihnachtsgeschichte* auf«, schlug sie mir grinsend vor. Shelly nutzte jede Chance, um aus dem Haus zu kommen. Sie lebte mit ihrem Vater und ihren vier Brüdern auf engstem Raum zusammen. Ihre Mutter war gestorben, als sie noch ein kleines Kind gewesen war, und sie beschrieb mir ihr Zuhause oft wie einen Zoo, obwohl das meiner Meinung nach gar nicht so schrecklich klang, weil dort zumindest niemand jemals einsam war.

»Ist denn schon Weihnachten?«, erkundigte ich mich. Bisher hatte mich der kleine Buchklub, den Tenleigh und ich begründet hatten, vor der Traurigkeit, die mich in dieser Zeit befiel, bewahrt, doch jetzt lenkte mich nichts mehr davon ab.

Tenleigh.

Hör auf, Kyland. Hör auf, an sie zu denken.

Ich legte einen Arm um Shellys Schultern, und sie blickte lächelnd zu mir auf. »Heute ist der 24.«, rief sie mir in Erinnerung. »Vor zwei Tagen haben die Weihnachtsferien angefangen … hast du das noch nicht gemerkt?«

Ich seufzte. »Doch, das habe ich. War nur ein Witz.« Und tatsächlich fand ich den Gedanken, aus dem Haus zu kommen, gar nicht schlecht, vor allem, weil es in der Pause was zu essen gab. Und vielleicht nicht nur Cookies oder Cupcakes, sondern etwas Herzhaftes wie den Schinken in Blätterteig im letzten Jahr …

»Ja, okay, lass uns zusammen in die Aufführung gehen.

Das klingt ziemlich weihnachtlich.« Wir blieben vor der Tür des Ladens stehen.

»Prima. Meine Brüder kommen auch, also treffen wir uns dort.« Sie zog mich eng an ihre Brust. »Und falls du danach nichts vorhast …«

Mit einem verführerischen Lachen machte sie sich wieder von mir los und warf mir im Davongehen eine Kusshand zu.

♥

Vor der Schule trampelte ich erst einmal den Schnee von meinen hoffnungslos durchweichten Stiefeln ab, fuhr mir mit beiden Händen durch das nasse Haar, und Shelly schlang sich grinsend ihre rote Jacke enger um den Leib. »Brrr.« Sie tat, als würde sie erschaudern. »Wärm mich erst mal auf.« Sie hakte sich bei mir ein und schmiegte sich so eng an meinen Körper, dass ich nichts anderes mehr roch als ihren intensiven Vanilleduft.

Wir traten durch die Tür ins Warme, und ich blickte auf den großen, reich geschmückten Weihnachtsbaum, der mitten in der Eingangshalle stand. Die Schule hatte sich wie jedes Jahr mächtig ins Zeug gelegt, denn schließlich sahen sich auch viele Eltern, die leitende Angestellte in der Grube waren, die Aufführung der Kinder an. Ich sah mich um, und sofort fielen mir die dicken Wintermäntel, schicken Hüte und die pelzbesetzten Stiefel dieser Leute auf. Shelly nahm mich bei der Hand und zog mich zu zwei leeren Plätzen in einer der mittleren Reihen. Die Leute plauderten und lachten, und ich lief durch das angenehme Halbdunkel des herrlich warmen Raums.

Plötzlich war ich froh, dass ich den Marsch auf mich genommen hatte und gekommen war. Ich freute mich vor allem auf die Erfrischungen, die es während der Pause geben würde, denn ich hatte einen harten Monat hinter mir. Ich musste mein Haus zumindest so weit heizen, dass ich nicht im Schlaf erfror, und hatte mich deshalb beim Essen noch mehr eingeschränkt. Früher hatte ich oft Holzstücke von der Randbefestigung der Straße abgehauen, doch das war verboten und vor allem nicht zu übersehen, und so kurz vor meinem größten Ziel ging ich dieses Risiko nicht mehr ein.

Ich schob mich hinter Shelly vorbei an den Leuten, die schon saßen, bis zu dem von ihr gewählten Platz. Als wir uns hingesetzt hatten, schälte sie sich gut gelaunt aus ihrer Jacke und zog seufzend meine Hand in ihren Schoß. Ich sah sie an und merkte, dass links von ihr … Tenleigh Falyn saß. Ich zuckte leicht zusammen, sah sie dann aber mit einem breiten Lächeln an. »Tenleigh«, grüßte ich und atmete erleichtert auf, als hätte ich schon viel zu lange darauf warten müssen, sie zu sehen. Doch wollte ich sie wirklich sehen?

Tenleigh wirkte leicht erschüttert, als ihr Blick zu unseren Händen, die verschlungen in Shellys Schoß lagen, wanderte. Ich zog die Hand so schnell zurück, als hätte man mich bei etwas Verbotenem erwischt, und stirnrunzelnd sah Shelly zwischen mir und Tenleigh hin und her. Das Licht wurde noch schwächer, und wieder zog sie meine Hand in ihren Schoß.

Mit wild klopfendem Herzen lehnte ich mich in meinem Sitz zurück. Ich fühlte mich nicht wohl, und aus irgendeinem Grund war ich mit einem Mal total nervös. Dabei waren Tenleigh und ich nur befreundet … und vielleicht noch nicht mal das. Was im Übrigen auch für mich und Shelly galt – auch wenn ich mit ihr noch bedeutend intimere Sachen erlebt hatte. Weshalb also hatte ich urplötzlich *Tenleigh* gegenüber Schuldgefühle und wurde durch ihre Nähe derart abgelenkt? Warum hatte ich das seltsame Bedürfnis, ihr die Sache zu *erklären?*

Die Aufführung begann, doch ich bekam sie nur am Rande mit. Ich versuchte, aus dem Augenwinkel Tenleigh anzuschauen, doch sie hatte sich so weit auf ihrem Stuhl zurückgelehnt, dass ich nur Shelly sah. Als ein Kind, das in der Reihe vor uns saß, anfing zu weinen, warf ich einen kurzen Blick auf sie und sah, dass sie weiter reglos nach vorne starrte.

Plötzlich zerrte Shelly ihre Jacke hinter sich hervor, legte sie sich trotz der Hitze im Saal auf den Schoß und bedeckte meinen halb mit. Ich fuhr zusammen, denn sie legte ihre Hand auf meinen Unterleib und massierte, während sie auch weiter lächelnd geradeaus sah, meinen Schwanz. Eilig zog ich ihre Hand unter dem Kleidungsstück hervor, und als sie mich mit hochgezogenen Brauen ansah, nickte ich in Richtung Bühne, auch wenn ich nicht die geringste Ahnung hatte, was dort gerade vor sich ging.

Wieder blickte ich zu Tenleigh, und obwohl sie weiter ihr Gesicht der Bühne zugewandt hatte, sah ich, dass ihr Blick auf Shellys Jacke und der Stelle, wo sie mich gestreichelt hatte, lag.

Ich räusperte mich leise, und im Dämmerlicht der Aula sah sie mich aus großen Augen an, lenkte aber umgehend den Blick wieder nach vorn und ignorierte mich erneut.

Shelly packte meine Hand, die auf der Jacke lag, und fuhr mit ihrem Daumen über meine Haut.

Ich versuchte angespannt und voller Unbehagen, mich so gut wie möglich auf die Darbietung zu konzentrieren, doch es nützte nichts. Tenleigh zog mich an wie ein Magnet, als ließe ihre bloße Nähe es nicht zu, dass ich an etwas anderes dachte als an sie.

Ich atmete erleichtert auf, als zu Beginn der Pause die Deckenlichter wieder angingen, doch als ich aufstand, hatte Tenleigh die Reihe schon an ihrem anderen Ende verlassen und ging mit den anderen ins Foyer.

Zusammen mit Shelly folgte ich den Leuten auf der anderen Seite, und während wir beide im Gedränge standen, sah ich mich nach allen Seiten um. Shelly sagte etwas, doch ich hörte gar nicht zu.

Der große, offene Raum war vom Geruch von Kaffee und Gebäck erfüllt, und Shelly zog mich zu der Schlange am Büfett. »Hast du Hunger?«

Immer. Aber heute Abend nicht auf Essen, sondern auf was anderes … Auch wenn ich nicht sagen kann, was es ist.

Trotzdem nickte ich und reihte mich mit ihr zusammen in die Schlange ein.

Da wurde urplötzlich die Außentür aufgerissen, und eine Frau mit schneebedecktem Haar, in einem nassen Abendkleid und mit einer aufgeweichten Schärpe über der Schulter trat ein. Ich sah sie blinzelnd an. *Oh, Scheiße.* Das war Tenleighs Mum. Und sie sah wie eine halb ertrunkene, tollwütige Ratte aus. Das Kleid klebte so eng an ihrem Körper, dass man deutlich ihre aufgerichteten, pinkfarbenen Nippel und das dunkle Dreieck Schamhaar zwischen ihren Beinen sah. Bei ihrem Anblick wurde mir ganz elend. Sie zitterte wie Espenlaub, doch mit einem Mal setzte sie ein breites Lächeln auf, nahm eine kerzengerade Haltung ein und glitt erhobenen Hauptes durch die Menge, die ihr mit verwirrten Blicken folgte, während nur das leise Kichern einer Reihe Kinder die plötzliche Grabesstille im Foyer durchbrach.

Verzweifelt sah ich mich nach Tenleigh um, denn offenbar bahnte sich gerade irgendeine Katastrophe an.

»Eddie«, juchzte Tenleighs Mum, während sie sich eilig weiter durch die Meng schob. »Eddie, Liebling. Tut mir leid, dass ich zu spät gekommen bin.«

Ich riss den Kopf herum, entdeckte Tenleigh, die mit schreckensstarrer Miene etwas abseits stand, und folgte ihrem Blick zu Edward Kearney, Vizepräsident von Tyton Coal und verantwortlich für die Vergabe des alljährlichen Stipendiums, das an einen Schüler unserer Schule ging.

Ich biss die Zähne aufeinander.

Verdammt.

Er starrte Tenleighs Mum an, und das Entsetzen war ihm überdeutlich anzusehen. Seine Frau flüsterte angewidert: »Oh, mein Gott«, und legte schützend ihre Arme um das vielleicht zehnjährige Mädchen, das an ihrer Seite stand.

Wieder riss jemand die Tür auf, und die Leute fuhren herum, als Tenleighs Schwester, nass und zitternd wie die Mutter, angelaufen kam. Ich bahnte mir so schnell wie möglich einen Weg zu Tenleigh, während ihre Schwester nach der Mutter rief: »Mum! Komm her!« Natürlich war der öffentliche Auftritt ihrer Mutter ihr entsetzlich peinlich und verlegen lachte sie entschuldigend nach rechts und links.

In diesem Moment ergriff jemand meine Hand, ich sah mich um und merkte, dass es Shelly war. Ich schüttelte sie ab und wandte mich entschlossen wieder Tenleigh zu.

Mit einem verwirrten Lächeln blickte sich auch Tenleighs Mum um. »Meine Güte. Marlo, was machst du denn hier?«

»Wir sollten nicht hier sein, Mum.« Marlo hatte sie inzwischen erreicht und nahm entschlossen ihre Hand. Ich schob mich noch etwas näher neben Tenleigh, ohne auf Shelly zu reagieren, die nach mir rief.

»Doch, natürlich sollen wir das«, erklärte sie. »Denn schließlich ist auch Eddie hier. Eddie!« Sie versuchte, weiter auf ihn zuzugehen. »Eddie, Baby, extra deinetwegen habe ich den ganzen Weg …«

»Mum«, zischte Marlo, während sie am Arm der Mutter riss. Dann trat auch Tenleigh auf die beiden zu und ließ mich einfach stehen. Am liebsten hätte ich ihr hinterhergerufen, dass sie auf mich warten sollte, doch dann hätten sicher plötzlich alle *sie* statt ihre Mutter angestarrt.

»Dieses Weib ist völlig durchgeknallt«, wandte Edward Kearney sich an seine Frau. »Lass uns gehen, Diane. Am besten durch die Hintertür.«

Tenleigh nahm den anderen Arm ihrer Mutter, doch noch ehe sie und Marlo sie zurück zum Ausgang führen konnten, stürzte ihre Mutter plötzlich Eddie hinterher. Marlo machte einen Satz nach vorne, um sie festzuhalten, und riss dabei Tenleigh von den Füßen, die mit einem lauten Schmerzensschrei zu Boden ging.

Verdammt! Verdammt! Verdammt!

Marlo packte noch einmal nach ihrer Mutter, die mit schriller Stimme »Eddie! Eddie!« kreischte und verzweifelt um sich schlug, bis ihre Faust auf Marlos Wange traf, die vor

Schmerz aufschrie. Ich bückte mich nach Tenleigh und zog sie eilig wieder auf die Füße und ein Stück zur Seite, während ihre Mutter weiter kreischte und auf Marlo eindrosch. Ich wollte ihr gerade zu Hilfe kommen, da schoben sich bereits zwei Männer durch die Menge – Polizisten aus dem Ort, die anscheinend Kinder in der Schule hatten – und hielten sie an den Armen fest. Tenleighs Mum fuhr die Krallen aus, während sie weiter Eddies Namen schrie, und dabei rutschte ihr das Kleid über die Schulter, und ihre nackte Brust war zu sehen.

Eilig wandte ich mich ab.

»Lass sie uns in deinen Wagen schaffen, Bill«, wies einer der zwei Polizisten den Kollegen an. »Sie ist ja völlig unterkühlt.« Der Widerstand von Tenleighs Mum war mit einem Mal erlahmt. Fürsorglich hängte Bill ihr seine Jacke um und führte sie zur Tür.

»Können Sie uns in die Klinik fahren?«, fragte Marlo die Beamten, und ich sah mich abermals nach Tenleigh um.

»Ich bringe dich nach Hause«, sagte ich mit leiser Stimme, doch sie war noch immer ganz auf ihre Mutter und auf Marlo konzentriert. Ich folgte ihrem Blick, und als die beiden Männer ihre Mutter aus der Schule führten, drehte Marlo sich verzweifelt nach ihr um. Sie war sich offenbar nicht sicher, ob sie sich nicht auch um Tenleigh kümmern musste, also nahm ich Tenleighs Hand und wiederholte lauter: »Keine Angst. Ich werde sie nach Hause bringen. Ihr wird nichts passieren.«

Marlo blickte ihre Schwester an, und als die nickte, atmete sie auf und meinte leise: »Also gut. Dann sehen wir uns zu Hause, ja?«

Wieder nickte Tenleigh, das Elend auf ihrem Gesicht traf mich mitten ins Herz.

Während die zwei Männer ihre Mutter aus der Schule führten, betrachtete ich sie. Sie stand anscheinend unter Schock, denn auf ihrem Hals und ihren Wangen zeichneten sich leuchtend rote Flecken ab, und immer noch starrte sie reglos geradeaus.

»Tenleigh«, sagte ich, doch eilig zog sie ihre Hand zurück.

Ihr Schmerz ging mir derart nahe, dass ich sie am liebsten tröstend in den Arm genommen hätte, als sie ihren Blick über die anderen Menschen wandern ließ. Sie starrten sie noch immer an und tuschelten derart laut, dass sie deutlich zu verstehen waren.

... völlig irre ... die Affäre ist inzwischen ewig her ... immer schon verrückt ... anscheinend wird es immer schlimmer ... eine Schande ... widerlich ...

Ich wünschte mir, sie würden alle ihre verdammten Mäuler halten. Das hatte Tenleigh einfach nicht verdient.

»Tenleigh, ich muss nur noch schnell jemandem sagen, dass ich gehe, und dann bringe ich dich heim, okay?« Sie sah mich an und plötzlich schien sie zu verstehen. Aber noch immer sagte sie kein Wort, und ihre Miene drückte immer noch dasselbe grenzenlose Elend aus. Also sagte ich an ihrer statt: »Okay«, und fügte eindringlich hinzu: »Ich komme sofort wieder. Bleib hier stehen. Ich bin sofort wieder da.«

Ich bahnte mir den Weg zurück zu Shelly, denn ich hätte es nicht anständig gefunden, einfach zu verschwinden, nachdem sie mich hierher eingeladen hatte, aber noch bevor ich sie entdeckte, fiel bereits mit einem lauten Knall die Tür ins Schloss.

Eilig drehte ich mich um und sah, dass Tenleigh fortgelaufen war. *Verflucht noch mal.*

Ich ging dorthin, wo Shelly mir erwartungsvoll entgegensah, erklärte ihr in aller Hast, dass ich nicht bleiben könnte, machte auf dem Absatz kehrt und stürzte Tenleigh hinterher.

7 Tenleigh

Direkt hinter der Schultür brach ich in Tränen aus. Die plötzliche Kälte traf mich wie ein Faustschlag ins Gesicht und kam mir vor wie die körperliche Bestätigung der abgrundtiefen seelischen Schmach, die mir vor unzähligen Schülern, Eltern sowie einem Teil des Lehrkörpers widerfahren war. Ich rannte stolpernd über die vereiste Straße, und der Wind stach mir wie Nadeln in die Haut.

Hinter mir rief jemand meinen Namen.

Kyland. Dieser blöde Kyland, der zwei Plätze neben mir gesessen und sich in der Dunkelheit der Aula ungeniert von einer anderen hatte befummeln lassen, während ich regelrecht vor Eifersucht vergangen war. Mich hatte er nicht mal küssen wollen. Das hatte er mir deutlich zu verstehen gegeben, als er plötzlich einfach abgehauen war. Trotzdem hatte es mir in der Seele wehgetan, ihn jetzt mit einer anderen zu sehen. Am liebsten wäre ich in Tränen ausgebrochen und wäre dem dummen Weib … oder vielleicht auch ihm … an die Gurgel gegangen – wem von beiden, wusste ich nicht so genau. Doch ich hatte nicht das Recht dazu, weil ich ein Niemand für ihn war.

Diese Rolle hatte ich bereits mein Leben lang gespielt.

Ich war klein und wertlos, und das tat entsetzlich weh.

»Verschwinde, Kyland!«, schluchzte ich und steigerte mein Tempo noch.

»Tenleigh, bleib stehen! Du wirst dir wehtun. Halt!«

»Und was geht dich das an?« Ich strauchelte, versuchte mich festzuhalten und stürzte.

»Tenleigh!« Er kam immer näher, und entschlossen hob ich etwas Schnee vom Boden auf und warf ihn schluchzend auf ihn. Ich wusste, das war kindisch, doch ich hatte nichts mehr zu verlieren, und so rappelte ich mich auf und stolperte weiter unbeholfen durch den nassen, schweren Schnee.

»Meine Güte, Tenleigh!«

Wieder warf ich einen Schneeball, doch obwohl er fluchend ausweichen musste, holte er mich langsam, aber sicher ein. In diesem Moment glitt ich abermals aus und krachte rücklings in die Schneewehe am Rand des Wegs. Ich schrie auf, und während mir der Schnee in dicken Flocken ins Gesicht fiel, blieb ich einfach schluchzend liegen und starrte den klaren Winterhimmel an. Ich fühlte mich mutterseelenallein und abgrundtief verzweifelt, aber dann war Kyland plötzlich bei mir, schlang mir seine warmen Arme um den Körper und hob mich aus dem Schnee.

Ich schluchzte nur noch lauter.

»Ruhig«, raunte er mir mit seiner weichen, tiefen Stimme zu. »Ich habe dich. Schon gut, Tenleigh. Ich bin ja da.«

Zitternd legte ich ihm meine Arme um den Hals und schmiegte mich so eng es ging an seinen tröstlich warmen Körper.

Er trug mich ein paar Meter, setzte sich dann in den Schnee und hielt mich weiter fest. Er ließ den nicht endenden Strom von Tränen über sich ergehen und murmelte etwas, was ich zwar nicht verstand, was mich aber trotzdem tröstete.

Wieder dachte ich an die Gesichter all der Leute, während meine Mutter in dem abgetragenen, durchsichtigen Kleid auf meine Schwester und danach auch auf die beiden Männer eingeschlagen hatte, und kniff unglücklich die Augen zu. Wahrscheinlich gab es kaum was Schmerzlicheres auf der Welt, als wenn man sich für einen Menschen schämte, der einen vor jeder Schmach und jedem Leid hätte beschützen sollen. Und trotzdem liebte ich sie immer noch so sehr.

Obwohl irgendwann mein Tränenstrom versiegte, wagte

ich noch immer nicht, Kyland anzuschauen. Er hielt mich weiter fest, und als ich schließlich aufsah, merkte ich, dass er mit mir unter dem kleinen Vordach eines Ladens saß. Keuchend und vor Kälte zitternd kauerten wir zusammen vor dem Eingang des Friseurgeschäfts, und ich klammerte mich Trost suchend an seiner Jacke fest.

»Kyland?«

»Ja, Tenleigh?«

»Es tut mir leid, dass ich mit Schnee nach dir geworfen habe.«

»Kein Problem. Das hatte ich verdient … Tenleigh, das von heute Abend tut mir leid. Das mit Shelly … es …« Er schien nicht zu wissen, was er sagen sollte, und ich seufzte traurig auf.

»Du kannst tun und lassen, was du willst. Schließlich hast du mir eindeutig zu verstehen gegeben, dass ich dir nichts bedeute.«

Er runzelte die Stirn, fuhr nachdenklich mit seiner Zunge über seine Unterlippe, und verlegen wandte ich mich wieder ab. Ich konnte es ihm nicht verdenken, dass er mich nicht küssen wollte, denn wer hätte schon die Tochter einer Irren küssen oder gar zur Freundin haben wollen? Nicht zu Unrecht raunten sich die anderen in der Schule manchmal zu, dass ich der reinste Abschaum war. Natürlich war auch Kyland arm, aber für seine Eltern schämen musste er sich nicht. Sein Vater und sein Bruder hatten hart für die Familie geschuftet und waren heldenhaft gestorben, wogegen mein eigener alter Herr nach einem kurzen Blick auf mich die Beine in die Hand genommen hatte und verduftet war.

»Kyland«, sagte ich noch einmal, und er wiederholte: »Ja, Tenleigh?«

Langsam hob ich meinen Kopf und sah ihm in die Augen, die im Dämmerlicht unter dem Vordach ungewöhnlich dunkel waren. »Ich muss dir etwas sagen.«

Er hob eine Hand und wischte mit dem Daumen eine meiner Tränen fort. »Und was musst du mir sagen?«, fragte er mich sanft.

»In Wahrheit ist mein Vater kein russischer Prinz.«

Er blinzelte mich an und brach mit einem Mal in ein volles, warmes Lachen aus. Ich lachte ebenfalls, doch als ich mich aus seinen Armen lösen wollte, zog er mich zurück an seine Brust, und plötzlich war mir vollkommen egal, dass ich noch immer völlig durcheinander war. Denn, bei Gott, ich brauchte einfach dringend etwas Zärtlichkeit, und würde nehmen, was Kyland mir geben wollte. Vielleicht war unsere Nähe nur vorübergehend, doch das musste eben für den Augenblick genügen. Ich schmiegte mich so eng wie möglich an ihn.

»Und die Familienjuwelen gibt's auch nicht?«

»Nicht mal einen Familienkiesel oder ein Familiensandkorn«, gab ich traurig zu, und konnte dicht an meinem Kopf sein sanftes Lächeln spüren.

»Das war einfach ein dummes Spiel, das meine Schwester und ich immer gespielt haben.«

»Und was soll daran dumm gewesen sein?«

»Alles.« Abermals brach meine Stimme, und er nahm mich fester in den Arm. Ich wünschte mir, ich hätte schon als kleines Kind gewusst, dass es gefährlich war, wenn unsereiner tat, als ob er jemand Besseres wäre. Ich wünschte, ich hätte gewusst, dass Träume generell gefährlich waren. Weil Träume platzten und die Wirklichkeit danach noch schwerer zu ertragen war.

»Ich muss dir auch was sagen.«

Schniefend sah ich zu ihm auf. »Und was?«

»Dass es hier in Wahrheit keine Luchse gibt. Das heißt, natürlich gibt es welche, aber die sind für uns Menschen nicht gefährlich. Das war nur ein Vorwand, um dich begleiten zu können.«

»Ich weiß.« Ich hatte ihn von Anfang an durchschaut, hatte aber selbst meinen Spaß an dieser kleinen Albernheit gehabt, und wohlig schmiegte ich mich weiter an ihn.

Wir blieben sitzen, bis der Wind aus einer anderen Richtung blies und uns erneut vor Kälte zittern ließ.

»Am besten bringe ich dich langsam heim.« Entschlossen stand er auf und zog mich hoch.

»Ich bin wieder okay«, erklärte ich verschämt. »Ich weiß, dass du mit Shelly in der Schule warst …«

»Shelly war mit ihren Brüdern im Theater, und ich selbst war hauptsächlich der Wärme und des Essens wegen dort.« Verlegen stopfte er die Hände in die Taschen seiner Jeans.

Oh …

»Ich auch.«

Wir beide sahen zu Boden, schauten uns dann wieder an und lachten leicht verlegen auf.

»Tenleigh … es tut mir leid, dass ich dich in der Bücherei geküsst habe.« Er schnitt eine Grimasse und fuhr fort. »Ich meine, Scheiße, nein … das tut mir ganz bestimmt nicht leid. Was mir leid tut, ist, dass ich dich nicht noch einmal küssen werde«, meinte er und lachte unbehaglich auf. »Nicht deinet-, sondern meinetwegen, weil ich weiß, was mir deswegen durch die Lappen geht. Dass ich … Die Wahrheit ist die, Tenleigh«, stieß er mit rauer Stimme aus, »wie dir vielleicht schon aufgefallen ist, bin ich nicht unbedingt ein guter Fang.« Mit einem Mal tat er mir furchtbar leid. Natürlich war auch ich nicht unbedingt ein guter Fang, was allerdings nicht wirklich tröstlich für mich war. Doch irgendwie klang dieser Satz aus seinem Mund wie eine Lüge, die ihm selbst bisher noch nicht als Lüge aufgefallen war. »Ich habe dir nicht das Mindeste zu bieten, und in einem halben Jahr bin ich nicht mal mehr hier.«

»Kyland«, fiel ich ihm ins Wort. »Lass uns doch einfach Freunde sein. Ich könnte durchaus einen Freund gebrauchen, und wenn wir, egal auf welchem Weg, von hier verschwinden, um dafür zu sorgen, dass wir irgendwann ein guter Fang sein werden, wissen wir, dass wir am Ende unserer Zeit in Dennville nicht allein gewesen sind. Sonst nichts. Okay?«

Wieder füllten meine Augen sich mit Tränen, und ich wünschte mir, es wäre tatsächlich so einfach wie es klang. »Hast du Freunde?«, fragte ich, denn meistens sah ich ihn allein.

Er schüttelte nachdenklich den Kopf, bedachte mich dann allerdings mit einem möglichst ausdruckslosen Blick. »Ich hatte keinen echten Freund mehr, seit mein Bruder umgekommen ist.«

Der Schmerz, den ich bei diesem Satz empfand, verdrängte mein eigenes Leid und machte mir das Atmen schwer. »Dann sieht's so aus, als ob du mal wieder einen gebrauchen könntest.«

»Ja«, stimmte er traurig zu. »So sieht es aus.«

8 Tenleigh

Wir stemmten uns gegen den kalten Wind, und schon nach kurzer Zeit waren meine Füße völlig durchnässt und ich fing abermals zu zittern an. Als Kyland seinen Arm um meine Schultern legte, ließ ich es deshalb zu, dass er mich eng an seinen Körper zog.

Als wir wieder in Dennville waren, hatte es aufgehört zu schneien. Zwar waren meine Füße immer noch klitschnass, aber der anstrengende Marsch und vor allem Kylands Nähe hatten mich gewärmt.

»Ich sollte in der Klinik anrufen und mich erkundigen, ob Marlo und meine Mum gut dort angekommen sind.« Vor dem alten Postamt stand noch eine Telefonzelle – was meines Wissens nach inzwischen wirklich selten war. Doch oben auf dem Berg hatten die meisten Leute keinen Festnetzanschluss, und auch wenn sie Handys hatten, war dort der Empfang sehr schlecht. Wir selbst konnten uns keins von beidem leisten, und als Kyland mit mir zu der kleinen Zelle ging, suchte ich im Telefonbuch nach der Telefonnummer des Krankenhauses, in das Marlo Mum immer brachte, weil sie dort kostenlos behandelt wurde, und fischte ein 50-Cent-Stück aus der Tasche meiner Jeans. Ein paar Minuten später hatte die Zentrale mich mit der Station verbunden, in die meine Mutter eingewiesen worden war, und man holte meine Schwester an den Apparat.

»Hi, Ten. Es tut mir furchtbar leid. Ich habe nur kurz geduscht. Bist du wieder in Dennville?«

»Ja, und es braucht dir nicht leid zu tun. Ich weiß, dass es nicht deine Schuld gewesen ist. Ich bin okay. Wirklich. Brauchst du mich? Ich könnte versuchen, irgendwie zu kommen …«

»Nein. Diesmal bin ich dran. Du bist letztes Mal mit Mum hiergeblieben und konntest deswegen nicht mal in die Schule gehen. Und ich muss erst am Dienstag wieder arbeiten. Es tut mir nur leid, dass du die Feiertage ganz allein verbringen musst. Es könnte sein, dass man sie ein paar Tage hierbehält.«

»Mach dir um mich keine Sorgen. Ich hab dich lieb.« Wir beide wussten, dass ein Fest wie Weihnachten in unserem Wohnwagen nicht wirklich wichtig war.

»Ich dich auch, Kleine. Oh, he, ich muss hier irgendwelche Formulare ausfüllen. Ruf an, falls du was brauchst, okay? Ich haue mich im Wartezimmer hin, aber ich werde ab und zu die Schwestern fragen, ob es eine Nachricht für mich gibt.«

Nun, zumindest hätte sie es in dem Wartezimmer warm. »Okay. Bis dann.«

»Ich hab dich lieb.«

Ich starrte auf das Telefon, und als mich Kyland fragend ansah, während er ein wenig warme Luft in die vor seinen Mund gehobenen Hände blies, erklärte ich: »Es geht ihnen gut. Sie behalten Mum über die Feiertage da. Das … nun ja.« Ich richtete mich auf und atmete tief durch. »So ist es nun einmal.«

Ich verstummte, griff nach kurzem Überlegen wieder nach dem Buch, suchte eine Telefonnummer in Evansly heraus, warf die nächste Münze in den Schlitz, wählte und nach zweimaligem Läuten drang die Stimme eines Mannes an mein Ohr.

»Hallo, Dr. Nolan? Sam?«

»Ja bitte?«

»Hier spricht Tenleigh Falyn … ich … nun, ich …« Mit einem Mal kamen mir Zweifel. Dafür würde Marlo mich wahrscheinlich umbringen. Was machte ich hier nur?

»Was ist passiert, Tenleigh?«, fragte er und plötzlich klang seine Stimme ganz angespannt.

»Ich … nun, unsere Mum, hm … es gab einen Zwischenfall und … Marlo ist mit ihr im Krankenhaus, und ich dachte … ich meine … ich habe mich gefragt, ob Sie vielleicht …«

»Ich bin schon unterwegs, Tenleigh. Auf welche Station hat man deine Mutter gebracht?«

»Die Zwölf.« Das wusste ich, weil sie dort immer lag.

Nach einer kurzen Pause fragte er: »Die Psychiatrie?«

»Ja«, stieß ich mit heiserer Stimme aus und kniff die Augen zu. Ich schämte mich entsetzlich und hätte am liebsten einfach aufgelegt. »Ich weiß, Sie sind Zahnarzt, kein Psychiater, aber ich … oh Gott, ich weiß nicht, was ich dachte. Tut mir leid.«

Ich blickte Kyland an, der mich während des ganzen peinlichen Gesprächs nicht aus den Augen ließ.

»Du hast genau das Richtige getan. Wenigstens kann ich jetzt in die Klinik fahren und Marlo Gesellschaft leisten. Und du kommst allein zurecht?«

Ich atmete erleichtert auf. »Ja, ich komme klar. Das ist wirklich nett von Ihnen«, fügte ich hinzu, und vor Erleichterung klang meine Stimme seltsam schrill.

Kyland verzog besorgt das Gesicht, aber ich gab ihm durch ein Nicken zu verstehen, dass alles in Ordnung war.

»Ich bin wirklich froh, dass du mich angerufen hast. Danke, Tenleigh.«

»Ich danke Ihnen. Wirklich, vielen, vielen Dank. Auf Wiederhören, Sam.«

Ich legte auf und atmete tief durch. Auch wenn mir Marlo dafür sicher die Augen auskratzen würde, hatte ich auf jeden Fall das Richtige getan. Vielleicht hatte Marlo kein Interesse daran, etwas mit ihm anzufangen, aber er war ein anständiger Kerl. Und schließlich konnte jeder ein, zwei gute Freunde brauchen, oder nicht?

»Das war ein Freund von Marlo«, sagte ich zu Kyland. »Ich habe ihn angerufen, um zu fragen, ob er ihr Gesellschaft leisten will. Die Station, auf die sie meine Mutter immer bringen, ist kein wirklich angenehmer Ort.«

Er nickte traurig, und wir setzten unseren Heimweg fort. Ich war froh, dass er mir erst mal keine Fragen stellte, denn ich war noch nicht bereit, ihm Einzelheiten zu erzählen.

Eine halbe Stunde später hatten wir den Wohnwagen erreicht, ich riss die Tür auf, und wir traten eilig ein. Obwohl Marlo noch daran gedacht hatte, die Tür hinter sich zuzuziehen, bevor sie unserer Mutter hinterhergelaufen war, bildete unser Atem kleine, weiße Wölkchen in der kalten Luft des Raums. Ich schaltete die beiden kleinen Heizgeräte an, doch bis es in dem alten, zugigen Gefährt nur annähernd behaglich wäre, würde eine Zeit vergehen. Ich bückte mich, um meine nassen Stiefel auszuziehen, und als ich wieder aufsah, merkte ich, dass Kyland unbehaglich in der Tür stehen geblieben war.

»Du solltest erst mal trocken werden«, sagte ich. »Ich meine … außer du musst gleich nach Hause. Oh!« Ich schlug mir gegen die Stirn. »Natürlich musst du das. Deine Mum …«

Kyland schüttelte den Kopf. »Nein. Der geht es gut. Sie wartet nicht auf mich. Ich … ich wünschte nur, ich könnte dich zu deiner Schwester in die Klinik fahren. Sie braucht dich dort bestimmt.«

Ich warf die Stiefel in die Ecke und zog zitternd meine nassen Strümpfe aus. »Nein. Wir … wechseln uns bei diesen Dingen immer ab.« Mehr sagte ich nicht, doch Kyland zeigte durch ein Nicken, dass er mich verstand und zog ebenfalls die Schuhe und die Strümpfe aus. Dann legten wir unsere Jacken ab, ich setzte mich auf das Sofa, auf dem ich schlief, warf ihm eine Decke zu, hüllte auch mich selbst in eine Decke, setzte mich und bot ihm stumm den Platz an meiner Seite an.

Nach kurzem Zögern setzte er sich.

»Hübsch«, stellte er fest und nickte mit dem Kopf in Richtung unseres kleinen Weihnachtsbaums. Ich lächelte. Wir hatten ihn wie immer selbst aus dem Wald geholt, und obwohl er weder groß noch aufwändig geschmückt war, fand ich, dass die kleine, weiße Lichterkette sogar unseren winzigen, schmuddeligen Wohnwagen in einem warmen Glanz erstrahlen ließ.

»Danke.«

Wir verstummten abermals, doch schließlich meinte er: »Tenleigh, ich verstehe, wenn du nicht darüber sprechen möchtest, aber falls du ...«

Ich seufzte. »Du meinst, was sie hat?«

Er nickte und bedachte mich mit einem sanften, mitfühlenden Blick.

Ich wickelte mich fester in die Decke, und obwohl der Wind auch weiter traurig durch die Bäume draußen pfiff, lies mein Zittern langsam nach.

»Mein Dad hat sie hierhergebracht, als sie mit Marlo schwanger war, aber drei Tage nachdem ich auf die Welt gekommen war, hat er sich plötzlich einfach aus dem Staub gemacht. Ist einfach durch die Tür und, ohne sich noch einmal nach uns umzudrehen, losmarschiert.«

»Verdammt, das tut mir leid.«

Ich schüttelte den Kopf. »Das muss es nicht. Zumindest nicht für mich. Denn schließlich habe ich ihn nicht gekannt, und so übel, wie er meiner Mum mitgespielt hat, bin ich froh, dass er ein Fremder für mich ist.«

»Ist das der Grund, weshalb ...« Er machte eine Pause, weil er offenbar nicht wusste, wie er seine Frage formulieren sollte.

»... meine Mum so ist, wie sie ist?« Ich schüttelte den Kopf. »Nein. Ich meine ... vielleicht wurde es dadurch noch schlimmer, keine Ahnung, aber meine Mum hatte auch schon vorher ihre Hochs und Tiefs ... sie hatte auch schon früher manchmal irgendwelche fixen Ideen. Der Arzt in

Evansly, bei dem sie in Behandlung ist, behauptet, dass sie eine depressive Störung hat, wobei ich mir da nicht so sicher bin. Ich habe das Gefühl, dass noch ein bisschen mehr dahintersteckt, und dass der Mann im Grunde keine Ahnung hat.« Verlegen sah ich vor mir auf den Boden, denn ich fühlte mich mit einem Mal ganz nackt. Nie zuvor in meinem Leben hatte ich mit jemand anderem als mit Marlo über die Probleme meiner Mutter diskutiert.

»Meine Mum hatte meinen Dad bei einem ihrer Schönheitswettbewerbe kennengelernt. Sie war mal Schönheitskönigin und ist noch immer furchtbar stolz darauf, dass sie mal Miss Kentucky war.« Ich lachte verbittert auf und schwieg einen Moment, doch schließlich fuhr ich fort. »Wie dem auch sei, mein Dad hat als Beleuchter dort gejobbt, und es war Liebe auf den ersten Blick. Auf jeden Fall behauptet meine Mum das. Sie kam aus einer angesehenen Familie, aber als sie schwanger wurde und mit einem tätowierten jungen Kerl aus einem Bergarbeiternest davongelaufen ist, haben sie sie enterbt. Sie hat im Verlauf der Jahre immer wieder versucht, Kontakt zu ihnen aufzunehmen, aber sie sprechen nicht einmal am Telefon mit ihr.« Ich schüttelte den Kopf. »Er ist mit ihr hierhergezogen, doch nach ein paar Jahren in der Grube hatte er genug von seinem Job, von seiner Frau und seinen Kindern, und ist einfach abgehauen. Das war's.« Ich schüttelte meine Hände, denn schließlich hatte das mein Vater so mit uns gemacht. Hatte seine Frau und seine Kinder einfach abgeschüttelt und sich ein anderes Leben aufgebaut.

Kylands Blick war nachdenklich, nicht mitleidig, einfach so, als würde er verstehen und schlicht akzeptieren, was uns widerfahren war. »Und was war da zwischen deiner Mum und Edward Kearney?«

Verlegen presste ich die Lippen aufeinander, aber schließlich gab ich zu: »Als ich acht und Marlo elf war, hatten sie eine Affäre. Er hat ihr erzählt, er würde seine Frau verlassen und uns zu sich in sein großes Stadthaus holen. Deshalb hat meine Mum ihn als unseren Retter angesehen.«

»Bist du sicher, dass das stimmt? Ich meine, vielleicht hat sie sich das auch nur …«

Doch ich schüttelte den Kopf. »Ich weiß, dass es so war und dass er das behauptet hat. Dieser Wohnwagen ist nicht nur klein, sondern hat auch furchtbar dünne Wände.«

Kyland riss die Augen auf. »Er hat sie hier besucht?«

Ich nickte. »Er hat damals praktisch hier gewohnt.«

Er raufte sich die Haare und stieß zornig aus: »Dieses verdammte Schwein.« Am liebsten hätte er anscheinend noch was anderes gesagt, hielt sich dann aber zurück.

»Ich glaube, dass ihm das gefallen hat. Hierherzukommen, meine ich. Das habe ich ihm angesehen. Das war irgendein kranker Kick für ihn. Und jedes Mal, wenn er gegangen ist, hat er ein paar Scheine auf den Tisch gelegt.« Kyland stieß ein dumpfes Knurren aus. »Na ja, egal, er kam mehrere Jahre lang hierher. Er hat meine Mum offenbar als seine ganz private Hure angesehen. Und sie hat sich allen Ernstes eingebildet, dass der Kerl sie liebt.« Ich schüttelte erneut den Kopf. »Einmal hat uns meine Mum zu ihm geschleift, um ihn und seine Frau damit zu konfrontieren, dass es uns gibt. Wir sind also die acht Meilen bis zu seinem Haus gelaufen und haben einfach bei ihm an die Tür geklopft. Ich habe mich so geschämt.« Verlegen wandte ich mich ab und fuhr mit meinem Zeigefinger über meine Unterlippe. Plötzlich war ich wieder genauso verzweifelt wie in dem schrecklichen Moment vor Edward Kearneys Tür.

Ich schaffte es nicht, Kyland anzusehen, und schweigend wartete er ab, bis ich mich wieder im Griff hatte und weitersprach. »Edward kam persönlich an die Tür, und als meine Mum ihm erklärte, was sie wollte, hat er ihr als Antwort ins Gesicht gespuckt.« Jetzt wandte ich mich Kyland wieder zu. »Er hat ihr *ins Gesicht gespuckt,* bevor er ihr die Tür von seinem schicken Stadthaus vor der Nase zugeschlagen hat.« Ich sah auf eine Stelle oberhalb von Kylands Schulter und erinnerte mich an den abendlichen Himmel, an die unglückliche Miene meiner Mum und den Staub, der auf dem Weg zurück nach Hause rund um unsere Schuhe aufgewirbelt war.

»Tenleigh …«, flüsterte er rau. »Das tut mir furchtbar leid.«

Ich nickte knapp. »Ich nehme an, so laufen diese Dinge nun einmal.«

»Kein Wunder, dass du selbst den Männern abgeschworen hast«, stellte er mit einem kleinen Lächeln fest.

Er zog mich auf liebevolle Weise auf und dankbar lächelte ich zurück: »Deshalb ist es gut, dass wir nur Freunde sind.«

Er lachte leise auf, doch schließlich fragte er: »Ist es ein seltsames Gefühl für dich, dass du dich jetzt bei ihm um das Stipendium bewerben musst?«

Ich zuckte mit den Achseln. »Nein, eigentlich nicht. Denn schließlich kommt das Geld von Tyton Coal. Er repräsentiert das Unternehmen nur. Und wenn es mir hilft, hier rauszukommen, muss ich meinen Stolz eben herunterschlucken.«

Er starrte nachdenklich auf den Boden, doch schließlich sah er wieder zu mir auf, und wieder einmal wurde mir bewusst, wie ungeheuer attraktiv er war. Als unsere Blicke sich begegneten, wurde mir ganz warm ums Herz, und blinzelnd fragte ich: »Lust auf eine heiße Schokolade?«

»Oh ja, sicher, gern.«

Ich stand auf, und als ich, weiterhin in meine Decke eingehüllt, die kleine Küche unseres Wohnwagens betrat, kam er mir, ebenfalls in seine Decke eingewickelt, hinterher, lehnte sich an den Türrahmen und sah mir bei der Arbeit zu. Verlegen wandte ich mich ab und konzentrierte mich auf den Kakao.

Plötzlich war der ganze Wohnwagen von seiner Männlichkeit erfüllt. Vielleicht lag das einfach daran, dass ich nicht gewohnt war, diese Räumlichkeit mit einem Mann zu teilen, oder vielleicht nahm ich einfach nur *seine* Nähe überdeutlich wahr. Egal aus welchem Grund, meine Reaktion ging mir unglaublich gegen den Strich. Denn schließlich hatte ich ihm selbst erklärt, dass wir nur Freunde waren – okay, nachdem er mir eröffnet hatte, dass er mich nie wieder küssen würde. Aber wenn wir uns nie wieder küssen würden, konnten wir nur Freunde oder gar nichts sein.

Ich atmete tief durch, goss das heiße Wasser in die beiden Becher mit dem Schokoladenpulver, schaltete die Platte ab und hielt ihm einen Becher hin. Als unsere Hände sich dabei berührten, sahen wir beide eilig auf. »Entschuldigung.«

»Wofür?«

Ich blinzelte verwirrt.

Dafür, dass ich dich noch immer küssen möchte, bis ich völlig außer Atem bin. Dafür, dass mir dein Geschmack nicht aus dem Kopf gehen will. Dafür, dass ich mir nicht sicher bin, ob ich in meinem ganzen Leben jemals wieder so etwas fühlen werde wie in dem Moment, als dein Mund auf meinen Lippen lag. Dafür, dass ich dich belüge und so tue, als ob es mir reichen würde, wenn wir einfach gute Freude sind.

»Dafür, dass der Kakao so heiß geworden ist.« Ich lenkte meinen Blick auf das Getränk in seiner Hand.

»Heiß ist gut. Das wärmt uns auf.«

Nickend schob ich mich an ihm vorbei. Ich brauchte etwas Raum. Am besten hätte mir bestimmt ein Schwall eisiger Winterluft getan, doch ich wollte nicht noch einmal frieren, nachdem mir endlich wieder halbwegs warm geworden war.

Was machen Freunde miteinander?

»Also, willst du was spielen? Ich habe noch ein paar alte Brettspiele von meinem Dad.«

»Sicher. Was hast du denn da?«

»Uh, da muss ich nachsehen.« Ich trat vor einen kleinen Schrank und spähte in das oberste Fach. Marlo und ich hatten vor einer Ewigkeit zum letzten Mal ein Spiel gespielt, und plötzlich kam mir die Vorstellung ziemlich witzig vor. »Scrabble … Uno … Monopoly …«

»Monopoly«, rief er begeistert, und lachend griff ich nach dem Spiel.

Wieder setzten wir uns auf die Couch, ich zog den Tisch zu uns heran, faltete den Spielplan auf, übernahm die Bank und drückte ihm die Straßenkarten in die Hand.

»Ich wäre lieber die Bank«, erklärte er.

Ich runzelte die Stirn, weil ich bisher noch jedes Mal die Bank gewesen war. Da er jedoch mein Gast war, überließ ich sie diesmal ihm.

»Außerdem bin ich immer der Schuh.«

Das ist völlig ausgeschlossen.

»Ich bin *selbst* immer der Schuh.«

»Oh nein, auf keinen Fall. Ich bin der Schuh.«

»Und warum willst du ein alter, ausgelatschter Schlappen und kein schicker Luxusschlitten sein?« Mit hochgezogenen Brauen hielt ich das Auto vor ihm in die Luft.

»Weil der Schuh für harte Arbeit steht. Und nur durch harte Arbeit wird man reich. Deshalb bin ich immer der Schuh.«

Abermals hob ich die Brauen an.

»Und warum willst *du* der Schuh sein?«

»Weil er völlig unauffällig ist. Er macht so wenig her, dass niemand davon ausgeht, dass er sich mit einem Mal von hinten anschleicht und am Schluss alles gewinnt. Auf den Luxuswagen achtet jeder, doch der Schuh wird immer völlig ignoriert. Er fliegt, das heißt, als Schuh läuft er immer unter dem Radar«, klärte ich ihn augenzwinkernd auf.

Kyland lachte und sah ausnehmend zufrieden aus. »Das ist eine wirklich gute Antwort. Also lass uns darum würfeln, wer den Schuh bekommt.«

»Abgemacht«, stimmte ich grinsend zu und nahm den Würfel in die Hand.

Ich hatte eine Vier und Kyland eine Drei, und lachend meinte er: »Okay, das war ein fairer Kampf. Du bist der Schuh.«

Nach einer Stunde hatten wir den ersten Börsencrash erlebt, waren in verschiedene Immobiliendeals verstrickt und unzählige Male über »Los« marschiert. Kyland lag vorne, und ich schimpfte wie ein Rohrspatz, weil ich abermals auf einem seiner blöden Bahnhöfe gelandet war.

Als er lachte, fauchte ich: »Was gibt es da zu lachen?«

»Ich hätte nie gedacht, dass du so ehrgeizig bist«, klärte er mich mit einem selbstzufriedenen Grinsen auf.

Knurrend blätterte ich ihm die Kohle für den Bahnhof hin.

»Eines solltest du dir für die Zukunft merken. Nämlich dass man sich die Bahnhöfe immer zuerst unter den Nagel reißen muss.«

Ich sah ihn aus zusammengekniffenen Augen an. »Bisher hast du noch nicht gewonnen, also warte lieber noch mit deinen schlauen Tipps.« Nach einer kurzen Pause fügte ich hinzu: »Ich kaufe nie die Bahnhöfe. Die sind mir viel zu langweilig.«

»In Zukunft solltest du das tun. Weil das Geld dort regelmäßiger als bei den Straßen fließt. Und wenn du alle vier besitzt, verdienst du damit so viel Geld, dass du dir davon Häuser und Hotels auf deinen Straßen bauen kannst.«

Ich sah verwundet zu ihm auf. Ich wusste, dass er sich um das Stipendium bemühte, doch bisher war mir nicht klar gewesen, wie intelligent er war. Und plötzlich wurde mir bewusst, dass er von hier weg musste, wenn er diese Intelligenz nutzen wollte, um etwas im Leben zu erreichen. Dieser Gedanke machte mich furchtbar traurig, obwohl Intelligenz ganz bestimmt kein Grund für Tränen war – das sah man ganz deutlich an Dennville, wo es offensichtlich viel zu wenig davon gab.

»Ich sollte dir nicht helfen, aber offensichtlich kannst du ein paar Tipps gebrauchen«, meinte er und wies zum Zeichen dafür, dass er mich auf jeden Fall besiegen würde, auf den Haufen Geld, der vor ihm lag.

»Arschloch«, murmelte ich lachend, und er lachte ebenfalls.

Eine Stunde später kochte ich vor Zorn, denn ich war blank, und Kyland war die Schadenfreude deutlich anzusehen. Im Grunde aber hatte ich mich ewig nicht mehr derart amüsiert.

»Also gut – ich gebe mich geschlagen. Du hast mich plattgemacht. Ich gratuliere.«

Schnaubend packte ich die Sachen wieder ein, und Kyland bot mir lachend an: »Wenn du Glück hast, gebe ich dir irgendwann eine Revanche.«

»Pfff.«

Plötzlich klopfte jemand an die Tür, und ich blickte verwundert auf.

»Wer ist da?«

»Ich bin's. Buster.«

»Buster ...« Eilig machte ich ihm auf und wich vor dem kalten Wind, der mir entgegenblies, zurück. »Komm rein.«

Buster West war einer unserer Nachbarn auf dem Berg. Ein alter, etwas seltsamer, doch gutherziger Mann, der im Sommer beinah jeden Tag mit einem Korb voller Rhabarber für uns kam.

»Hallo, Schätzchen.« Lächelnd setzte er seine Kapuze ab.

»Warum bist du denn bei diesem Wetter unterwegs?«

»Ich bringe euch nur schnell ein Weihnachtsgeschenk vorbei«, erklärte er und blickte Kyland an.

»Buster, kennst du Kyland Barrett? Er lebt etwas unterhalb von uns.«

»Ja, sicher. Hallo, Junge. Wie geht es deiner Mum?«

»'n Abend, Sir. Uh, es geht ihr gut. Aber wissen Sie, sie geht inzwischen kaum noch vor die Tür.«

Buster runzelte die Stirn und sah ihn eine Spur zu lange an. »Allerdings.« Was hatte er für ein Problem? Auch ich wandte mich Kyland zu und merkte, dass er unbehaglich vor sich auf den Boden starrte.

»Also, hier ist mein Geschenk.« Der alte Mann hielt mir ein Päckchen hin.

»Das hätte doch nicht sein müssen«, erklärte ich und trat ein wenig unbehaglich von dem einen auf den anderen Fuß. Ich wusste ganz genau, was das Paket enthielt und hatte keine Lust, es auszuwickeln, während Kyland in der Nähe war. Doch Buster wirkte so erwartungsvoll, dass mir nichts anderes übrig blieb, als mir das von ihm selbst geschnitzte Kunstwerk anzusehen.

In mir zog sich alles zusammen und mir wurde siedend heiß. Busters Schnitzereien waren immer pornografisch. Soweit ich wusste, hatte er inzwischen fast das ganze Kamasutra durch. Dieses Holzstück zeigte nun eine nackte Frau mit langen Haaren, die vor einem Typen kniete und ihm einen blies, während er den Kopf verzückt nach hinten warf.

Nun denn …

»Wow, Buster. Das sieht sehr … romantisch aus.«

Kyland brach in Husten aus, und Buster stimmte mir mit träumerischer Stimme zu. »Das ist es auch.« Doch plötzlich wurde seine Miene ernst. »Wie geht es Annabelle?«

»Sie ist wieder im Krankenhaus.«

Er nickte knapp. »Das hatte ich mir schon gedacht. Ich habe gesehen, wie sie mit dieser Schärpe über ihrem Kleid aus eurem Wohnwagen geschossen kam. Ich habe sofort Marlo Bescheid gesagt. ›Das arme Ding stand gerade unter der Dusche.‹« Er schüttelte betrübt den Kopf. »Aber jetzt bringen sie sie sicher erst einmal wieder auf Vordermann.«

Nun, so konnte man es vielleicht formulieren.

Ich nickte einfach kurz. »Übrigens habe ich auch etwas für dich«, erklärte ich und zerrte eine kleine Dose unter unserem Weihnachtsbaum hervor. Ich hielt sie Buster hin und grinsend meinte er: »Lavendeltee. Den trinke ich am allerliebsten. Vielen Dank. Du bist und bleibst einfach ein Schatz.«

»Nichts zu danken«, lachte ich. Im Grunde machte ich das ganze Jahr hindurch Lavendeltee für ihn, weshalb das nichts Besonderes war, doch es war wirklich süß von ihm zu tun, als ob.

»Nun, dann wünsche ich euch beiden frohe Weihnachten.« Er setzte die Kapuze wieder auf, lächelte Kyland an und gab mir einen kühlen, trockenen Wangenkuss.

»Wir dir auch.«

Ich brachte Buster an die Tür und wandte mich, das schmuddelige Kunstwerk in den Händen, wieder Kyland zu. »Ich habe eine ganze Sammlung von dem Zeug.«

Er warf den Kopf zurück, und als er schallend lachte, brach ich ebenfalls in lautes Lachen aus. »Ich schwöre dir, Buster hat 'ne Schraube locker. Aber trotzdem hab ich ihn furchtbar gern.«

Er schüttelte den Kopf und fragte grinsend. »Darf ich mir das Ding mal ansehen?«

Ich drückte es ihm in die Hand, und er betrachtete es eingehend von allen Seiten. »Eins muss man ihm lassen. Schnitzen kann der Mann.« Er schaute sich das Kunstwerk noch ein wenig länger an, bevor ihm plötzlich einfiel, dass er nicht allein war, und mit ernster Miene gab er mir die Schnitzerei zurück. Ich stellte das Geschenk unter den kleinen Weihnachtsbaum, bemerkte Kylands durchdringenden Blick, und wieder stieg mir eine heiße Röte ins Gesicht. Ich nestelte nervös am Saum meines Pullovers, denn ich hatte keine Ahnung, wie ich mit der plötzlichen Spannung zwischen uns am besten umgehen sollte. Schließlich waren wir nur Freunde? Oder etwa nicht?

»Ich sollte vielleicht langsam heimgehen, falls mich meine Mum braucht.«

Ich nickte. »Richtig. Ja, natürlich.« Ich sah auf die Uhr und merkte, dass inzwischen später Abend war.

»Bist du sicher, dass du klarkommst?«, fragte er, zog aber bereits seine Strümpfe und die Schuhe wieder an.

Ich lächelte. »Auf jeden Fall. Jetzt geht's mir wieder gut. Danke.« Schüchtern sah ich vor mir auf den Boden. »Vielen, vielen Dank.«

Als er nickte, fiel sein Blick auf meine Lippen, aber eilig sah er wieder auf, und während er in seine inzwischen wieder trockene Jacke schlüpfte, öffnete ich schon die Tür.

»Komm gut nach Hause«, bat ich leise. »Es ist rutschig und hier oben auf dem Berg treiben sich manchmal …«

»Luchse 'rum«, beendeten wir gleichzeitig den Satz und lachten auf.

Doch sofort wurde Kyland wieder ernst. »Mir wird ganz sicher nichts passieren, das verspreche ich«, erklärte er und sah mir wieder ins Gesicht.

»Gut.«

»Okay.«

Er nahm die beiden Stufen vor der Tür und drehte sich noch einmal zu mir um. »Schließ die Tür hinter mir ab. Ich warte noch, bis ich es klicken höre. Dann gehe ich los.«

Ich nickte knapp. »Gute Nacht, Kyland.«

»Gute Nacht, Tenleigh.«

Ich schloss die Tür hinter ihm ab, kehrte zurück zu meiner Couch, wickelte mich wieder in die Decke ein und starrte reglos auf den kleinen Weihnachtsbaum. Plötzlich kam es mir in unserem Wohnwagen erschreckend still und einsam vor, vor allem aber war ich seltsam angespannt, weil irgendetwas nicht in Ordnung war. Ich musste irgendetwas tun, aber ich hatte keine Ahnung, was. Doch noch während ich versuchte zu ergründen, was nicht stimmte, fielen mir bereits die Augen zu, und erst das Licht des Weihnachtsmorgens und der Chor der Zaunkönige, die den neuen Tag begrüßten, weckten mich aus einem komatösen Schlaf.

9 Kyland

Am nächsten Vormittag stand ich am Fenster und sah in die reine, weiße Winterwelt hinaus. Da in den letzten Jahren an Weihnachten kaum Schnee gefallen war, war das Fest in diesem Jahr für manche etwas ganz Besonderes. Für mich jedoch ganz sicher nicht.

Ich unterdrückte mühsam die Melancholie, die bei diesem Gedanken in mir aufgestiegen war. *Das ist einfach ein ganz normaler Tag, der wie jeder andere vorübergehen wird.* »Reiß dich zusammen, Kyland«, murmelte ich vor mich hin und trank den nächsten Schluck Kaffee.

Plötzlich aber klopfte es an meiner Tür, und ich zuckte zusammen.

Wer um alles in der Welt konnte das sein? Wer tauchte einfach am Weihnachtsmorgen bei mir auf?

Stirnrunzelnd trat ich in den Flur und fragte argwöhnisch: »Wer ist da?«

»Ich«, rief eine helle Stimme, und ich blinzelte verwirrt.

Tenleigh?

Verdammt.

Ich zog die Tür nach kurzem Zögern einen Spaltbreit auf.

Dort stand sie mit ihrem kleinen Weihnachtsbaum, einer Papiertüte im Arm, einem scheuen Lächeln im Gesicht und glitzernden Schneeflocken auf ihrem dunklen Haar. Auch in ihren dichten Wimpern hingen ein paar Flocken, ihre Wangen waren rot vor Kälte und vor ihren Lippen stiegen weiße Atemwölkchen auf. Sie sah einfach entzückend aus, und um sie besser sehen zu können, zog ich meine Tür ein bisschen weiter auf.

»Was machst du hier?« Verdammt, das klang entsetzlich schroff.

Aber sie durfte nicht hereinkommen.

Sie musste wieder gehen.

Ihr Lächeln schwand, und sie sah vor sich auf den Boden, aber schließlich blickte sie mich wieder an und fragte leise. »Seit wann ist sie nicht mehr da?«

Ich runzelte die Stirn. »Sie?«

»Deine Mum.«

Ich riss die Augen auf, und während frischer Schnee auf ihr Haar und auf ihre dunkle Jacke fiel, starrten wir uns reglos an.

»Was ... wie kommst du denn ...« Ich atmete geräuschvoll aus und fuhr mir durchs Haar. »Woher weißt du es?«

Ihre Miene wurde sanft. »In deinem Haus brennt niemals Licht ... und auch ein paar andere Sachen kamen mir schon immer seltsam vor.« Sie zuckte mit den Schultern. »Im Grunde habe ich nur geraten.« Verlegen biss sie sich auf die Lippe, und ich griff mir an die Brust, denn mein verräterisches Herz schlug einen wilden Purzelbaum. »Es tut mir leid«, erklärte sie und fuhr nach einer kurzen Pause fort. »Ich dachte einfach, wenn du ganz allein bist, feierst du bestimmt nicht Weihnachten. Und da ich auch allein bin, dachte ich, ich bringe einfach Weihnachten zu dir.« Mit einem hoffnungsvollen Lächeln hielt sie mir das Bäumchen hin.

Jetzt machte ich ihr richtig auf, bedeutete ihr einzutreten, und erleichtert schob sie sich an mir vorbei. Dann blieb sie stehen, schaute sich um, und ich stopfte meine Hände in die Taschen meiner Jeans und versuchte, das Haus mit ihren Augen zu sehen. Es war winzig, und die Möbel waren uralt – meine Mutter hatte nach dem Tod von meiner Oma lauter Zeug von ihr geerbt, das bereits damals weder schön noch annähernd modern gewesen war –, aber ich machte regelmäßig sauber, und vor allem lag auch nirgends irgendwelcher Müll herum.

Tenleigh blickte auf den Tisch neben dem Sessel, auf dem immer noch ein Foto meiner Mutter stand. Ich hatte es dort aufgestellt, weil ich mir inständig gewünscht hatte, dass sie doch noch mal zurückkam, und grüßte es gewohnheitsmäßig jedes Mal, wenn ich nach Hause kam. Inzwischen aber war es allerhöchste Zeit, das Foto wegzuräumen. Ich hatte mich daran gewöhnt, allein zu sein.

Lächelnd wandte Tenleigh sich mir zu. »Hübsch«, erklärte sie, und mein verdammtes, dummes Herz schlug einen weiteren Salto, weil sie es tatsächlich ehrlich meinte. Und das ging gar nicht. Sie hätte dieses Häuschen als die Bruchbude erkennen sollen, die es war. Und dass sie es nicht tat, rief gleichzeitig kalten Zorn und heiße Freude in mir wach.

»Kann ich dir die Jacke abnehmen? Den Weihnachtsbaum oder die Tüte?«

Lachend stellte sie den Baum auf meinen Tisch, zog ihre Jacke aus und schaltete die Lichterkette an. »Die funktioniert mit Batterie«, erklärte sie. »Wir können den Baum also hinstellen, wo wir wollen.« Sie rückte ihn zurecht, richtete sich auf, verzog unsicher das Gesicht und stieß nach einem Augenblick verlegenen Schweigens leise aus: »Es tut mir leid, Kyland. Ich bin einfach so bei dir hereingeplatzt. Ich …« Abermals biss sie sich auf die Lippe. »Was hättest du heute machen wollen?«

»Ein bisschen fernsehen … lernen … mich in Selbstmitleid ergehen, weil ich ganz alleine bin.«

Sie lachte nicht. Wahrscheinlich wusste sie, dass das kein Scherz gewesen war, obwohl ich selbst es erst merkte, als ich ihre ernste Miene sah.

»Du hast einen Fernseher?«, erkundigte sie sich.

»Der allerdings nicht immer läuft. Nur wenn ich Strom habe …«

Sie nickte, und nach einem neuerlichen Augenblick der

Stille fragte sie so leise, dass sie fast nicht zu verstehen war: »Was ist mit ihr passiert?«

Ich hatte bisher niemandem davon erzählt. Ich *konnte* niemandem davon erzählen, und ich hatte auch nicht vorgehabt, das je zu tun. Mit einem Mal jedoch verspürte ich das geradezu verzweifelte Bedürfnis, sie in mein Geheimnis einzuweihen.

»Sie hat uns verlassen. Eine Woche vor dem Grubenunglück.« Sie bedachte mich mit einem mitfühlenden Blick, sagte aber nichts. »Was meinem Dad entsetzlich *peinlich* war.« Ich schüttelte den Kopf, kratzte mich am Nacken und versuchte, die Erinnerung zu verdrängen, während ich im selben Augenblick darüber sprach. »Er hat sich schrecklich geschämt. Er war ein furchtbar stolzer Mann. Wir mussten ihm versprechen, keinem Menschen etwas davon zu erzählen, solange er nicht selbst darüber sprach. Ich nehme an … vielleicht hat er gehofft, ihm fällt eine Geschichte ein, die ein bisschen besser klingt als: ›Meine Frau hatte einfach die Nase voll von uns‹.« Nach einer kurzen Pause fuhr ich fort. »Oder vielleicht hat er auch gehofft, dass sie es sich noch einmal überlegt und wiederkommt. Aber meine Mum hat das Leben, das wir hatten, immer schon gehasst. Mein Vater hatte nur die Grundschule besucht, und in der Grube hat er nicht besonders gut verdient. Die beiden haben dauernd gestritten.« Ich fuhr mir mit der Hand durchs Haar und verzog das Gesicht. »Siehst du, Tenleigh, du warst erst drei Tage alt, als dein Vater euch verlassen hat. Bestimmt tut es dir weh, dass er kein Interesse daran hatte, zu erfahren, was für ein Mensch du bist. Aber meine Mum, sie hat mich gekannt. Sie hat genau gewusst, dass ich sie liebe, aber trotzdem ist sie einfach abgehauen.«

»Kyland«, setzte Tenleigh flüsternd an, aber ich schüttelte den Kopf, bevor der Rest meiner Geschichte von alleine über meine Lippen kam.

»Und dann passierte dieses Grubenunglück und …« Ich

holte zitternd Luft und merkte überrascht, dass ich bei der Erinnerung noch immer aus dem Gleichgewicht geriet. Ich hatte schon seit einer Ewigkeit damit gelebt, doch als ich jetzt darüber sprach, war plötzlich alles wieder da … »Sie sind gestorben, und es kam mir vor, als hätten sämtliche Familien hier auf dem Berg jemanden verloren. Niemandem fiel auf, dass meine Mutter zu keiner Gedenkfeier erschien – oder vielleicht dachten sie auch einfach, sie hätte vor lauter Trauer nicht die Kraft dazu. So ging es anderen schließlich auch. Ich wartete darauf, dass sie wieder nach Hause käme. Dachte, dass sie mitbekommen haben müsste, was geschehen war. Sie musste doch gehört oder gelesen haben, was passiert war, und sie musste wissen, dass ich ganz alleine war. Ich wartete und wartete darauf, dass sie nach Hause käme, doch das hat sie nie getan.« Ich atmete tief durch. »Ich wollte nicht, dass man mich in ein Heim oder in eine Pflegefamilie steckt. Ich wollte eine Chance auf das Stipendium. Ich wollte eine Chance zu … *leben*. Und um die zu kriegen, musste ich um jeden Preis auch weiter hier zur Schule gehen.« Ich zuckte mit den Achseln. »Also habe ich den Leuten, wenn sie sich nach ihr erkundigt haben, immer nur erzählt, sie wäre krank.«

»Kein Wunder«, stellte Tenleigh traurig fest.

»Kein Wunder was?«

»Kein Wunder, dass du das Leben hier derart hasst.« Ich sah sie reglos an. »Aber du musst jetzt nicht mehr einsam sein.« Sie drückte mir mitfühlend die Hand, und ihre kalten, weichen Finger fühlten sich in meiner Pranke winzig an.

»Tenleigh … du verstehst nicht … Ganz egal, ob ich dieses Stipendium kriege oder nicht, ich werde von hier verschwinden. Spätestens in einem halben Jahr bin ich weg. Falls ich aus irgendeinem dummen Zufall das Stipendium nicht bekomme, werde ich die Sachen aus dem Haus, die irgendeinen Wert haben, verkaufen und fahre per Anhalter durchs Land. Ich suche mir verschiedene Jobs und arbeite mich Richtung Osten vor. Ich werde nicht in Dennville bleiben, ganz egal, was auch geschieht. Ich kann nicht in der Grube arbeiten und kann nicht immer weiter ständig hungrig sein. Ich werde von hier abhauen und niemals wieder auch nur daran denken, dass es dieses Drecksloch in den Appalachen gibt.«

Sie musterte mich einen Augenblick, doch schließlich nickte sie und zog die Hand zurück. »Das hast du mir schon mal erzählt. Und ich habe dir gesagt, dass das in Ordnung ist.«

Himmel. Dieses Mädchen machte mich total verrückt.

»Ja, das hast du.«

»Und ich habe es auch wirklich so gemeint. Schließlich sind wir Freunde.« Sie bedachte mich mit einem hoffnungsvollen Lächeln, doch ihr Blick drückte etwas anderes aus.

Freunde. Ja, genau. Wir hatten beschlossen, dass wir Freunde waren. Das hatte mich schon gestern Abend nicht gefreut und freute mich auch heute nicht.

Die Luftpartikel, die uns in dem Raum umgaben, schienen sich urplötzlich schneller zu bewegen und heizten die Lücke zwischen unseren Körpern auf.

»Also«, klärte sie mich fröhlich auf. »Ich habe ein Geschenk für dich.«

Ich zog langsam eine Braue hoch und versuchte, die Hitze zu unterdrücken, die in meinem Innern aufstieg. Ich begehrte sie. Ich wollte sie aus ihren Kleidern schälen, mich hart und schnell in sie hineinstoßen und ihr dabei in die Augen sehen. Ich wollte wissen, was sie dachte, während ich sie nahm. Wollte hören, wie ihr hiesiger Dialekt, den sie immer so gut wie möglich unterdrückte, an die Oberfläche kam. Was immer dann passierte, wenn sie aufgewühlt, erschüttert oder glücklich war. Ich wollte sehen, wie die Leidenschaft, die allzu selten bei ihr durchbrach, ihr Gesicht erhellte wie ein leuchtend heller Blitz, der über einen klaren, wolkenlosen Sommerhimmel zuckte. Ich wollte sie entjungfern – auf die harte Tour. Ich wollte ihr so wehtun wie sie mir, sobald ich sie nur aus der Ferne sah. Ich wollte sie mit meinem Brandzeichen versehen, damit jeder sah, dass sie mir gehörte, mir *allein.*

Verdammt!

So etwas durfte ich noch nicht mal *denken.* Nein. Nein. Nein.

Ich würde von hier fortgehen und Tenleigh hinter mir zurücklassen. Genau das war mein Plan. Und ich war kein solches Arschloch, dass ich sie entjungferte und dann einfach sitzen ließ. So was würde ich uns beiden niemals antun. Ich wollte einen Neuanfang und nichts von mir zurücklassen an diesem grauenhaften Ort. Seit vier Jahren hatte ich mich dafür abgerackert, und der Anfang meines neuen Lebens war zum Greifen nah. Ich schüttelte den Kopf. Von diesem Weg würde mich nicht einmal ein wunderschönes junges Mädchen, das so hell und rein war, dass ich beinah blinzeln musste, abbringen.

Sie zog etwas aus der Papiertüte, die auf dem Boden stand, und sah mich fragend an. »Du wirkst ziemlich abgelenkt.«

Ich zwang meine Gedanken in die Gegenwart zurück. »Tut mir leid. Ich habe nur kurz über etwas nachgedacht.«

Tenleigh legte ihren Kopf ein wenig schräg. »Könnten wir vielleicht versuchen, heute mal nicht nachzudenken? Nur für diesen einen Tag? Können wir es noch einmal wie gestern Abend machen, als es einfach lustig war? Das war gar nicht so schwer, nicht wahr?« Sie sah mich fragend unter ihren dichten Wimpern hervor an.

»Nein, aber genau das ist ja das Problem. Dass mir das nicht reichen wird.« Sie blinzelte verwirrt. »Scheiße, Tenleigh.« Eilig wandte ich mich ab und fuhr mir durchs Haar. »Das ist keine …« Ich stieß einen lauten Seufzer aus. »Also, was hast du mir mitgebracht?«

Plötzlich blickte sie verlegen auf das kleine Päckchen, das sie in den Händen hielt, und gab mit einem unsicheren Lachen zu: »Tja, nun … irgendwie ist das jetzt komisch.«

Ich zog fragend eine Braue hoch. »Jetzt hast du mich aber wirklich neugierig gemacht.« Ich streckte meine Hand aus, und nach kurzem Zögern überreichte sie mir das Paket. Es wirkte ähnlich wie das Päckchen, das sie selbst am Vorabend von Buster überreicht bekommen hatte, und ich riss erstaunt die Augen auf. Das konnte doch wohl ganz unmöglich … Ich riss das Papier von dem Geschenk und hielt tatsächlich eine seiner Schnitzereien in der Hand. Eine Frau auf allen vieren, die sich von hinten nehmen ließ. Der Mann stand hinter ihr, umfasste ihre Hüften, und sie bog den Rücken durch. Ein schamloses Bild, doch es machte mich unglaublich an. Am liebsten hätte ich das Mädchen, das hier vor mir stand, auf haargenau dieselbe Art gefickt. Und zwar sofort.

Ich zuckte innerlich zusammen, während sie mit einem Mal verschämt zu Boden sah. »Ich habe eine ganze Sammlung von dem Zeug«, erklärte sie. »Ich dachte, dass das vielleicht witzig ist.« Sie verstummte, und wir sahen einander reglos an. Sie hatte ganz unmöglich wissen können, wie mich dieses Kunstwerk anmachen würde, und wenn sie vermutet hätte, dass ich sie genauso würde nehmen wollen wie der Typ die Frau in Busters Schnitzerei, hätte sie es mir ganz sicher nicht geschenkt. Eilig sah ich wieder auf den lächerlichen Gegenstand in meiner Hand …

… und brach in schallendes Gelächter aus.

Anfangs zögerlich, aber schließlich immer lauter fiel sie in mein Lachen ein, bis ich mich irgendwann zusammenriss und in die Küche ging, um das Geschenk dort auf den Fenstersims zu stellen.

Lächelnd kehrte ich zu ihr zurück. »Danke. Wirklich«, sagte ich und meinte es tatsächlich ernst. Sie hatte mir nicht einfach eine selbst gemachte Schnitzerei, sondern ein Lachen schenken wollen, und ein so herrliches Geschenk hatte mir schon seit Jahren niemand mehr gemacht.

»Ich habe auch noch einen Schinken mitgebracht.« Sie zeigte auf die Tüte. »Al hat allen seinen Vollzeitkräften so ein

Teil zu Weihnachten geschenkt. Und da Marlo in der Klinik ist und ihn nicht essen kann, dachte ich, wir wärmen ihn vielleicht zusammen auf.«

»Sicher, das …«

Noch ehe ich den Satz beenden konnte, klatschte Tenleigh plötzlich in die Hände und fiel mir ins Wort. »Schlitten fahren!«

»Was?«

»Wir könnten heute Schlitten fahren. Marlo und ich haben uns früher immer ein paar alte Autoreifen aus den Gärten irgendwelcher Leute auf dem Berg geholt, und ich weiß noch, wo man hier am besten Schlitten fahren kann.«

Ich starrte sie mit großen Augen an. »Ich wette, dass ich noch viel bessere Stellen kenne, weil ich früher oft mit meinem Bruder gefahren bin.«

»Echt?« Sie grinste kess. »Da bin ich aber überrascht, dass wir uns nicht schon viel eher über den Weg gelaufen sind.«

Ich schüttelte den Kopf und lachte leise auf. Wie schaffte Tenleigh es nur, dass ich ihr das größte Trauma meines Lebens anvertraute und schon wenig später wieder derart ausgelassen war?

»Die Idee ist gar nicht mal so schlecht. Denn schließlich haben wir sonst nichts vor.«

»Genau.«

Wir sahen einander reglos an, bis sie mich achselzuckend fragte: »Also … wollen wir los?«

»Meinetwegen.« Trotzdem blieb ich noch kurz stehen und runzelte die Stirn.

»Am besten ziehst du ein paar Wintersachen meines Bruders an. Wahrscheinlich sind sie dir zu groß, und du wirst die Ärmel und die Hosenbeine aufrollen und auch davon abgesehen etwas improvisieren müssen, aber … meine eigenen Kleider reichen nur für mich.«

Sie sah mich ängstlich an, als wolle sie ergründen, ob es ein Problem für mich war, wenn sie die Klamotten meines

Bruders trug, und da ich es selbst nicht wusste, wandte ich mich seufzend ab und suchte sie für sie heraus. Innerhalb von einer Viertelstunde hatte sich der anfangs triste Tag ins Gegenteil verkehrt und etwas unsicher, doch zugleich glücklich, kehrte ich mit den Wintersachen ins Wohnzimmer zurück.

Wie macht sie das nur?

10 Tenleigh

Eine Viertelstunde später waren wir, so dick es nur ging, eingepackt und lugten vorsichtig hinter den Bäumen neben Dell Walkers Wohnwagen hervor. Auf seinem Grundstück türmte sich der Müll, und man hätte meinen sollen, dass wir uns dort einfach hätten holen können, was wir brauchten, weil es schließlich alles Abfall war. Doch die Leute auf dem Berg hingen an ihrem Eigentum, und wenn uns Dell gesehen hätte, während wir in seinem Unrat wühlten, hätte er wahrscheinlich sein Gewehr hervorgeholt. Und wenn wir ihn gefragt hätten, ob wir die alten Reifen haben könnten, wäre ihm mit einem Mal bewusst geworden, dass sie nicht vollkommen wertlos waren, und er hätte eine Leihgebühr von uns verlangt. Außerdem war Dell ein hundsgemeiner Kerl. Ein gemeiner Kerl mit einer Waffe. Und mit einer Vorliebe für Schnaps.

Kyland zeigte auf den Gummireifen, der in einiger Entfernung halb unter dem Schnee begraben war, hob einen Finger an den Mund und zwinkerte mir zu. In meinem Bauch bewegten winzig kleine Schmetterlinge ihre Flügel, und ich nickte stumm. Dann beobachtete ich, wie er mit schnellen Schritten zu der kleinen Hütte rechts der Bäume lief, in Deckung ging, ein paar Sekunden später wieder auftauchte und durch den Schnee bis zu dem Reifen sprintete. Er hob ihn eilig hoch, hängte ihn sich über eine Schulter, rannte, so schnell es ging, zurück zur Hütte und tauchte abermals dahinter ab, während ich mir ins Fäustchen lachte, das in eine dicke Socke eingepackt und von einer ums Handgelenk verschnürten Plastiktüte umhüllt war.

Während ich darauf wartete, dass er zurückkam, ging mir sein Geständnis durch den Kopf. Mir war morgens nach dem Aufwachen bereits von selbst die Idee gekommen, dass er ganz alleine lebte, und ich hatte den Gedanken vollkommen entsetzt verworfen, hatte aber tief in meinem Inneren gewusst, dass es so war. Trotzdem hatte es mich grenzenlos schockiert, als er meinen Verdacht bestätigt hatte. Der arme Kyland hatte all die Zeit allein gelebt … und ganz allein um seine Eltern und den Bruder trauern müssen, ohne dass ihm irgendwer dabei zur Seite stand. Wie hatte er die grenzenlose Einsamkeit nur derart lange überlebt? Plötzlich konnte ich verstehen, dass er fort musste von diesem Ort. Dass er das Bedürfnis hatte, sich woanders, wo ihn nichts an seinen Schmerz in all den Jahren erinnerte, ein neues Leben aufzubauen. Wie gerne hätte ich ihm meine Liebe schenken wollen. Doch das war alles andere als gut und völlig ausgeschlossen. Weil er meine Liebe nicht erwidern würde. Weil er es sich nicht erlauben würde, sie zu erwidern, selbst wenn er es wollte, und womöglich war das ja nicht einmal der Fall. Und das war in Ordnung. Ich konnte es ihm kaum verdenken, wenn er einfach seinen Spaß mit Mädchen haben wollte, ohne eine feste Bindung einzugehen, genauso wie ich für meinen Teil den Jungen bisher möglichst völlig aus dem Weg gegangen war. Schließlich waren wir beide bereits gnadenlos im Stich gelassen worden, und das hatte uns geprägt.

Keuchend und mit roten Wangen, doch mit einem Lächeln auf den Lippen, kam er wieder angerannt. Er war so schön wie nie zuvor.

Oh. Oh je.

»Wollen wir weiter?«, stieß ich mit erstickter Stimme aus.

»Ja«, stimmte er immer noch mit einem Lächeln zu.

Wir liefen weiter bis zu Cletus Tuckers Wohnwagen, stibitzten dort den zweiten Reifen und stapften den Berg hinauf zu einer Stelle, von der Kyland mir versprach, dass sie die besten Schlittenabfahrten der Appalachen bot. Was in der Tat nicht übertrieben war.

Wir standen oberhalb von einem Pinienwäldchen auf der Kuppe eines Hügels, von dem eine steile, endlos lange Piste bis zu einer ebenen Fläche führte, lang genug, um abzubremsen, bis der nächste Wald begann.

»Oh mein Gott«, rief ich begeistert aus. »Marlo wird sich in den Hintern beißen, wenn sie sieht, was für eine geniale Abfahrt wir bisher immer verpasst haben.«

Er nickte zustimmend. »Bestimmt. Obwohl du von dieser Piste niemandem etwas verraten darfst. Weil sie topsecret ist.«

»Okay«, stimmte ich lachend zu. »Aber wie bist du darauf gekommen?«

Kyland legte seinen Gummireifen in den Schnee, und ich machte es ihm nach. »Im Grunde hat mein Bruder sie entdeckt. Er hat diesen Berg geliebt, und ich schwöre dir, es gibt hier keinen Ort, an dem wir nicht gewesen sind.« Er lächelte zwar nicht, doch seine Miene wurde derart sanft, dass ich seine Hand ergriff. Beinahe schüchtern, wie der kleine Junge, der er einst gewesen war, blickte er zu mir auf.

»Ich würde auf der Fahrt gern deine Hand halten.«

Er nickte, und wir nahmen auf den Reifen Platz.

Ich liebte seinen Blick, als er zu mir herübersah. Er war voller atemloser Vorfreude, als würde gleich etwas Fantastisches passieren. Mir stockte der Atem, weil ich Teil dieses reinen, ungetrübten Glücks war, das er in diesem Augenblick empfand. Ich hatte das Gefühl, als würde ich zum ersten Mal den *wahren* Kyland sehen, und am liebsten hätte ich mir diesen Augenblick für alle Zeiten eingeprägt.

»Bereit?«, fragte er leise.

»Ja.«

Ich blickte auf die Bäume, die am Fuß des Hügels standen, auf den Rauch, der sich über den Schornsteinen von Dennville kräuselte, und auf die Tabakfarmen, die als kleine Flecken weit entfernt von uns am Horizont zu sehen waren. Von hier oben kam mir die Umgebung herrlich frei und friedlich vor. Ich atmete tief durch, als könnte ich meine Empfindungen in diesem Augenblick in meiner Lunge speichern und sie dort für immer aufbewahren.

Dann fassten wir einander bei den Händen, beugten uns so weit wie möglich vor und unsere Gummireifen schossen in einer derartigen Geschwindigkeit den Berg hinab, dass ich kreischend den Kopf nach hinten warf. Der Wind zerrte an meinen Haaren, und ich spürte den warmen, festen Druck von Kylands Hand. Normalerweise hätten sich die Gummireifen um sich selbst gedreht, aber weil wir uns an den Händen hielten, fuhren wir geradeaus. Lachend sah ich Kyland an, und er brach ebenfalls in lautes Lachen aus.

Am Fuß des Hügels stemmten wir die Füße in den Schnee und kamen direkt vor der Baumreihe zum Stehen.

Kyland hatte rote Wangen und ein breites Grinsen im Gesicht. »Noch mal?«

Ich nickte lachend, und wir schleppten unsere Gummireifen abermals die steile Anhöhe hinauf.

Den ganzen Nachmittag spielten wir wie Kinder, und wenn wir den Berg hinunterrasten, waren Kylands volles Lachen und mein schrilles Kreischen sicher meilenweit zu hören. Wir machten Schneeengel, sahen drei Rote Kardinäle und beobachteten, wie am Rand des Walds zwei Hirsche an den Zweigen knabberten. In meinem ganzen Leben hatte ich kein derart schönes Weihnachtsfest erlebt.

Wir aßen oben auf dem Hügel zu Mittag. Wir setzten uns auf unsere Reifen, wickelten die hoffnungslos zerdrückten Schinkenbrote, die Kyland für uns mitgenommen hatte, aus dem Papier und aßen sie im Handumdrehen bis auf den letzten Krümel auf.

Als es langsam dämmrig wurde, schlug Kyland vor zu gehen. Dass mir kalt und dass ich vollkommen durchnässt war, hatte ich um des Vergnügens willen bisher einfach völlig ignoriert, und jetzt sah ich ihn fragend an.

»Noch eine letzte Fahrt?«

»Okay«, stimmte er lachend zu.

»Lass uns zusehen, dass sie gut wird.«

»Meinetwegen. Ich schiebe dich an und bin dann direkt hinter dir.«

Ich nickte grinsend, nahm auf meinem Gummireifen Platz und schaute ihm zum Zeichen, dass es losgehen konnte, ins Gesicht.

»Dieses Mal wirst du noch schneller sein.«

»Umso besser«, lachte ich.

Er versetzte meinem Gummireifen einen Stoß, und während ich die Anhöhe hinunterflog, drehte ich mich immer wieder um mich selbst, die kalte Luft peitschte mir ins Gesicht, und ich schrie vor Vergnügen auf.

Plötzlich traf der Gummireifen auf einen Stein, den wir bei unseren zahlreichen Abfahrten wohl freigelegt hatten, und während der Reifen einfach weiterschoss, flog ich mit einem lauten Aufschrei in die Luft. *Oh nein, das wird furchtbar wehtun.*

Ich landete mit dem Gesicht im Schnee, bevor die Luft zischend aus meiner Lunge wich. Irgendwo weit über mir rief Kyland meinen Namen. Unverletzt, aber benommen blieb ich liegen, und der kalte, nasse Schnee drang in meinen Mund und meine Nase ein. Plötzlich wurde ich herumgedreht und starrte in Kylands panisches Gesicht.

»Tenleigh, oh mein Gott. Sag mir, dass du in Ordnung bist«, stieß er mit rauer Stimme aus und sah völlig verängstigt aus.

Ich war immer noch benommen, doch ich hatte mir nicht wirklich wehgetan. »Es geht mir gut«, flüsterte ich. »Es geht mir gut, Kyland.«

Er entspannte sich und atmete erleichtert auf. Trotzdem war sein Gesicht ganz angespannt, als fasste er einen Entschluss. Die Zeit schien stillzustehen, während ich darauf wartete, dass Kyland etwas tat. Er öffnete den Mund, wie um was zu sagen, klappte ihn dann aber einfach wieder zu. Nach einem Augenblick beugte er sich zu mir herab, legte seine weichen, warmen Lippen auf meinen kalten Mund und zog seine Konturen mit der Zunge nach. Sein Atem mischte sich mit meinem, und in seinem Kuss schmeckte ich das Salz von unseren Broten und noch etwas anderes, was mir bisher völlig unbekannt gewesen war: ein so glühendes *Verlangen,* dass mein Herz anfing zu rasen und eine Hitze durch meine Adern schoss, die mich in meinen vom Schnee durchnässten Jeans noch feuchter werden ließ. Trotzdem rührte ich mich nicht. Denn schließlich hatte Kyland mich schon mal geküsst und mich dann einfach fallen lassen. *Bitte, bitte, wende dich nicht noch mal einfach von mir ab.*

»Küss mich zurück, Tenleigh«, bat er mit angespannter Stimme. »Himmel, bitte, bitte küss mich zurück.« Wieder glitt er mit den Lippen über meinen Mund.

Da war es endgültig um mich geschehen.

Ich schlang ihm die Arme um den Hals und sah ihm ins Gesicht, bevor er sich eng an mich schmiegte, mein Gesicht mit seinen Händen umfasste und mit seiner Zunge über meine Lippen glitt. Stöhnend öffnete ich meinen Mund. Er schmeckte wunderbar nach *ihm* und nach Bergluft, und in dem Verlangen, alles, was er mir zu bieten hatte, anzunehmen, zog ich ihn auf mich herab.

Wir ließen unsere Zungen sachte umeinander kreisen, bevor er mir seine Zunge stöhnend noch ein wenig tiefer in den Mund schob. Mein Körper kribbelte, ich fühlte mich lebendiger als je zuvor, und spürte die Wärme seines Kusses bis hinab in meine Zehen. Die Welt um mich herum versank, und von der Kälte nahm ich nichts mehr wahr. Es gab für mich jetzt nur noch ihn und seinen heißen, feuchten Mund, seinen köstlichen Geschmack und seinen muskulösen Körper, der schwer auf meinem lag.

»Kyland, Kyland«, stöhnte ich, als er den Mund von meinen Lippen löste und sein heißer Atem meine Kehle traf. Ich presste meinen Kopf in den Schnee, und als er meinen Hals mit federleichten Küssen übersäte, stoben zwischen meinen Beinen Funken auf und meine harten Nippel drängten beinah schmerzlich gegen die diversen Lagen Stoff, die ich am Körper trug.

»Ich will … oh Gott …« Ich wollte, dass er mir alles gab. Denn nur so ließ sich die schmerzliche Leere und Verzweiflung meines Körpers lindern.

»Lass uns nach Hause gehen«, flüsterte er dicht an meiner Haut.

Ich erstarrte. »Was?« Wies er mich etwa abermals zurück? Ich würde ihm die Augen auskratzen, falls er das wirklich tat.

Er hob den Kopf. »Zu *mir* nach Hause«, klärte er mich auf und lenkte seinen Blick auf meinen Mund. Dann schaute er mir wieder in die Augen, und ich sah die Angst in seinem Blick, als fürchte er, ich würde ihn verletzen. Oder als würde er sich selbst damit verletzen.

»Ich habe nicht vor, mit dir zu schlafen, aber Gott, ich muss dich einfach schmecken und berühren.«

Oh ja, oh ja, das will ich auch.

Ich nickte, schluckte schwer und sah ihn fragend an. »Aber ich dachte …«

Kyland schüttelte den Kopf. »Ich kann dir einfach nicht widerstehen. Ich habe es versucht. Ich habe es, so gut es ging, versucht.« Wieder strich er mit den Lippen über meinen Mund, und ich sog seinen Atem in mich auf.

»Ich will gar nicht, dass du mir widerstehst.«

Er legte seine Stirn auf meine Stirn und hielt mein Gesicht auch weiter sanft umfasst. »Ich will dir nicht wehtun. Und mir selbst auch nicht.«

»Ich weiß, dass du weggehen wirst. Ich werde dich nicht zurückhalten.«

Er sah mich forschend an, doch schließlich neigte er erneut den Kopf. Er küsste mich so lange, bis wir beide anfingen zu keuchen und mein Blut so zwischen meinen Schenkeln pulsierte, dass es fast wehtat.

Urplötzlich machte er sich von mir los, setzte sich auf seine Fersen und zog mich entschlossen hoch. »Auf geht's«, bat er so rau und knapp, als täte auch ihm selber alles weh.

Wir standen auf und stapften zum gefühlt hundertsten Mal an diesem Tag den Berg hinauf. Doch plötzlich schien die Luft um uns herum zu flirren, und der glitzernde Schnee, durch den wir liefen, warf die Helligkeit, die ich in meinem Inneren empfand, zurück.

Wir liefen schweigend durch den Wald und trugen unsere Gummireifen auf den Schultern. Vor unserer letzten Abfahrt war ich etwas hungrig und vor allem ziemlich durchgefroren gewesen, aber jetzt dachte ich nur noch an die Hitze zwischen meinen Schenkeln und daran, dass Kylands Nähe selbst die Luft, die mich umgab, schwerer und vor allem wärmer werden ließ.

Endlich waren wir wieder auf der Straße, Kyland nahm mich bei der Hand und lachend liefen wir den Rest des Weges bis zu seinem Haus.

Ich schwankte zwischen Aufregung und freudiger Erwartung hin und her, als Kyland mir den Gummireifen von der Schulter nahm.

»Warte kurz.« Er ging hinter das Haus, verstaute die behelfsmäßigen Schlitten, kam zurück, nahm wieder meine Hand, zog mich mit sich hinein und schloss die Tür hinter uns ab.

11 Kyland

Womöglich stand ich im Begriff, den größten Fehler meines Lebens zu begehen, aber das war mir plötzlich vollkommen egal. Es war einfach zu anstrengend zu versuchen, mich den Verlockungen dieses Mädchens zu entziehen. Ich schaffte es ganz einfach nicht, denn es war fast so etwas wie ein Fulltime-Job, und die Hormone hatten mich besiegt. Das Problem war nur, dass mir irgendetwas sagte, dass ich mich auch noch aus anderen als hormonellen Gründen zu ihr hingezogen fühlte – und vor diesen anderen Gründen hatte ich die größte Angst. Nie zuvor in meinem Leben hatte ich so sehr nach irgendwas verlangt wie danach, ihre nackte Haut auf meiner zu spüren. Es war wie einer dieser Montagvormittage in der Schule, wenn ich das ganze Wochenende nichts gegessen hatte und mir alles schnappte, was von anderen an Essbarem auf einem Tisch zurückgelassen worden war. Ich konnte nichts dagegen tun, mein Überlebenswille zwang mich, es zu tun. Und genauso ging es mir mit Tenleigh. Ich wollte sie derart verzweifelt, dass ich das Gefühl hatte, als würde ich auf andere Art verhungern, wenn ich sie nicht umgehend bekam.

Natürlich würde ich nicht mit ihr schlafen. Doch ich musste sie zumindest teilweise besitzen, um nicht völlig durchzudrehen.

War das etwa normal? Sicherlich nicht. So hatte ich bisher für kein Mädchen empfunden. Vielleicht musste ich sie einfach haben, damit das Gefühl nachließ und ich es allmählich wieder in den Griff bekam. Wahrscheinlich war es mindestens zur Hälfte sowieso einfach der Vorfreude zuzuschreiben, dass ich derart durch den Wind war.

Bestimmt.

Tenleigh trat zuerst über die Schwelle meines Hauses und drehte sich zu mir um. »Du hast schon wieder diesen nachdenklichen Blick«, stellte sie leise fest und starrte mich aus ihren großen, grünen Augen an. Ihre Lippen waren von der Kälte und von meinen Küssen leuchtend rot.

Verdammt, ich war so hart, dass es fast wehtat.

»Am besten ziehen wir erst mal unsere nassen Sachen aus.« Ich ignorierte ihren Kommentar und legte meine Jacke ab.

Sie nickte stumm und zog errötend ihre eigene Jacke aus.

Wie schön und unschuldig sie war.

Ich zögerte, doch sie sah wieder auf, trat entschlossen auf mich zu, presste mir die Lippen auf den Mund, und als ich ihr Gesicht mit meinen Händen umfasste, stieg aus ihrer Brust ein süßes, sanften Stöhnen auf.

Jetzt war es endgültig um mich geschehen.

Mein letzter Rest von Selbstbeherrschung machte sich aus dem Staub.

In Richtung von Ostasien oder so.

Während wir uns küssten und an unseren Lippen saugten, drängte ich sie rückwärts durch den Flur. Sie schmeckte fremdartig und derart köstlich, dass mich ihr Geschmack noch weiter in den Wahnsinn trieb. Sie zu küssen war, wie wenn man langsam, aber sicher den Verstand verlor. Oder wie wenn man sturzbetrunken war. Das Gefühl war derart intensiv, dass es sich nicht in Worte fassen ließ. Ich küsste sie nicht zärtlich, sondern wild und voller Leidenschaft, während das Verlangen heiß durch meine Adern rann.

Irgendwie erreichten wir mein Zimmer, und als sie mit ihren Beinen gegen eine Seite meines kleinen Doppelbettes stieß, ließ sie sich auf die Matratze fallen, und ich schob mich eilig über sie. Dabei küsste ich sie weiter, drückte meinen wild pochenden Schwanz an ihren Bauch und stöhnte auf.

Wie sollte ich es schaffen, es nicht bis zu Ende zu führen? Mein Verlangen, ganz in ihren warmen, weichen Körper einzudringen, war so groß, dass es mich schaudern ließ. Doch ich *würde* der Versuchung widerstehen. Ich hatte keine andere Wahl.

Ich löste mich von ihrem Mund und lenkte meinen Blick auf ihr Gesicht, dem die Erregung trotz der anrührenden Unschuld, die es weiterhin ausstrahlte, deutlich anzusehen war.

»Ich möchte mit dir schlafen«, raunte sie mir leise zu.

Oh ja!

Auf keinen Fall.

Ich kniff die Augen zu und blickte sie dann wieder an. Sie trieb mich in den Wahnsinn, doch ich sagte: »Nein, Tenleigh, das geht nicht. Aber ich werde dir geben, was du brauchst, okay?«

Ein verletzter Ausdruck huschte über ihr Gesicht, aber sie nickte stumm.

Ich küsste sie erneut, setzte mich auf und zog ihr erst die Stiefel, dann die feuchten Socken und zuletzt die Jeans und ihre lange Unterhose aus. Niemals vorher hatte ich ein Mädchen in einem so lächerlichen, alles andere als verführerischen Outfit vor mir liegen sehen. Und nie zuvor in meinem Leben hatte ich ein Mädchen so begehrt.

Unter ihrer langen Unterhose trug sie einen schlichten, pinkfarbenen Baumwollslip. Wieder richtete mein Schwanz sich auf, und beinahe hätte ich gestöhnt.

Du machst mich schwach, Tenleigh.

Jetzt setzte sie sich selber auf, zog sich die zwei Pullover und das Longsleeve aus, und ihre Brüste quollen praktisch aus dem weißen Büstenhalter, aus dem sie wahrscheinlich schon vor Längerem herausgewachsen war.

Einen Augenblick lang starrte ich sie einfach an. Sie erschien mir wie ein fleischgewordener Traum. Cremig weiße

Haut und dunkles Haar, das über ihre Schultern bis auf ihren Rücken fiel. Runde, volle Brüste, eine schlanke Taille sowie lange, wohlgeformte Beine. Nie in meinem Leben hatte ich was Schöneres gesehen als Tenleigh Falyn, die in ihrer schlichten Baumwollunterwäsche vor mir saß. Mein Innerstes zog sich zusammen.

»Oh, Tenleigh«, flüsterte ich leise. »Du bist einfach wunderschön.« Sie blinzelte und sah mich dann mit einem scheuen Lächeln an. »Los, unter die Decke«, sagte ich, als ich die Gänsehaut auf ihren Armen sah, und wies nickend Richtung Bett.

Sie biss sich auf die Lippe, aber dann schlug sie die Decken zurück, schlüpfte darunter und sah mir zu, wie ich in Windeseile ebenfalls aus meinen Kleidern stieg. Die kalte Luft traf auf meine Haut, und schnell kletterte ich zu ihr ins Bett. Als unsere kühlen, nackten Körper sich berührten, seufzten wir vor Wohlbehagen auf. Ich zog die Decken fast bis über unsere Gesichter, und bereits nach wenigen Minuten waren wir in unseren eigenen, kleinen, kuschligen Kokon gehüllt.

Ich schob meine Hand auf ihre Brust, und als ich mit dem Daumen sachte über ihren Nippel kreiste und sie meinen Namen keuchte, nahm mein bestes Stück vor Freude eine kerzengerade Haltung an. Nicht mehr lange und ich würde kommen, ohne dass sie mich auch nur berührt hatte. Himmel, dieses Mädchen brachte mich bestimmt noch um. Ich musste dafür sorgen, dass sie kam, und mir danach unter der Dusche einen runterholen, damit ich keinen Krampf bekam.

»Hattest du schon mal einen Orgasmus, Tenleigh?«, fragte ich sie leise, während ich mit meinen Lippen vorsichtig an ihrem Hals herunterglitt. Sie schüttelte den Kopf. »Dann hast du es dir also bisher nicht mal selbst gemacht?«

»Unser Wohnwagen ist wirklich winzig …«

Nickend sah ich in ihr wunderschönes, offenes Gesicht, und der Gedanke, dass ich sie als Erster zum Kommen bringen würde, wärmte mir das Herz. Ich würde nicht als Erster mit ihr schlafen, doch zumindest diese Freude war mir vergönnt.

Ich griff hinter sie, und als sie ihren Rücken durchbog, öffnete ich ihren BH, schob ihn über ihre Arme und ließ ihn dann einfach auf den Boden fallen.

Sie bedachte mich mit einem sehnsüchtigen und zugleich nervösen Blick, und eilig schob ich meinen Kopf unter die Decke und nahm einen ihrer harten Nippel in den Mund. Der Geschmack war einfach himmlisch, und ich saugte sanft daran.

»Oh Gott! Kyland.« Während Tenleigh ihre Hände tief in meinem Haar vergrub, ließ ich die Zunge ein ums andere Mal um ihren Nippel kreisen, bis sie sich begehrlich unter meinen Lippen wand. Eilig schob ich mich von ihr herunter, weil die süße Qual des Drucks auf meinen Unterleib einfach zu viel war, und wandte mich ihrem anderen Nippel zu.

»Wie gut du schmeckst.« Ich saugte abermals an ihrer Brust.

Ich hörte, wie sie stöhnend ihren Kopf von einer auf die andere Seite warf, glitt langsam mit der Hand an ihrem seidig weichen, flachen Bauch herab, und als ich meine Finger in ihre Unterhose zwischen ihre Beine schob, stieg aus meiner Brust ein dumpfes Knurren auf.

Wie herrlich feucht sie war. Ich schob den Finger vorsichtig in sie hinein, zog ihn wieder heraus und ahmte die Bewegung eines anderen Körperteils, der sie auf diese Art hätte erforschen wollen, nach. Sie fing an zu keuchen, und als mein inzwischen nasser Finger sanft um ihre Klitoris kreiste, schrie sie leise auf.

Am liebsten hätte ich den Finger umgehend durch meinen Mund ersetzt, doch dafür war – hoffentlich – noch Zeit. Wenn ich sie dazu bringen konnte, bis zum nächsten Tag zu bleiben, hatten wir die ganze Nacht für uns, und ich würde ihr zeigen, auf wie viele unterschiedliche Arten man Spaß haben konnte

Ich umkreiste weiter mit dem Daumen ihre Klit, während ich den Zeigefinger in sie schob, und mit einem Seufzer drängte sie mit ihrem Unterkörper gegen meine Hand.

»Sag mir, was du denkst. Sag mir, was dir gerade durch den Kopf geht, wunderschöne Tenleigh.« Auch wenn ich nicht alles von ihr haben konnte, konnte ich mich an ihrer süßen Reaktion auf meine Zärtlichkeit, an ihrer Freude und an den Gedanken, die die sanften Liebkosungen in ihr wachriefen, erfreuen. Zumindest für den Augenblick.

Sie stöhnte. »Keine Ahnung. Ich ... kann nicht ...« Ich beschleunigte mein Tempo, und sie stieß ein neuerliches, dumpfes Stöhnen aus. »Ich dachte, dass ich Sorgen und ... Probleme hätte, aber plötzlich fallen sie mir nicht mehr ein. Das Einzige, was ich noch weiß, ist, wie gut sich das hier anfühlt. Oh Gott, Kyland, es ist wunderbar.«

Zärtlich lächelnd blickte ich auf sie herab. Sie war auf jede vorstellbare Weise einfach wunderschön und zauberhaft. Sie war herrlich warm und seidig weich, verströmte einen himmlisch süßen Duft, und, Gott, ich hoffte, dass sie nie bereuen würde, dass sie jetzt mit mir zusammen war. Ich ließ meinen Daumen noch ein wenig schneller kreisen, während ich erneut den Mund um ihren Nippel schloss.

Ein paar Sekunden später schrie sie auf, spannte sich an, erschauderte, und selbst in höchstem Maß befriedigt blickte ich auf sie herab.

»Oh Gott, oh Gott ...« Sie stöhnte ein letztes Mal, und ich beugte mich vor und sah ihr ins Gesicht. Langsam schlug sie ihre Augen wieder auf, sah mich verwundert an und setzte dann ein derart schönes Lächeln auf, dass ich zusammenfuhr.

Tenleigh war ein wunderhübsches Mädchen, das war mir schon im Vornhinein klar gewesen, aber hin und wieder tat sie etwas oder machte ein Gesicht, das mich vor Bewunderung und Glück verstummen ließ. So wie in diesem Augenblick.

»Wow.«

Leise lachend legte ich mich kurz neben sie, mein schmerzender Schwanz bettelte um Erlösung. »Ich werde nur schnell duschen gehen.« Ich richtete mich auf, doch sie zog mich zurück aufs Bett.

»Nein. Denn schließlich habe ich noch keinen Spaß mit dir gehabt, und das ist nicht gerecht.«

»Tenleigh«, stöhnte ich. »Du bringst mich um.«

Sie schob sich lachend auf mich, und zu meiner Überraschung musste ich erkennen, dass sie sich mit Folter bestens auszukennen schien. Sie rutschte leicht auf mir herum und bereitete mir die reinsten Höllenqualen. Ächzend bot ich an: »Ich werde dir alles sagen, was du willst.«

»Ach ja?« Doch noch bevor ich irgendwelche Schandtaten gestehen konnte, raubte sie mir die Fähigkeit zu sprechen, indem sie mit ihren Fingern zärtlich über meinen Brustkorb glitt.

Sie rutschte von mir herab und strich mit ihrer Hand über mein Bein.

»Bitte, hör nicht auf«, bettelte ich, und es war mir egal, wie jämmerlich ich klang.

Zögernd glitt sie mit der Hand wieder an meinem Bein herauf, schob ihre warmen Finger vorsichtig auf meinen Schwanz und knetete ihn sanft. Ich bekam am ganzen Körper eine Gänsehaut, nahm stöhnend ihre Hand und zeigte ihr, wie sie ihn massieren sollte. Dann küsste sie mich wieder auf den Mund und neben ihrem herrlichen Geschmack spürte ich die sanfte Reibung ihres Leibs an meinem Körper und das Auf und Ab der Hand an meinem Schwanz. Küssend bahnte sie sich einen Weg von meinem Mund über den Kiefer bis zu meinem Hals, und während sie mich weiter liebevoll massierte, kitzelte ihr warmer Atem mich am Ohr.

Tenleigh war der Inbegriff der Unschuld, doch zugleich rief sie mit jeder einzelne Bewegung, jeder einzelne Berührung, jedem noch so leichten Atemstoß, der meinen Körper streichelte, glühendes Verlangen in mir wach. Ich hielt es gerade einmal zwei Minuten aus, bevor ich nach Atem ringend explodierte.

Die Wogen der Ekstase ebbten langsam ab, und Tenleigh

lockerte den Griff ihrer nun klebrig-nassen Hand um meinen Schwanz und sah mich lächelnd an.

Ich war wie benommen und wusste kaum noch, wo ich war. »Verdammte Scheiße«, stieß ich am Ende aus, und lachend beugte sie sich vor und schlang mir die Arme um den Bauch.

»Kein Wunder, dass die Leute wegen dieser Sache den Verstand verlieren«, meinte sie. »Weil das einfach unglaublich war.«

Ich stimmte in ihr Lachen ein.

Gott, ich wünschte mir, ich könnte diesem Mädchen alles zeigen, was es über guten Sex zu wissen gab. Ich wünschte mir, ich könnte andersherum von ihr alles lernen, was es über guten Sex zu wissen gab. Denn aus irgendeinem Grund war ich mir sicher, dass der Sex für mich mit keiner anderen je so sein würde wie mit ihr.

Ich wurde wieder ernst, denn unglücklicherweise würde ich nie echten Sex mit diesem Mädchen haben, und ich durfte nie vergessen, dass das völlig ausgeschlossen war.

Wir legten uns einander gegenüber auf die Seite, sahen uns an, und ich zog mit dem Finger die Konturen ihres zarten Wangenknochens nach. »Ist dir jetzt warm genug?«

»Auf jeden Fall.«

»Und hast du Hunger?«

Als sie nickte, schlug ich vor: »Ich könnte ja den Schinken in den Ofen stellen. Dazu hätte ich Kartoffeln und noch eine Dose grüne Bohnen, wenn du willst.«

Sie lächelte. »Das klingt nach einem wirklich feinen Weihnachtsessen, Mr Barrett.«

»Also gut, Miss Falyn. Kommen Sie, und bringen Sie am besten eine Decke mit.«

Nach dem Aufstehen ging ich kurz ins Bad, um mich sauber zu machen, kehrte dann noch mal ins Zimmer zurück und stieg in meine Jeans. Im Haus war es zwar kalt, aber nicht eisig, und vor allem hatte ich die Kohlen für den gusseisernen Ofen noch nicht vollständig verbraucht. Ich würde also für uns heizen, selbst wenn ich dafür den ganzen Rest der Woche frieren musste. Sie war es wert. Sie allein.

Während ich also das Feuer schürte, machte Tenleigh es sich mit der Decke auf der Couch bequem, und ich sah ihr Gesicht im hellen Licht des kleinen Weihnachtsbaums.

Ich schob die Kartoffeln und den Schinken in den Ofen und kehrte zu ihr ins Wohnzimmer zurück. Nur diesen einen Abend lang würde ich die schönen Dinge, die mir Dennville bot, genießen und mich freuen, weil ich dieses Weihnachten zur Abwechslung mal nicht alleine war.

12 Tenleigh

Wir stellten unsere Teller auf den kleinen Tisch und setzten uns zum Essen auf den Boden vor dem Ofen. Nie zuvor in meinem Leben hatte mir etwas so gut geschmeckt. Sein Haus war herrlich warm, mein Bauch war voll, und ich war glücklich wie noch nie. Vielleicht hätte ich mich nicht so freuen sollen, doch ich konnte nichts dagegen tun. Ich konnte akzeptieren, dass Kyland Dennville bald verlassen würde. Konnte akzeptieren, dass er nie mehr auf seine Zeit in diesem Ort würde zurückschauen wollen. Aber würde ich damit auch noch zurechtkommen, wenn ich jetzt nicht schnellstmöglich auf Abstand zu ihm ging? Nein, wahrscheinlich nicht. Doch irgendetwas an ihm zog mich magisch an. Etwas, das sich derart gut anfühlte, dass ich gar kein ehrliches Interesse daran hatte, ihm zu widerstehen.

So also war es, wenn man sich zu einem Menschen hingezogen fühlte. Ich ahnte, was in meiner Mum und in meiner Schwester vorgegangen war – und plötzlich konnte ich verstehen, warum Marlo nicht noch mal den Schmerz erleben wollte, der damit verbunden war, wenn es zu Ende ging. Denn ich wusste ganz genau, dass das, was ich gefunden hatte, bald zu Ende gehen würde, das hatte Kyland mir inzwischen ein ums andere Mal erklärt. Was allerdings vielleicht auch gut so war. Denn so hatte ich Zeit, um mich dafür zu wappnen, dass er seine Sachen packen und verschwinden würde, wenn in ein paar Monaten die Schule abgeschlossen war. Wenn ich selbst das Stipendium bekam, würden wir natürlich beide unsere Sachen packen … aber trotzdem jeder seiner Wege gehen.

Dennoch wollte ich zumindest für den Augenblick mit ihm zusammen sein. War es falsch, zu denken, dass das, wenn auch nur vorübergehende, Glück, das ich im Augenblick empfand, den Schmerz, den ich in ein paar Monaten empfinden würde, wert war?

»Na, wer schaut jetzt nachdenklich?«

Ich fuhr zusammen, blickte Kyland an und brach in leises Lachen aus. »Sonderregel. Ich darf das«, neckte ich ihn lachend.

Er lachte ebenfalls, doch plötzlich wurde seine Miene wieder ernst. »Ich bin wirklich froh, dass du gekommen bist. Falls es das war, was dir gerade durch den Kopf gegangen ist. Der Tag war rundherum großartig, und ich möchte, dass du weißt, dass du ebenfalls großartig bist.«

»Ich finde irgendwie, dass das nach einem Rauswurf klingt.«

Er schüttelte den Kopf. »Ganz im Gegenteil. Ich hoffe, dass du bleibst. Ich würde mich unglaublich freuen, wenn du hier übernachten würdest.«

»Ich mich auch«, stieß ich mit leiser Stimme aus.

Er lächelte mich an und atmete erleichtert auf.

Als es plötzlich klopfte, sahen wir uns verwundert an. Während Kyland noch überlegte, ob er an die Tür gehen sollte, hörten wir die Klänge eines Banjos, und ich stellte lachend fest: »Oh Gott, der Schnaps fließt heute offenbar in Strömen.«

»Mist.« Doch ebenfalls lachend ging er an die Tür, und ich stand auf und hüllte mich in eine Decke ein. Ich war nicht richtig angezogen, doch wie ich die Leute kannte, die wahrscheinlich mehr als nur ein bisschen angeheitert durch die Gegend zogen, um die Nachbarschaft mit ihren Weihnachtsliedern zu erfreuen, würde ihnen das wahrscheinlich gar nicht auffallen.

Kyland öffnete die Tür, und lachend hörten wir zu, wie die kleine Gruppe »Jingle Bells« auf Banjos und auf selbst gebauten Instrumenten spielte und dazu laut und schief sang. Sie klangen grauenhaft und lächerlich. Vor allem weil sie sturzbetrunken waren. Trotzdem konnte ich nicht aufhören zu lächeln. Schließlich war die ausgelassene Bande Teil meiner Heimat.

Die alte Sally Mae, die höchstens noch drei Zähne hatte, zerrte Kyland auf ein Tänzchen vor die Tür, und während sich die alte Frau in seinen Armen wiegte, lachte er vor Freude auf. Mein Herz zog sich zusammen, als ich sein glückliches Gesicht sah, und einen kurzen Augenblick lang gab es für mich nur noch ihn, wie er die alte Sally lachend in den Armen hielt und sich am Ende wie ein Gentleman vor ihr verbeugte, während sie in einen tiefen Knicks versank. Meine Knie wurden weich, und Halt suchend lehnte ich mich an die Wand.

Sie boten uns von ihrem Selbstgebrannten an, und ich nahm ein paar vorsichtige Schlucke aus dem angeschlagenen Krug. Das Zeug brannte mir im Hals wie Batteriesäure, und während ich hustete, trank auch Kyland einen Schluck, verzog angewidert das Gesicht und fuhr sich mit dem Handrücken über den Mund. Fröhlich tänzelte die kleine Gruppe durch den Schnee davon, und ihre lärmende Musik verhallte in der klaren, kalten Nacht.

Kyland schloss die Tür, und immer noch in seine Decke eingewickelt, nahm ich seine ausgestreckte Hand. Er wirbelte mich so wie vorher Sally Mae im Kreis, und kichernd fiel ich gegen seine muskulöse Brust. Er hatte einen wunderschönen Körper. Kräftig, aber schlank, mit breiten Schultern und einer schmalen Taille. Und auch wenn mir dieser Körper nur für kurze Zeit gehörte, würde ich mich während dieser Zeit daran erfreuen.

»Die sind völlig irre«, stellte er mit einem schiefen Lächeln fest.

»Ja«, stimmte ich lachend zu. »Aber irgendwie auch süß.«

Er zog mich in sein Zimmer zurück, und wir fielen lachend auf sein Bett. Als er anfing mich zu küssen, schlang ich ihm mit einem Seufzer meine Arme um den Hals und fuhr mit meinen Fingernägeln über seine Kopfhaut.

Sein Stöhnen rief ein heißes Kribbeln zwischen meinen Beinen hervor. War so der Sex für alle? Wie gelang es Paaren dann, je wieder aus dem Haus zu gehen? Wenn Kyland mir gehören würde – wenn wir zusammen wären und hier zusammen leben würden –, würde ich ihn nie aus diesem Bett herauslassen. Ich kicherte, und er zog überrascht den Kopf zurück.

»Was gibt es da zu lachen?«

»Nichts. Ich habe einfach Spaß am Sex.«

»Bisher hast du doch noch gar keinen Sex gehabt.« Er stupste mich sanft mit seiner Nase an.

»Das könntest du ja ändern«, schlug ich vor. »Meine Schwester bringt mir schon seit einer halben Ewigkeit immer die Pille aus der freien Klinik mit.« Es war mir etwas peinlich, darüber zu reden, aber falls das der Grund war, weshalb er nicht mit mir schlafen wollte, wollte ich ihn wissen lassen, dass seine Befürchtungen vollkommen unbegründet waren.

»Tenleigh«, stöhnte er.

»Ich will dich, Kyland. Ich möchte, dass du der Erste für mich bist. Dass du irgendwann von hier verschwindest, interessiert mich nicht.«

»Ich will nicht, dass du so was sagst und dass du so empfindest. Denn *mir* ist das wichtig. Ich kann nicht mit dir schlafen und dich danach einfach sitzen lassen.« Kopfschüttelnd schob er eine Strähne meines Haars hinter mein Ohr. »Tenleigh, irgendwann wird dir ein Mann ein gutes Leben bieten und dir alles geben wollen, was er zu geben hat. Und die Sache, die ihm gehören sollte, werde ich ihm ganz bestimmt nicht nehmen. Genauer gesagt werde ich *dir* nicht nehmen, was du diesem Menschen schenken kannst.« Seine

Stimme klang zärtlich, doch er presste die Kiefer fest aufeinander.

Verletzt und wütend stieß ich ihn von mir. »Du hast ein besonderes Talent dafür, den Augenblick zu ruinieren, weißt du das?« Ich sprang, noch immer in die Decke gehüllt, vom Bett. »Welches Mädchen will schon was von irgendwelchen anderen Typen hören, während der, den allein sie will, sie küsst? Ich nehme an, gleich wirst du mir noch von der Frau erzählen, der du alles von dir geben wirst, wenn du erst mal von hier verschwunden bist. Muss ich mir das auch noch anhören? Wahrscheinlich ist sie weltgewandt und furchtbar klug und eine dieser Frauen aus der besseren Gesellschaft von New York, über die man ständig irgendetwas in der Zeitung liest. Sie wird wie eine echte Dame reden – nicht wie eine Hinterwäldlerin, wie ich es bin. Sie wird Perlenketten tragen und beim Teetrinken den kleinen Finger abspreizen und …«

»Tenleigh. Nicht. So habe ich es nicht gemeint. Hör mir bitte zu! Himmel, der verdammte Fusel hat dich ganz schön aggressiv gemacht.« Leise fluchend setzte er sich auf und raufte sich die Haare. »Kannst du nicht verstehen, dass es ein Fehler wäre? Himmel!«

»Jetzt bin ich also obendrein auch noch ein Fehler?«, fauchte ich ihn an. Ich schnappte mir den nächstbesten Gegenstand und schleuderte ihn Kyland an den Kopf. Unglücklicherweise war es nur ein Kissen, das ihn kaum zusammenzucken ließ. Ich sah mich suchend um, und da nichts anderes in der Nähe war, warf ich ihm abermals ein Kissen an den Kopf.

Er stand auf, schlang mir die Arme um die Taille, schob mich zurück aufs Bett und schwang sich über mich. Ich schlug auf ihn ein, doch er war deutlich stärker, er drückte mich mit all seinem Gewicht auf die Matratze und konnte so lange auf mir sitzen bleiben, wie es ihm gefiel.

»Fertig?«, fragte er mich leise, und ich funkelte ihn zornig an. »Würdest du mir bitte zuhören? Nur ganz kurz. Was ich gesagt habe … war ganz anders gemeint.« Er durchforstete sein Hirn nach den richtigen Worten. »Was ich meine, ist: Wenn ich jetzt mit dir schlafen würde, würden sich die Dinge zwischen uns auf eine Art verändern, die sich nicht mehr umkehren lassen würde. Das kann ich ganz deutlich spüren, und ich nehme an, du spürst das ebenfalls.«

»Damit komme ich klar.«

»Ich will aber nicht, dass du damit klarkommen musst.«

»Es geht doch nur um Sex, Kyland.«

Er schüttelte den Kopf. »Nicht zwischen uns. Verdammt, selbst ein normaler Kuss ist etwas ganz Besonderes für mich, wenn *du* mich küsst.« Bei diesem Satz verzog er derart schmerzlich das Gesicht, als hätte er mir eine Hiobsbotschaft überbracht.

»Du hast doch auch kein Problem damit, wenn du mit anderen Mädchen schläfst.«

Er schüttelte den Kopf. »Die sind nicht so wie du. Und vor allem war ich bisher noch nie der Erste. Ja okay, ich … habe schon mit anderen geschlafen, aber dabei ging es niemals unfair zu. Mit dir zu schlafen, wäre unfair, denn auf Dauer kämen sicher weder du noch ich selbst damit zurecht.«

Statt froh zu sein, dass Kyland mich so wertzuschätzen schien, war ich auch weiterhin verletzt und eifersüchtig, weil er mir die Dinge, die er anderen Mädchen schenkte, vorenthielt. »In Ordnung. Lass mich aufstehen«, blaffte ich ihn an.

»Tenleigh.« Stöhnend starrte er an die Decke. »*Sture Zicke*«, murmelte er, wobei in seiner Stimme eindeutig ein leises Lächeln lag.

Schnaubend begann ich, wieder auf ihn einzuschlagen, doch er beugte sich vor und presste mir die Lippen auf den Mund. Mein unwilliges Knurren wirkte sicher nicht ganz echt, denn gleichzeitig bog mein Körper sich ihm entgegen, ich verwob die Finger fest mit seinem Haar und zog seinen Kopf so dicht es ging zu mir herab. Sein Kuss war derart hart und intensiv, dass ich begehrlich meine Hüften kreisen ließ.

Urplötzlich sprang er auf, riss mir die Decke fort, zog sich in Windeseile aus und schob sich wieder über mich. Als ich seinen harten Schwanz bemerkte, dachte ich, er hätte es sich doch noch einmal überlegt und breitete erwartungsvoll die Beine aus.

Mit einem schmerzerfüllten Stöhnen schob er sich an mir herab. Ich riss die Augen auf, als seine warme, nasse Zunge in Kontakt mit dem empfindlichsten Bereich meines gesamten Körpers kam. Ich verkrallte meine Hände in der Bettdecke, warf den Kopf zurück und stieß meinerseits ein dumpfes Stöhnen aus. »Oh Gott, Kyland«, keuchte ich, als er die Zunge über meine stark geschwollene Klitoris kreisen ließ, und hätte vor Lust fast laut aufgeschrien.

Ich packte seinen Kopf und hielt ihn zwischen meinen Beinen fest, bis ich erschauderte und mit heiserer Stimme immer wieder Kylands Namen rief.

Nach einem Augenblick schlug ich die Augen wieder auf und starrte ihn benommen an.

»Sind wir jetzt wieder Freunde?«, fragte er mich grinsend, und ich legte eine Hand an seine Wange und bedachte ihn mit einem ernsten Blick.

»Wir waren immer schon viel mehr als das.«

»Ich weiß.«

Auch seine Miene wurde ernst, doch lächelnd meinte ich: »Du kannst das wirklich gut.«

»Jahrelange Übung.«

Er knabberte an meinem Hals, und als ich ihn empört von mir herunterschieben wollte, lachte er: »War nur ein Witz.«

»Das war es nicht.«

»Okay, war es nicht.«

Mein Lächeln schwand. Ich hatte keine Lust, mir vorzustellen, mit wem er so trainiert hatte. Abermals glühte ein leuchtend roter Feuerball der Eifersucht in meiner Brust, und am liebsten hätte ich ihm wieder irgendwas gegen den Kopf geknallt.

»Komm her.« Er zog die Decken über sich, hielt sie einladend auf, und wieder glitt ich neben ihn. Er hüllte uns gemeinsam in die Decken ein, und als er sich an meinen Rücken schmiegte, spürte ich seinen steifen Schwanz an meinem nackten Hinterteil. Als ich mich bewegte, zischte er, und eilig streckte ich die Hand nach hinten aus, um ihn zu streicheln, aber er schob sie entschlossen fort. »Lass mich dich einfach halten«, bat er dicht an meinem Ohr.

»Aber du …«

»Lass mich dich halten«, wiederholte er.

Ich biss mir auf die Lippe, schob mich aber gleichzeitig so eng es ging an seine harte Brust. »Hast du auch … die anderen Mädchen so im Arm gehalten?«

Ängstlich wartete ich auf seine Antwort. Ich wünschte mir so verzweifelt, dass es eine Sache gab, bei der ich die Erste für ihn war, und tatsächlich schüttelte er unmerklich den Kopf. »Nein. Das mache ich zum allerersten Mal.« In meiner Brust stieg ein Gefühl der Freude auf, und ich entspannte mich. Er schlang einen Arm um meinen Bauch, und als er mich noch enger an sich zog, verschmolz ich ganz mit seinem großen, warmen Körper und fühlte mich sicher und beschützt. Er küsste meine Schulter und ich seufzte wohlig auf. »Schlaf gut, kleine Zicke.«

Wir beide schwiegen mehrere Minuten, und ich fragte mich, ob er wohl eingeschlafen war.

»Ich werde diese Sache nicht bereuen, wenn du gehst«, flüsterte ich leise vor mich hin.

Ich hörte nur den Wind, der um das Fenster strich, doch dann hörte ich ihn flüstern: »Ich auch nicht«, und mit einem sanften Lächeln auf den Lippen schlief ich ein. Ich wurde erst wieder wach, als er mit seiner Hand langsam zwischen meine Beine glitt. Seufzend schlug ich die Augen auf und blickte durch das Fenster auf den Schnee, der abermals vom

Himmel fiel, während er mich zärtlich zum Orgasmus brachte. Dann streichelte ich ihn so lange, bis er stöhnend kam und meinen Namen rief.

Später wachte ich vom Geräusch eines Schluchzens auf und fand mich, eng an Kyland gepresst, wieder – unsere Glieder wie verknotet. Ich spürte seine klamme Haut und seine anspannten Muskeln.

»Kyland«, rief ich leise, und er fuhr erschrocken aus dem Schlaf.

»Du hast geträumt.«

Er atmete geräuschvoll ein und nickte mit dem Kopf.

»Worum ging es?« Ich strich ihm sanft über den Kopf.

Er dauerte einen Moment, bis er mir eine Antwort gab. »Um Silas und um meinen Dad. Wie sie dort unten in der Dunkelheit begraben sind. Ich träume ab und zu von ihnen, und dann fühlt es sich so an, als ob ich selbst ersticken würde.«

Ich schmiegte mich noch enger an seine Brust und schlang ihm die Arme um den Hals. »Es tut mir leid.«

Er atmete vernehmlich aus. »Sie haben noch drei Tage gelebt, bevor der Sauerstoff verbraucht war. Drei Tage«, wiederholte er.

Das hatte ich noch nicht gewusst. Ich hatte nur von dem erfolglosen Versuch gehört, die Bergleute zu retten. Dass die Männer aber noch drei Tage lang lebendig in dem eingestürzten Schacht gesessen hatten, war mir neu. Erschaudernd stellte ich mir vor, wie grauenhaft die Enge und die Dunkelheit für sie gewesen sein mussten.

»Ist das der Grund, weshalb …«

»Ich keine engen Räume mag? Zum Teil. Aber zum Teil liegt es auch daran, dass ich mal als kleiner Junge eingesperrt gewesen bin. Ich war ungefähr sieben und habe mit meinem Bruder neben dem Haus der Privens Verstecken gespielt. Wir waren ständig draußen unterwegs …« Er räusperte sich kurz und fuhr mit leiser Stimme fort: »Und, na ja, am Rand des

Grundstücks stand dieser alte Kühlschrank, und nachdem ich reingeklettert war, fiel urplötzlich die Tür hinter mir zu, und ich kam nicht mehr raus.« Seine Stimme klang gepresst, und ich küsste seine Brust und schlang ihm die Arme noch ein wenig fester um den Hals. »Irgendwann haben sie mich gefunden, aber bis dahin war ich über Stunden in der engen Kiste eingesperrt und hatte eine Todesangst. Ich hatte das Gefühl, als ob ich lebendig begraben wäre, und als dann mein Vater und mein Bruder in der Grube starben, habe ich mir vorgestellt, wie panisch sie wahrscheinlich waren. Plötzlich hatte ich in engen Räumen das Gefühl, verrückt zu werden. Selbst unter der Dusche lasse ich den Vorhang meistens offen.« Mit einem verlegenen Lachen fügte er hinzu: »Das ist völlig lächerlich.«

Ich schüttelte den Kopf. »Das ist kein bisschen lächerlich.«

Er streichelte meinen Arm, und während er mich hielt, dachte ich daran, wie lange er jetzt schon alleine war.

»Kyland?«

»Hmm?«

»Wie hast du all die Jahre überlebt? Woher hattest du Geld für Essen, Heizung oder Strom?«

Er sah mich reglos an. »Darüber rede ich nicht gern. Denn dabei fühle ich mich irgendwie … nackt.«

»Du musst nicht darüber reden. Kein Problem«, stieß ich mit rauer Stimme aus.

Oh, Kyland, dachte ich. *Was machst du nur? Wie hast du dir nur beholfen?*

Ich küsste seine nackte Haut, und wir verstummten abermals, doch schließlich meinte er so leise, dass es fast nicht zu verstehen war: »Ich tue, was ich tun muss. An den Wochenenden sammle ich Altmetall. Ich fange Bisamratten und Kaninchen und verkaufe oder esse sie. Ich habe auch schon Kronkorken gesammelt … ich mache alles, was mir ein paar Cent einbringt. Meistens komme ich ganz gut über die Runden. Manchmal habe ich sogar genügend Geld für Strom.

Manchmal aber auch nicht. Am schwersten ist es immer gegen Monatsende, wenn ich die Rechnungen soweit möglich beglichen habe und mir nichts mehr bleibt.«

Ich fange nicht an zu heulen. Oh nein, ich fange jetzt nicht an zu heulen.

Er hatte mir sein Innerstes enthüllt. Ich wusste aus Erfahrung, dass der Kampf ums Überleben etwas sehr Persönliches und häufig so beschämend war, dass man die Dinge, die man tat, lieber für sich behielt. Aber auch wenn diese Dinge häufig hässlich und in höchstem Maße peinlich waren, verlangten sie ein hohes Maß an Mut. Und Kyland hatte mir durch sein Geständnis offenbart, dass er unglaublich mutig war.

Ich war traurig und entsetzt und konnte so mit ihm fühlen, zugleich aber empfand ich grenzenlose Dankbarkeit für seine schonungslose Offenheit und umarmte ihn noch ein wenig fester. »Ich finde dich einfach unglaublich und vor allem furchtbar mutig.«

»Ich bin alles andere als mutig, Tenleigh. Ich zwinge mich einfach, morgens aufzustehen und mit meinem beschissenen Leben weiterzumachen. Weiter nichts.«

Ich dachte an die tausend Möglichkeiten aufzugeben und daran, dass Kyland keine davon auch nur in Erwägung zog. Was eindeutig ein Zeichen allergrößten Muts und unendlicher Stärke war.

»He, Tenleigh«, raunte er mir wenig später zu.

»Ja?«

»Dieses Buch, *Die Straße.*«

»Hmm?« Ich lächelte und dachte an den blöden Witz, den er sich bei der Rezension geleistet hatte, als er in Zusammenhang mit einem Buch, in dem sich Menschen gegenseitig fraßen, von ›verschlingen‹ sprach.

»Es gibt da diesen Satz, in dem es darum geht, dass man in seinem Innern stets ein kleines Feuer brennen lassen muss, ›egal, wie klein und wie versteckt‹.«

»Ja«, stimmte ich leise zu.

»Ich denke oft an diesen Satz. Ich denke, dass das kleine Feuer unsere *Hoffnung* ist. Man muss es immer wieder schüren, damit es auch in harten Zeiten brennt, die einem derart zusetzen, dass man am liebsten nicht mehr weitermachen will.«

Ich schlug die Augen auf. »Und worauf hoffst du?«

»Darauf, dass das Leben eines Tages nicht mehr ganz so schmerzlich ist. Darauf, dass ich eines Tages von hier fortkommen werde und dann nicht mehr hungern oder frieren muss. Das treibt mich immer weiter an. Es ist das Feuer, das in meinem Innern brennt und das mir hilft, zu tun, was ich tun muss, ohne vor Scham oder vor Selbsthass zu vergehen.«

Oh, Kyland.

Nickend küsste ich ihn wieder auf die Brust, und er schlang mir die Arme um den Leib und hielt mich fest.

Nach ein paar Minuten zeigte mir sein regelmäßiger Atem, dass er wieder eingeschlafen war. Ich selbst aber lag noch lange wach und dachte an den unglaublichen Jungen, zu dem Kyland hatte werden müssen, um trotz aller Widrigkeiten über Jahre hinweg ganz alleine zu bestehen.

Bis zu diesem Augenblick war mir nicht klar gewesen, dass in meinem Herzen gleichzeitig genügend Platz für kalte Trauer und für glühende Bewunderung, für abgrundtiefes Leid und für grenzenlose Freude zugleich war.

13 Tenleigh

Früh am nächsten Morgen zog ich meine Kleider in der Kälte des Zimmers an, gab Kyland, der noch schlief, einen Abschiedskuss und wandte mich zum Gehen. Er hatte keine Albträume mehr gehabt, aber ich wollte ihn nicht wecken, weil wir schließlich erst im Morgengrauen eingeschlafen waren. Errötend dachte ich an das, was wir in seinem Bett erlebt hatten, zurück. Am liebsten hätte ich mich wieder unter seinen warmen Decken eng an seinen Leib geschmiegt und hätte noch einmal von vorn begonnen. Doch ich wusste nicht, wann Marlo wiederkommen würde, und wenn sie Mum mitbrachte, wollte ich zu Hause sein. Also schlich ich mich auf leisen Sohlen aus dem Raum und zog die Haustür lautlos hinter mir ins Schloss.

Ich hatte meinen Weihnachtsbaum bei ihm zurückgelassen und stapfte daher, die leeren Hände in den Jackentaschen vergraben, zitternd durch den Schnee. Irgendwie kam mir die Welt um mich herum mit einem Mal völlig verändert vor. Ich nahm die Kälte überdeutlich wahr, die Luft erschien mir ungewöhnlich klar, der Pinienduft wirkte noch harziger und das Blau des Himmels leuchtender als sonst. Vor allem fühlte ich mich selbst *lebendiger* als je zuvor.

Eilig trat ich durch die Tür des Wohnwagens, drehte die Heizstrahler ein wenig auf, nahm eine kurze Dusche, zog zwei frische Pullis sowie zwei Paar fadenscheinige Wollsocken an und türmte mein noch nasses Haar, um nicht zu frieren, zu einem wirren Knoten auf. Dann ging ich in die

Küche und durchforstete die Schränke, bis ich eine Packung Haferflocken fand, die ich mit etwas Zimt gewürzt zum Sofa trug und, fest in eine Decke eingewickelt, aß.

Wieder dachte ich an Kyland und an all die Dinge, die ich über ihn erfahren hatte. An die grenzenlose Einsamkeit, in der er über Jahre hatte leben müssen, daran, dass er ganz auf sich allein gestellt und welche Kraft zum bloßen Überleben notwendig gewesen war. Mein Herz zog sich zusammen, und ich fragte mich, ob er wohl noch schlief. Ich hoffte es und dachte darüber nach, wie es weitergehen würde zwischen uns. Am besten war es wahrscheinlich, gar nichts zu erwarten. Vielleicht würden sich die Dinge, die wir letzte Nacht erlebt hatten, ja nicht noch einmal wiederholen. Schon dieser Gedanke tat weh.

Oh, Tenleigh, mach dich doch nicht lächerlich. Es wird kein gutes Ende für dich nehmen, wenn du dir zu viel erhoffst.

Seufzend schob ich mir den nächsten Löffel Haferflocken in den Mund. Er hatte es mir klipp und klar gesagt. Ich konnte nicht behaupten, dass mir Kyland jemals mehr versprochen hätte als das, was letzte Nacht geschehen war. Soweit ich das sehen konnte, hatte er sich sogar dagegen, so gut es ging, zur Wehr gesetzt. *Er will keine Beziehung.* Und vor allem nicht mit mir. Daran änderten auch seine Küsse und die Zärtlichkeiten der letzten Stunden nichts. Kam ich damit klar? Mir würde gar nichts anderes übrig bleiben, denn er hatte mir gegeben, was er geben konnte, und ich hatte mich darauf eingelassen. Also musste ich mich damit arrangieren, ob ich wollte oder nicht.

Vielleicht verkomplizierte ich ja alles, weil ich daran dachte, wie es meiner Mutter und Marlo ergangen war. Konnte ich nicht einfach meinen Spaß mit Kyland haben und ihn gehen lassen, wenn die Zeit gekommen war? Bestimmt würde ich traurig sein und vielleicht sogar beim Abschied weinen, aber danach konnte ich genau wie er wieder nach vorne blicken, und die Erinnerungen an die Zeit mit ihm würden verblassen, weil es schließlich jede Menge neuer Dinge zu erleben gab.

Wahrscheinlich hatte Kyland völlig recht, wenn er nicht mit mir schlafen wollte. Vielleicht sah er diese Dinge klarer als ich selbst, denn schließlich kannte er sich damit deutlich besser aus als ich.

Ich runzelte die Stirn. Würde er sich weiterhin mit anderen Mädchen treffen? Konnte ich ihn darum bitten, es nicht zu tun? Nein, dazu hatte ich kein Recht. Mit wehem Herzen stellte ich mir vor, wie eine andere in seinem Bett lag, während er mit ihr dieselben Dinge tat wie letzte Nacht mit mir.

Ich stellte meine leere Schüssel auf den Tisch und schlang mir die Arme um den Bauch. Ich sollte eigentlich versuchen, Herz und Körper streng zu trennen, doch ich machte meine Sache jetzt schon ziemlich schlecht.

Plötzlich hielt ein Auto neben unserem Wohnwagen, und als ich erst das Schlagen von Türen und dann Schritte draußen hörte, sprang ich auf und öffnete eilig die Tür.

Sam und Marlo hatten sich bei meiner Mutter eingehakt und führten sie zur Tür.

»Mum.« Glücklich nahm ich ihre Hand und mit einem schmalen, müden Lächeln trat sie ein.

Eilig zerrte ich die Decke von der Couch und bot ihr den freien Sitzplatz an.

»Ich würde mich lieber erst mal hinlegen, mein Schatz«, stieß sie mit schwacher Stimme aus.

»Natürlich, Mum«, flüsterte ich und sah fragend meine Schwester an. Sie sah entsetzlich müde aus, gab mir aber durch ein Lächeln und ein Nicken zu verstehen, dass alles in Ordnung war.

Ich führte Mum in das kleine Schlafzimmer, das sie sich mit Marlo teilte, schob sie sanft aufs Bett, zog ihr die Schuhe aus und breitete die Decke über ihrem schmalen Körper aus.

»Danke, Tenleigh.« Seufzend nahm sie meine Hand, und ich nahm auf dem Rand des Bettes Platz.

»Es tut mir so leid, Baby. So leid!«, stieß sie mit unglücklicher Stimme aus.

In meinen Augen sammelten sich Tränen, doch ich schüttelte den Kopf. »Ich will nur, dass es dir besser geht, Mum.«

»Ich auch. Aber ich habe keine Ahnung, wie das gehen soll. Es ist alles so ein fürchterliches Durcheinander. Ich bin völlig neben der Spur. Ich bemühe mich, dagegen anzukämpfen, Baby, wirklich. Aber wenn es dunkel um mich wird …« Sie schüttelte den Kopf und kniff die Augen zu.

»Ich hab dich lieb, Mum. Egal, was auch geschieht, ich hab dich lieb.«

Tränen rannen über ihr Gesicht. »Ich weiß, Baby. Das macht es besser. Wirklich.« Leicht benommen von den Pillen, die man ihr verabreicht hatte, drehte sie sich müde auf die Seite, und als ihre hübschen Züge sich im Schlaf entspannten, strich ich ihr die dunklen Haare aus der Stirn. Ich blieb noch etwas bei ihr, bis ich mich gesammelt hatte, dann ließ ich sie allein und zog die Tür hinter mir zu.

»Sieht aus, als ging's ihr wieder besser«, sagte ich zu Marlo, während Sam, die Ellenbogen auf den Knien, auf dem Sofa saß und sich umschaute. Angesichts des Rattenlochs, in dem wir hausten, entgleisten ihm die Gesichtszüge.

»Das tut es. Zumindest für den Augenblick.« Marlo seufzte, denn wir beide wussten aus Erfahrung, dass niemand vorhersehen konnte, wann der nächste Rückfall kam.

»Nun, Sam, danke, dass du mir am Wochenende derart beigestanden hast.« Sie stand entschlossen auf, und er zog überrascht die Brauen hoch. Er hatte offensichtlich nicht damit gerechnet, dass sie ihn so schnell rauswerfen würde, doch als echter Gentleman erhob er sich von seinem Platz und wandte sich zum Gehen.

»Das war doch eine Selbstverständlichkeit. Bist du sicher, dass ich dir nicht …« Er brach ab, denn offenbar war er nicht sicher, wie er seinen Satz hätte beenden sollen.

»Nein. Wir kommen gut alleine klar. Aber nochmals vielen Dank.« Sie lächelte ihn an.

Boah. Wie unangenehm!

»Vielen Dank, Sam.« Ich gab ihm die Hand und blickte ihn mit einem warmen Lächeln an. »Es war wirklich nett von Ihnen, dass Sie …«

»Gern geschehen.« Er warf einen scheuen Blick auf Marlo, die an einem Fingernagel knabberte und vor sich auf den Boden sah. »Und zögert bitte nicht, mich anzurufen, falls ihr irgendetwas braucht.«

Während ich noch nickte, brachte Marlo ihn bereits zur Tür.

»Oh.« Er drehte sich so plötzlich um, dass er beinah mit ihr zusammenstieß. Er wurde rot und beide lachten unbehaglich auf. Er war ein wirklich attraktiver Mann. Obwohl er mit der Brille und dem strengen Scheitel etwas spießig wirkte, hatte er auf alle Fälle Potenzial. Und vor allem schien er Marlo wirklich sehr zu mögen – falls man sein unbeholfenes, verlegenes Auftreten in ihrer Gegenwart so deuten konnte.

Er nahm eine Tüte voller Pillen aus der Tasche und hielt sie ihr hin. »Sorgt dafür, dass eure Mutter sie wie vorgeschrieben nimmt. Der Arzt war ziemlich optimistisch, dass ihr dieser Cocktail helfen wird.«

Das hatten wir schon häufiger gedacht, doch Marlo nickte knapp. »Das tun wir. Nochmals vielen Dank.«

Er zögerte noch kurz, doch schließlich nickte er uns lächelnd zu, trat in den Schnee hinaus, zog die Tür des Wohnwagens ins Schloss, und wenig später hörten wir, wie er den Berg wieder hinunterfuhr.

Als Marlo sich mit einem Seufzer auf die Couch warf, setzte ich mich neben sie und wandte mich ihr zu. Sie sah mich von der Seite an. »Ich sollte ganz schön sauer auf dich sein.«

»Aber das bist du nicht?«

Sie atmete tief ein und verzog nachdenklich das Gesicht.

»Ich glaube, nicht. Sam, er ist … echt nett und ziemlich harmlos, denke ich.« Sie biss sich auf die Lippe. »Und im Krankenhaus und mit Mum war er echt eine große Hilfe.«

Ich nickte. »Sie sah ziemlich müde, aber auch wieder viel ruhiger aus.«

»Schon allein wegen seines Doktortitels oder vielleicht auch einfach, weil er ein Mann war, hat er in der Klinik viel mehr ausgerichtet, als es uns bisher jemals gelungen ist. Sie kriegt jetzt einen neuen Medikamentencocktail, der aus Sicht der Ärzte besser hilft.«

Ich runzelte die Stirn. »Cocktail … das bedeutet mehrere, verschiedene Medikamente, die …«

»… wir uns nicht leisten können werden, ja, ich weiß.« Marlo verzog ängstlich das Gesicht. »Und vielleicht werden sie auch gar nicht wirken. Aber Dr. Nolan, *Sam,* er hat das ganze Zeug bezahlt, obwohl ich ihm gesagt habe, dass er das lassen soll.« Sie bedachte mich mit einem beinah schuldbewussten Blick. »Aber weil es nicht für mich, sondern für Mum war, habe ich schließlich Ja gesagt.« Abermals biss sie sich auf die Lippe, während sie verlegen vor sich auf den Boden sah.

»Du hast genau das Richtige getan«, versicherte ich ihr, obwohl ich wusste, dass sie es nie wieder tun würde, und sie hatte recht: Wir konnten nicht mal mit Bestimmtheit sagen, ob die neuen Pillen wirklich helfen würden. Schließlich hatten wir schon jede Menge Sachen ausprobiert und trotzdem einen Rückfall nach dem anderen erlebt. Ich blickte Marlo forschend von der Seite an. »Also, Sam … ich glaube, dass er dich sehr gerne hat.«

»Natürlich hat er das. Im Augenblick«, fuhr sie mich an.

»Marlo.«

»Nein.« Sie schüttelte den Kopf. »Er ist ein netter, attraktiver Bursche … doch er ist Zahnarzt, er hat eine gut gehende Praxis und gehört im Grunde nicht hierher.« Nach einer nachdenklichen Pause fügte sie hinzu: »Aber er hat mir die Zeit im Krankenhaus vertrieben, wofür ich ihm durchaus dankbar bin.«

»Danke, dass du diesmal dort geblieben bist«, setzte ich an. »Dadurch hast du Weihnachten verpasst …«

Sie sah mich traurig an. »Ich hatte wenigstens Gesellschaft, während du alleine hier herumgesessen hast.« Sie nahm tröstend meine Hand. »Ich dachte, dass du dir die Zeit bestimmt mit einem Buch vertreibst. Also, was hast du gemacht?« Errötend wandte ich mich ab. »Was ist?« Ich blickte wieder auf und öffnete den Mund, brachte aber keinen Ton heraus. »Tenleigh …«

Mit einem nervösen Lächeln gab ich zu: »Ich war nicht ganz allein. Und ich war auch nicht hier.«

»Wie bitte?« Sie riss entsetzt die Augen auf. »Und wo zum Teufel hast du dich herumgetrieben?«

Zögernd fing ich an, ihr alles zu erzählen. Wie ich Kyland erst vor kurzer Zeit richtig kennengelernt hatte, obwohl wir auf dieselbe Schule gingen und er ganz in unserer Nähe wohnte, was vor ein paar Wochen in der Bücherei geschehen und dass ich nach Mums Auftritt während des Theaterstücks in unserer Schule von ihm heimbegleitet worden war. Denn schließlich war sie nicht nur meine Schwester, sondern obendrein auch meine beste Freundin, und ich hatte ihr bisher noch immer alles anvertraut.

Nachdem ich zu Ende erzählt hatte, starrte sie mich reglos an. »Wow. Da habe ich auf alle Fälle ganz schön was verpasst, während ich bei Mum in der Klinik war.« Sie legte eine Pause ein und dachte kurz darüber nach. »Aber zumindest macht er dir nichts vor. Er hat dir gleich gesagt, dass er von hier verschwinden wird. Er versucht nicht, dich mit einem Trick dazu zu bringen, irgendwas zu tun, was du nicht willst, und danach einfach abzuhauen.«

Ich nickte traurig. Natürlich konnte ich nicht leugnen, dass die Männer es der Kollektiverfahrung unserer Familie nach so machten, aber trotzdem hätte ich ihr gerne widersprochen. Ich wollte tief in meinem Inneren trotz allem glauben, dass es durchaus Männer gab, die blieben. Männer, die gute, anständige Menschen waren.

Nur dass Kyland ganz bestimmt nicht bleiben würde. Ganz egal, wie gut und anständig er war.

»Kommst du damit zurecht?«, erkundigte sich Marlo sanft.

»Keine Ahnung«, gab ich unumwunden zu. »Aber vielleicht geht es ja sowieso nicht weiter, als es letzte Nacht gegangen ist. Schließlich war Weihnachten, wir waren beide ganz allein und fühlten uns zueinander hingezogen …« Ich fuhr sanft mit einem Finger über meine Lippen und erinnerte mich an das herrliche Gefühl seines Mundes auf meinem. »Vielleicht hat einfach das Timing gut gepasst, sonst nichts. Vielleicht wird diese Nicht-Beziehung zwischen mir und Kyland Barrett gar nicht weitergehen.«

Ich richtete mich kerzengerade auf.

Ich würde damit klarkommen.

Auf jeden Fall.

Denn schließlich hatte ich gar keine andere Wahl.

Lächelnd drückte Marlo meine Hand. »Ich werde erst mal duschen und mich dann zu Mum legen.« Gähnend stand sie auf. »Ich habe in dem blöden Wartezimmer fast kein Auge zugekriegt. Obwohl du das, so wie es klingt, anscheinend auch nicht hast.«

Sie ging ins Bad, und wieder mal saß ich alleine auf der Couch. Ich streckte meine Beine aus und griff nach meinem Buch, doch immer wieder wanderten meine Gedanken zu der wunderbaren Nacht in Kylands Zimmer, und mein verräterisches Herz zog sich bei der Erinnerung an das Erlebte wehmütig zusammen.

14 Tenleigh

Als es plötzlich leise klopfte, fuhr ich aus dem Schlaf und richtete mich auf. Es war stockdunkel. Wer in aller Welt mochte das sein? Wieder klopfte es, und eilig wickelte ich mich in meine Decke und fragte mit leiser Stimme: »Wer ist da?«

»Kyland.«

Ich stürzte zur Tür und machte ihm mit wild klopfendem Herzen auf. Er stand dort in seiner Jacke und mit seiner Mütze auf dem Kopf, die Miene unergründlich, die Hände in den Taschen.

»Hi.« Ich lächelte verschlafen. »Was machst du denn hier?«, erkundigte ich mich und blickte auf die Tür zum Schlafzimmer.

»Ich, hm, ich wollte mich nur vergewissern, dass mit dir alles in Ordnung ist.«

Ich runzelte die Stirn und hüllte mich wegen der kalten Luft, die mir entgegenschlug, noch etwas fester in die Decke ein. »Warum sollte ich denn nicht in Ordnung sein?«

Er blinzelte mich an. »Deine Mum ist wieder da. Und, na ja, ich wollte nur kurz nach dir, nach euch sehen …«

»Mitten in der Nacht? Warum bist du denn nicht schon früher gekommen?«

Er blickte auf den dunklen, sternenübersäten Himmel, so als würde ihm erst jetzt bewusst, wie spät es war. Dann wandte er sich unsicher und leicht verlegen wieder zu mir um.

Ich legte meinen Kopf ein wenig schräg und sah ihn forschend an, wie er unter dem Winterhimmel stand und mir die kleinen weißen Wattewölkchen seiner Atemluft entgegenblies. »Bist du einsam, Ky?«

Er riss schockiert die Augen auf – »Was?« – und schüttelte den Kopf. »Nein, ich meine, das ist nicht der Grund, aus dem ich hier bin. Ich bin deinet- und nicht meinetwegen hier.«

Wieder legte ich den Kopf schräg und merkte, dass er schluckte, als ich mit der Zunge über meine Unterlippe fuhr.

»Manchmal ist es durchaus okay, wenn man etwas für sich selber tut.«

Es ist okay, wenn du mich willst. Oh Gott, ich hoffe so sehr, dass du das tust.

Er nickte knapp. »Ich weiß. Ich dachte nur, dass deine Mum sich vielleicht erst mal wieder eingewöhnen muss. Wie geht es ihr?«

»Gut. Oder zumindest besser. Sie ist vorhin aufgestanden, und wir haben zusammen zu Abend gegessen. Das ist ein gutes Zeichen.«

Wieder nickte er und trat von einem auf den anderen Fuß.

»Du solltest mir sagen, dass ich wieder gehen soll, Tenleigh. Und zwar so, als würdest du es ernst meinen. Sag mir, dass ich verschwinden soll, denn von alleine schaffe ich es nicht.«

Ich blinzelte ihn an. »Ich möchte aber gar nicht, dass du gehst.«

Abermals verlagerte er sein Gewicht von einem auf den andern Fuß und atmete vernehmlich aus.

»Möchtest du, dass ich noch einmal mit zu dir komme?«

Er sah mir ins Gesicht. »Könntest du das denn? Ich meine, wäre das denn möglich? Kannst du hier weg?«

Ich nickte. »Ja. Augenblick.«

Ich kehrte in den Wohnwagen zurück, schloss die Tür hinter mir und legte Marlo einen Zettel hin. Ich schrieb, ich würde noch einmal zu Kyland gehen, wäre aber morgens wieder da. Sie würde meiner Mum gegenüber irgendeine Ausrede erfinden, denn wir hatten sie in diese Dinge bisher nie mit einbezogen, und es wäre seltsam, das mit einem Mal zu tun.

Da ich schon eine Jogginghose und ein langärmliges T-Shirt trug, zog ich nur noch schnell meine Stiefel und die Jacke an und wandte mich zum Gehen.

Er atmete erleichtert auf, als ich wieder nach draußen trat. Trotzdem fragte er noch einmal: »Bist du sicher, dass du einfach gehen kannst?«

»Auf jeden Fall. Ich hatte mir schon gedacht, dass du schon wieder scharf auf mich bist«, zog ich ihn auf, aber er riss entsetzt die Augen auf.

»Nein, Tenleigh, das ist es nicht. Ich bin nicht gekommen, weil ich dich benutzen will. Ich habe einfach … letzte Nacht an deiner Seite zu schlafen, war so wun… ich konnte einfach nicht … und ich dachte, vielleicht kannst du auch nicht …« Er lachte verbittert auf und starrte in den Himmel. »Ich weiß nicht, wie ich es formulieren soll. Und jetzt habe ich dich mitten in der Nacht geweckt…«

»Schon gut. Ich habe auch sehr gern mit dir geschlafen«, verriet ich ihm lächelnd. »Ich meine, all die anderen Sachen haben mir besonders gut gefallen, aber es war auch sehr schön, ganz einfach neben dir zu liegen, als ich eingeschlafen bin. Also könnten wir das bitte wiederholen? Schließlich ist es bereits ziemlich spät. Ich meine, falls du jetzt genug gegrübelt hast.«

Er rieb sich das Genick und stieß ein leises Lachen aus. »Ich grüble nicht.«

Ich schnaubte. »Doch, natürlich tust du das. Du könntest Grübel-Kurse geben. Du bist der Experte dafür.« Ich war selbst von meiner Leichtigkeit überrascht, doch ich war einfach glücklich, ihn zu sehen. Und noch glücklicher, dass er mich hatte sehen wollen.

Mit einem neuerlichen leisen Lachen nahm er meine

Hand, und mir kam es so vor, als helle seine Stimmung sich mit jedem Schritt den Berg hinunter weiter auf.

Fünf Minuten später hatten wir sein Haus erreicht, traten schweigend vor sein Bett, und ich zog mich bis auf die Unterwäsche aus. Wir waren erst ein Mal zusammen gewesen, hatten uns erst ein Mal berührt, doch irgendwie hatte sich meine Schüchternheit ihm gegenüber bereits vollkommen gelegt.

Er zog sich ebenfalls bis auf die Unterhose aus, schlüpfte zu mir unter die Decke, zog mich eng an seine Brust und vergrub sein Gesicht in meinem Haar. Dabei atmete er so geräuschvoll aus, als ob er stundenlang den Atem angehalten hätte, und entschlossen zog ich seine Arme fest um meinen Bauch.

»Danke«, murmelte er rau, wobei er regelrecht … *verzweifelt* klang.

Beunruhigt drehte ich mich zu ihm um und nahm im Dämmerlicht des Raums den Schmerz in seinen Augen wahr. Ich runzelte die Stirn und legte meine Hand an sein Gesicht. »Kyland …«

Doch er schüttelte den Kopf und meinte leise: »Tut mir leid.«

»Was denn?«, fragte ich im Flüsterton.

»Dass es mir nicht gelingt, mich von dir fernzuhalten. Dass ich ständig an dich denken muss. Dass ich, seit ich heute Morgen wach geworden bin und du verschwunden warst, alle fünf Minuten losmarschiert bin, um nach dir zu sehen. Dass ich so furchtbar egoistisch bin.«

Mir schwoll das Herz vor Freude an, bevor es sich im nächsten Augenblick vor Mitgefühl zusammenzog. »Du bist nicht egoistisch. Ich habe dich heute auch vermisst. Es ist okay. Ich bitte dich ganz sicher nicht um mehr, als du mir geben kannst. Auf keinen Fall.«

»Das tut mir am allermeisten leid.«

»Was?«

Er schüttelte erneut den Kopf. »Dass ich dir nichts zu geben habe. Dass ich selbst nur nehmen kann. Das ist einfach nicht richtig.«

»Es ist nicht falsch, schließlich biete ich dir diese Dinge an.«

»Und es bleibt trotzdem falsch.«

Ich sah ihm forschend ins Gesicht und fuhr mit meinem Finger über seinen Wangenknochen, seinen Kiefer und den vollen, wunderschönen Mund. »Nun. Es tut mir leid, wenn dadurch das moralische Dilemma, in dem du dich deiner Meinung nach befindest, null und nichtig wird, aber ich bin nur deines Körpers wegen hier, Kyland Barrett. Das heißt, du bist vom Haken.«

Lachend zog er mich zurück an seine Brust, und ich sog seinen männlichen, reinen Duft in meine Lungen ein.

Nach einer Weile fragte ich: »Hast du wieder schlecht geträumt? Konntest du deswegen nicht schlafen?«

Er schwieg, aber noch während ich mich fragte, ob er mir wohl eine Antwort geben würde, fing er an zu sprechen, und mit angehaltenem Atem hörte ich ihm zu. »Nicht die Träume sind das Schlimmste, sondern dass ich niemals über diese Dinge reden kann. Auch wenn mir das erst gestern Abend klar geworden ist.« Zitternd atmete er aus. »Das war das allererste Mal, dass ich über meine Familie gesprochen habe, seit Mum verschwunden ist und Dad und Silas umgekommen sind.«

Ich legte meinen Kopf zurück und strich mit meinen Fingerspitzen über sein Gesicht. »Das muss entsetzlich hart für dich gewesen sein. Es tut mir furchtbar leid, dass du jahrelang mit diesem fürchterlichen Schmerz alleine warst.«

Er nickte knapp. »Ich habe so viele Nächte ganz allein in diesem Haus verbracht, und als du gestern hier warst, hat sich das unglaublich angefühlt.« Er stieß ein raues Knurren aus. »Und genauso fühlt es sich jetzt wieder an.«

»Ich weiß. Aber für mich fühlt es sich genauso an«, verriet ich ihm flüsternd.

Wir lagen Stirn an Stirn, Mund an Mund und Zehen an Zehen da, bis ich genügend Mut gesammelt hatte, um zu fragen: »Hast du Lust, mir zu erzählen, was für ein Mensch dein Bruder war? Ich habe ihn zwar ab und zu im Ort gesehen, aber richtig kennengelernt habe ich ihn nicht.«

Kyland holte leise Luft. »Er war …«, setzte er an und fuhr nach kurzem Überlegen fort, »… unglaublich lebendig, schrecklich vorlaut und hat ständig irgendwelche Witzchen gemacht.« Er verzog den Mund zu einem Lächeln. »Er hat andauernd gelacht. Wenn ich meine Augen schließe, kann ich ihn noch immer lachen hören. Sein ganzer Körper hat gelacht. Er hat sich vorgebeugt und sich den Bauch gehalten und …« Er stieß ein leises Lachen aus, und als ich lächelnd nickte, meinte er: »Er konnte ein totaler Blödmann sein. Gestern beim Schlittenfahren hätte ich schwören können, dass ich ihn laut lachen hörte, während ich mit dir den Berg hinunterschoss. Ich schwöre dir, ich habe meinen Bruder lachen hören.«

Mein Herz zog sich so eng zusammen, dass ich keuchend Luft holen musste, während Kyland sich zu sammeln schien.

»Obwohl er fünf Jahre älter war als ich, waren wir beide andauernd zusammen unterwegs. Wir sind in den Bergen rumgelaufen und haben getan, als wären wir Mitglieder eines Indianerstamms.« Er lächelte erneut, doch sofort wurde seine Miene wieder ernst. »Wir hatten immer Angst vorm Dunkeln, als wir Kinder waren. Silas hat unsere Mutter immer angefleht, dass sie das Licht im Flur anlässt.« Abermals legte er eine Pause ein. »Und dann ist er im Stockdunkeln gestorben, Tenleigh«, fuhr er mit gepresster Stimme fort. »Nach dem Zusammenbruch des Stollens ging der Strom aus, und sie saßen dort in vollkommener Dunkelheit. Und immer wieder denke ich daran, was für eine Angst er wohl hatte. Dass er sicher völlig panisch war. Ich höre immer wieder in Gedanken, wie er meinen Namen flüstert, so wie als wir beide Kinder waren. Wenn wir damals im Bett gelegen haben, hat er oft gesagt: ›Steh auf und mach das Licht an, Ky.‹

Ohne dass ich etwas für ihn tun, ohne dass ich ihm helfen kann.«

Um nicht in Tränen auszubrechen, kniff ich eilig meine Augen zu. »Aber dein Vater und dein Bruder waren zusammen. Und dann waren da auch noch all die anderen Männer. Sie haben sich doch ganz sicher gegenseitig unterstützt. Sie waren alle wirklich anständige Kerle. Ich wette, sie waren bis zum Ende füreinander da.«

»Ja«, stimmte er mir leise zu.

Nachdem wir ein paar Minuten schweigend dagelegen hatten, beugte er sich vor und küsste mich. Irgendwie lag etwas Neues in diesem Kuss, auch wenn ich nicht sicher hätte sagen können, was.

Er löste sich von meinem Mund, schob sich aber gleichzeitig so eng es ging an mich heran. »Du machst mich wahnsinnig«, murmelte er, und ich erschauderte, als er so sanft mit seinen Lippen über meine strich, dass es fast nicht zu spüren war. »Und du vertreibst die Dunkelheit und rufst ein Gefühl des Friedens in mir hervor.« Er atmete vernehmlich aus, und ich sog seinen Atem in mich ein. »Ich weiß nicht, wie ich damit umgehen soll.«

»Genieß es einfach, Ky«, flüsterte ich. »Denn das hast du *verdient.* Lass mich dir ein bisschen Frieden schenken, ja?«

»Und was kann ich dir geben, süße Tenleigh?«, fragte er mit rauer Stimme. »Es gibt nichts, was ich dir geben kann.«

Ich dachte kurz darüber nach und nickte dann. »Oh doch. Denn du hilfst mir zu glauben.«

»Und woran?«

»Daran, dass es gute, starke Menschen gibt.«

Genauer gesagt anständige, ehrenwerte Männer.

Er schob mir eine Strähne meines Haars aus dem Gesicht.

»Und dann ist da noch dein Hintern, der echt knackig ist.«

Er nickte ernst. »Ich weiß.«

Ich boxte ihm gegen die Schulter, und als er anfing zu schielen, lachte ich. »Oh Mann, du bist echt bescheuert.«

Grinsend vergrub Kyland sein Gesicht an meinem Hals. »Hmm. Ich liebe es, wenn du dich ärgerst und dabei die Hinterwäldlerin durchbricht.«

Ich lachte abermals. »Wusstest du, dass man den Dialekt der Berge bis zum Englisch aus der Zeit Königin Elizabeths zurückverfolgen kann?«

Er schüttelte den Kopf, und als er mit der Nase über meine Wange glitt, stellte ich lächelnd fest: »In den Appalachen und an manchen anderen Orten hat sich diese Sprechweise erhalten, weil man dort fast völlig vom Rest der Gesellschaft abgeschnitten war.«

»Aha.« Er nickte mit dem Kopf. »Wenn ich also in New York bin und dort sage: ›Huck dich doch, du siehst e bissche lädig aus‹, denken sie, ich würde königliches Englisch sprechen?«

»Nein, dann denken sie, du bräuchtest einen Dolmetscher, obwohl Hinterwäldlerisch aus deinem Mund echt sexy klingt.«

Leise summend nagte er an meinem Kinn. »Du fährst also auf Hinterwäldler ab? Gut zu wissen. Denn ...«, er glitt mit seinen Lippen über meinen Hals, »... ich habe nicht die Absicht, heute Nacht den feinen Pinkel rauszukehren.«

Lachend stieß ich Kyland von mir fort, und er brach ebenfalls in Lachen aus, das langsam verklang, bis auf seinem Gesicht nur noch ein herrlich schiefes Lächeln zurückblieb. Sanft schob er mir das Haar hinter das Ohr und sah mich reglos an. Ich betrachtete sein herrliches Gesicht und versuchte, zu sehen, was in ihm vorging.

Schließlich beugte er sich vor, küsste mich zärtlich auf den Mund und bat mit leiser Stimme: »Erzähl mir, was du für Träume hast.«

Mich in einen Menschen zu verlieben, der auf Dauer bei mir bleibt. Aufzuhören, mir zu wünschen, du wärst dieser Mensch.

»Hmm. Ich würde gern das Meer sehen. In der Brandung tanzen. In ein Restaurant gehen. Mehr als ein Paar Schuhe haben. Eine dieser Geburtstagstorten aus der Konditorei mit diesen perfekten, pinkfarbenen Rosen auf dem Rand bekommen. Einen guten Arzt für meine Mum finden, der ihr wirklich helfen kann. Als Lehrerin an einem Ort wie diesem Kinder dazu bringen, Bücher so zu lieben wie ich selbst. In einem Haus mit einem Garten wohnen und vor allem ein eigenes Bett haben, damit ich nicht mehr auf dem Sofa schlafen muss.«

Er schwieg einen Moment, doch schließlich stellte er mit leiser Stimme fest: »All das solltest du auch haben. Das und noch viel mehr.«

»Und wovon träumst du, Kyland? Abgesehen davon, dass du von hier verschwinden willst?«

Nach kurzem Überlegen meinte er: »Ich will Ingenieur werden. Ich will einen immer vollen Kühlschrank. Ich will Dinge tun, die wirklich wichtig sind und die das Leben wirklich besser machen. Und vor allem will ich diese Dinge erkennen, wenn sie sich mir zeigen.«

Ich lächelte und freute mich, dass Kyland mit mir über seine Wünsche sprach. »Ich wette, dass du alle diese Ziele irgendwann erreichen wirst. All das und noch viel mehr.« Ein wenig traurig wandte ich mich ab. Ich wünschte ihm von Herzen die Erfüllung seiner Träume, aber wenn es so weit wäre, würde ich wahrscheinlich nur noch eine winzige Erinnerung in seinem Herzen sein.

Er vergrub die Hand in meinem Haar, presste seine Lippen sanft auf meinen Mund, und ich schmolz dahin.

Wie die Nacht zuvor fanden wir durch den anderen Erlösung, schliefen eng umschlungen ein, und die Einsamkeit und Kälte blieben außerhalb der wärmenden Kokons der Bettdecken zurück.

15 Tenleigh

In den Weihnachtsferien schlief ich beinahe jede Nacht in Kylands Bett. Obwohl ich häufig schamlos darum flehte, ging er niemals bis zum Äußersten, aber trotzdem kannten wir schon nach Kurzem den Körper des anderen wie unseren eigenen. Wenn wir im Dunkeln lagen, unterhielten wir uns flüsternd über unsere Geheimnisse, Verletzungen und Ängste, und je öfter er von seinem Dad und seinem Bruder erzählte, umso einfacher schien es ihm zu fallen – und ein zärtliches Lächeln huschte bei den Anekdoten über sein Gesicht. Er erzählte auch von seiner Mum und von der Verwirrung und dem Schmerz, die er wegen ihres Fortgangs immer noch empfand.

»Wirst du nach ihr suchen?«, fragte ich ihn eines Samstagmorgens, während wir es uns in seinem Bett gemütlich machten. »Wenn du wegziehst, meine ich.« Mein Herz zog sich zusammen, so wie jedes Mal, wenn ich von diesem Thema sprach.

Er überlegte kurz. »Anfangs hatte ich es vor. Aber was würde das schon bringen? Sie hat mich verlassen und ist nie wieder zurückgekommen. Selbst wenn sie aus irgendeinem Grund nichts von dem Grubenunglück mitbekommen hat, bleiben diese beiden Tatsachen doch bestehen.«

Ich sah ihn von der Seite an. »Vielleicht hat sie ja tatsächlich nie davon erfahren. Vielleicht denkt sie, dass du hier mit deinem Dad und deinem Bruder lebst und bei ihnen gut aufgehoben bist. Ich weiß, dass sie gegangen ist, aber was auch immer ihre Gründe dafür waren: Sie wusste, du bist bei deinem Dad. Vielleicht hat sie Angst, zurückzukommen, weil sie denkt, dass du ihr das, was sie getan hat, nicht verzeihen kannst.«

»Und wie steht es mit dir? Verzeihst du deinem Vater, dass er dich im Stich gelassen hat? Würdest du ihn suchen wollen?«, fragte er so kalt, dass ich zusammenfuhr. Dann aber rollte er sich auf die Seite, kniff die Augen zu und hob eine Hand an mein Gesicht. »Tut mir leid. Das war nicht fair.«

Ich atmete tief ein. »Doch, das ist es. Aber anders als du deine Mutter habe ich meinen Vater nie gekannt. Ich glaube … ja, ich glaube, dass ich ihm verzeihen kann. Aber er bleibt ein vollkommen Fremder für mich. Doch du und deine Mum, ihr habt euch geliebt.«

»Zumindest dachte ich, dass sie mich liebt.« Ein Ausdruck des Schmerzes huschte über sein Gesicht. »Aber das ist nicht das Schlimmste – willst du wissen, was das Schlimmste ist?«

Ich nickte langsam.

»Das Schlimmste ist, dass ich sie, ganz egal, wie sehr sie mich verletzt hat, und egal, wie sehr ich auch versuche, sie zu hassen, immer weiter liebe. Dabei hat sie das ganz sicher nicht verdient. Sie hat mich verlassen und ist nie wieder zurückgekommen, aber trotzdem liebe ich sie immer noch. So dämlich kann ein Mensch doch gar nicht sein.«

»Das ist nicht dämlich«, widersprach ich rau und nahm ihn tröstend in den Arm. Wie stark und zäh er war, dass er trotz all der schlimmen Dinge, die ihm widerfahren waren, weiter stets nach vorne blickte und sich niemals unterkriegen ließ. Wie intelligent, wie fürsorglich, wie selbstlos und wie liebevoll. »Du wirst es schaffen, denn du bist unglaublich stark. Auf jede nur denkbare Weise. Stark wie ein Ochse und vor allem sturer als ein Maulesel«, flüsterte ich und freute mich, als ich ihn lächeln sah. »Trotz allem, was du verloren hast, hast du das Feuer, das in deinem Innern brennt, niemals erlöschen lassen. Und etwas Stärkeres als dieses Feuer gibt es nicht.«

An diesem Samstag standen wir erst auf, als die Mittagssonne durch sein Fenster fiel.

♥

Als wir zwei Wochen später wieder in die Schule gingen, hätte ich auch weiter gerne jede Nacht bei ihm geschlafen, aber der Druck, so gut wie möglich in das letzte Schulhalbjahr zu starten, war einfach zu groß. Das war der Endspurt auf dem Weg zum Stipendium. Allerdings musste ich irgendwie damit fertigwerden, dass genau dieses Stipendium ihn von mir entfernen würde, oder mich von ihm. Ich hatte mich seit fast vier Jahren auf nichts anderes konzentriert, und jetzt konnte ich plötzlich nicht mehr sagen, ob mir überhaupt noch etwas daran lag. Nach all dem, was Kyland durchgemacht hatte und so, wie ich für ihn fühlte, konnte ich jetzt schwerlich darauf hoffen, seine Träume zu zerstören und mir meine eigenen zu erfüllen.

Kyland hatte mir erzählt, er würde Dennville auch verlassen, wenn er das Stipendium nicht bekäme. Also hatte er auf jeden Fall einen Plan B. Aber konnte ich in Kauf nehmen, dass er mit leeren Händen ging? Dass er es dann noch schwerer hatte als bisher? Schon die Vorstellung erfüllte mich mit Angst um ihn und weckte ein Gefühl schmerzlicher Einsamkeit in mir.

Kümmere dich erst einmal um dich selber, Tenleigh Falyn, schalt ich mich. Denn schließlich war ich ebenfalls völlig auf mich allein gestellt. Trotzdem fragte ich mich, ob vielleicht auch Kyland das Stipendium jetzt mit anderen Augen sah. Falls ja, erzählte er mir nichts davon. Keiner von uns schien darüber sprechen zu wollen.

Wenn wir uns in der Schule trafen, berührte er im Vorbeigehen meine Hand, doch da wir keine Kurse miteinander und unterschiedliche Freistunden hatten, brachten wir dort nicht viel Zeit zusammen zu. Aber abends lernten wir gemeinsam, wenn wir nicht mit Angenehmerem beschäftigt waren, und als ich eines Tages Mitte Januar endlich wieder einmal in die Bücherei ging, um mir dort ein neues Buch zu leihen, bemerkte ich den kleinen, weißen Zettel im *Der Fänger im Roggen,* den ich kurz zuvor gelesen hatte, und zog ihn aus dem Regal.

> Holden Caulfield: ein weinerlicher, unsympathischer Erzähler. Beleidigt die Leute, die er »Heuchler« nennt, obwohl er selber einer ist. KB

Leise lachend kritzelte ich meine Antwort.

> Holden Caulfield ist ein Junge, der sich der Gesellschaft fremd fühlt und nach seinem Platz im Leben und vor allem einen Menschen sucht, der ihn versteht. Eine Geschichte über Einsamkeit. TF

> Du siehst immer das Positive, Tenleigh Falyn, selbst wenn es um unsympathische Gestalten geht. KB

Ich lächelte, als ich die Nachricht las. Ich selbst sah mich zwar anders, aber vielleicht war ja tatsächlich etwas dran. Und vielleicht lasen wir Bücher alle unterschiedlich, je nachdem, wie es uns selbst ging.

♥

Im Februar gab die Schule die vier Favoriten für das diesjährige Tyton-Coal-Stipendium bekannt. Kyland, mich sowie die beiden anderen Mädchen, die in meiner Lerngruppe gewesen waren.

Ich erhielt eine Zusage von der Uni von San Diego und nahm an. Irgendwie kam es mir grausam vor, den Platz zu akzeptieren, den ich vielleicht nie würde belegen können, aber wenn ich das Stipendium bekam, war mir der Platz dort garantiert. Und wenn ich es nicht bekam, zog ich so wie die beiden anderen Verlierer meinen Antrag auf den Studienplatz zurück. Ich fragte Kyland nicht, von welcher Universität er angenommen worden war. Ich wollte es nicht wissen, doch es war sicherlich kein Ort hier in der Nähe.

Während des gesamten Winters bis zum Frühlingsanfang lernten wir zusammen, küssten uns überall, durchwanderten die Berge und zeigten einander unsere geheimen Lieblingsstellen in den Appalachen, deren stille Schönheit einfach unvergleichlich war. Wir setzten uns an Bäche, und ich legte meinen Kopf in seinen Schoß, während er mit einer selbstgebauten Angelrute Fische fing. Die hohen Gräser wogten im sanften Wind, und die Sonne wärmte unsere Gesichter, als wir über Wiesen voller wilder Blumen liefen und ich dicke Sträuße pflückte, um sie bei ihm und bei mir zu Hause in alten Konservendosen auf den Tisch zu stellen. Wir lasen Buch um Buch, diskutierten darüber in unseren kurzen Briefen, die uns einen kleinen Einblick in das Herz des anderen boten, und verbrachten wunderbare Nächte, während derer wir uns gegenseitig eingehend erforschten.

Neben allen diesen Dingen arbeitete ich weiter ab und zu bei Al. Doch ich verdiente nicht genug und abends ging ich häufig hungrig schlafen, denn wir brauchten jeden Cent für Mums Medizin.

Und ich verliebte mich. Mit Haut und Haar.

Doch Kyland würde gehen. Und er würde niemals mehr an diesen Ort oder an mich zurückdenken. Und vielleicht würde auch ich selbst gehen. Aufgeregt und ängstlich dachte ich darüber nach. Mich beschäftigte nicht nur die Frage, was Kyland machen sollte, falls ich selbst das Stipendium bekam, sondern auch der Gedanke, dass ich vielleicht schon bald mein Zuhause verlassen würde. Ich hatte jahrelang davon geträumt, aufs College zu gehen, aber plötzlich rief die Vorstellung, Mum und Marlo sowie alles andere, was ich kannte und … ja, liebte – denn ich liebte Dennville trotz des jämmerlichen Lebens, das wir drei hier führten – hinter mir zurückzulassen, ein Gefühl der Panik in mir wach.

Vielleicht lag es unter anderem daran, dass es meiner Mutter dank der neuen Medikamente deutlich besser als bisher zu gehen schien. Sie wirkte fast *normal*, und dieses Wort hatte ich zur Beschreibung meiner Mum nie zuvor benutzt. Bisher war sie mal *besser* und mal *schlechter* drauf gewesen, aber niemals auch nur annähernd normal. Es war, als hätten wir urplötzlich eine zweite Chance mit ihr. Doch was würde passieren, wenn ich sie alleine ließ? Schließlich kratzten wir schon jetzt das Geld für ihre Medizin mühsam zusammen, und wenn ich von hier verschwand, fiel der bescheidene Betrag, den ich bisher verdiente, auch noch weg. Allerdings waren sie dann natürlich auch nur noch zwei Esser.

Doch noch schlimmer war es, wenn ich mir vorstellte, dass ich das Stipendium *nicht* bekam. Denn was sollte ich dann machen? Sollte ich dann, so wie Marlo, Vollzeit in der Kneipe arbeiten? Was hätte ich denn schon für eine andere Möglichkeit? Es gab hier keine anständigen Jobs, und im Gegensatz zu Kyland hätte ich niemals den Mut, mit einem kleinen Rucksack auf dem Rücken quer durchs Land zu trampen, bis ich eine bessere Arbeit fand. Außerdem hatte ich Menschen, die mich an die Gegend banden. Kyland hatte niemanden … von mir einmal abgesehen. Und obwohl wir uns inzwischen wirklich nahestanden, konnte er unmöglich meinetwegen bleiben. Und ich würde ihn auch gar nicht darum bitten, denn das wäre eindeutig zu viel verlangt.

Ab und zu erwischte ich Kyland dabei, wie er mich mit einem merkwürdigen Blick bedachte. Traurig, aber gleichzeitig entschlossen, und obwohl ich keine Ahnung hatte, was das zu bedeuten hatte, machte dieser Blick mich irgendwie nervös.

Würde ich damit zurechtkommen, ihm noch näher zu kommen, obwohl er bald gehen würde, um dann nie wieder zurückzuschauen? Würde ich damit zurechtkommen, ihn möglicherweise noch mehr zu lieben als ich es schon tat? Oder würde er vielleicht beschließen, doch nicht alle Brücken abzubrechen, seit unsere Beziehung zu viel mehr als … ja was … geworden war?

Dumme Tenleigh, murmelte ich zornig. Es war meine eigene Schuld, dass ich jetzt derart in der Klemme steckte. Kyland hatte mich von Anfang an davor gewarnt. Trotzdem tat es mir nicht leid, dass es so gekommen war. Das konnte ich beim besten Willen nicht. Ich liebte ihn. Er war ein Teil von meinem Herzen, und ich hoffte inständig, dass er mich ebenfalls derart ins Herz geschlossen hatte, dass es ihm unmöglich war, mich im Sommer einfach zu verlassen und auf Wanderschaft zu gehen.

♥

Jane Austens *Überredung:*

> »Aber wenn der Schmerz vorbei ist, wandelt die Erinnerung daran sich oft in Freude.« Glaubst du das, Tenleigh? KB

Ich lehnte mich an eines der Regale in der Bücherei, knabberte an meinem Stift und dachte über meine Antwort nach.

> *Ich glaube, dass die Dinge, die man überstanden hat, obwohl man dachte, dass man sie nicht überstehen kann, nach einer gewissen Zeit eine ganz eigene Würde haben. Dass sie etwas sind, was man besitzen kann. Dass einen das Bewusstsein, dass man durch den Schmerz gewachsen ist, mit Stolz erfüllen kann. Weil einen der Schmerz erfolgreich hat kämpfen*

lassen. Eines Tages, wenn ich meine Träume lebe, werde ich an all die Dinge denken, die mein Herz gebrochen haben, und genau für diese Dinge dankbar sein. TF

Sogar für dich, Kyland.

16 Kyland

Ich hatte diese Sache zwischen mir und Tenleigh eindeutig nicht mehr im Griff. Ich sehnte mich nach ihrer Stimme, ihrem Lachen, ihrer Klugheit, ihrem Duft, ihrem Geschmack, ihrem unglaublichen Körper, ihren Lippen – der ganzen Tenleigh –, wenn ich länger als zwei Stunden nicht mit ihr zusammen war.

Ich hatte getan, wovon ich mir geschworen hatte, dass es nie passieren würde – ich war eine Bindung eingegangen, die sich nicht einfach beenden lassen würde, wenn ich nach Abschluss des Schuljahres von hier verschwand. Eine Bindung? Nein, verdammt, im Grunde war es eher eine Obsession. Ich war am Arsch, komplett am Arsch. Und trotzdem würde ich sie bald verlassen. Ja, genau. Alles andere war unvorstellbar. Ich hatte das Gefühl, als würde ich in ihr ertrinken, und wie jemand kurz vor dem Ertrinken würde ich verzweifelt um mich schlagen und gegen die Sache kämpfen, die in meinen Körper und in meine Seele eingedrungen war. Ich würde gegen *Tenleigh* kämpfen, ehe mich diese Geschichte vollends in den Abgrund zog.

Ich saß auf dem Hügel, wo ich Monate zuvor beim Schlittenfahren etwas mit ihr begonnen hatte, das nicht mehr zu ändern war, und starrte blind hinunter auf die Stadt.

Aus der Ferne wirkte sie, als könnte sie uns beiden eine Zukunft bieten. Aus der Ferne waren der Dreck, die Armut, das furchtbare Elend und die Dinge, die im Schutz der Dunkelheit hinter geschlossenen Türen geschahen und die unaussprechlich waren, nicht zu sehen. Ich vergrub den Kopf zwischen den Händen und raufte mir unglücklich die Haare, weil ich kurz davor war zusammenzubrechen.

Du dringst in meine Seele ein, und ich bestehe halb aus Hoffnung, halb aus Schmerz.

Oh ja.

Beim Anblick ihres zarten Gesichts mit den von meinen Küssen roten und geschwollenen Lippen und dem liebevollen Ausdruck in den Augen hätte ich die Worte aus Jane Austens *Überredung* um ein Haar zitiert. Aber ich hatte die Klappe gehalten. Das wäre mein Untergang gewesen. Ich hatte sie so nah an mich herangelassen wie kein anderes Mädchen je zuvor. Doch ich hatte nicht mit ihr geschlafen, und ich hatte ihr auch nicht gesagt, dass ich sie liebte, oder zugelassen, dass sie selbst von Liebe sprach. Diese letzte Barriere zwischen uns musste bestehen bleiben, damit ich in ein paar Monaten von hier verschwinden konnte, ohne dass mein Herz vollends brach, weil sie auch noch diesen allerletzten Teil von mir besaß. Dieser Teil würde mich dazu bringen, alles hinter mir zurückzulassen und zu *gehen.*

Ich hatte mich so sehr bemüht, sie auf Distanz zu halten, doch ich war zu egoistisch und zu schwach gewesen. Und jetzt würden wir beide dafür bezahlen, wenn ich ging.

Vielleicht konnten wir ja eines Tages tatsächlich zusammen sein. Nachdem ich die Welt gesehen und herausgefunden hatte, welche Art von Leben außerhalb von Dennville möglich war. Es musste doch irgendwo auch Orte voller Glück und Hoffnung geben. Doch wenn ich ganze ehrlich war, hatte Tenleigh mir bereits etwas davon geschenkt.

Ich hatte über Jahre die Erinnerungen an meine Familie verdrängt. Die Trauer und der Schmerz waren mehr gewesen, als ich ganz allein ertrug. Aber mit den schlechten hatte ich natürlich auch die guten Bilder aus der damaligen Zeit verdrängt – ich hatte sie nicht voneinander trennen können. Doch dann war *sie* gekommen und hatte mir unbewusst geholfen, das zu tun. Und jetzt fühlte der Berg sich anders als seit Jahren an. Noch vor ein paar Wochen hatte ich beim Anblick eines quer über die Straße hoppelnden Kaninchens so plötzlich an meinen Bruder denken müssen, dass ich stehen geblieben war, um in den Wald zu starren, als hätte jemand mir mit einem Knüppel auf den Kopf gehauen. Einmal – ich war damals zehn und Silas fünfzehn Jahre alt gewesen – hatten wir gesehen, wie ein verwundetes Kaninchenbaby vor uns aus dem Wald gehoppelt kam. Wir hatten es mitgenommen und zu Hause in dem alten Schuppen hinter unserem Haus mit Milch aus der Pipette und weichem Gemüse aufgepäppelt, bis es wieder auf dem Damm gewesen war. Wir hatten es nach dem berühmten Hasen aus dem Fernsehen »Bugs« genannt, und als es stark genug gewesen war, wieder an den Ort, an dem es uns begegnet war, zurückgebracht. Silas hatte mir erklärt, dass es dort die größte Chance hatte, seine Familie zu finden, und als ich die Tränen nicht mehr hatte unterdrücken können, hatte er mich zwar ein Baby genannt, aber gleichzeitig auch tröstend seinen Arm um mich gelegt.

Ein paar Jahre später hatten Silas und ich abends vor dem Haus gesessen, während meine Mutter sich mit meinem Vater gestritten hatte. Silas war inzwischen achtzehn Jahre alt gewesen und hatte beschlossen, nach dem Highschool-Abschluss wie mein Dad zu Tyton Coal zu gehen. Von dem Geld, das Dad verdiente, konnten wir uns alles leisten, was wir zum täglichen Leben brauchten, doch dafür, dass Silas ans College ging, hätte es beim besten Willen nicht gereicht. »Nur für ein paar Monate, Ky«, hatte er mir zugeraunt. »Nur, bis ich genügend Geld zusammenhabe, um uns zwei hier wegzubringen. Dann hauen wir hier ab und schauen nie wieder zurück. Wo möchtest du hin?«

»New York City«, hatte ich wie jedes Mal gesagt, und wie immer hatte Silas zustimmend genickt.

»Dann gehen wir nach New York. Ein paar Monate und dann geht es los. Du wirst niemals in die Grube einfahren.

Du wirst etwas Großes, *Großartiges* tun, etwas, was wirklich von Bedeutung ist. Und wer weiß – vielleicht werde ich selbst das auch.«

Ich hatte genickt, und als wir plötzlich rechts von uns eine Bewegung wahrgenommen hatten, hatten wir uns umgedreht und ein Kaninchen in der Einfahrt sitzen sehen. Es hatte uns kurz angeschaut und war wieder davongehoppelt. Ich hatte gewusst, dass es Bugs war. Und ihn dort zu sehen, war mir wie ein Zeichen dafür erschienen, dass die Dinge, die Silas erzählte, nicht nur leere Worte waren. Es würde wirklich alles gut werden. Das Leben konnte einem wehtun, doch man konnte immer wieder aufstehen, wenn man stark genug war und vor allem einen Menschen hatte, der einem dabei zur Seite stand. Silas hatte eine Hand auf meine Schulter gelegt, und so hatten wir auf der Bank gesessen, bis es wieder still geworden war im Haus.

Ich schuldete es nicht nur mir, sondern auch meinem Bruder, mir woanders etwas aufzubauen. Ich würde das Leben führen, das ihm versagt gewesen war, ich würde mir an seiner Stelle seinen Traum erfüllen. Und vielleicht, falls Tenleigh hier in Dennville bleiben musste, würde ich ja eines Tages noch mal herkommen, um sie zu holen. Oder vielleicht war sie bis dahin auch zu einer süßen, zärtlichen Erinnerung verblasst. Vielleicht traf sie in Evansly ja irgendeinen anständigen Bergmann, dem sie ein paar Kinder schenken würde, und, okay, sie würden es nicht leicht haben und manchmal knausern müssen, damit sie die Miete zahlen konnten, und sie würde ihren Kindern Kleider von den Wühltischen im Walmart kaufen, doch sie würden glücklich und zufrieden …

Nein, verdammt!

Am liebsten hätte ich vor lauter Zorn und Frustration gebrüllt. Ich war verzweifelter als je zuvor. Tenleigh Falyn. Dieses wunderschöne, hoffnungsfrohe, kluge, leidenschaftliche und warmherzige Wesen hatte etwas Besseres verdient. Ich barg den Kopf in meinen Händen. Die Situation war völlig ausweglos. Bei der Vorstellung, dass sie bis an ihr Lebensende würde kämpfen müssen, hätte ich am liebsten irgendwas kaputt geschlagen. Wütend bückte ich mich nach einem der Pinienzapfen auf dem Boden, schleuderte ihn durch die Luft und hörte, wie er gegen einen Baumstamm prallte. Das Geräusch war leise und viel zu harmlos für den heißen Zorn in meinem Inneren.

Nach ein paar Minuten stand ich auf, stopfte meine Hände in die Taschen und marschierte wieder heim. Es wehte ein sanfter Wind, und die Wiesen waren mit den von ihr geliebten, wilden Blumen übersät. Der Frühling war offiziell angebrochen.

Es waren nur noch ein paar Wochen bis zu den Abschlussprüfungen, und obwohl ich noch einmal alles wiederholen würde, konnte ich den Stoff inzwischen praktisch auswendig. Ich wäre wirklich überrascht, wenn jemand anderes das Stipendium bekam, denn die letzten Zeugnisse, die ich bekommen hatte, wiesen nichts als Einser auf. Ich hatte mich auch weiterhin aufs Lernen konzentriert, obwohl ich ständig zwischen Euphorie und Elend schwankte und mein Dauerständer mich mit Schmerzen quälte, die nur Tenleighs Schoß lindern konnte.

Ich schüttelte den Kopf und sagte laut. »Oh nein. Auf keinen Fall.« *Du denkst, die Dinge laufen jetzt schon schlecht, Kyland. Aber wenn du erst mit ihr geschlafen hast, kannst du ganz sicher nicht mehr von hier weg.* Mühsam schluckte ich den bitteren Geschmack herunter, der in meinem Hals aufgestiegen war. Bisher war es mir irgendwie gelungen, der Versuchung heldenhaft zu widerstehen, und so würde es auch weitergehen.

Ich atmete die reine Bergluft ein und schaffte es, an Tenleighs Wohnwagen einfach vorbeizugehen. Zur Sicherheit lief ich etwas schneller, damit mein verräterischer Körper nicht im letzten Augenblick noch etwas anderes entschied.

Sie hatte sich bestimmt gefragt, wohin ich nach der Schule

abgehauen war. Ich war schnellstmöglich durch den Hinterausgang verschwunden und auf Umwegen zu meinem Haus gelaufen, nur damit ich ihr nicht begegnete.

Wahrscheinlich hatte mein Verhalten sie verletzt – wie auch meine Zurückhaltung in den vergangenen Tagen und Wochen. Doch ich musste ihr wehtun, damit sie verstand, was los war und im selben Maß wie ich auf Abstand ging. So würde es in ein paar Monaten ein bisschen leichter sein, einen endgültigen Schlussstrich unter diese Angelegenheit zu ziehen. *Noch ein paar Monate, und ich werde sie niemals wiedersehen.*

Voller Verzweiflung stapfte ich an ihrer Tür vorbei.

Ich hörte eine Frauenstimme aus dem Wohnwagen lachen, und neben heißer Freude wogte schmerzliches Verlangen in mir auf.

Halb Schmerz, halb Hoffnung.

Mein Leid, mein Glück.

Meine Trauer, meine Freude.

Mein Verderben, meine Retterin.

17 Tenleigh

»Warum gehst du mir aus dem Weg?«

Er riss überrascht den Kopf herum. »Mein Gott, Tenleigh, hast du mich erschreckt.«

Mein Herz zog sich zusammen, als ich an die ersten Treffen mit ihm dachte, als ich selbst erschrocken war. Ich hatte das Gefühl, als ob ich ihn verlieren würde, dabei war er doch noch gar nicht fort. Wir hatten beide in der letzten Zeit sehr viel zu tun gehabt und dazu jobbte ich inzwischen drei Tage die Woche bei Al. Das war natürlich gut, aber ich hatte im Verlauf der Zeit erkennen müssen, dass sich Kyland absichtlich viel seltener als früher mit mir traf. Ich sah ihn forschend an, und schließlich atmete er hörbar aus. »Ich habe einfach furchtbar viel zu tun … bald sind die Abschlussprüfungen, ich muss mir überlegen, was ich mit dem Haus und all den Sachen machen soll …«

»Du gehst mir absichtlich aus dem Weg.«

Etwas wie Schmerz huschte über sein Gesicht, doch sofort setzte Kyland wieder eine möglichst ausdruckslose Miene auf. »Tenleigh«, flüsterte er heiser. »Glaubst du nicht, es wäre leichter, wenn wir …«

»Wenn wir was?«, fragte ich.

Wir standen auf dem Weg, der parallel zur Hauptstraße verlief, und den er seit fast einem Monat beinahe täglich auf dem Weg nach Hause nahm.

Ich sah vor mir auf den Boden, als er keine Antwort gab. »Du fehlst mir. Wir sehen uns inzwischen praktisch gar nicht mehr, und alles hängt so in der Luft.« Ich schüttelte den Kopf. »Keiner von uns beiden weiß, was passieren wird, und vielleicht …«

»Ich weiß ganz sicher, was passieren wird. Ich werde diesen Ort verlassen. Hattest du dir etwa eingebildet, dass ich es mir anders überlegen würde, nur weil was zwischen uns läuft?«

Es fühlte sich an, als hätte er mich geschlagen. »Nein. Das habe ich mir nicht. Aber ich hätte auch nie gedacht … ich hätte nie gedacht, dass ich mich …«

Er riss die Augen auf, als er erkannte, worauf dieser Satz hinauslief. Eilig trat er ganz nah auf mich zu. »Nicht«, bat er, wobei er beinah flehend klang. »Nicht. Bitte nicht.«

Ich nahm all meinen Mut zusammen, hob den Kopf und sah ihm ins Gesicht. »Ich hätte nie erwartet, dass ich mich in dich verlieben würde. Und ich dachte, dass …«

… es dir vielleicht genauso geht. Selbst wenn du mich bald verlässt. Aber schließlich kannst du auch fortgehen und mich trotzdem lieben, oder nicht?

Er stand wie gelähmt vor mir. Irgendwo am Himmel schrie ein Falke, und während die milde Frühlingsluft raschelnd durch die Bäume strich, starrte er mich mehrere Sekunden lang vollkommen entgeistert an.

Dann fluchte er, und mit einem Mal lag sein Mund auf meinem, seine heiße Zunge teilte meine Lippen und plünderte meinen Mund. Im Grunde hatte ich auf eine andere Reaktion gehofft, doch das war immerhin ein Anfang. Nicht mal annähernd genug, aber auf jeden Fall besser als nichts.

Schwer atmend riss sich Kyland wieder von mir los, umfasste meinen Kopf mit seinen großen Händen, presste seine Stirn gegen meine, und für einen Augenblick sogen wir stumm den Duft des jeweils anderen in uns ein.

»Ich werde morgen campen.«

»Campen?«, wiederholte ich und blinzelte verwirrt, weil diese Aussage völlig unerwartet kam.

Mit angespannter Miene trat er einen Schritt zurück. »Ja.«

Verlegen strich er sich die Haare glatt. »Meine Familie, wir … das haben wir jedes Jahr gemacht, wenn ich Geburtstag hatte, und ich fand es immer toll. Wir sind rauf zu dem Lavendelfeld und …« Wieder fuhr er sich mit einer Hand durchs Haar. »… na ja, auf jeden Fall verbringe ich meinen Geburtstag immer dort.«

Ich nickte kurz. »Ich kenne dieses Feld. Ich pflücke dort immer den Lavendel für den Tee und diese kleinen Säckchen, die man in die Schränke legen kann …« Ich verstummte. Am liebsten wäre ich in Tränen ausgebrochen. Es war alles so seltsam zwischen uns.

Oh, Kyland, ich vermisse dich schon jetzt, dabei bist du noch nicht mal fort. Unglücklich starrte ich auf meine Füße. *Ich habe ihm gesagt, dass ich ihn liebe, und er hat nichts dazu gesagt.*

Als ich wieder aufsah, blickte er zum Himmel, doch schließlich schaute er mich wieder an. Sein Gesicht war wild und voller Schmerz, doch er stand einfach da und blickte mich an, bevor er meine Hand ergriff und sich mit mir auf den Weg nach Hause machte. Es kam mir vor, als hätte er mich schon seit einer Ewigkeit nicht mehr berührt, und seine Hand fühlte sich warm und wunderbar stark an. Mein Herz tat weh, und Kyland wirkte immer noch entsetzlich angespannt. Ich schwankte zwischen Weinen und dem Wunsch, ihm etwas an den Kopf zu werfen, hin und her, doch plötzlich wich die wochenlange Traurigkeit, die ich empfunden hatte, glühend heißem Zorn.

An seinem Haus angekommen ließ Kyland mich los und öffnete die Tür, und ohne zu verstehen, weshalb ich eigentlich hier war, trat ich hinter ihm in den Flur.

Im Haus rang ich nach Luft, denn urplötzlich wurde mein Zorn von einem Gefühl schmerzlichen Entsetzens abgelöst. An den Wänden türmten sich Kartons, und der Ofen aus dem Wohnzimmer war nicht mehr da.

Ich starrte ihn entgeistert an. »Was ist denn hier passiert?«

Kyland folgte meinem Blick. »Ich habe den Ofen für 250 Dollar an einen Kerl in Evansly verkauft. Er kam mit seinem Truck und hat ihn und Mums Küchenmöbel abgeholt.«

Abermals rang ich nach Luft, nickte stumm und wischte mir verlegen eine erste Träne fort.

Es ist tatsächlich so. Er wird gehen.

»Tenleigh«, bat er mich mit rauer Stimme. »Bitte nicht.«

Ängstlich trat er auf mich zu und flehte mich verzweifelt an: »Alles, nur das nicht. Bitte, brich jetzt nicht in Tränen aus. Genau das wollte ich vermeiden. Ich wollte um jeden Preis vermeiden, dass sich einer von uns beiden derart schrecklich fühlt.«

Er war auf Distanz zu mir gegangen, weil er es mir hatte leichter machen wollen, doch im Grunde tat es mir dadurch noch mehr weh.

»Aber so ist es nun einmal. Das kannst du mir nicht abnehmen. Ich liebe dich, und du kannst nichts dagegen tun. Das, was ich für dich empfinde, gehört mir. Und ich höre ganz bestimmt nicht auf, so zu fühlen, nur weil du das willst.«

»Tenleigh«, stieß er krächzend aus. »Du darfst mich nicht lieben. Bitte, tu das nicht. Ich kann nicht hier in Dennville bleiben. Bitte, lieb mich nicht.«

»Zu spät.« Ich schüttelte den Kopf. »Zu spät. Ich werde dich nicht bitten, hierzubleiben, aber um dich nicht zu lieben, ist es eindeutig zu spät.«

Er schüttelte gequält den Kopf. »Das kann nicht sein.«

»Aber so ist es nun einmal.«

Er sah mir ins Gesicht, kam langsam auf mich zu, ließ seinen Blick zu meinem Mund wandern und küsste mich dann sanft. Die Zärtlichkeit des Kusses stand in deutlichem Kontrast zu seinem durchdringenden Blick und zu der unglaublichen Energie zwischen uns.

Ich hatte keine Ahnung, was ich von der ganzen Sache halten sollte, deshalb flüsterte ich sanft: »Ich liebe dich, Kyland«, und hob meine Hand an sein Gesicht. »Und ich werde dich auch weiter lieben, ganz egal, ob du in Dennville, New York City, London oder irgendwo im Weltraum bist. Ich liebe dich.«

Er kniff die Augen zu, atmete vernehmlich aus und verwob dann seine Finger vorsichtig mit meinem Haar. »Das ist ein Fehler.«

Ich schüttelte erneut sanft den Kopf und gab trotz seines unglücklichen Blicks zurück: »Wie kann es ein Fehler sein, jemanden zu lieben?«

Ich schlang ihm die Arme um den Hals, glitt mit meinen Händen sacht unter den Stoff von seinem Hemd und spürte seine glatte, warme Haut.

»Ich liebe dich auch, Tenleigh«, gestand er mir flüsternd. »Das macht es ja so schwer.« Er klang so resigniert, als hätten diese Worte ihn all seiner Kraft beraubt.

Das Herz schwoll mir vor Freude an, obwohl ich zwischen den Zeugnissen unserer bevorstehenden Trennung stand und mir die Traurigkeit in Kylands Stimme eine tiefe Wunde schlug.

»Was du auch immer brauchst, Kyland. Was du auch immer brauchst, ich werde es dir geben.«

Er atmete erschaudernd aus, sagte aber nichts.

Das Problem war, dass ich keine Ahnung hatte, ob sich etwas dadurch änderte, dass wir uns liebten. Denn nach all dem, was ich im Verlauf der letzten Monate über ihn erfahren hatte, konnte ich wahrscheinlich eher als jeder andere verstehen, weshalb er fort musste von hier. Er hatte ein Leben fern von diesem Ort der Einsamkeit und des Verlusts verdient. In diesem Haus sah er die Dinge, die ihn quälten, ständig vor sich – hier konnte er die Schreie seines Bruders und die Stimme seines Vaters hören und musste das Fehlen der Mutter und die Tatsache, dass sie ihn ohne Vorwarnung verlassen hatte, überdeutlich spüren. Ich wollte mindestens so sehr wie er, dass er hier fortkam, aber trotzdem tat es furchtbar weh.

Ich biss mir auf die Lippe. Vielleicht würde er mich ja nicht einfach hinter sich lassen, wenn er das Stipendium bekam. Vielleicht konnten wir uns ja zusammen etwas aufbauen, irgendwann, auf irgendeinem Weg, an irgendeinem anderen Ort. Vielleicht würde Kyland ja erkennen, dass es selbst in Dennville in Kentucky etwas oder einen Menschen gab, mit dem keine schmerzliche Erinnerung verbunden war. Und vielleicht war er ja willens, diesen einen Menschen erst in seinem Herzen mitzunehmen und ihm später irgendwann in seinem neuen Heim und seinem neuen Leben einen Platz an seiner Seite zuzugestehen. Vielleicht brauchte er zunächst ein wenig Zeit, um ohne die Dämonen, die ihn quälten, ganz allein auf Wanderschaft zu gehen, bis er daran glauben konnte, dass Liebe nicht immer wehtun musste, und dass Liebe manchmal wichtiger und wertvoller als alles andere war. Ich würde warten. Warten, bis er dazu in der Lage war.

Wir legten uns zusammen auf die Couch und hingen unseren Gedanken nach. Nach einer Weile aber fragte Kyland, ob ich bleiben und ein bisschen mit ihm lernen wollte – weil am Montag schließlich Abschlussprüfungen waren. Unsere Gefühle klammerten wir erst mal weiter aus.

Ist es normal, dass Liebe so wehtut?

Abends aßen wir Gemüsesuppe, und danach gab ich ihm einen Abschiedskuss. Marlo musste bald zur Arbeit, deshalb wollte ich daheim nach Mum schauen.

»Dann sehen wir uns am Wochenende also nicht«, stellte ich traurig fest. »Pass auf dich auf, okay?«

Er nickte und bedachte mich mit einem traurig-sehnsüchtigen Blick. Im Grunde aber hatte er es selbst so gewollt. Schließlich war er derjenige, der campen ging, und nicht ich. Aber vielleicht war es für ihn das Beste. Vielleicht brauchte er den Tag an diesem Ort voll glücklicher Erinnerungen an die Zeit, als er noch nicht allein gewesen war. Vielleicht brauchte er jetzt genau das. Und vielleicht brauchte auch ich selbst die

Distanz. Vielleicht musste ich ihn einfach ziehen lassen, weil er nur auf diese Weise zu sich selber fand.

Ich liebe ihn, und deshalb werde ich ihm geben, was notwendig ist.

»Du hast morgen auch Geburtstag«, stellte er mit leiser Stimme fest. »Hast du schon irgendwelche Pläne?«

»Oh, wahrscheinlich wird mir meine Schwester wieder einmal einen Kuchen backen, der so hart ist, dass man eine Säge dafür braucht, und dann werde ich vielleicht ein bisschen lesen.« Ich zuckte mit den Achseln und lächelte ihn an. Mit einem sanften Lächeln strich mir Kyland eine Strähne meines Haars aus der Stirn.

»Alles Gute zum Geburtstag, Tenleigh.«

»Alles Gute zum Geburtstag, Kyland.«

Ich küsste ihn erneut, aber obwohl ich deutlich spürte, dass er mich wollte, machte ich mich schließlich los, stand auf, und er ließ es geschehen. Ich küsste ihn ein letztes Mal und kehrte dann zu unserem Wohnwagen zurück.

Ich hatte das Gefühl, als ob mein Herz in tausend Stücke brach, und hatte keine Ahnung, wie ich diese Teile je wieder zusammensetzen sollte. Doch im Grunde war ich mir auch gar nicht sicher, ob ich es nicht einfach lassen sollte, wie es war.

18 Kyland

Es wunderte mich jedes Mal, wie friedlich der Campingplatz, den meine Familie jahrelang benutzt hatte, inmitten des Lavendels war. Doch eine anständige Dosis Friedlichkeit und Ruhe waren genau das, was ich brauchte, denn dass Tenleigh mir erklärt hatte, dass sie mich liebte, und vor allem, dass ich ihr Geständnis mit denselben Worten erwidert hatte, hatte mich vollkommen aus dem Gleichgewicht gebracht. Ich war glücklich, aber gleichzeitig auch ängstlich und verzweifelt, denn ich hatte Tenleigh nichts zu bieten, und ich fragte mich, wie ich es jetzt noch schaffen sollte, einfach ohne sie zu gehen.

Beinah wäre ich zu ihrem Wohnwagen gegangen, um sie zu fragen, ob sie mich auf meine Campingtour begleiten wollte, aber dann war ich schnurstracks daran vorbeimarschiert. Ich hatte mich drei Wochen lang so gut wie möglich von ihr ferngehalten und mir eingeredet, dass es immer leichter werden würde, doch im Gegenteil nahm mein Verlangen immer weiter zu. Ich *verzehrte* mich nach ihr. Es war ein Hunger tief in meinem Inneren – ein Feuer, dessen Hitze und Gewalt dadurch, dass ich ihm die Nahrung vorenthielt, noch zu wachsen schien. Mir war schon seit Langem klar, dass ich sie liebte – vielleicht liebte ich sie sogar länger als sie mich. Wann war das passiert? Wann hatte ich nicht aufgepasst und mein Herz so weit für ihr süßes Wesen geöffnet, sodass ich mich nicht mehr davon losmachen konnte? Und war das im Grunde nicht völlig egal?

Ich sah mich nach der großen, alten Eiche um, unter der wir jedes Jahr gelagert hatten, weil sie einen ziemlich guten Schutz vor Sonne und vor Regen bot. Da wir uns eine echte Campingausrüstung nicht hätten leisten können, hatten wir immer die Decken, unter denen wir sonst auch zu Hause schliefen, auf dem Boden ausgebreitet und darüber eine Plastikplane aufgehängt. Außerdem hatte mein Vater immer Burgoo, einen Eintopf aus Beutelratten, Eichhörnchen und anderen kleinen, wilden Tieren, die man in kleinen Fallen fangen konnte, zubereitet. Wenn man ein Gewehr besaß, konnte man auch Wildbret dafür verwenden. Burgoo war ein Gericht, das genau wie jede Menge anderer »Delikatessen« dieser Gegend Teil der hier üblichen Armeleuteküche war und einem dadurch schmackhaft gemacht wurde, dass es eben dieses Etikett bekam. Doch so widerlich es vielleicht auch klang, Burgoo war echt lecker. Und ich bereitete es jedes Jahr für diesen Ausflug zu. Darüber hätte sich mein Dad bestimmt gefreut.

Ich ließ meinen Blick über das Lavendelfeld wandern. Ich mochte diesen Flecken Erde, denn wenn eine milde Brise wehte, war die Luft vom würzig-süßen Duft der unzähligen, violetten Blüten dieses wunderbaren Krauts erfüllt. Ich setzte mich auf einen umgestürzten Baumstamm, der schon dort gelegen hatte, als ich noch ein Kind gewesen war, und betrachtete das Feuerholz, das vor mir auf dem Boden lag. Bei Anbrechen der Dunkelheit würde ich ein Lagerfeuer machen, meinen Eintopf wärmen und danach zum allerletzten Mal in meinem selbst gemachten Schlafsack unter den Sternen schlafen, denn ich würde niemals mehr hierher zurückkommen.

Zu meiner Überraschung stieg bei dem Gedanken ein Gefühl der Trauer in mir auf. Zwar hatte bei jeder meiner Touren der vergangenen vier Jahre das Bewusstsein, dass meine Familie nicht mehr da war, meine Freude an dem Campingtrip getrübt. Zugleich aber hatte ich immer an den Spaß gedacht, den wir gehabt hatten, als wir zusammen hier gewesen waren. Es ging alles so durcheinander. Ich hielt die widerstreitenden Gefühle einfach nicht mehr aus. Ich wollte Dennville hassen – weiter nichts.

Tenleigh. Das war alles Tenleighs Schuld. Sie war hier, und plötzlich gab es etwas Schönes an diesem bisher nur trübsinnigen Ort. Mit einem Mal war Dennville *sie,* die mir geholfen hatte, endlich wieder einmal Licht zu sehen. Ich starrte stöhnend auf den grasbewachsenen Untergrund und überlegte, was ich machen sollte.

Wie zum Teufel war mein Leben plötzlich derart kompliziert geworden? Und zugleich so völlig klar?

Tenleigh. Halb Hoffnung, halb Schmerz.

Ihre Liebe für mich war so viel – und alles gleichzeitig.

Links von mir nahm ich eine Bewegung wahr und zuckte leicht zusammen, als sie wie in einem Traum durch das Lavendelfeld leichtfüßig auf mich zugelaufen kam. Mein Herz schlug einen Purzelbaum, und erfüllt von heißer Freude stand ich auf. *Verdammt.*

Mit einem zögerlichen Lächeln trat sie auf mich zu und faltete die Hände vor dem Bauch. Sie hatte sich das Haar zu einem losen Zopf geflochten, der über eine ihrer Brüste fiel, und sie trug einen weißen Pulli, der ihr von der Schulter rutschte, sodass ihre makellose, cremig weiße Haut zu sehen war. Nie zuvor in meinem Leben hatte ich etwas Schöneres gesehen als Tenleigh Falyn in diesem Lavendelfeld.

Sie straffte ihre Schultern, nahm anscheinend all ihren Mut zusammen, sah mir ins Gesicht und meinte: »Ich habe seit gestern dauernd an dich gedacht und hoffe, dass es dich nicht stört, wenn du etwas Gesellschaft hast. Vor allem kann ich mir nicht vorstellen, dass du mich ausgerechnet heute einfach wieder nach Hause schickst.«

Ich hatte einen Kloß im Hals, als ich ihr unschuldiges, hoffnungsvolles Lächeln sah, doch mit einem Lächeln fragte ich: »Du willst an deinem Geburtstag mit mir campen?«

Sie zog ihre Unterlippe zwischen ihre Zähne und nickte nachdrücklich. »Mehr als alles andere.«

Plötzlich war ich glücklicher als je zuvor. Vielleicht lag es daran, dass der Mensch, der mir gefehlt hatte, wie durch ein Wunder plötzlich vor mir stand, oder vielleicht daran, dass mein Schmerz und meine Einsamkeit in dem Moment, in dem ich sie gesehen hatte, verflogen waren. Vielleicht war es reine *Dankbarkeit,* in meinem Leben hatte ich bisher selten Grund dazu gehabt.

Mit einem noch breiteren Lächeln sagte ich: »Ich hoffe, dir ist klar, dass das gefährlich werden kann. Vielleicht werde ich ja dadurch, dass wir draußen übernachten, urplötzlich zu einem Höhlenmenschen, der dich an den Haaren in seinen Schlafsack zerrt?« Zum Zeichen dafür, dass das nur ein Witz war, setzte ich ein schiefes Grinsen auf. Wir hatten seit einer gefühlten Ewigkeit keine Scherze mehr gemacht, und es fühlte sich fantastisch an.

»Einer dieser Leute von vor hundert Jahren?«, fragte Tenleigh amüsiert zurück. Dann aber legte sie den Kopf ein wenig schräg, und ihre Miene wurde ernst. »Ich würde mich nicht wehren«, flüsterte sie und biss sich wieder auf die Unterlippe.

Ich riss die Augen auf, und ein Gefühl der Zärtlichkeit erfüllte mich. »Tenleigh«, hauchte ich. Ich wollte ihren wunderschönen Mund auf meinem Körper spüren. Überall.

Sie blickte mir weiter ins Gesicht, und als ich vor sie trat, hüllte sie mich in ihren wunderbaren Duft. Sie roch nach Wildblumen im Sommerwind, und plötzlich fühlte es sich an, als wäre es völlig natürlich, dass sie wieder bei mir war. Wir standen hier im Schatten einer riesengroßen Eiche, der Himmel dehnte sich über uns aus, nirgends sah man ein Gebäude, und ich hätte nicht mehr sagen können, weshalb ich je auf Abstand zu ihr gegangen war. Mir fiel beim besten Willen nicht ein, weshalb wir nicht unseren Gefühlen folgen sollten, denn sie waren so unschuldig und rein, als hätte Gott persönlich sie in uns geweckt.

Es war, als gäbe es nur noch uns beide auf der Welt. Ich

schloss die Augen, holte Luft und schwindlig vor Verlangen folgte ich meinem Instinkt, beugte mich über sie, und lächelnd legte Tenleigh ihren Kopf in den Nacken. Stöhnend presste ich meine Lippen auf ihren Mund, und all meine Vorbehalte, dass das, was hier geschah, nicht passieren durfte, lösten sich in unserem Stöhnen und im feuchten Tanz unserer Zungen auf. Meine Hände glitten über ihre weichen Kurven, und ich stellte erstaunt fest, wie sehr sich unsere beiden Körper unterschieden, dass sie aber offensichtlich füreinander wie geschaffen waren.

»Ich will dich spüren, Tenleigh«, stieß ich mit erstickter Stimme aus, als ich den lüsternen und … liebevollen Glanz in ihren Augen sah.

Allmählich ging die Sonne unter, und die abendliche Dämmerung brach herein.

Nach einem kurzen Blick auf meine Lagerstatt unter dem Baum nahm Tenleigh meine Hand und zog mich zu dem selbst gebauten Bett.

»Tenleigh, ich …«

Bevor ich meinen Satz beenden konnte, legte sie mir sanft zwei Finger an den Mund, und ich brach ab. Ich wusste sowieso schon nicht mehr, was ich hätte sagen wollen. Hätte ich sie nochmals davor warnen sollen, dass sich auch nichts dadurch ändern würde, dass ich mit ihr schlief? Hätte ich sie abermals daran erinnern sollen, dass ich trotzdem vorhatte zu gehen? Diese Dinge hatte ich ihr bereits oft genug gesagt, und sicher hatte sie nicht die geringste Lust, sie jetzt in diesem Augenblick, erneut zu hören. Und im Grunde hatte auch ich selber keine Lust, sie nochmals auszusprechen. Ich fragte mich, ob ich sie jemals wirklich ernst gemeint hatte. Ich wusste es nicht mehr.

Wir küssten, küssten, küssten uns eine gefühlte Ewigkeit. Ich hatte bisher kein Mädchen auf diese Art geküsst. Vorher hatte ich mich stets bemüht, so schnell es ging die nächste Stufe zu erreichen, aber mit ihr kostete ich das Vergnügen sie zu küssen und die wunderbare Wärme voll aus, die in meinem Körper aufstieg, wenn mein Mund auf ihren Lippen lag. Ich prägte mir den Druck ihres weichen Körpers, den süßen Geschmack ihrer Lippen, ihrer Zunge und die Wärme ihres Atems ein, bevor sie sich nach einer Weile von mir löste und mein Blick auf ihre feuchten, roten Lippen und die weichen Strähnen fiel, die sich aus dem Zopf gelöst hatten und ihre glühenden Wangen rahmten. Manchmal war ich regelrecht schockiert davon, wie schön sie war. Ich sah sie an und hatte das Gefühl, als würde ich den Anblick nicht nur mit den Augen, sondern auch mit meiner Haut, mit meinem Blut und meiner Seele in mich aufnehmen.

Mein Puls fing vor Verlangen an zu rasen, und mit rauer Stimme stieß ich aus: »Ich werde mich bemühen, möglichst sanft zu sein.«

Sie riss die Augen auf, doch als sie wortlos nickte, schoss mir eine Reihe von Bildern durch den Kopf, die ich bisher nie zugelassen hatte, die ich jetzt aber ungehindert mein Innerstes durcheinanderwirbeln ließ. Tenleigh mit vor Leidenschaft zurückgeworfenem Kopf, während sie mir ihre Beine um die Hüften schlang und ich in sie stieß. Ich stellte es mir bis ins letzte Detail vor, endlich würde es geschehen.

Langsam zogen wir uns voreinander aus. Etwas so Erotisches wie Tenleigh, wie sie sich aus den Kleidern schälte und wusste, dass ich bald in ihr sein würde, hatte ich noch nie erlebt. Als sie völlig nackt war, unterzog ich ihren Körper einer eingehenden Untersuchung. Ich hatte sie auch vorher öfter nackt gesehen, aber immer nur im Dämmerlicht des Hauses, wo kein goldenes Sonnenlicht auf ihre Haut fiel und wo sich ihre rosigen Nippel nicht in einer kühlen Brise aufrichteten.

»Du bist einfach wunderschön«, stieß ich voller Bewunderung aus.

Sie betrachtete mich ebenfalls, und als ihr Blick auf meinen Unterkörper fiel, begann mein Schwanz zu pochen, und sie sah mir eilig wieder ins Gesicht. »Das bist du auch. Aber ich will nicht, dass du sanft bist, denn ich will dich spüren. Ich will, dass du mir alles gibst, was du zu geben hast.«

Mein Schwanz schmerzte, das Blut kochte in meinen Adern. Stöhnend trat ich auf sie zu und schob sie auf mein selbst gemachtes Bett. Im Grunde war sie viel zu schön und zu begehrenswert für ein paar alte Decken unter einem Baum. Doch sie flüsterte: »Kyland«, nahm mein Gesicht in ihre Hände, sah mir in die Augen und erklärte lächelnd: »Das ist der beste Geburtstag meines Lebens.«

»Geht mir genauso.« Ich strich ihr die Haare aus der Stirn, und als ich mit den Lippen einen ihrer Nippel suchte, ließ sie stöhnend ihren Kopf nach hinten fallen und schmiegte ihren warmen, weichen Leib an meinen Körper. Kein anderes Mädchen hatte je derart empfänglich, so verzaubert und zugleich mit einer solchen süßen Unschuld auf mich reagiert, und plötzlich fühlte ich mich selbst ganz verändert, doch ich dachte nicht groß darüber nach, sondern genoss es einfach nur.

Es dauerte nicht lange, bis sich Tenleigh stöhnend unter meinen Zärtlichkeiten wand und ich so erregt war, dass ich um so viel Selbstbeherrschung betete, dass es nicht, bereits bevor es richtig angefangen hatte, vorüber war.

Ich schob eine meiner Hände zwischen ihre Beine, spürte ihre feuchte Wärme, und als ich mit einem Finger um ihre Klitoris kreiste, drängte sie sich keuchend gegen meine Hand. Ich senkte den Kopf auf eine ihrer Brüste, saugte sanft am Nippel, und stöhnend stieß sie meinen Namen aus, bevor sie unter der Berührung meiner Finger kam.

Ich sah in ihre lustverhangenen Augen, nahm mich selber in die Hand, und willig spreizte sie die Beine, als ich meinen Schwanz vorsichtig zwischen ihre Schenkel schob.

Oh. Tenleigh, du bist rundherum perfekt.

Ich versuchte, es ganz langsam anzugehen, obwohl mein Körper danach schrie, dass ich mich auf sie stürzte wie ein wildes Tier. Ich wollte sie so sehr, dass es fast nicht mehr zu ertragen war.

Sie kniff die Augen zu und packte meine Schultern, als ich mich so weit in sie hineinschob, bis die Wärme ihres Körpers wenigstens die Spitze meines Schwanzes umgab und ich einen weiteren Teil der Selbstbeherrschung, um die ich seit Monaten verzweifelt gerungen hatte, verlor.

»Mach die Augen auf, Ten«, flehte ich sie zähneknirschend an. »Ich will, dass du mich ansiehst.«

Wann? Wenn ich sie nahm? Wenn sie endlich mir gehörte?

Ja, brüllte mein Herz, doch ich stellte mich taub.

Auf keinen Fall. Wir würden uns in dieser einen Nacht angehören, doch an meinen Zukunftsplänen würde das nichts ändern. Das war einfach ausgeschlossen.

Sie schlug die Augen wieder auf, und endlich schob ich mich so tief es ging in sie hinein. Sie fuhr vor Schmerz zusammen, und ich konnte spüren, wie ihr Jungfernhäutchen riss. Es war passiert. Ich hatte Tenleigh nicht entjungfern wollen, aber ich bereute nicht, dass es geschehen war. Was auch immer weiter aus uns beiden würde, dieser Teil von Tenleigh würde immer mir gehören und niemals einem anderen Mann. Niemals.

Ich sah ihr ängstlich ins Gesicht, als ich mich vorsichtig in ihr bewegte, doch sie zuckte nicht noch mal zusammen, sondern glitt mit ihren Händen über meinen Rücken und meinen nackten Hintern. Ich spürte sie bis in meine Eier und streichelte ihr Innerstes erst langsam, aber dann mit immer größerer Verzweiflung, denn sie fühlte sich einfach unglaublich an.

»Ich komme gleich«, stieß ich mit rauer Stimme aus und rammte mich ein letztes, wunderbares Mal in sie hinein, bevor ich explodierte und laut stöhnend über ihr zusammenbrach. Eilig rollte ich mich neben sie, um sie nicht zu erdrücken, und wir blieben mehrere Minuten einfach liegen, während sie mit ihren Fingernägeln über meinen Rücken glitt, und ich wieder zu Atem kam. Als ich an mir herunterschaute und ihr Blut auf meinem halb erschlafften Schwanz sah, stieg ein Gefühl des Stolzes in mir auf. Ich gab mir alle Mühe, es zu unterdrücken, doch es nützte nichts.

Ehrfürchtig ließ ich mich wieder auf die Decken fallen.

»Das war unglaublich«, hauchte ich. »Gott, Tenleigh, das war einfach wunderbar.«

Sie blickte mich mit einem süßen Lächeln an und nickte zustimmend. »Ja.« Sie seufzte. »Ja, das war's.«

Wir schliefen kaum in jener Nacht, weil sie wie eine Droge war, von der ich einfach nicht genug bekam. Am liebsten hätte ich mein ganzes Leben tief in ihr verbracht. Sie war sicherlich wund, doch sie beschwerte sich mit keinem Wort. Die Nacht bestand aus klammer Haut und Schreien der Lust, die durch die Hügel hallten, und ich wusste, dass ich bis ans Lebensende, ganz egal, wohin es mich auch verschlagen würde und mit wem ich irgendwann zusammen wäre, jedes Mal, wenn ich an Tenleigh dächte, an die Wärme, den Lavendel und die Weite denken würde, die uns hier an diesem Ort umgab.

Irgendwann zu vorgerückter Stunde machte ich mich von ihr los, zündete das Lagerfeuer an, und eingehüllt in unsere Decken saßen wir im Licht des hellen Halbmonds auf dem umgestürzten Baumstamm, und ich schob ihr löffelweise von dem über offener Flamme erhitzten Burgoo in den Mund. Im Hintergrund heulte beständig eine Eule, und Tenleigh hörte lachend zu, als ich von dem vielen Unsinn, den Silas und ich getrieben hatten, erzählte. Bisher hatte außer ihm und mir kein Mensch etwas davon gewusst, doch irgendwie kam es mir vor, als würde durch meine Erzählungen ein Teil von meinem Bruder wieder auferstehen.

Wir tanzten im Licht der Sterne, und sie lachte fröhlich auf, als ich sie über meinem Arm nach hinten bog.

»Wenn ich könnte, würde ich mit dir den Abschlussball besuchen«, sagte ich mit wehmütiger Stimme und zog sie erneut an meine Brust. »Wenn ich könnte, würde ich so vieles für dich tun.«

»Ich weiß.« Sie legte eine Hand an mein Gesicht und gab mir einen sanften Kuss.

Mir gingen furchtbar viele Dinge durch den Kopf, Gefühle, die mir bisher unbekannt gewesen und von denen ich nicht sagen konnte, wie sie einzuordnen waren. Aber als das Feuer langsam verlosch und hinter dem Berg die Dämmerung anbrach, betrachtete ich nachdenklich das wunderschöne Mädchen, neben dem ich lag, und das in seiner weichen Schönheit so verletzlich war, und wusste, was ich machen musste. Mir war klar, dass es nicht richtig war und mich zerstören würde, aber trotzdem würde ich es tun.

Eines Tages, wenn ich meine Träume lebe, werde ich an all die Dinge denken, die mein Herz gebrochen haben, und genau für diese Dinge dankbar sein.

Mir blieb nichts anderes übrig, denn ich hatte mich geirrt.

Alles hatte sich verändert. Seit der letzten Nacht war nichts mehr so, wie es zuvor gewesen war.

19 Tenleigh

Eine Woche später fanden die Abschlussprüfungen statt. Obwohl ich nach der Schule Ausschau nach ihm hielt, war Kyland nirgendwo zu sehen. Ich war darüber nicht sonderlich besorgt. Im Grunde wollte ich ihn gar nicht fragen, wie er mit den Aufgaben zurechtgekommen war, denn mir war bereits klar: Er hatte seine Sache sicherlich hervorragend gemacht. Er hatte nicht mal ansatzweise aufgeregt gewirkt, und als wir uns zusammen vorbereitet hatten, hatte er auf jede Frage aus dem Vorbereitungsheft ohne zu zögern die richtige Antwort geben können, ganz egal, wie abgelenkt er kurz zuvor gewesen war.

Nein, der wahre Grund, aus dem ich nicht mit ihm über die Prüfung sprechen wollte, war, dass ich bei diesem Thema immer daran denken musste, dass mich Kyland bald verlassen würde – egal ob er das Stipendium nun bekam oder nicht. Vor allem musste ich so schnell es ging nach Hause und mich umziehen, denn ich hatte eine Schicht bei Al. Al hatte gesagt, dass er im Sommer öfter Arbeit für mich haben würde, weil er in den warmen Monaten auch die Terrasse öffnete und ein paar Mädchen aus dem Service in die neue Bar gewechselt hatten, die in Evansly aufgemacht hatte. Das kam mir durchaus gelegen. Ich wusste, dass ich weiterhin in Dennville bleiben würde, deshalb freute ich mich, dass ich wenigstens im Sommer regelmäßig Geld nach Hause bringen würde. Und danach würde ich weitersehen. Dann trat mein Reserve-Zukunftsplan in Kraft. Ich unterdrückte die Enttäuschung, die ich deswegen empfand. *Ich hatte es getan.* Ich hatte mich entschieden, und ich würde diese Sache durchziehen, denn für eine Umkehr war es jetzt zu spät.

Ich lief die Hauptstraße des Orts hinauf und hing meinen Gedanken nach, als ich Shelly sah, die in der Tür eines verlassenen Gebäudes stand und sich mit Kyland unterhielt. Sie stand direkt vor ihm und sah voller Besitzerstolz zu ihm auf. Sofort flammte glühend heiße Eifersucht in meinem Innern auf.

Er lehnte lässig an der Tür, während sie etwas zu ihm sagte, was ich nicht verstand. Eilig trat ich einen Schritt zurück, sodass ich hinter einem dicken Telefonmast stand, und lugte vorsichtig daran vorbei.

Na toll. Jetzt war ich auch noch eine Stalkerin.

Was machte ich da nur?

Ich biss mir auf die Lippen. Warum hatte ich den Eindruck, dass es sie stören würde, wenn ich einfach dazukam? Ja, okay, er hatte nur dieses eine Mal bei dem Lavendelfeld mit mir geschlafen, aber das hatte doch sicher was bedeutet, oder nicht? Bei der Erinnerung an diese Nacht geriet ich kurz ins Träumen, aber dann gewann erneut die Eifersucht die Oberhand, und ich sah wieder dorthin, wo das andere Mädchen mit ihm stand. Weshalb nur kam es mir so vor, als würden sie nicht wollen, dass ich näher kam? So, als wäre ich der Störenfried? Ich erinnerte mich daran, wie sie sich vor Monaten geküsst und bei der Weihnachtsaufführung befummelt hatten, und mir wurde schlecht. Als ich erneut in ihre Richtung blickte, waren sie nicht mehr da. Blinzelnd schaute ich mich um und sah, dass Shelly Kyland bei der Hand genommen hatte und mit ihm die Straße entlangging.

Ich hatte keine Ahnung, was ich fühlen sollte, und mit weichen Knien wandte ich mich ebenfalls zum Gehen. Gehörte Kyland wirklich mir? Hatte ich das Recht, irgendwelche Ansprüche auf ihn zu erheben? Schließlich hatte er mir ein ums andere Mal erklärt, dass er von hier verschwinden würde, und ich konnte schwerlich plötzlich irgendwelche Forderungen an ihn stellen, nachdem ich behauptet hatte, dass ich mit ihm schlafen wollte, egal was danach passierte. Doch dann hatte er gesagt, dass er mich liebte.

Ich war vollkommen verwirrt. Wenn nicht die Liebe selbst bereits ein Anspruch war, was dann? Konnte er mich etwa lieben und mit mir intim sein, aber trotzdem das Gefühl haben, weiter auch mit anderen zusammen sein zu können? Es gelang mir nicht, den Schmerz zu unterdrücken, der durch meine Adern rann. Ich fühlte mich vollkommen leer, mir wurde siedend heiß, und ich bekam gleichzeitig eine Gänsehaut. Nein, so war er nicht. Falls ich etwas von ihm wusste, dann, wie groß sein Ehrgefühl war. Oder etwa nicht?

Obwohl ich mich hätte beeilen sollen, schleppte ich mich langsam heim. Meiner Meinung nach hatten wir eine wunderbare Nacht bei dem Lavendelfeld verbracht, durch die sich alles verändert hatte. Ich hatte Kyland meinen Körper und mein Herz geschenkt. Doch plötzlich, gerade einmal eine Woche später, stiegen neuerliche Zweifel in mir auf.

»Ich hasse die Liebe«, murmelte ich zornig, stürzte durch die Tür des Wohnwagens und warf mein Schulzeug auf die Couch, als Marlo, schon in ihrer weißen Arbeitsbluse, aus dem Badezimmer kam.

»Hi.« Sie lächelte mich an. »Wie waren die Prüfungen?«

Ich zerrte meine Arbeitskleidung aus dem Schrank und schaute sie nicht an. »Oh, hm, ich glaube gut«, log ich sie an. »Ich bin nur froh, dass es vorbei ist.« Langsam drehte ich mich zu ihr um und hoffte nur, dass mein breites Lächeln möglichst ehrlich aussah.

Sie blickte mich aus zusammengekniffenen Augen an und nickte nachdenklich. »Okay, dann ist ja gut. Wie sieht's aus? Bist du bereit? Wenn wir nicht zu spät kommen wollen, gehen wir am besten langsam los.«

»Zwei Minuten, ja?« Ich stürzte ins Bad, und fünf Minuten später liefen wir den Berg hinab zurück in Richtung Stadt.

Wir freuten uns auf diese Schicht, denn im Fernsehen kam ein wichtiges Basketballspiel, und deshalb würde es im Al's gerammelt voll sein. Die zusätzlichen Kunden würden zusätzliche Kohle bringen, und da nicht nur Marlo, sondern auch ich selbst arbeitete, würden wir über das Doppelte eines normalen Tageslohnes verdienen. Das war wenigstens ein schmaler Silberstreif am Horizont. Ich bekam normalerweise nicht viel Trinkgeld, weil ich mich, so gut es ging, im Hintergrund hielt, vor allem gegenüber den betrunkenen hohen Tieren aus dem in Evansly gelegenen Firmensitz der Grube. Doch heute wollte ich die Sache offensiver angehen. Stirnrunzelnd starrte ich meine Füße an. Mit ihren Anzügen und ihren goldenen Uhren mochten diese Typen elegant aussehen, aber hinter der Fassade waren sie alle arrogante Arschlöcher, die uns Frauen vom Land behandelten, als hätten wir verdammtes Glück, wenn uns jemand wie sie auch nur zur Kenntnis nahm. Natürlich dachten viele Mädchen aus der Gegend das tatsächlich und benahmen sich auch entsprechend. Einmal hatte ich gehört, wie ein besonders widerlicher Anzugträger seinen auswärtigen Mitarbeitern lallend zugerufen hatte: »Gentlemen, Sie haben die freie Wahl. So billig wie hier kommt man sonst nie an eine Frau.« Das Problem war, dass Essen, Strom und Heizung dagegen alles andere als billig waren. Deswegen hatten die Frauen manchmal keine andere Wahl. Und manchmal waren sie tatsächlich so naiv, sich einzureden, dass einer von diesen Typen sie aus ihrem elenden Dasein würde erretten wollen.

Ab sechs war Hochbetrieb, und während sich zahlreiche Männer an der Theke drängten, um die Spieler auf dem an der Wand hängenden Flachbildschirm nach Kräften anzufeuern, schob ich mich durch das Gewühl, brachte Essen an die Tische und sammelte leere Gläser ein. Dabei achtete ich sorgsam darauf, dass ich möglichst selten in die Nähe eines sturzbetrunkenen Kerls in einem roten Hemd geriet, der mir jedes Mal, wenn ich an ihm vorbeiging, ungeniert ans Hinterteil fasste.

»Na, komm schon, Schätzchen!«, brüllte er, als ich die leeren Gläser in die Küche trug, um sie in den Geschirrspüler zu stellen. »Schaff deinen süßen, kleinen Knackarsch her.«

»Macht er dir Ärger, Schätzchen?«, fragte Brenda, als ich wieder in die Kneipe kam, und wies nickend mit dem Kopf dorthin, wo Rothemd saß. Sie war schon etwas älter und durchaus hübsch, so hübsch, wie jemand sein konnte, der sein ganzes Leben im Al's gearbeitet hatte.

»Ich komme klar, Brenda«, erklärte ich mit einem schmalen Lächeln.

»Gib einfach Bescheid, wenn ich die Ecke übernehmen soll. Bei mir gibt es viel mehr zu grapschen, und ich teile gern.« Sie kniff sich in den Prachthintern und zwinkerte mir zu.

Lachend lief ich wieder los und wich dem Kerl erfolgreich aus, bis er mit seinen Freunden kurz nach Spielende die Bar verließ. Allmählich leerte sich die Kneipe, und als ich zum Ende meiner Schicht anfing, die Tische abzuwischen, tauchte Marlo auf und meinte: »Brenda hat gesagt, sie kann dich mitnehmen, wenn sie gleich nach Hause fährt.«

Ich hielt im Wischen inne und sah aus zusammengekniffenen Augen zu ihr auf. »Warum?«

»Hm.« Sie sah nervös in Richtung eines Tischs neben der Tür. Dort saß ein Typ, den ich nicht kannte, und ich unterzog ihn einer argwöhnischen Musterung.

»Das ist Corey. Er hat mich zum Abendessen eingeladen …«

Abendessen? Dafür war es doch schon viel zu spät. Ich trat einen Schritt zur Seite, sodass Corey mich nicht sah. »Geh bitte nicht mit einem Typen heim, den du gerade erst hier in der Bar getroffen hast. Hast du schon vergessen, wie die Sache …«

»Nein, natürlich nicht.« Sie blickte Corey lächelnd über ihre Schulter an. Dann wandte sie sich abermals an mich und fügte noch hinzu: »Ich bin nicht dumm, Ten. Mir ist klar, was

Corey will. Ich bilde mir bestimmt nicht ein, dass er mich bitten möchte, seine Frau zu werden, und wir dann dem Sonnenuntergang entgegenfahren. Ich will nur ein bisschen Gesellschaft, ist das denn so schlimm?«

Ich ließ den Kopf hängen und fragte seufzend: »Und was ist mit Sam?«

»Was soll denn bitte mit ihm sein?«, fuhr sie mich ungehalten an. »Wir sind nur Freunde. Ich gehöre ihm nicht.«

»Trotzdem würde es ihn sicher stören, wenn du mit diesem Kerl nach Hause fährst.«

»Das wäre ziemlich dumm von ihm, denn dazu hat er kein Recht.«

»Meinetwegen.« Wieder seufzte ich und sah ihr ängstlich ins Gesicht. Ich konnte durchaus gut verstehen, was Corey an ihr fand, denn sie war wirklich hübsch. »Sei einfach vorsichtig, okay? Und bleibt möglichst immer irgendwo, wo's hell ist und wo auch noch andere Leute sind.«

Lachend nahm mich Marlo in den Arm. »Das mache ich. Und keine Angst, es wird bestimmt nicht allzu spät.«

»Okay.«

Nachdem Marlo Schluss gemacht, mir kurz gewinkt und das Lokal mit diesem Typ verlassen hatte, wischte ich die letzten Tische ab, doch als ich selbst Feierabend machte und zu Brenda ging, erklärte die: »Es tut mir leid, Schätzchen. Mein Wagen springt nicht an, und Dave kann mich erst in einer Stunde holen. Macht es dir was aus, noch so lange zu warten?«

Allerdings. Ich hatte wirklich keine Lust, noch länger in diesem verqualmten Raum herumzusitzen, bis ihr Ehemann auftauchte, deswegen sagte ich: »Schon gut. Ich bin es gewohnt zu laufen, und es ist nicht kalt.«

»Bist du sicher?«

»Ja.« Ich winkte ihr und allen anderen zum Abschied und trat auf die Straße hinaus. Es war ein milder Frühlingsabend, aber trotzdem zog ich meinen Pulli an und schlang mir obendrein die Arme um die Brust. Ich brauchte wirklich dringend ein paar neue Sachen. Einige von meinen Kleidungsstücken hatten bereits Löcher, also würde ich mit Marlo reden, um zu sehen, was möglich war.

Als ich durch die Blätter und den Schmutz am Rand der Straße stapfte, wirbelte ich mit den Füßen trockene Piniennadeln auf. Ein sanfter Wind zerzauste mir das Haar. Ich hob meinen Blick zum Mond und dachte an Kyland und wie er ausgesehen hatte, als er in mich eingedrungen war. Erschaudernd vor Verlangen sah ich seine schweißglänzende Haut vor mir und beschleunigte entschlossen meinen Schritt. Vielleicht sollte ich noch kurz bei ihm vorbeischauen. *Das* durfte ich doch sicherlich.

Ich hörte einen Wagen hinter mir, entfernte mich so weit es ging vom Straßenrand, der Wagen schoss an mir vorbei, und ich sah auf, als ich bemerkte, dass der Fahrer plötzlich auf die Bremse trat.

Ich verlangsamte mein Tempo und lief blinzelnd auf den silberfarbenen Wagen zu. Wen kannte ich, der einen Wagen dieser Farbe fuhr? Im Grunde nur den Bruder meiner Klassenkameradin Jemma Clark. Doch als ich näher kam, sah ich, dass dieser Wagen deutlich schicker war und dass vor allem immer noch der Motor lief. Dann wurde mit einem Mal die Tür geöffnet und der Kerl im roten Hemd stieg schwankend aus.

»Hallo, Süße, ich habe extra auf dich gewartet.« Mit einem schiefen Lächeln kam er auf mich zu, und ängstlich blickte ich mich um. Die Straße war menschenleer.

Ich rief ihm zu: »Ich werde abgeholt. War trotzdem nett, Sie noch einmal zu sehen«, und marschierte eilig wieder los.

Kaum war ich auf Höhe seines Wagens, kam er um die Kühlerhaube, und als ich anfing zu laufen, rannte er mir hinterher. Mein Puls fing an zu rasen, und als er mich bei der Schulter packte, riss ich mich mit einem leisen Aufschrei los. In der Hoffnung, dass er vielleicht aufgegeben hatte und zurück zu seinem Wagen ging, sah ich über meine Schulter, und in diesem Augenblick erwischte er mich am Pullover und riss mich unsanft zurück. Ich krachte rücklings gegen seine Brust, und mit einem Schrei – halb Lachen, halb Triumph – schlang er mir die Arme um den Leib.

»Lass mich los!«, schrie ich und brach vor lauter Angst in Tränen aus.

Als uns ein anderer Wagen überholte, schrie ich: »Hilfe!«, und die Fahrerin sah mich kurz an. Dann aber wandte sie sich eilig ab und schoss davon.

Rothemd keuchte mir ins Ohr. »Entspann dich, Süße, du kommst hier nicht weg. Du hast ganz schön Feuer, stimmt's? Ich will dich doch nur kennenlernen. In der Kneipe bist du immer vor mir weggelaufen. Also lass uns jetzt wohin fahren, wo wir uns ein bisschen näherkommen können.« Er glitt mit seiner Hand hinauf zu meiner Brust und packte sie so fest, dass ich vor Schmerzen schrie.

»Nein!« Ich trat nach hinten aus, erwischte ihn am Schienbein und mit einem dumpfen Ächzen ließ er von mir ab. Ich wirbelte herum, schlug ihm mit meiner Faust gegen den Kopf, und mit einem lauten Brüllen schlug der Kerl zurück. Mein Schädel explodierte, ich verlor das Gleichgewicht, fiel rücklings in den Dreck und atmete zischend aus. Dann krabbelte ich panisch rückwärts, Rothemd stapfte auf mich zu, und gerade als ich aufsprang, hielt ein Wagen hinter ihm, die Fahrertür wurde geöffnet und eine Gestalt kam auf uns zu.

Ich rappelte mich auf, um wegzurennen, doch plötzlich rief der Neuankömmling: »Tenleigh! Es ist alles gut!«

Ich blickte über meine Schulter und erkannte, dass es Jamie Kearney war. Er lief auf Rothemd zu, und keuchend und mit tränenüberströmten Wangen blieb ich stehen.

Jamie war in meiner Stufe und der Sohn von Edward Kearney, von dem meine Mutter jahrelang benutzt und dann fallen gelassen worden war.

»He, Mann.« Der Kerl im roten Hemd trat auf ihn zu und

hob beschwichtigend die Hände hoch. »Immer mit der Ruhe …« Aber Jamie rammte ihm so hart die Faust gegen das Kinn, dass Rothemd in ungebremstem Fall zu Boden ging. Ich schrie auf und warf mir beide Hände vor den Mund. Ich zitterte wie Espenlaub, aber als Jamie Rothemd hochzog und zu seinem Wagen schleppte, sah ich kurz an mir herab. Mein Pullover war zerrissen und mein Auge inzwischen derart zugeschwollen, dass ich kaum noch etwas sah. Vorsichtig betastete ich meine Lippe und bemerkte, dass sie aufgeplatzt war.

Jamie warf den immer noch besinnungslosen Rothemd in den Wagen, zog den Schlüssel aus dem Zündschloss, beugte sich über den Kerl und tat etwas, was ich nicht sehen konnte, aber wenig später hielt er, abgesehen von den Schlüsseln, auch die Jeans des Typen in der Hand. Er warf die Tür hinter ihm zu, holte schwungvoll aus und schleuderte die Schlüssel in den Wald.

»Bist du okay?« Er legte sich die Jeans über den Arm und wandte sich mir zu.

Ich nickte zitternd, als er vor mich trat. Er presste die Lippen aufeinander, als er mich in meinem Zustand sah, streckte aber nicht die Hände nach mir aus. »Komm, ich fahre dich nach Hause«, bot er mir mit ruhiger Stimme an.

Ich zögerte. Obwohl ich seit vier Jahren in derselben Stufe war wie Jamie, kannte ich ihn kaum. Tatsächlich ging ich ihm so gut wie möglich aus dem Weg, denn sicher war er nicht allzu gut auf unsere Familie zu sprechen. Er hatte damals miterlebt, wie wir von seinem Vater angespuckt und abgewiesen worden waren. Ich hatte ihn am Fenster stehen sehen.

Er sah mich fragend an, dann griff er in seine Tasche und zog einen rot glänzenden Gegenstand daraus hervor. Er legte ihn auf seinc ausgestreckte Hand und bot ihn mir mit einem beinah scheuen Lächeln an.

»Falls ich irgendwas versuche, was dir Angst macht,

kannst du mir damit ins Auge stechen«, bot er an, als ich verängstigt auf das Schweizer Taschenmesser sah.

Ich atmete erleichtert auf, verzog dann ebenfalls den Mund zu einem schmalen Lächeln, und das wilde Pochen meines Herzens ließ etwas nach.

Wortlos folgte ich ihm bis zu seinem Wagen und stieg ein. Er glitt hinters Steuer, warf die Hose auf die Rückbank, und ich lehnte mich verwirrt gegen die Tür und blickte durch das Rückfenster auf Rothemd, der anscheinend immer noch bewusstlos war.

»Was, wenn er nicht mehr lebt?«

Jamie blickte in den Rückspiegel und schüttelte den Kopf. »Er lebt auf alle Fälle noch. Er wird einfach einen Riesenkater und dazu schlimmes Kopfweh haben, wenn er wieder zu sich kommt … und vor allem wird er ohne Hose zu seinem Hotel marschieren müssen, weil er seinen Wagen nicht mehr starten kann.« Er verzog den Mund zu einem schiefen Grinsen, und ich starrte ihn mit meinem heilen Auge an und grinste ebenfalls, denn dass er von der Hüfte abwärts unbekleidet durch die Gegend laufen müsste, geschah diesem Typen gerade recht. Doch plötzlich wurde meine Miene wieder ernst.

»Er könnte meinen Namen rausfinden.«

Mein Retter sah mich von der Seite an und fuhr den Berg hinauf.

»Ich werde dafür sorgen, dass er dich in Ruhe lässt, okay?«

»Okay.« Ich wusste nicht, weshalb ich ihm das glaubte, doch obwohl er in der Schule immer mit einer Handvoll anderer Kinder wohlhabender Eltern abhing und vielleicht nicht vermögend, aber im Vergleich zu mir der reinste Krösus war und ein vollkommen anderes Leben als ich selber führte, tat ich es.

Ich leitete ihn den Berg hinauf zu unserem Wohnwagen, und als wir ihn erreichten, starrte er ihn mehrere Sekunden reglos an. Ich hatte viel zu große Schmerzen und war immer noch derart benommen, dass mir vollkommen egal war, was er davon hielt. In diesem Augenblick erschien der kleine Wohnwagen mir regelrecht verlockend, und ich wollte nur noch hinein und mich dort auf das Sofa werfen, auf dem ich immer schlief.

Ich öffnete die Tür.

»He, Tenleigh«, sagte James, und ich hielt inne, blickte aber weiter geradeaus.

»Das Timing ist ein bisschen ungünstig, aber, na ja, hättest du vielleicht Lust, nächste Woche auf den Abschlussball zu gehen? Ich meine, mit mir?«

Ich sah ihn an. Er war zwar nicht so attraktiv wie Kyland, aber sein Gesicht war durchaus hübsch und sah vor allem freundlich aus. »Danke, Jamie, aber nein. Ich tanze nicht und …« *Ich kann mir kein Kleid und keine Schuhe leisten, und vor allem bin ich hoffnungslos in jemand anderen verliebt.*

»Los, du bist mir etwas schuldig.«

Ich starrte ihn an, und als ich merkte, dass das nur ein Scherz gewesen war, atmete ich auf und lächelte ihn an.

»Danke, Jamie, wirklich, tausend Dank. Aber nein, ich, hm, bin mit jemand anderem zusammen und …« Bei diesen Worten stiegen hinter meinen Augen Tränen auf. War ich mit jemandem zusammen? Gott, das alles war total verwirrend, und mein Herz tat mindestens so weh wie mein geschundenes Gesicht.

»He«, sagte er sanft. »Verstehe.« Er presste die Lippen aufeinander, und nach kurzem Überlegen fuhr er fort. »Ich dachte einfach … na, du weißt schon, du und ich … ich habe bisher nie wirklich versucht, herauszufinden, wer du bist. Das tut mir leid, und mir ist klar, dass uns nicht mehr viel Zeit bleibt, aber ich dachte, der Abschlussball …« Er sah mir forschend ins Gesicht. »Aber du bist mit jemand anderem zusammen, und ich kann mir vorstellen, dass er den Abschlussball mit dir besuchen will.«

Ich sah in meinem Schoß und schüttelte den Kopf. Würde

dieser Junge je verstehen, wie es war, wenn man so wenig hatte, dass man manchmal bereits dankbar war, wenn man nicht hungrig schlafen ging?

Abschlussbälle, Dates … diese Dinge waren nicht Teil meiner Welt. Ich hatte keine Ahnung, wie man so was machte, ich wusste nicht, wie ein Leben war, in dem man sich den Luxus leisten konnte, dass einem so etwas wichtig war.

»Nochmals danke.«

»Tenleigh?« Ich hob mein Gesicht. »Ich … ich weiß nicht, hm …«

»Spuck's einfach aus, Jamie.«

»Ich bin schwul.«

Oh. Ich drehte mich ihm vollends zu. »Also deshalb hast du mich darum gebeten, mit dir auf den Abschlussball zu gehen.«

»Ich wollte einfach Zeit mit dir verbringen.«

»Und was, wenn ich nur deshalb mitgekommen wäre, weil ich gehofft hätte, dass du mich magst?«

»Ich … ich fürchte, daran habe ich gar nicht gedacht. Tut mir leid.«

Ich musterte ihn kurz und stellte seufzend fest: »Das braucht es nicht. Denn schließlich ist ja nichts passiert.«

»Meine Eltern wissen nichts davon. Obwohl ich es ihnen wahrscheinlich früher oder später sagen muss.« Er blickte aus dem Fenster, und ich atmete tief durch und lehnte mich auf meinem Sitz zurück.

»Das ist bestimmt okay für sie.«

Er wandte sich mir wieder zu und schüttelte den Kopf. »Oh nein, ganz sicher nicht. Aber trotzdem werde ich es Ihnen sagen müssen. Vielleicht, wenn ich mit dem College angefangen habe, denn dann haben sie erst einmal ein bisschen Zeit, um diese Nachricht zu verdauen.«

Ich nickte und drückte ihm aufmunternd die Schulter. »Also dann, viel Glück.«

»Mein Dad kommt aus ganz ähnlichen Verhältnissen wie du«, erklärte er mit einem Blick auf unseren Wohnwagen. »In seinem Büro hat er ein Bild der Blechhütte in West Virginia, in der er aufgewachsen ist.«

Ich presste meine Lippen aufeinander, kratzte mich am Bein und stellte dann mit leiser Stimme fest »Was es noch schlimmer macht.«

»Was was noch schlimmer macht?« Er sah mich fragend an.

»Dann weiß er selbst, wie weh es tut, wenn man so leben muss – und trotzdem hatte er es uns noch schwerer gemacht.« *Für ihn ist es ein kranker Kick gewesen, sich auf diese Weise zu beweisen, wie weit er gekommen ist – und wie weit er inzwischen über anderen Menschen steht.*

Jamie zuckte leicht zusammen, wandte sich kurz ab, blickte mich dann aber wieder an. »Ich weiß.« Nach einer kurzen Pause fügte er hinzu: »Vielleicht fühlst du dich ja etwas besser, wenn ich dir erzähle, dass ich trotz der vielen Dinge, die ich habe, auch nicht gerade glücklich bin.« Er blickte stirnrunzelnd an mir vorbei. »An dem Tag …« Er sah mir wieder ins Gesicht. »An dem Tag, an dem mein Dad … euch weggeschickt hat, stand ich am Fenster und habe euch hinterhergesehen. Ich habe gesehen, wie ihr euch alle an den Händen hieltet. Du hast dich dabei an deine Schwester angelehnt und … so dumm und unsensibel das für dich vielleicht auch klingt, ich wäre am liebsten mitgegangen. Ich hätte ebenfalls gerne eine *Familie* gehabt.«

Ich starrte ihn entgeistert an. »Und ich hätte gern gehabt, was du hattest. Eine Familie und …« Ich lachte leise auf. »… vor allem einen vollen Kühlschrank.«

Sein Lachen klang verbittert, doch ich schüttelte den Kopf. »Das Leben ist nun mal kein Zuckerschlecken, armer, reicher Junge.«

»Was?«

»Schon gut. Nochmals danke, Jamie. Gute Nacht.«

Er nickte und bedachte mich mit einem besorgten Blick. »Gute Nacht, Tenleigh. Und sieh zu, dass du dein Auge kühlst.«

»Das werde ich.« Ich öffnete die Tür, stieg aus und sah ihm nach, als er den Berg wieder hinunterfuhr. Dann blieb ich noch kurz stehen, atmete die frische Nachtluft ein und überlegte, was ich Mum sagen sollte, denn die Wahrheit wäre sicher mehr, als sie ertragen konnte. Und vor allem würde es nichts nützen, wenn ich ehrlich war, denn sie konnte mir nicht helfen, und wahrscheinlich würde es ihr deshalb wieder schlechter gehen. Ich würde ihr einfach erzählen, dass ich in der Kneipe gegen eine Tür gelaufen war.

Doch während ich dort stand, strömten mir frische Tränen über das Gesicht und unglücklich sah ich zum Himmel auf.

Ich hatte keine Lust zu lügen. Ich wollte, dass mich jemand tröstend in die Arme nahm. Ich wollte, dass mir jemand sagte: »Alles wird gut.«

»Ten?«

Ich wirbelte herum und fuhr mir eilig mit den Händen durchs Gesicht.

Kyland trat aus dem Dunkeln hervor und so dicht vor mich, dass ich sein Gesicht erkennen konnte. Erst runzelte er verwirrt die Stirn, dann fragte er mit zornbebender Stimme: »Was zum Teufel ist passiert?« Er legte eine Hand unter mein Kinn und sah sich mein Gesicht im Licht des Mondes an. »Wer war das?«

»Kyland«, stieß ich schluchzend aus, und eilig zog er mich an seine breite, Schutz bietende Brust. Ich schmiegte mich so eng wie möglich an ihn, klammerte mich an sein Hemd und ließ nun endlich den Tränen freien Lauf. Ich weinte nicht nur wegen meines blauen Auges, sondern weil ich wusste, dass so etwas jederzeit noch mal passieren konnte. Ich weinte, weil ich hoffnungslos und vollkommen verängstigt war und weil ich, selbst als er mich in den Armen hielt und trotz der

Dinge, die uns in den letzten Monaten verbunden hatten, deutlich spürte, dass er immer noch versuchte, Distanz zu mir zu halten. Ich spürte seine angespannte Haltung, als ich mein geschundenes Gesicht in seinem Hemd vergrub.

Er wiederholte drohend: »Wer hat dir das angetan?«

Schniefend wischte ich die Tränen fort und machte einen Schritt zurück. »So ’n blöder Typ.«

»Ein Typ bei Al?«

Ich nickte knapp. »Ich wollte nicht in seinen Wagen steigen, und das hat ihm nicht gefallen.«

Er biss die Zähne aufeinander und blickte auf eine Stelle hinter mir. »Weißt du, wie er heißt?«

Ich schüttelte den Kopf. »Es spielt keine Rolle, Ky. Jamie Kearney hat ihn umgehauen und mich dann heimgefahren. Er hat gesagt, er würde dafür sorgen, dass der Typ mir nicht noch mal zu nahe kommt.« Verlegen brach ich ab. Ich hatte keine Ahnung, wie Jamie das anstellen wollte oder ob er überhaupt die Absicht hatte, irgendwas zu tun.

Kyland sagte erst mal nichts, doch schließlich nickte er und meinte: »Das ist gut.« Er sah auf mich herab und schob eine Strähne meines Haars hinter mein Ohr. »Es tut mir furchtbar leid, dass ich nichts unternehmen kann. Es tut mir leid, dass ich so nutzlos bin.«

Ich hörte, wie gequält er klang und riss entsetzt mein gutes Auge auf. »Du bist nicht nutzlos, Kyland. Sag das nicht.«

Er schaute immer noch auf mich herab, und ich sah den grenzenlosen Schmerz in seinem Blick. »Geh rein und kühl das Auge. Hast du Schmerztabletten da?«

Ich nickte, doch im Grunde wünschte ich mir nichts mehr, als dass mich Kyland weiter in den Armen hielt. »Kann ich vielleicht noch mit zu dir?«

Er schüttelte den Kopf »Das geht nicht mehr.«

»Und warum nicht?«, fragte ich, wobei er sicher deutlich hören konnte, wie verletzt ich war.

»Weil ich mein Bett verkauft habe und auf dem Boden schlafe.«

Oh.

»Kein Problem. Ich schlafe gerne mit dir auf dem Boden«, sagte ich.

Oh, Ky, ich brauche dich.

Er schüttelte erneut den Kopf und stieß zwischen zusammengebissenen Zähnen hervor: »Auf keinen Fall. Du wirst auf keinen Fall auf dem verdammten Boden schlafen, Ten.« Doch plötzlich wurde seine Miene weich, und er atmete sachte aus. »Du wirst nicht auf dem Boden schlafen. Geh in deinen Wohnwagen und leg dich auf die Couch. Ich werde morgen wieder nach dir sehen, okay?«

Am liebsten hätte ich ihn angeschrien. Am liebsten hätte ich ihn angefleht, bei mir zu bleiben, mich mit in sein Haus zu nehmen, alles, egal was, aber nicht einfach zu gehen. Plötzlich dachte ich an meine Mutter im Foyer der Schule, wie sie Edward angeschrien hatte, und zum ersten Mal begriff ich, von welch abgrundtiefem Schmerz ihr geschädigtes Gehirn befallen war. »Ich habe dich vorhin mit Shelly heimgehen sehen«, erklärte ich. »Ich habe auf dich gewartet, aber du warst nicht allein.« Ich hörte selbst, wie vorwurfsvoll ich klang. *Verlange ich vielleicht zu viel von ihm?*

Er sah mich reglos an. »Tut mir leid, sie wollte mir den Wagen zeigen, den ihr Bruder ihr besorgt hat. Weiter nichts.«

Ich sah ihm forschend ins Gesicht, doch obwohl ich mich noch immer hundeelend fühlte, sagte ich: »Okay. Ich liebe dich.«

Er kniff die Augen zu. »Ich dich auch. Und jetzt geh rein. Ich werde warten, bis ich höre, dass du abgeschlossen hast.«

Ich machte kehrt und lief stocksteif zur Tür. Bevor ich eintrat, blickte ich noch einmal über meine Schulter, und als er knapp nickte, wogte kalte *Furcht* in meinem Innern auf. Ich wusste nicht, was sein entschlossener Gesichtsausdruck genau bedeuten sollte, doch ich konnte deutlich spüren, dass er kein gutes Zeichen war.

Ich schob die Tür hinter mir zu, schloss ab, ließ mich aufs Sofa sinken, warf die Hände vors Gesicht und brach erneut in Tränen aus.

20 Tenleigh

Kyland kam am nächsten Morgen, um nach mir zu sehen, aber seine distanzierte, abwesende und fast kalte Haltung tat mir in der Seele weh. Die Verletzungen meines Körpers nahm ich neben meinem grenzenlosen Herzschmerz kaum noch wahr.

Marlo war zwei Stunden nach mir heimgekommen, hatte mein geschwollenes Gesicht bemerkt, mich aufgeweckt und von mir wissen wollen, was geschehen war. Ich hatte mich in ihren Armen ausgeweint wie sie andersherum, nachdem sie damals von jenem Ekel erst entjungfert und dann einfach fallen gelassen worden war. Und genau wie Marlo damals weinte ich nicht wegen meiner körperlichen Schmerzen, sondern weil mein Herz gebrochen worden war.

Die Zeit wollte an diesem Wochenende einfach nicht vergehen. Ich saß in unserem Wohnwagen und fuhr bei jedem Laut zusammen, denn ich hoffte wider jede Vernunft, dass es vielleicht Kyland war. Doch er tauchte nicht noch einmal auf, und ich besuchte ihn auch nicht in seinem Haus. Egal wie nahe wir uns körperlich gekommen waren, es brachte ihn nicht in seinem Entschluss zum Wanken. Das konnte ich zwar nachvollziehen, aber es tat trotzdem so unglaublich weh.

Auch die ganze nächste Woche und das Wochenende darauf sahen wir uns nicht. Ich ging zweimal zu seinem Haus, doch er war nicht da, zumindest machte er mir nicht auf.

Am Montag sollte offiziell bekannt gegeben werden, wer

in diesem Jahr das Tyton-Coal-Stipendium bekam. Ich versuchte, irgendetwas zu empfinden, aber ich war wie betäubt. Ich wusste schon seit Wochen, was passieren würde, denn das Resultat stand bereits seit dem Tag der Abschlussprüfungen fest. Kyland würde es bekommen, denn ich hatte meine Prüfung absichtlich in den Sand gesetzt. Ich wusste, dass wir beide die mit Abstand besten Schüler unseres Jahrgangs waren, und ich wusste, dass er das Stipendium noch mehr brauchte als ich. Inzwischen war mir klar, warum es ihm so wichtig war. Ich liebte ihn und abgesehen von meiner Unschuld war dieses Stipendium das Einzige, was ich ihm geben konnte, ob er es verdiente oder nicht. Trotzdem war ich abgrundtief verzweifelt, und ich konnte deutlich spüren, dass meine Angst, ihn vollends zu verlieren, mich langsam, aber sicher in den Wahnsinn trieb.

♥

Montagmorgen machte ich mich auf den Weg zur Schule und riss überrascht die Augen auf, als er vor seiner Haustür stand und mir entgegensah. Trotz des Schmerzes der vergangenen Woche lächelte mein Herz und im nächsten Augenblick mein Mund. Leise sagte ich: »Hi.«

Er erwiderte mein Lächeln. »Hi. Dein Auge sieht schon viel besser aus.« Trotzdem löste er den Blick nicht von der gelblichen Verfärbung oberhalb meiner Wangenknochen, und ein Ausdruck finsterer Entschlossenheit huschte über sein Gesicht.

Ich nickte zustimmend. »Es tut auch nicht mehr weh.«

Er sah mich an, als würde er sich fragen, ob das wirklich stimmte, sagte aber nichts.

»Ich war ein paarmal bei dir, doch du warst nie zu Hause«, gab ich zu und sah ihn in der Hoffnung, dass er irgendetwas sagen würde, um mich aufzumuntern, ängstlich von der Seite an.

Er nickte knapp. »Ich musste Geld verdienen, Ten. Bei all der Lernerei in den letzten Wochen kam ich einfach nicht dazu. Aber ich muss Rechnungen bezahlen, und ich brauche auch etwas zu essen auf dem Tisch.«

Mein Herz zog sich zusammen. »Wir hatten ein bisschen was übrig, Kyland. Warum hast du nichts gesagt? Ich hätte dir etwas zu essen mitgebracht.«

Er sah mich schweigend an, doch dann verzog er traurig das Gesicht und klärte mich mit heiserer Stimme auf: »Das brauchst du nicht. Ich komme auch alleine klar.«

Über all die Dinge, die zwischen uns standen, sprachen wir mit keinem Wort. Abermals entstand ein Riss in meinem Herzen, und ich fragte mich, wie viele Risse es ertragen würde, ehe es endgültig brach.

Schweigend liefen wir den Berg hinab. Die milde Frühlingsluft liebkoste mein Gesicht und meine nackten Arme, in den Bäumen zwitscherten die Vögel, und die frisch erblühten, roten Knospen der zahlreichen Rhododendronbüsche links und rechts der Straße sahen wie ein leuchtendes Inferno aus. Ich sog den Duft der frischen Erde und der neuen Blätter tief in meine Lungen ein. Wenn sich die Natur in jedem Frühjahr rundherum erneuern konnte, konnten ja wir zwei das vielleicht auch. Der Junge, den ich liebte, lief mit ernster Miene neben mir, und plötzlich kam es mir so vor, als täten sich uns unzählige Möglichkeiten auf. Wir mussten nur über unseren Schatten springen und ein bisschen Hoffnung haben, vielleicht würde dann ja alles gut werden.

Und auch wenn er es bisher nicht wusste, würde dies ein guter Tag für ihn werden. Blinzelnd sah ich zu ihm auf. »Dann ist heute also der große Tag.«

Er runzelte die Stirn und nickte knapp.

Mein Lächeln schwand, und er blieb stehen und wandte sich mir zu. »Tenleigh, was auch immer gleich passiert, ich …« Er raufte sich auf diese für ihn typische, verführerische, unsichere Art das Haar. »Es wird so kommen, wie es kommen soll, okay?«

Jetzt runzelte auch ich die Stirn, denn mir war die Bedeutung dieser Sätze nicht ganz klar. »Okay«, stimmte ich trotzdem zu, denn schließlich wusste ich, was kommen würde … und hatte mich längst schon damit arrangiert.

Den Rest des Weges brachten wir schweigend hinter uns – doch es war eine angenehme Stille. Ich wusste nicht, wie es ihm ging, nahm aber an, dass er nervös und ziemlich ängstlich war, denn schließlich liefen all das Leid, der Schmerz, die Arbeit, Opfer und der *Hunger* der vergangenen vier Jahre seines Lebens auf den einen, kurzen Augenblick, der nur noch ein paar Stunden vor uns lag, hinaus. Ich hätte Kyland gerne seine Angst genommen, ließ es aber sein, weil er niemals erfahren durfte, dass ich absichtlich bei dieser Prüfung durchgefallen war.

An diesem Morgen gab es unzählige Dinge, über die wir zwei nicht sprachen. Halbwahrheiten und Geheimnisse und grenzenlosen Schmerz.

Vor dem Eingang zur Schule beugte er sich vor, umfasste mein Gesicht mit seinen Händen, küsste meine Stirn, zog seinen Kopf wieder zurück und prägte sich mit einem schmalen Lächeln meine Züge wie zum endgültigen Abschied ein.

Ich öffnete den Mund, um ihn zu bitten, mir zu sagen, was da zwischen uns passierte, aber da ich keine Ahnung hatte, wie genau ich diese Bitte hätte formulieren sollen, klappte ich ihn wortlos wieder zu, und einen Augenblick später wandte er sich ab und ließ mich, ohne sich noch einmal nach mir umzudrehen, einfach vor dem Eingang der Schule stehen.

♥

Wenn ich später an die Schulversammlung zurückdachte, fühlte sich das Ganze an wie in einem Traum, als wäre ich gar nicht dabei gewesen, als mein Name aufgerufen worden war. Ich hatte derart fest damit gerechnet, dass Kyland das Stipendium erhalten würde, dass ich völlig taub für meinen eigenen Namen war. Lächelnd hatte ich auf meinem Platz gesessen und zusammen mit den anderen Schülern applaudiert, doch schließlich hatte mich das Mädchen auf dem Platz neben mir lachend mit dem Ellenbogen angestupst und aufgefordert: »Rauf aufs Podium mit dir.«

Blinzelnd hatte ich mich umgesehen. Oh nein! Das konnte doch nicht sein! Ich hatte auch noch »Nein« geflüstert, als die anderen Schüler mich beglückwünscht und die Beine eingezogen hatten, während sie mich durch die Reihen geschoben hatten. Abermals hatte ich »Nein« geflüstert, mich verzweifelt umgeschaut und Kyland mit vollkommen ausdrucksloser Miene zwischen seinen Klassenkameraden in der letzten Reihe sitzen sehen.

»Tenleigh Falyn«, hatte Edward Kearney wiederholt und wie ein Honigkuchenpferd gestrahlt. Ich habe keine Ahnung, wie ich auf das Podium gelangte, aber plötzlich stand ich vor ihm und konnte seine beiden Reihen teuer überkronter, kerzengerader weißer Zähne in seinem breit lächelnden Mund sehen. Dann stieß er dasselbe dunkle Lachen aus, das aus dem Schlafzimmer unseres Wohnwagens gedrungen war, während das Bett unter meiner stöhnenden Mutter und seinem schweren Körper gequietscht hatte. Ich drehte mich erneut nach Kyland um, doch er war nicht mehr da.

»Gratuliere«, sagte Edward Kearney. »Wie ich sehe, stehst du noch ein bisschen unter Schock.« Auch unsere Schulleiterin, Mrs Branson, strahlte, aber mein Gesicht blieb weiter ernst.

Den Rest der Feierstunde nahm ich wie durch einen Schleier wahr. Am liebsten wäre ich davongelaufen. Kyland hinterher. Ich wollte ihn trösten, mit ihm sprechen, einfach nur mit ihm zusammen sein. Wie es ihm in diesem Augenblick wohl ging? *Oh, Kyland.* Am liebsten hätte ich mein Elend laut herausgeschrien.

Wie war es möglich, dass ich das bekam, von dem ich während meiner Schulzeit mehr geträumt hatte als von irgendwas sonst, und dass es gleichzeitig der reinste Albtraum war? Seltsam, wie sich unsere Träume plötzlich wandeln konnten …

Irgendwann waren die Glückwünsche vorbei, und der Beifall war abgeklungen, ich hatte die Papiere überreicht bekommen, die bescheinigten, dass meine Studiengebühren an der Universität San Diego einschließlich der Miete für mein Zimmer schon bezahlt und dass ein Konto zur Bestreitung meiner Lebenshaltungskosten für mich eingerichtet worden war. Diesen Nachweis der Erfüllung meines bisher größten Traumes in der Hand, machte ich mich schnurstracks auf den Weg zu Mrs Branson und schob wahrscheinlich mit vollkommen irrem Blick die Tür ihres Büros hinter mir zu.

»Tenleigh.« Unsere Rektorin stieß ein überraschtes Lachen aus.

»Ich kann dieses Stipendium nicht annehmen«, erklärte ich ihr rundheraus. »Das Ganze muss ein Irrtum sein.«

Obwohl Mrs Branson wieder lachte, war ihr die Verwirrung deutlich anzusehen. »Tenleigh, meine Liebe, nein, ganz sicher nicht. Mr Kearney hat die Dokumente bereits aufgesetzt. Es ist alles schon geregelt, und auf sämtlichen Papieren steht dein Name drauf. Bei einer so wichtigen Angelegenheit passieren keine Fehler. Du hast das Stipendium bekommen, Schätzchen. Und du hast es dir verdient.«

Ich schüttelte den Kopf und ließ mich auf den Stuhl vor ihrem Schreibtisch fallen. »Ich habe meine Prüfungen vermasselt«, sagte ich. »Ich habe elendig versagt.«

Für Kyland. Damit er das Stipendium bekommt. Das alles läuft vollkommen schief. Es läuft vollkommen schief.

Mrs Branson sah mich fragend an. »Ich habe gesehen, dass du die Tests in den Sand gesetzt hast, Tenleigh. Das hat mich ziemlich überrascht, weil du bei Prüfungen sonst nie nervös gewesen bist.« Sie winkte ab. »Aber das Stipendium basiert auf deutlich mehr als den Ergebnissen der Abschlusstests – deine ganze Zeit hier an der Schule fließt in die Entscheidung ein … wie viele E-Kurse du hattest, in welchen AGs du nach der Schule warst, lauter Dinge dieser Art.«

Ich war in meiner ganzen Highschool-Zeit in kaum einer AG gewesen. Dazu hatte mir neben dem Lernen und dem Geldverdienen schlicht die Zeit gefehlt. Und trotzdem hatte man mich ausgewählt …

Hatte man mich vielleicht einzig meiner Mum wegen ausgesucht? Ich richtete mich kerzengerade auf. Hatte Mr Kearney das Stipendium vielleicht mir zugesprochen, um unsere Familie endlich los zu sein? Doch wie sollte das gehen? Schließlich blieben, selbst wenn ich nach Kalifornien ginge, Marlo und vor allem meine Mum weiter hier. Oder hoffte er, die beiden würden mit mir kommen, und wir würden zu dritt in meinem Bett schlafen? *Natürlich nicht.* Ich war verzweifelt und verwirrt.

»Ich möchte das Stipendium auf jemand anderen übertragen«, sagte ich und schaute Mrs Branson reglos an.

Sie runzelte erneut die Stirn. »Das ist nicht möglich. Tut mir leid, aber das ist völlig ausgeschlossen. Schließlich wurde bereits alles in die Wege geleitet.« Sie stand auf, kam um den Tisch herum, nahm meine Hände und sah mich mit einem warmen Lächeln an. »Tenleigh, du hast das Stipendium bekommen, deswegen gehört es dir. Ich weiß …« Sie biss sich auf die Lippen. »Nun, ich weiß, wenn man gewohnt ist, nichts zu haben, fällt es einem manchmal schwer zu akzeptieren, dass man plötzlich etwas bekommt, aber bitte, liebe Tenleigh, freu dich über diese Chance und sei vor allem stolz auf dich. Du hast hart dafür gearbeitet, dieses Stipendium zu bekommen – du hast es verdient, und jetzt gehört es dir.«

Ich ließ die Schultern sinken, nickte aber mit dem Kopf. »Danke, Mrs Branson.« Ich stand auf und wandte mich zum Gehen.

Ja, ich hatte das Stipendium verdient, doch Kyland hätte es viel dringender gebraucht.

Ich verließ die Schule und marschierte eilig los. Ich konnte unmöglich nach Kalifornien gehen, während er in Dennville blieb. Wir würden uns was anderes überlegen. Ich wollte gar nicht mehr aufs College gehen. Ich wollte, dass mich Kyland liebte, und ich würde nicht auf seine Zuneigung verzichten, weder für ein Studium noch für irgendetwas anderes auf der Welt. Auf keinen Fall. Natürlich war das dumm, doch das war mir egal. Ich wollte nur mit ihm zusammen sein.

Am Fuß des Berges blieb ich stehen, setzte mich auf einen Stein, zog ein Blatt Papier aus meinem Rucksack und schrieb eilig ein paar Dinge auf. Dann stand ich wieder auf und sprintete den Rest des Weges, bis ich keuchend und verschwitzt vor Kylands Haustür stand.

Wie ich vermutet hatte, war er nach Hause gegangen, als er aus der Schule abgehauen war. Ich hörte Schritte, und nach mehreren Sekunden öffnete er langsam seine Tür und starrte mich mit großen Augen an.

Noch immer keuchend fragte ich: »Lässt du mich rein?«

Mit einem steifen Lächeln zog er schweigend seine Haustür weiter auf und ließ mich eintreten.

Er schob die Tür wieder ins Schloss und gegen meinen Willen brach ich urplötzlich in lautes Schluchzen aus. Eilig trat er auf mich zu und nahm mich in den Arm. »Pst, Tenleigh, nicht weinen. Ich bin furchtbar stolz auf dich. Du hast dieses Stipendium verdient. Du hast es mehr als jeder andere verdient.« Er schob mich wieder von sich fort und strich mir sanft die Haare aus der Stirn. »Du wirst aufs College gehen.«

Sein Lächeln wirkte derart ehrlich, liebevoll und *stolz,* dass es endgültig um mich geschehen war.

Ich schüttelte den Kopf. »Ich will aber, dass *du* aufs College gehst.«

Er fuhr zurück, als hätte ich ihm eine Ohrfeige verpasst.

»Tja, ich fürchte, daraus wird nichts. Aber du wirst eine gute Ausbildung bekommen. Du wirst dieses Kaff verlassen, Tenleigh, du wirst das Meer sehen und ein wunderbares Leben haben – voller Bücher und hübscher Klamotten und mit einem Haus, das du im Winter heizen kannst, mit einem eigenen Wagen und mit einem Kühlschrank, in dem immer was zu essen ist«, rief er mir leidenschaftlich, aber gleichzeitig auch mit gebrochenem Herzen in Erinnerung. Mein eigenes Herz fing an zu bluten, und in meinen Augen stiegen erneut Tränen auf.

»Kyland.« Ich trat auf ihn zu und legte eine Hand an sein Gesicht. »Das alles interessiert mich nicht. Ich will … ich will nur *dich.* Ich weiß, die letzten Wochen waren ziemlich … angespannt, aber wir können dafür sorgen, dass es wieder so wie früher wird. Ich weiß, dass wir das können. Und ich habe bereits jede Menge Bücher, wenn mir kalt ist, werden wir uns gegenseitig wärmen, und wenn mir der Magen knurrt, werden wir auch in Zukunft Wege finden, etwas zu essen zu besorgen, denn das haben wir bisher schließlich noch jedes Mal geschafft.« In meinem Innern wogte Hoffnung auf. Ich wünschte mir nichts anderes als *Liebe,* und ich war bereit, dafür zu kämpfen. Ich war bereit, mich völlig lächerlich zu machen, nur damit ich sie bekam. Mit einem Mal wurde mir klar, dass es nichts Wichtigeres auf der Welt als Liebe gab, und kurzerhand trat ich noch näher auf ihn zu. »Wir werden uns beide eine Arbeit suchen, zusammen ein kleines Häuschen mieten und in unserem Garten unser eigenes Gemüse pflanzen …« Meine Stimme überschlug sich vor Verzweiflung, aber das war mir egal. Ich schnappte meinen Rucksack und griff nach dem Blatt Papier, das ich beschrieben hatte, ehe ich hierhergekommen war. »Ich habe schon mal all die Sachen aufgeschrieben, die wir brauchen, wenn wir in die Stadt ziehen wollen«, fuhr ich mit hoffnungsvoller Stimme fort. »Manchmal kann man sich die Dinge einfach besser vorstellen, wenn man sie sich aufschreibt, weil man dann erkennt, was alles möglich ist.« Ich blickte auf den Zettel, den ich in den Händen hielt. »Wir brauchen nur …«, setzte ich an, brach aber ab, als ich das grenzenlose Mitleid in seinen Augen sah. Und dann ließ ich die Arme sinken, und der Zettel flatterte zu Boden, als dieses Mitleid einem Ausdruck heißen Ärgers wich.

»Wag es ja nicht, so etwas auch nur zu denken, Tenleigh«, stieß er zwischen zusammengepressten Zähnen hervor. »Du hast eine Chance, eine Chance auf ein echtes *Leben,* und du wärst bereit, sie einzutauschen gegen eine jämmerliche Existenz an meiner Seite hier in diesem elendigen Kaff? Wir würden beide ackern wie die Blöden, jeden Dollar dreimal umdrehen und uns irgendwann in unserem Elend gegenseitig an die Gurgel gehen.«

»Nein«, stieß ich mit schriller Stimme aus. »So würde es nicht werden. Ich verzichte gern auf alles andere, wenn ich nur mit dir zusammen sein kann«, erklärte ich, und mir wurde bewusst, dass das die Wahrheit war. Ich wusste, es war dumm und leichtsinnig und grundverkehrt, doch so empfand ich nun einmal. Ich würde ihn niemals allein in diesem kleinen Häuschen oder nur mit einem Rucksack auf dem Rücken irgendwo am Rande einer Schnellstraße zurücklassen. Ich würde nicht mit ansehen, wie Kyland weiter hungerte und litt.

Das bringe ich nicht über mich, und nichts und niemand auf der Welt kann mich zwingen, das zu tun.

Er lachte so verbittert auf, dass ich zusammenfuhr. »Wir werden also nur von Luft und Liebe leben? Dabei sollte gerade dir bewusst sein, dass das niemals funktioniert. Weil man zum Leben keine Liebe, sondern Wärme und etwas zu essen braucht. Oder haben du, Marlo und deine Mum über all die Jahre nur mit Liebe überlebt?«

Ich musste schlucken. »Ich …« Ich sah zu Boden, schaute ihn dann aber wieder an. »Nein. Aber warum kommst du dann nicht einfach mit?«

»Wie bitte?«

Wieder trat ich auf ihn zu. »Komm einfach mit. Du hast gesagt, dass du auf jeden Fall von hier verschwinden wirst. Also komm doch einfach mit mir. Du wirst zwar nicht bei mir wohnen können, aber … du könntest dir einen Job und eine eigene Wohnung suchen, und wir könnten dort zusammen sein.«

Ich hätte schwören können, dass in seinen Augen sehnliches Verlangen blitzte, aber eilig wandte er sich ab. »Das kann ich nicht.«

Ich senkte meinen Blick und biss mir auf die Lippe, denn es würde wirklich alles andere als einfach werden. Er hatte praktisch keinen Cent, und selbst wenn er es schaffen würde, sich fast ohne Geld bis Kalifornien durchzuschlagen, welche Chancen hatte er dann dort? Würde er dort etwas Besseres finden als einen Platz in einem Obdachlosenheim? Bekam in Kalifornien jemand ohne festen Wohnsitz einen Job? Und wo sollte er Kleidung und sein Essen herbekommen? Konnte ich ihn unter Umständen bei mir verstecken, oder setzte ich dadurch womöglich mein Stipendium aufs Spiel? Okay, mein Vorschlag ergab keinen echten Sinn …

»Meinetwegen, aber hör mir zu. Dann werde ich eben allein nach Kalifornien gehen, aber nach dem Studium komme ich hierher zurück und dann …«

»Wag ja nicht, je wieder hierher zurückzukehren«, fauchte er mich wütend an. »Wag ja nicht, zu studieren und danach hierher zurückzukommen. Weshalb denkst du überhaupt darüber nach? Das ist deine große Chance, Tenleigh. Weshalb also solltest du jemals zurückkommen in dieses elendige Nest? Schließlich ist der Zweck dieses Stipendiums, dass du diesen Ort verlassen kannst. Du hast es nur aus diesem einen Grund. Hier gibt es keine Jobs – du hättest also wirklich keinen Grund, noch mal hierher zurückzukehren.«

Ich runzelte die Stirn. »Die Menschen, die ich liebe, leben hier – meine Mum, meine Schwester, du.«

Er schüttelte den Kopf. »Wenn du mit dem Studium fertig bist, wirst du einen guten Job bekommen, und dann kannst du deine Schwester und deine Mum zu dir nach Kalifornien holen. Auf diese Art bekommt ihr alle drei die Chance, ein neues Leben zu beginnen.«

»Wenn du hier bleibst, komme ich zurück«, erklärte ich. »Oder du suchst dir hier eine Arbeit, und wenn du genügend Geld gespart hast, kommst du nach. Selbst wenn wir ein Jahr warten müssen …«

»Nein, das geht nicht.«

»Doch, natürlich geht das«, widersprach ich ihm. »Es ist alles möglich, wenn man es nur wirklich will. Warum sollte es also nicht gehen?«

Er sah mir reglos ins Gesicht. »Weil Shelly schwanger ist.«

Während eines kurzen Augenblicks ergaben seine Worte keinen Sinn, doch dann breitete sich ein Gefühl der Kälte in mir aus. »Weil Shelly …« Ich brach ab. »Und was hat das mit dir zu tun, Kyland?«, stieß ich mit rauer Stimme aus.

»Ich kann sie nicht alleine lassen«, sagte er so leise, dass es fast nicht zu verstehen war.

Mir wurde schwindelig und mein Gesicht siedend heiß. »Ich verstehe nicht. Wie konnte das … Ist es von dir? Hast du …« Ich wich vor ihm zurück und lehnte mich mit wackeligen Beinen an die Wand in meinem Rücken an. »Hast du mit ihr geschlafen?«

Er atmete erschaudernd aus. »Es tut mir leid. Die Sache zwischen uns wurde mir irgendwie zu intensiv. Ich musste mich einfach daran erinnern, dass ich …«

»Dass du was?«, fragte ich schluchzend. »Dass du zu gegebener Zeit auch wirklich von mir lassen kannst?« Ich fing an zu schwanken, und es kam mir vor, als hätte er mir in den Bauch geboxt. Das konnte doch nicht sein.

Oh Gott, oh Gott, oh Gott. *Nein. Nein. Nein. Nein.*

Ich schüttelte den Kopf im Rhythmus meiner stummen

Schreie und warf mir die Hände vors Gesicht. Das konnte doch nicht sein. *Bitte, Kyland, sag, dass das nicht stimmt.*

»Du hast gesagt, dass du mich liebst.«

»Ich …«

Bevor er seinen Satz beenden konnte, hob ich abwehrend die Hand. Zitternd streckte ich sie nach ihm aus, um ihn daran zu hindern fortzufahren. Ein Ja würde genauso wehtun wie ein Nein, und schluchzend senkte ich den Kopf.

Plötzlich trat er auf mich zu. »Hör zu, Tenleigh. Du wirst von hier verschwinden. Du wirst nie mehr daran denken, dass es Dennville in Kentucky gibt. Hau ab und denk nie mehr an diesen Ort zurück. Und wenn die Zeit gekommen ist, baust du für dich, für deine Mum und für deine Schwester irgendwo ein neues Leben auf. Dann fangt ihr alle drei noch einmal ganz von vorne an. Weißt du, was für ein verdammtes Glück es ist, wenn man der Armut und dem Elend eines solchen Orts entrinnen kann? Du hast eine Chance, und ich will, dass du sie nutzt.«

Doch ich schüttelte den Kopf und starrte ihn aus großen Augen an. Das konnte doch nicht sein.

»Du solltest das Stipendium bekommen. Ich hätte es nicht nutzen können, deshalb ist es besser, dass es nicht an mich gegangen ist.«

»Du hast mit ihr geschlafen«, stellte ich entgeistert fest. »Du hast erst mit mir geschlafen und danach mit ihr. Oder erst mit ihr und dann …« Ich brach erneut in leises Schluchzen aus. »In welcher Reihenfolge hast du Sex mit uns gehabt? Sag es mir!«, schrie ich ihn an und endlich brachen sich die Tränen Bahn.

»Was?« Er riss verwirrt die Augen auf.

»Warst du mit ihr im Bett, bevor oder nachdem du mich entjungfert hast?«, fuhr ich ihn an und brach in Zittern aus.

Er kniff die Augen zu und schlug sie wieder auf. »Spielt das eine Rolle?«, fragte er, und außer mir vor Zorn schlug ich ihm ins Gesicht.

Ein Ausdruck tiefen Schmerzes huschte über seine Züge, und ich nickte. *Gut.* Denn schließlich hatte ich ihn treffen wollen wie er mich. Mit vier knappen Worten hatte Kyland meine Welt zerstört. *Weil Shelly schwanger ist.*

Ich trommelte mit meinen Fäusten auf ihn ein, und er blieb einfach reglos stehen und ließ es über sich ergehen. Ich schlug ihm ins Gesicht, gegen die Brust und auf die Schultern. *Nein, nein, nein, das kann doch nicht sein.* Mit wurde übel, und mit einem neuerlichen Schluchzen lehnte ich mich wieder an die Wand und schrie meine Verwirrung und mein Leid in alle Welt hinaus, und der letzte Teil meines naiven, ungeschützten Herzens zersprang.

Die Hände in den Taschen, starrte Kyland vor sich auf den Boden, und ich sah das Blut, das wie in Zeitlupe aus einem Riss in seiner Lippe, wo mein billiger Metallring ihn getroffen hatte, zu Boden tropfte. Es fiel auf das unbearbeitete Holz, direkt neben meine lächerliche Liste – dem letzten jämmerlichen Überbleibsel dessen, was uns beide bis vor Kurzem noch verbunden hatte.

Langsam lenkte ich den Blick zurück auf sein Gesicht. Niemals vorher hatte ich ihn derart unglücklich gesehen. Er zitterte wie Espenlaub, doch schließlich hatte er uns diese Sache angetan. Am liebsten hätte ich ihn angespuckt. Wie konnte er es also wagen, unglücklich zu sein? Ich richtete mich auf, und Kyland sah mich flehend aus rot verquollenen Augen an. Er hoffte doch wohl nicht, dass ich ihm je verzeihen würde? Denn das könnte ich niemals.

»Du wirst Dennville verlassen«, wiederholte er mit rauer Stimme. »Du wirst von hier verschwinden und vergessen, dass es dieses Scheißkaff je gegeben hat.«

Ich sah ihn an und plötzlich fühlte ich mich seltsam leer. »Du bist die größte Enttäuschung meines Lebens«, klärte ich ihn tonlos auf. »Das werde ich dir nie verzeihen.«

Er nickte zustimmend, als hätte er auf diese Reaktion gehofft und kehrte mir mit einem knappen »Gut« den Rücken zu.

Auf wackeligen Beinen wankte ich zur Tür, hob meinen Rucksack und die Stipendiumsunterlagen auf und ließ das Haus und ihn, der mich nicht lieben wollte und mich grausam hintergangen hatte, hinter mir zurück.

Mein jämmerliches Flehen um seine Liebe hallte mir beschämend durch den Kopf, und unendlich erniedrigt ging ich nicht zurück zu unserem Wohnwagen, sondern marschierte schnurstracks in den Wald. Immer wieder schlugen mir dort irgendwelche Äste ins Gesicht, die kleinen Schnittwunden in meinen Wangen rissen mich aus meiner Taubheit und erneut gingen mir Kylands Worte durch den Kopf.

Weil Shelly schwanger ist.

Neben einem wilden Jelängerjelieber blieb ich stehen, kotzte mir die Seele aus dem Leib und stapfte dann weiter, die Unterlagen wie einen warmen Schutzschild gegen meine Brust gepresst.

Ich weiß nicht mehr, wie lange ich so vor mich hin lief, aber selbst in meinem Schockzustand kannte mein Körper den Weg, und brachte mich am Schluss zu unserem Wohnwagen zurück. Ich ließ mich auf die Eingangsstufen fallen, starrte in den Sonnenuntergang und nahm mir vor, so schnell es ging nach Kalifornien aufzubrechen und mich niemals wieder zu verlieben.

Nie, nie mehr.

21 Tenleigh – Vier Jahre später

Wie heißt es doch? Nichts ist so schön, wie heimzukommen.

Ich umklammerte das Lenkrad meines Wagens, als ich eines späten Nachmittags seit Jahren den ersten Blick auf die Appalachen warf. Trotz meiner Angst, meiner Nervosität und meiner noch etwas ungewissen Zukunft, war ich aufgeregt und hatte das Gefühl, nach Hause zu kommen. Als ich die Schnellstraße verließ, sog ich die kühle, piniengewürzte Bergluft durch das offene Fenster ein, die völlig anders als die salzig warmen Brisen in San Diego war.

Statt in den Semesterferien heimzufahren, hatte ich auch während dieser Wochen Kurse an der Universität belegt und mein Studium möglichst zügig absolviert. Nach meinem Abschluss war ich noch zwei Monate in Kalifornien geblieben, hatte als Tutorin etwas Geld verdient und mich erst nach dem Winter auf die Fahrt zurück hierher gemacht. Inzwischen war der Frühling angebrochen, und jetzt war ich wieder hier. Gott, wie hatte mir Kentucky während all der Zeit gefehlt. Ich verspürte ein Gefühl des Friedens, und ein leises Lächeln huschte über mein Gesicht, als ich in unsere Straße bog.

»Zu Hause«, stieß ich leise aus. Jetzt würde alles gut werden. Ich war hierher zurückgekommen, denn ich hatte ein bestimmtes Ziel.

Ich fuhr den Berg hinauf und blickte auf die kleinen, halb verfallenen Häuser links und rechts des Wegs. Zu meiner Überraschung sahen einige von ihnen deutlich besser als zu meiner Schulzeit aus. Ein paar der Bergbewohner hatten sogar ihre Gärten aufgeräumt, was ein erfreulicher Anblick war.

Doch allzu schnell wurde ich abermals nervös, denn bereits hinter der nächsten Kurve lag Kyland Barretts kleines blaues Haus. Ich sah absichtlich geradeaus, denn für den Blick zur Seite fehlte mir der Mut. Erst nach der nächsten Kurve atmete ich auf und stellte meinen Wagen neben unserem Wohnwagen am Rand der Straße ab. Ich schaltete den Motor aus, blieb aber noch sitzen und sah mir das einzige Zuhause, das ich bis vor ein paar Jahren gekannt hatte, in Ruhe an. Aber, oh, vier Jahre machten manchmal einen himmelweiten Unterschied. Ich war mit gebrochenem Herzen von hier fortgegangen, doch auch wenn die Zeit nicht alle Wunden heilte, sorgte sie auf jeden Fall dafür, dass man irgendwie damit umzugehen lernte. Ich hatte meinen damaligen Herzschmerz überlebt. Ich streckte mich, als ich aus meinem roten VW Käfer stieg. Es war eine alte Klapperkiste, doch etwas anderes hätte ich mir niemals leisten können, und ich liebte sie von ganzem Herzen. Ich hatte sie von meinem eigenen Geld gekauft, und sie gehörte ganz alleine mir. Ich hatte abends nach der Uni als Serviererin in einer großen Restaurantkette gejobbt und all mein Geld für das Vehikel gespart, mit dem ich gerade die zweitausend Meilen von San Diego bis hierher zurückgelegt hatte. Ich hatte also wirklich gut gewählt oder vielleicht auch einfach Glück gehabt, aber das war auch okay.

Ich schaute mich so gründlich um, als sähe ich mein altes Heim zum allerersten Mal. Obwohl der Wohnwagen noch immer klein und schäbig wirkte, rief sein Anblick ein Gefühl des Glücks in meinem Innern wach. »Zu Hause ist es doch am schönsten«, flüsterte ich selig. Wahrscheinlich war selbst das Wort »bescheiden« als Beschreibung für die Heimstatt unserer Familie noch geprahlt, aber hier würde ich mit offenen Armen in Empfang genommen werden, und das war das Einzige, was wirklich wichtig war.

Trotzdem hatte ich die Absicht, meine Mum und auch Marlo schnellstmöglich aus dieser Behausung herauszuholen und mit ihnen in ein Haus zu ziehen, in dem es einen eigenen Raum für jede von uns gab.

Meine Mutter war im Augenblick in Lexington in einer Fachklinik für Psychiatrie. Im dritten Jahr, nachdem ich weggegangen war, war es ihr besonders schlecht gegangen, und zum Glück hatte Sam angeboten, die Behandlung in der wirklich guten Klinik zu bezahlen. Das war eine Erleichterung für mich gewesen, denn sonst hätte ich mein Studium vorzeitig beenden müssen, um der armen Marlo beizustehen. Es hatte mich verblüfft, dass Marlo Sam die Kosten wirklich hatte übernehmen lassen, und mir gleichzeitig gezeigt, wie schlimm die Sache tatsächlich gewesen war. *Oh, Mum …*

Ich öffnete die Tür, und als ich das vertraute Knarzen des uralten Griffes hörte, fühlte ich mich plötzlich wieder wie ein Kind. »Hallo?«

Mit einem lauten, aufgeregten Schrei kam Marlo aus dem Schlafzimmer gestürzt, und ich schrie ebenfalls, als sie mich hochhob und laut lachend mit mir durch die Gegend sprang.

»Hör auf! Hör auf!«, verlangte ich. »Meine letzte Pipipause ist inzwischen ewig her. Ich mache mir gleich in die Hose, wenn du mich nicht erst einmal auf die Toilette gehen lässt.«

Lachend stellte sie mich wieder ab und schlang mir grinsend beide Arme um den Hals. »Willkommen zu Hause, kleine Schwester. Oder eher Collegeabsolventin.«

Ebenfalls breit grinsend löste ich mich aus ihren Armen. Da Marlo es nicht leiden konnte, wenn ich weinte, ging ich schnell ins Bad, und als ich wiederkam, ergriff sie lächelnd meine Hand.

»Lass mich dich erst mal ansehen«, bat sie mich und unterzog mich einer eingehenden Musterung. »Du warst schon immer hübsch, aber – wow – inzwischen wirkst du richtiggehend elegant.«

»Ich bin immer noch dieselbe«, wehrte ich verlegen ab. »Ich habe mir nur ein paar neue Sachen zugelegt und eine andere Frisur.«

Sie schüttelte den Kopf. »Nein, nein, es sind nicht nur die Sachen und die Haare. Du hast dich verändert. Du bist jetzt eine erwachsene Frau. Aber du bist viel zu dünn. Machen in Kalifornien alle Frauen Diät?«

Ich nickte schnaubend mit dem Kopf. »Obwohl deren Diät ein bisschen anders ist als unsere hier. Die Frauen dort essen absichtlich nichts.«

Halb lachend und halb stöhnend schlug sich Marlo mit der Hand gegen die Stirn. »Wie geht's dir?«, fragte sie und warf sich auf die Couch. »Ist es für dich seltsam, wieder hier zu sein?«

Nickend setzte ich mich neben sie. »In gewisser Hinsicht schon. Ich meine, bisher bin ich mir noch nicht ganz sicher, was ich davon halten soll.«

Marlo verzog ängstlich das Gesicht. »Hast du ihn schon gesehen?«

»Wen?« Ich sah sie an, als wüsste ich nicht ganz genau, von wem sie sprach. Als sie einfach die Brauen hochzog, seufzte ich. »Nein. Ich bin direkt hierhergefahren.«

Sie biss sich auf die volle Unterlippe und erklärte nickend: »Nun, du wirst klarkommen. Es ist lang genug her. Und, weißt du, er hat um die hundert Kilo zugenommen, kaum noch Haare auf dem Kopf und inzwischen eine schlimme Hautkrankheit. Das heißt, er sieht echt grässlich aus, auch wenn das wirklich traurig ist.« Ich starrte sie entgeistert an und nahm um ihre Mundwinkel herum die Spur von einem Lächeln war. »Was ist?«

Da fing ich an zu lachen. »Du bist eine elendige Lügnerin. Er sieht bestimmt nicht grässlich aus. Gott, das wäre echt etwas für mich gewesen, aber … du hast recht. Ich komme sicher damit klar. Ich habe hier zu tun, und ich verfolge hier ein ganz bestimmtes Ziel. Vor allem ist es fast vier Jahre her, und ich muss mich eben damit arrangieren, dass jemand, den ich nicht ausstehen kann, gleich um die Ecke wohnt. Am besten gehen wir uns einfach aus dem Weg.«

»Verabscheust du ihn wirklich immer noch?«

Ich dachte kurz darüber nach. Obwohl er mir das Herz gebrochen hatte, hatte ich ihn niemals vollkommen gehasst. Aber verabscheuen war nicht ganz so schlimm wie ihn zu hassen, und ich brauchte noch immer etwas, woran ich mich klammern könnte, falls ich ihn aus Zufall irgendwo in Dennville traf. »Ja. Oh ja, auf jeden Fall. Und das wird mir niemand nehmen. Oder wenigstens nicht jetzt sofort. Frauen sollten nie vergessen, wozu Männer in der Lage sind, und ihnen möglichst nie verzeihen.«

Marlo sah mich zweifelnd an. »Das ist doch *mein* Motto.«

»Inzwischen habe ich es übernommen«, klärte ich sie seufzend auf.

Sie biss sich auf die Lippe und nickte verständnisvoll.

In all den Jahren hatte ich nur ein einziges Mal von Marlo wissen wollen, wie es Kyland – oder Shelly – ging. Ein paar Monate nach meiner Abreise war ich aus einem Traum aufgeschreckt und hatte mir plötzlich eingebildet, dass die Dinge, die er mir an jenem grauenhaften Tag gestanden hatte, gar nicht wahr gewesen waren. In der Dunkelheit der Nacht war es mir plötzlich nicht nur möglich, sondern regelrecht *wahrscheinlich* vorgekommen, dass er mich belogen hatte. Denn ich *wusste,* wer er war. Er war niemand, der solche Dinge tat. Das war er einfach nicht. In der Benommenheit des Schlafs hatten die Teile dieses Puzzles plötzlich einen völlig anderen Sinn ergeben, der sich mir im Wachzustand jedoch entzog. Doch als ich am Morgen Marlo angerufen hatte, um zu fragen, ob sie Shelly in der letzten Zeit gesehen hatte, hatte sie mir zögernd von dem runden Bauch, den sie mit sich herumgeschleppt hatte, erzählt. Shelly hatte ausgesehen, als wäre sie im fünften oder sechsten Monat schwanger, was bewies, dass Kyland mit ihr geschlafen hatte, während wir ein Paar gewesen waren. Ich hatte den gesamten Tag im Bett verbracht, die Decke angestarrt und auf das Ticken meiner Uhr gelauscht, während mein Herz noch einmal brach. Ich hatte mir geschworen, nie wieder nach ihm zu fragen, und das hatte ich auch nicht noch mal getan. Nicht mal in dem Monat, in dem sein und Shellys Kind wahrscheinlich auf die Welt gekommen war. Ich hatte meine ganze Willenskraft gebraucht, um Marlo nicht auf Kyland und das Baby anzusprechen, doch ich hatte es geschafft.

An dem Tag, an dem er mir die Schwangerschaft gestanden hatte und ich heimgelaufen war, hatte ich ihn zum letzten Mal gesehen. An dem Abend hatte meine Schwester mich wie eine Mutter ihr Kind sanft im Arm gewiegt. Vor lauter Schock und Herzschmerz hatte ich nicht einmal weinen können, und sofort am nächsten Tag war ich bei Mrs Branson vorstellig geworden, um zu fragen, ob die Möglichkeit bestand, sofort nach Kalifornien umzuziehen. Sie hatte mir erklärt, mein Zimmer sei noch nicht frei, doch ihre Nichte, die dort lebte, werde mich bestimmt bis zum Semesteranfang bei sich aufnehmen. Und tatsächlich hatte sie mich herzlich in Empfang genommen, denn wahrscheinlich hatte Mrs Branson ihr erklärt, ich würde es in unserem jämmerlichen Wohnwagen bei meiner psychisch kranken Mutter nicht mehr aushalten. In Wahrheit aber war ich nicht vor unserem Wohnwagen und meiner Mutter, sondern einzig und allein vor Kyland Barrett abgehauen. Ich hatte es nicht mehr ertragen, in derselben Stadt wie er zu leben, und schon eine Woche nachdem ich das Tyton-Coal-Stipendium erhalten hatte, hatte ich mein altes Leben hinter mir zurückgelassen und mich auf den Weg gemacht. Ich hatte trübe aus dem Fenster meines Fliegers gestarrt und mich so gut wie möglich darauf konzentriert, den nächsten Atemzug zu tun.

»Du solltest vielleicht wissen …«

»Was?«, hakte ich nach.

»Nun, er arbeitet inzwischen in der Grube. Ich habe ab

und zu gesehen, wie er schwarz vom Kohlenstaub nach seiner Schicht nach Hause gelaufen ist.«

Meine Brust zog sich zusammen, und ich wurde schreckensstarr. Ich versuchte, ihn mir mit dem rußigen Gesicht der Bergarbeiter vorzustellen, in dem nur das Weiß der Zähne und der Augen noch zu sehen waren.

»In der Grube?«, stieß ich krächzend aus. »Aber das kann nicht sein. Das kann er nicht.« Ich erinnerte mich gut an seine Angst vor Dunkelheit und engen Räumen … dass sein Bruder dort gestorben war … und schüttelte den Kopf. *Das würde er nie tun.*

»Nun«, erklärte sie mir sanft. »Aber so ist es nun einmal. Er arbeitet tatsächlich dort. Ich weiß, ich sollte nicht über ihn reden, aber meiner Meinung nach solltest du wissen, wie es ist.« Sie bedachte mich mit einem mitfühlenden Blick. »Ich will einfach, dass du Bescheid weißt.«

»Danke, Mar«, wisperte ich. Meine Hände zitterten bei dem Gedanken, dass er tatsächlich dort unten in der Dunkelheit seinen Lebensunterhalt verdiente. Mir war immer klar gewesen, dass er einen Job brauchte, aber der Gedanke, dass er bei Tyton Coal arbeiten könnte, war mir nie gekommen. *Es ist einfach völlig ausgeschlossen.*

Marlo beobachtete mich ängstlich, aber schließlich sprach sie kurzerhand ein anderes Thema an. »Und jetzt erzähl mir was von dieser Schule«, bat sie mich und tätschelte mir aufmunternd das Knie.

Ich wandte mich ihr wieder zu und zwang mich, sie mit einem leisen Lächeln anzusehen. Dank des Prepaid-Handys, das Marlo von mir bekommen hatte, damit ich sie jederzeit erreichen konnte, hatten wir in den vergangenen Jahren so oft wie möglich telefoniert. Da sie allerdings das Handy oft nicht aufgeladen hatte, es hier oben auf dem Berg keinen Empfang gab und sie während ihrer Schichten in der Kneipe selten Zeit für längere Gespräche hatte, hatten wir uns noch jede Menge zu erzählen.

»Sie wird direkt am Rand der Stadt entstehen, dort wo vor dem Grubenunglück Zippys Eisdiele gestanden hat.«

Marlo nickte. »Steht auf diesem Grundstück nicht die Bücherei?«

Ich nickte ebenfalls und dachte traurig an das kleine Häuschen – praktisch einen Schuppen –, das damals mein Zufluchtsort gewesen war ... in dem ich zum ersten Mal geküsst worden war ... der Ort, der ...

Ich drängte diese Gedanken zurück und sah wieder meine Schwester an. »Die wird abgerissen, weil der Platz sonst nicht für meine Schule reicht, aber die Bücher bringe ich vorher in Sicherheit.« Ich atmete tief durch. »Na ja, die ersten Gelder fließen schon, und ich habe auch schon den Bautrupp engagiert. Es wird jede Menge Arbeit, aber ich freue mich riesig, weil es für die Kinder hier oben und in Dennville dann viel leichter wird.«

Marlo nickte. »Allerdings. Ich kann mir gar nicht vorstellen, nicht jeden Morgen und dann nachmittags noch einmal die sechs Meilen laufen müssen.«

Häufig sparten sich viele Kinder die Mühe dieses weiten Weges – und traten dadurch in die Fußstapfen ihrer ungebildeten, armen, arbeitslosen Eltern. Doch ich hatte die Hoffnung, diesen Kreislauf zu durchbrechen. Wenigstens für eine Handvoll Kinder und zur Not auch nur für eins.

Und auch die Kinder aus Evansly würden vom Abzug der ortsfremden Schüler profitieren, denn das öffentliche Schulsystem war bisher derart überlastet, dass kein Raum zur Förderung von einzelnen, besonders leistungsschwachen Schülern blieb.

Ich hatte mich in Kalifornien mit aller Kraft ins Studium gestürzt. In meinem damaligen Überlebensmodus hatte ich einfach versucht, jeden einzelnen Tag irgendwie zu überstehen. Manchmal war ich so erschöpft gewesen, dass ich am Morgen fast nicht aufstehen konnte. Aber dieses neue Leben hatte mich ab und zu von Kyland abgelenkt, und eines Spätherbsttags in meinem ersten Jahr hatte unsere kleine Studiengruppe über das Erziehungssystem und die Armutsrate in Kentucky diskutiert, und ich hatte erklärt, dass ich jeden Tag zwölf Meilen laufen musste, um zur Schule und von dort aus wieder heimzugehen. Die schlimmsten Dinge hatte ich für mich behalten, doch es hatte meine Kommilitonen bereits überrascht, dass es in unserem Land noch praktisch autofreie Gegenden mit weitestgehend unbeheizten Unterkünften für die Menschen gab. Ein Junge aus der Gruppe, Howard, hatte beiläufig erwähnt, dass sich doch sicher Spender finden würden, um den Bau von neuen Schulen zu unterstützen, und diese Bemerkung hatte mich nicht mehr losgelassen, sodass ich beschloss, diese Sache wirklich anzugehen.

Während meines Englischstudiums hatte ich mich bei privaten und bei öffentlichen Spendern um das Geld für die Errichtung einer Grundschule in meiner bitterarmen Heimatstadt bemüht und schon vor Studienende eine Reihe von privaten Investoren aufgetan. Zu meiner grenzenlosen Freude würden deren Spenden für den Bau und den Betrieb der Schule und für eine Handvoll Angestellte reichen, deshalb war ich wieder hier: um zurückzugeben, was mir hier ermöglicht worden war.

»Und wenn diese Schule erst mal steht, arbeitest du dann dort?«

»Ich bin mir noch nicht sicher.« Nachdenklich zog ich mit meiner Fingerspitze die Konturen meiner Unterlippe nach. »Vielleicht. Wobei du ebenfalls ein Wörtchen mitzureden hast. Ich meine, wenn ich erst mal hier in Dennville bleibe, heißt das, dass auch du und Mum noch ein wenig länger hier ausharren müsst.« Ich runzelte die Stirn. »Ich werde versuchen, einen Job bei Al zu kriegen, bis der Bau der Schule abgeschlossen ist, und außerdem habe ich während meines Studiums ein bisschen Geld gespart. Von einem Teil des Geldes habe ich mir meinen Wagen zugelegt, aber alles andere, was ich euch nicht geschickt habe, liegt immer noch auf einer Bank. Aber ob ich hier in Dennville in der Schule unterrichte oder ob wir alle umziehen und ich mir woanders eine Arbeit suche, geht nicht nur mich selbst, sondern auch dich und Mum etwas an.«

Marlo legte mir die Hand aufs Knie. »Erstens, Tenleigh, wird es noch ein bisschen dauern, bis Mum nach Hause kommt. Die Ärzte sagen, noch drei Monate dort in der Klinik wären ideal. Du hast dein Studium schneller abgeschlossen als erwartet. Wir waren davon ausgegangen, dass du frühestens im Sommer wiederkommst. Also können wir noch warten, bis du deinen Traum verwirklicht hast. Wir sind unglaublich stolz auf dich.« Sie zog die Hand zurück und schaute ihre Fingernägel an. »Außerdem bin ich nur noch ziemlich selten hier.«

Ich zog verwundert eine Braue hoch. »Sam?«

Sie nickte. »Ja, in seinem Haus ist es total gemütlich. Und er ist ein wirklich warmherziger Mensch.«

»Aber hallo, Marlo, wirst du etwa rot?«, zog ich sie auf. »Du liebst ihn, stimmt's?«

Sie holte hörbar Luft. »Oh nein, es ist nichts Ernstes«, widersprach sie mir. »Aber warum sollte ich hier oben bleiben?«, fragte sie und zeigte auf den engen, hoffnungslos abgewohnten Raum, in dem wir aufgewachsen waren, »... wenn ich auch am Fuß des Berges wohnen kann? Vor allem, weil von dort der Weg zur Arbeit deutlich kürzer ist.«

Ich sah sie forschend an. Ich kaufte ihr nicht ab, dass sie nicht doch etwas für Sam empfand, doch fürs Erste ließ ich die Angelegenheit auf sich beruhen.

»Okay«, erklärte ich und stand entschlossen auf. »In einer halben Stunde treffe ich mich auf der Baustelle mit Jamie, also muss ich langsam wieder los.«

»Wie ist er so?«, erkundigte sich meine Schwester zögerlich.

»Er ist echt in Ordnung. Ein netter Kerl. Du musst ihn unbedingt kennenlernen, Mar. Ich weiß, wegen der Sache zwischen seinem Dad und Mum kommt dir das wahrscheinlich etwas seltsam vor, aber er hat mich deshalb nie verurteilt, und ich mache ihm deswegen auch keine Vorwürfe. Im Ernst – er hat es ebenfalls nicht gerade leicht.«

Während meiner Jahre in San Diego hatte unsere Freundschaft sich vertieft. Jamie hatte ebenfalls in Kalifornien, in Harvey Mudd, nur zwei Stunden von mir entfernt, studiert, und als ich mich bei meiner Spendensammlung an das Unternehmen seines Vaters hatte wenden wollen, hatte er mich mit hilfreichen Infos über Tyton Coal versorgt. Wenn wir zusammen zu Mittag gegessen hatten, waren wir meistens bis zum Abend zusammengesessen, und bei einem dieser Essen hatte ich etwas zu tief ins Glas geschaut und ihm die Sache zwischen mir und Kyland anvertraut.

Jamies Freundschaft tat mir gut und meine ihm anscheinend auch, denn er hatte mir erzählt, dass er seinen Eltern direkt vor Beginn des Studiums sein Schwulsein offenbart hatte, was alles andere als gut verlaufen war. Er war sich nicht sicher, ob er je wieder daheim willkommen sein würde, doch er hatte bereits eine Stelle bei der Grube, deshalb würde er auch in Zukunft zumindest ab und zu mit seinem alten Herrn zu tun haben. Und auch das Studium hatten seine Eltern ihm trotz allem finanziert. Dennoch war er wie ich während der Ferien nicht heimgefahren und hatte sein Studium ein wenig schneller als der Durchschnitt absolviert. Unsere Leben mochten also grundverschieden sein, doch unsere Herzen schlugen eindeutig im selben Takt.

Marlo nickte, sah aber auch weiter skeptisch aus. Nach einem Augenblick jedoch stellte sie freudestrahlend fest: »Ich bin einfach unendlich froh, dass du wieder zu Hause bist. Du hast mir fürchterlich gefehlt.«

Ich lächelte sie an. »Du mir auch. Du weißt gar nicht, wie sehr.«

Sie stand auf, und als wir uns umarmten, war ich überglücklich, dass ich endlich wieder in der Nähe meiner besten Freundin war.

Als ich mich von ihr löste, fragte sie: »Also, wollen wir nächste Woche in die Klinik fahren? Mum freut sich schon auf dich.«

»Natürlich«, sagte ich. »Ich wünschte mir, wir könnten früher fahren.«

Doch Marlo schüttelte den Kopf. »Der genaue Zeitplan tut ihr gut. Es geht ihr viel besser, Tenleigh. Warte nur, bis du sie siehst.« So glücklich hatte meine Schwester nicht mehr ausgesehen, seit wir beide klein gewesen waren. »Warte, bis du mit ihr sprichst. Es ist …« Ihre Augen füllten sich mit Tränen, und sie lachte, weil sie sich wie immer dafür schämte, wenn sie emotional wurde. »Na ja, egal …«

»Ich kann es kaum erwarten.« Lächelnd nahm ich ihre Hand und drückte sie. »Okay, dann mache ich mich jetzt mal auf den Weg. Du hast heute Spätschicht, oder? Dann sehen wir uns also morgen früh?«

Sie nickte. »Ja, wir sehen uns morgen früh.« Ich umarmte sie noch mal, trat durch die Tür, schwang mich hinter das Lenkrad meines Käfers und fuhr erstmals seit vier Jahren den Berg wieder hinab.

Als ich durch die Hauptstraße in Richtung Baustelle fuhr, verspürte ich dasselbe Glücksgefühl wie ein paar Stunden zuvor, als ich auf die Appalachen zugefahren war. Ja, ich war zu Hause. Und es würde alles gut werden.

Doch das Gefühl verflog, als ich auf der linken Straßenseite den Menschen erblickte, der mir auch während der Zeit in Kalifornien niemals wirklich aus dem Kopf gegangen war. Mein Herzschlag setzte aus und mühsam atmete ich ein. Kyland hatte einen kleinen Jungen auf den Schultern, und ein Stückchen hinter ihm lief Shelly und ging lachend auf die Worte ihres Sohnes ein. Kyland drehte seinen Kopf, sagte ebenfalls etwas, stellte dann den laut juchzenden

Jungen schwungvoll auf die Füße, nahm ihn bei der Hand und setzte fröhlich seinen Weg im Kreis seiner Familie fort.

Ich umklammerte das Lenkrad, und in meinen Augen stiegen Tränen auf. Zum Glück hatte mich Kyland nicht gesehen. Ich atmete tief durch und hatte das Gefühl, als schnitten mir eine Million Rasierklingen die Luftröhre und Lunge auf. Sogar das Atmen tat mir weh. Oh Gott, sogar das Atmen tat mir weh. Da hatte ich mich jahrelang mit einem Bild von ihm als Dad des Kindes einer anderen gequält, doch es bereitete mir körperliche Schmerzen, dieses Bild tatsächlich vor mir zu sehen.

Es stimmte also. Kyland hatte wirklich einen Sohn.

Du musst atmen. Atme, Ten. Ich rang verzweifelt nach Luft.

Welcher Teufel hatte mich geritten, dass ich je an diesen Ort zurückgekommen war?

22 Tenleigh

In der ersten Woche traf ich Kyland nicht noch mal. Nicht dass ich ihn überhaupt bisher richtig getroffen hatte – denn er hatte mich an meinem ersten Tag in Dennville schließlich gar nicht registriert –, aber trotzdem hielt ich mich von allen Orten, wo ich ihm vielleicht hätte begegnen können, möglichst fern.

Ich hatte meinen Käfer an dem Tag, an dem ich ihn gesehen hatte, an den Straßenrand gelenkt und über eine Viertelstunde allein mit dem Versuch verbracht, möglichst ruhig und langsam aus- und einzuatmen, bis ich wieder annähernd ich selbst gewesen war. Dann hatte ich ein letztes Mal tief Luft geholt und mich auf den Weg zu unserer zukünftigen Baustelle gemacht. Jamie war schon dort gewesen, und nach einem Blick in mein Gesicht hatte er wissen wollen: »Kyland?«, und mich auf mein Nicken hin umarmt. Ich hatte schon seit Jahren nicht mehr wirklich wegen dieses Kerls gelitten, doch nachdem mich schon ein kurzer Blick auf ihn vollkommen aus der Bahn geworfen hatte, war es zwar jämmerlich und feige, aber trotzdem erst einmal das Beste, ihm so gut wie möglich aus dem Weg zu gehen. Es machte mir nichts aus, mich wie ein jämmerlicher Feigling aufzuführen. Hauptsache, ich musste diesen Schmerz nicht noch einmal erleben.

Ich hielt vor unserer alten Bücherei, an deren Stelle schon bald die neue Schule stehen sollte, und da nächste Woche mit dem Bau begonnen würde, hatte ich zahlreiche Kisten für die

Bücher mitgebracht. Ich hatte schon alles mit der Highschool von Evansly geregelt, die Leitung hatte unserer neuen Schule den Bestand der Bibliothek vermacht. Es sah nicht so aus, als wäre, seitdem ich weggegangen war, irgendjemand in der Bücherei gewesen. Sie hatten es nicht einmal für notwendig erachtet, abzusperren.

Vor vielen Jahren hatte ich mich aktiv für die Gründung einer kleinen Bücherei in Dennville engagiert, und ich empfand es irgendwie als surreal, dass jetzt die Schule, die ich bauen wollte, an genau dieselbe Stelle kam. Aber irgendwie passte das ja auch.

Ich stand neben meinem Käfer und versuchte, mir die Schule bildlich vorzustellen. In unserem Wohnwagen lag eine Skizze, und sobald ich mich fragte, ob sich all die – seelischen und körperlichen – Qualen, die mit diesem Bau verbunden waren, auch lohnten, sah ich sie mir an.

Ich atmete tief durch. Hier ging es nicht um mich. Hier ging es um die Kinder, die dank dieser Schule vielleicht eine Chance bekommen würden. Darum, ihnen etwas davon zu bieten, was mir selbst durch das Stipendium ermöglicht worden war. Das durfte ich niemals vergessen, ganz egal, wie hart es für mich war, jetzt wieder hier zu sein. Es war auch hart gewesen, hier in Dennville aufzuwachsen, doch durch das Stipendium hatten sich mir unzählige Möglichkeiten aufgetan. Ich konnte aus meinem Leben machen, was ich wollte – konnte gehen, wohin es mir gefiel. Das Stipendium hatte mich befreit – von der Armut, von der Hoffnungslosigkeit und den begrenzten Möglichkeiten, in die ich hineingeboren worden war.

Ich trug die erste leere Kiste in das kleine Haus, blieb stehen und atmete den Staub und den Geruch der alten Taschenbücher ein. Mit einem Mal sah ich mich selbst in alten, abgetragenen Kleidern über meinen Hausaufgaben am Schreibtisch in der Ecke sitzen, trat vor eines der Regale, fuhr mit meiner Hand über die Bücher und hätte mich nicht gewundert, hätte ich zwischen den Seiten eines Werkes einen kleinen, weißen Zettel stecken sehen. Erinnerungen stürmten auf mich ein, und ich kniff, um nicht in Tränen auszubrechen, fest die Augen zu.

»Hier riecht es noch genau wie damals«, stellte plötzlich eine leise Stimme fest.

Ich wirbelte herum, holte geräuschvoll Luft und starrte ihm für einige Augenblicke mit wild klopfendem Herzen ins Gesicht. »H-hallo«, sagte ich schließlich.

Hallo? Was Besseres fällt dir nach all der Zeit nicht ein? Das ist echt jämmerlich.

Kyland lehnte abgestumpft im Türrahmen und sah mich mit ausdrucksloser Miene aus dunklen Augen reglos an.

Lieber Gott, *warum?* Warum in aller Welt musste ein derart grausamer und böser Mensch so anziehend sein? Das war doch einfach nicht gerecht. Hatte er schon immer so fantastisch ausgesehen? Vor vier Jahren war er noch ein Teenager gewesen, aber jetzt war er ein Mann mit festem Kiefer, wie mit dem Rasiermesser geschliffenen Wangenknochen, militärisch kurz geschnittenem Haar und kam mir irgendwo noch größer und noch muskulöser als zu unserer Schulzeit vor. Ich straffte meine Schultern, als ich einen seiner Wangenmuskel zucken sah. Auch ich war jetzt erwachsen, und ich würde mühelos mit der Situation zurechtkommen.

Ich stellte meine Kiste auf den Boden und verschränkte meine Arme vor der Brust.

»Du bist wieder in Dennville.«

»So sieht's aus.«

»Warum?«, stieß er aus. »Was zum Teufel hast du dir dabei gedacht?«

Schmerz durchfuhr mich, und ich zuckte leicht zusammen, aber er bedachte mich auch weiterhin mit einem bitterbösen Blick.

»Das geht dich einen feuchten Kehricht an.«

Ich kehrte ihm den Rücken zu und warf die ersten Bücher in die Kiste, die zu meinen Füßen stand. Urplötzlich war er hinter mir und legte seine Hand auf meinen Arm.

Heißer Zorn verdrängte den Schmerz, den ich eben noch empfunden hatte, und ich fauchte wütend, während ich seine Hand von mir stieß: »Wag es nicht, mich anzufassen! Fass mich ja *nie wieder* an!«

Schock und etwas wie Verletztheit blitzten in seinen Augen auf, doch dann kniff er sie wieder zusammen. Plötzlich lag wieder die alte Spannung in der Luft, sie ließ das Blut durch meine Adern rauschen und verursachte mir eine Gänsehaut. Kyland fuhr zusammen und wich einen Schritt zurück, als spürte er es auch – und als täte es ihm weh.

»Ich habe dich direkt nach meiner Ankunft in der Stadt gesehen«, erklärte ich. »Zusammen mit Shelly und mit eurem Sohn.« Am liebsten hätte ich mir für das Zittern meiner Stimme selbst einen Tritt verpasst. »Ich gratuliere.«

Er erstarrte, sagte aber keinen Ton.

Ich wartete, und als er weiter schwieg, sah ich ihn fragend an. »Was willst du, Kyland? Warum bist du hier?«

»Ich möchte, dass du kehrtmachst und die Stadt wieder verlässt.«

Fest entschlossen, nicht in Tränen auszubrechen, reckte ich das Kinn. Ausgerechnet diesem Arschloch hatte ich damals mein Herz geschenkt. Und meinen Körper – auch wenn das für ihn vielleicht nicht weiter von Bedeutung war. Und trotzdem wagte er, so mit mir reden? »Was? Ist diese Stadt vielleicht nicht groß genug für dich und mich? Dann hau doch einfach selber ab!«

Er neigte sich mir zu, und als ich daran dachte, dass ich hier an dieser Stelle meinen ersten Kuss von ihm bekommen hatte, holte ich vernehmlich Luft.

»Das *kann* ich nicht«, stieß er mit rauer Stimme aus.

In dem Versuch, ein wenig Abstand zu ihm zu gewinnen, lehnte ich mich mit dem Rücken an das Buchregal. »Stimmt.«

Denn schließlich hast du hier ja einen Sohn mit einer anderen Frau. Ich sah ihn aus zusammengekniffenen Augen an. »Genau aus diesem Grund geht es dich einen feuchten Dreck an, ob ich wieder hier bin oder nicht. Also fahr zur Hölle, Kyland.«

Seine Augen fingen an zu blitzen, und als er sich noch weiter zu mir herunterbeugte, roch ich seinen sauberen Atem und den männlichen, salzigen Geruch seiner Haut und atmete so tief wie möglich ein, als hätte mir der Sauerstoff in Kalifornien zwar zum Überleben, doch zum Leben selbst nicht gereicht. Sein Geruch war köstlich und auf schmerzlich schöne Art vertraut.

Er sah mich mehrere Sekunden reglos an und schließlich krächzte er: »Das tue ich inzwischen jeden Tag. Für dich.« Er wirbelte herum und ließ mich zitternd und verwirrt, wütend und verletzt alleine in der Bücherei zurück. Doch ich brach nicht in Tränen aus, denn wegen Kyland Barrett hatte ich in meinem Leben bereits allzu oft geweint.

Ein paar Tage später kehrte ich zum ersten Mal seit Ende meines Studiums an meinen alten, immer noch verqualmten Arbeitsplatz zurück. »Hi, Al«, rief ich. »Hast du schon mal etwas vom allgemeinen Rauchverbot gehört?« Ich zwinkerte ihm zu.

»Klugscheißerin«, gab er zurück. »Meinetwegen sollen sie mir ein Bußgeld aufbrummen, wenn sie wollen. Das hier ist schließlich meine Kneipe.«

»Du bist ein richtiger Rebell«, witzelte ich. Ich wünschte mir, er würde sich der Lunge meiner schon seit Jahren bei ihm angestellten Schwester zuliebe brav an die Gesetze halten, aber Al war nun mal Al, und die Missachtung der Gesundheitsvorschriften für Arbeitnehmer machte er durch andere Qualitäten wieder wett. Seine Leute wurden gut bezahlt, und allzu aufdringliche Gäste hielt er bestmöglich von seinen Mädchen fern.

Zu meinem Glück hatte eine Serviererin erst zwei Wochen zuvor gekündigt, weshalb er mich mit offenen Armen aufgenommen hatte, als ich wegen eines Jobs bei ihm angefragt hatte.

Ich war also abermals in Dennville in Kentucky, lebte in demselben klapperigen Wohnwagen wie vor vier Jahren, jobbte in derselben Räucherbude wie zu meiner Highschool-Zeit, und trauerte demselben unehrlichen Jungen wie schon damals hinterher. »Du hast es wirklich weit gebracht, Tenleigh«, beglückwünsche ich mich sarkastisch, während ich die leeren Bierflaschen von einem Ecktisch nahm. Aber im Grunde hatte ich es wirklich weit gebracht. Ich hatte einen College-Abschluss in der Tasche, der mir alle Möglichkeiten bot.

Ich atmete tief durch. Ich würde mich ganz sicher nicht von Kyland daran hindern lassen, meinen Weg zu gehen. Ich hatte mich bewusst dafür entschieden, hier in meiner alten Heimat etwas aufzubauen. Hatte mich bewusst dafür entschieden, meinem Heimatort etwas zurückzugeben, deshalb musste ich mich damit arrangieren, dass auch Kyland Barrett hier in Dennville war. Ich hatte diese Tatsache bisher, so gut es ging, verdrängt und einfach so getan, als gäbe es ihn nicht. Doch inzwischen hatte er mir überdeutlich zu verstehen gegeben, dass er existierte, und aus irgendwelchen Gründen wegen meiner Rückkehr nach Kentucky furchtbar wütend auf mich war. »Arschloch«, schnaubte ich.

Al hatte in meiner Abwesenheit ein kleines Podest errichten lassen, das als Bühne und Tanzfläche fungierte, und an diesem Freitagabend würde eine einheimische Liveband bei ihm auftreten. Ab neun Uhr herrschte Hochbetrieb, und die Leute tranken, tanzten und veranstalteten einen Höllenlärm. Marlo hatte ebenfalls die Abendschicht, und Sam kam wegen der Musik. Als er die Bar betrat, fiel ich ihm um den Hals und führte ihn an einen Tisch in Marlos Bereich.

»Du siehst toll aus, Tenleigh«, brüllte er über den allgemeinen Lärm hinweg.

»Danke, Sam.« Ich sah ihn grinsend an. »Ich hoffe, dass du nett zu meiner Schwester bist.«

»Auf jeden Fall«, erklärte er und sah bei diesen Worten wie ein scheuer, liebeskranker Jüngling aus. *Oh je.*

Ich zwinkerte ihm lachend zu und beugte mich über die Rücklehne des Stuhls, der seinem Sitzplatz gegenüberstand. »He, Sam, bevor ich dir etwas zu trinken hole, wollte ich mich noch bei dir dafür bedanken, dass du unserer Mum so hilfst. Marlo sagt, dass es ihr super geht und dass sie das nur dir verdankt.«

Er wandte sich kurz ab. Hatte ich ihn etwa in Verlegenheit gebracht? »Ich würde alles für eure Familie und für Marlo tun.«

Wieder sah ich ihn mit einem breiten Grinsen an. »Danke, Sam. Du bist ein wirklich anständiger Kerl.«

Lachend schob er seine Brille hoch, und ich richtete mich auf und holte ihm ein Bier. Obwohl meine Schwester derart stur war, ließ der Mann nicht locker, und dann hatte er noch Mum den Klinikplatz besorgt. Ich musste ihn ganz einfach mögen, weil er einer von der Handvoll wirklich guter Menschen hier in unserer Gegend war. Doch so sehr ich mich für Marlo freute, und so sehr sie es verdiente, einen anständigen Kerl zu finden, der bereit war, um sie zu kämpfen, konnte ich die Melancholie nicht zurückdrängen, während ich an der Bar auf Sams Bier wartete.

Werde ich selbst so etwas jemals haben? Wird mich irgendwann ein Mensch so lieben? Werde ich je wieder einen Menschen so wie Kyland lieben können? Und will ich das überhaupt? Nachdem Kyland mir das Herz gebrochen hatte, hatte ich der Liebe abgeschworen, doch in Wahrheit sehnte ich mich schmerzlich danach, dass mich jemand in den Armen hielt, mir tröstliche Worte zuflüsterte, sanft die Stirn küsste und nachts im Dunkeln meine Hand ergriff.

»Sieht aus, als könntest du einen brauchen«, riss mich Al aus meinen Überlegungen und drückte mir ein Schnapsglas in die Hand.

Ich zuckte zusammen. »Was ist denn da drin?«

»Stell mir keine blöden Fragen, sondern kipp es einfach runter.«

Lachend sah ich in die klare Flüssigkeit. Al war durchaus damit einverstanden, wenn wir Mädchen während unserer Schichten ein, zwei Schnäpse tranken, weil wir manchmal einfach etwas brauchten, um die anzüglichen Kommentare und die Grapschereien der Betrunkenen zu überstehen. Und, verdammt, warum eigentlich nicht? Ich brauchte einen Drink. Ich brauchte etwas gegen meine Grübeleien. Eilig kippte ich den Schnaps herunter, verzog angewidert das Gesicht, beugte mich über den Tresen, schnappte mir eine Zitronenscheibe und schob sie mir in den Mund.

Dann wandte ich mich wieder ab, und schon zum zweiten Mal in dieser Woche starrte jemand mich aus kalten, grauen Augen an. Das Blut rauschte in meinen Ohren, und ich wurde schreckensstarr.

Er stand entgeistert in der Tür, und plötzlich kam es mir so vor, als entzöge er dem Raum sämtlichen Sauerstoff. Die Geräusche um uns schienen zu verstummen, während wir uns reglos anstarrten, doch dann stand plötzlich Shelly neben ihm, und ich stolperte rückwärts und krachte gegen den Tresen. Ihr Erschienen traf mich wie ein Faustschlag in den Bauch. Shelly schaute Kyland an und folgte seinem Blick, bis sie mich sah. Dabei drückte ihre Miene so etwas wie Mitleid aus, und eilig wandte ich mich ab, und atmete in dem Bemühen, mich zu beruhigen, mehrmals aus und ein. Ich schnappte mir Sams Bier, stellte es auf mein Tablett und ging, ohne noch einmal in Richtung Tür zu sehen, zurück an seinen Tisch.

Ich straffte meine Schultern, denn ich hoffte, dass Kyland einfach wieder gehen würde, doch als ich zurück zur Theke kam, nahm Marlo mich mit einem besorgten Blick zur Seite. »Kyland ist hier. Bist du okay?«

»Es geht mir gut«, erklärte ich, obwohl ich mir nicht wirklich sicher war. »Ich dachte, *ich* wäre wütend auf ihn, aber so wie es aussieht, hasst *er mich*«, führte ich mit verletzter und verwirrter Stimme aus.

»Weshalb sollte *er* dich hassen? Schließlich hat er selbst sein Leben ruiniert, bevor du damals abgehauen bist.«

Ich knabberte an meiner Unterlippe. »Keine Ahnung. Kommen er und Shelly oft hierher?«

Sie schüttelte den Kopf. »Ich habe sie hier bisher nie gesehen.«

Ich runzelte die Stirn. »Hmm. Tja nun, wir müssen beide hier in Dennville leben. Oder eher, ich habe beschlossen, dass ich – erst einmal – hier leben will. Damit muss er eben klarkommen – auch wenn er damit offensichtlich ein Problem hat.«

Marlo nickte, verzog aber skeptisch das Gesicht. »Okay. Wenn du möchtest, dass ich ihm ein Bier über den Kopf kippe, gib mir einfach Bescheid. Dann haut er sicher wieder ab.« Ich lachte, aber sie fiel nicht mit ein. »Das ist mein Ernst.«

»Ich weiß.« Ich drückte ihr den Arm, und als ich meine nächsten Drinks servierte, merkte ich, dass Ky und Shelly sich an einen Tisch direkt neben der Tanzfläche gesetzt hatten. Aus den Augenwinkeln sah ich, dass er steif auf seinem Platz saß und auch Shelly offensichtlich unbehaglich war.

Ich schwor mir, nicht noch einmal hinzusehen, ging wieder an die Theke und erbat den nächsten Schnaps. Ich kippte ihn hinunter, und da ich kein Abendbrot gegessen hatte, spürte ich den Alkohol noch schneller und noch deutlicher als sonst.

Alles in Ordnung. Es ist alles in Ordnung.

Ein hünenhafter Trucker, der bereits zu viel getrunken hatte, zerrte mich auf seinen Schoß. Ich versuchte lachend, wieder aufzustehen, doch er hielt mich fest.

»He«, bat ich ihn lachend, um die Lage zu entschärfen. »Wie soll ich dir Bier servieren, wenn du mich nicht aufstehen lässt?«

»Ich hätte jetzt eher Lust auf dich.« Grölend glitt er mit den Händen über meinen Körper.

»Lass sie los, wenn ich dir nicht die Fresse polieren soll.«

Ich erkannte Kylands Stimme, und während ich erstarrte, riss der Kerl den Kopf herum und ließ mich dabei los. Eilig rutschte ich von seinem Schoß und strich mit beiden Händen meine Bluse glatt.

Mit zusammengebissenen Zähnen und geballten Fäusten hatte Kyland sich hinter dem Typen aufgebaut.

»Immer mit der Ruhe, Mann.« Der Grapscher hatte sich ihm komplett zugewandt. »Ich habe es nicht böse gemeint. Ich habe der Lady nur Hallo gesagt«, erklärte er, wobei er seinen Blick erneut an mir herunterwandern ließ.

»Tu das gefälligst mit dem Mund und nicht mit deinen Händen.«

Ich blickte zwischen Kyland und dem Trucker hin und her. Jetzt war ich also eine Lady? Hatte er mir nicht erst kurz zuvor erklärt, er halte es nicht aus, am selben Ort wie ich zu sein?

»Das würde ich natürlich auch gerne.« Der andere streckte lüstern seine Zunge aus und brach vor lauter Freude über seinen eigenen Witz in bellendes Gelächter aus.

Kylands rechte Faust sauste an mir vorbei und landete im aufgedunsenen Gesicht des Truckers. Der stieß ein dumpfes Knurren aus und rollte mit den Augen, ehe er mit dem Gesicht voran vom Hocker auf den nackten Boden fiel. Die anderen Gäste johlten vor Vergnügen, aber auch wenn Schlägereien in der Kneipe an der Tagesordnung waren, klappte mir die Kinnlade herunter, und ich starrte erst den Typen auf dem Boden und dann wieder Kyland an. Plötzlich war ich außer mir vor Zorn. Vielleicht aufgrund des Alkohols, den ich getrunken hatte, oder vielleicht weil er dachte, dass er sich noch immer in mein Leben einmischen konnte; weil er dachte, dass es ihn immer noch was anging, was mit mir geschah. Vielleicht lag es auch einfach daran, dass er jetzt bereits zum zweiten Mal in einer Woche in mein Territorium eingedrungen war. Auf alle Fälle sah ich plötzlich rot und funkelte ihn wütend an. »Was fällt dir ein?«

Er sah mich aus zusammengekniffenen Augen an. »Tut mir leid, ich wusste nicht, dass es dir Spaß macht, wenn dich so ein Widerling betatscht. Allerdings wäre das nicht allzu überraschend, schließlich bist du freiwillig in dieses gottverdammte Kaff zurückgekommen und jobbst wieder hier in dieser Dreckskneipe.« Seine Nasenflügel bebten, und es hätte mich nicht überrascht, hätte er vor lauter Zorn noch mit dem Stiefel auf dem Holzboden gescharrt.

Ich riss die Augen auf. »Vielleicht hat es mir ja wirklich Spaß gemacht. Und vor allem braucht dich nicht zu interessieren, was mir Spaß macht oder nicht.« Zitternd vor Wut zog ich einen vorbeikommenden Gast zu mir heran und küsste ihn entschlossen auf den Mund. Er roch nach Bier und nach billigem Rasierwasser, und als ich wieder von ihm abließ, stolperte er weiter und murmelte fröhlich: »Wow. In diese Kneipe sollte ich wahrscheinlich öfter gehen.«

Ich blickte wieder zu Kyland, der mich nur ausdruckslos anstarrte.

»Tenleigh?«, drang die Stimme meiner Schwester an mein Ohr, aber zum Zeichen, dass ich ihre Hilfe nicht brauchte, hob ich abwehrend die Hand und starrte weiter Kyland an.

»Ich mache, was ich will«, erklärte ich, obwohl ich gar nicht hätte sagen können, was genau ich tat. Ich wusste nur, dass ich vollkommen außer mir, verletzt und zornig war und seinen schändlichen Verrat von damals immer noch nicht überwunden und vor allem keine Ahnung hatte, ob sich mein gebrochenes Herz wohl je wieder zusammenfügen ließ.

»Hast du das auch in Kalifornien gemacht?«, erkundigte er sich und trat beinahe drohend auf mich zu.

Trotzig reckte ich das Kinn. »Die ganze Zeit. Sooft es ging. Nachdem du den Weg frei gemacht hattest, dachte ich …«

Der nackte Schmerz in seinen Augen schnitt mir mitten ins Herz, doch gleich darauf entbrannte ich in neuerlichem Zorn. Er hatte ein Problem damit, wenn ich mit anderen Männern schlief? Was für ein heuchlerischer Bastard! Er war hier mit der Frau, mit der er mich betrogen hatte und die obendrein die Mutter seines Sohnes war.

»Das bist nicht du, Tenleigh«, stieß er mit leiser Stimme aus.

Ich lachte ihm verbittert ins Gesicht. »Und woher willst du wissen, was ich bin? Du weißt nicht das Geringste über mich. Und ich weiß andersherum nicht das Geringste über dich.«

»Gott, das halte ich einfach nicht aus.«

Er machte auf dem Absatz kehrt und wandte sich zum Gehen, doch zornbebend rief ich ihm hinterher: »He, Kyland, hast du jemals *Sturmhöhe* fertig gelesen?«

Er runzelte die Stirn und blinzelte verwirrt, doch dann gab er zurück: »Ich habe kaum noch Zeit zum Lesen, Tenleigh.«

Lässig lehnte ich mich an den Tresen und trommelte mit meinem Finger gegen mein herausfordernd gerecktes Kinn. »Mich hätte einfach interessiert, ob du Heathcliff auch für einen widerlichen und verlogenen Bastard hältst.«

Er kam wieder auf mich zu. »In Bezug auf Bücher waren wir nur selten einer Meinung, oder?«

»Hmm, das stimmt. Trotzdem hätte ich gedacht, dass jeder, der nur halbwegs bei Verstand ist, sieht, was für ein elendes, verlogenes Stück Dreck er ist.«

»Mich hat viel mehr gestört, wie dämlich Cathy war. Endlich hat sie ihr Elend hinter sich lassen können, und dann kommt sie freiwillig zurück, um sich weiter dort in ihrem

Elend zu ergehen? Sie hat die Chance nicht genutzt, die sie bekommen hat. Blöder geht's ja wohl nicht mehr.«

Ich riss die Augen auf und kochte abermals vor Zorn.

»Sie ist auf jeden Fall nicht Heathcliffs wegen zurückgekehrt. Heathcliff war so ungefähr das Letzte, woran sie gedacht hat, als sie zurückgekommen ist. Deswegen hat es mich total genervt, dass Heathcliff sich permanent in ihrer Nähe rumgetrieben hat.«

Irgendwer hinter mir fragte: »Ist das jetzt ein Streit oder das Treffen eines Buchklubs?«

Eine andere Stimme antwortete: »Schaut für mich nach Vorspiel aus.«

Doch wir gingen nicht auf die Bemerkung ein.

Kyland unterzog mich einer eingehenden Musterung. »Bist du dir da so sicher? Vielleicht …« Urplötzlich sah er unsicher statt wütend aus. »… vielleicht hat sie ja doch die ganze Zeit an ihn gedacht. Vielleicht wäre sie ja bei dem Wiedersehen nicht so ausgeflippt, wenn sie nicht ständig an ihn hätte denken müssen und für ihren neuen Freund genauso intensiv empfunden hätte wie für ihn.« Seine Stimme wurde weich. »Und vielleicht hat ja auch Heathcliff andauernd an sie gedacht. Vielleicht war sie das Einzige, woran er je gedacht, wovon er je geträumt hat.«

Freund? Was für ein Freund?

Wieder blickte ich ihn aus zusammengekniffenen Augen an. »Nun, das würde keine Rolle spielen. Denn sie würde ihm nie wieder eine Chance geben, nachdem er sie derart schändlich hintergangen hat. Er hat alles kaputt gemacht. Er war der egoistischste und widerlichste Typ, von dem ich je gelesen habe, und statt ihn jemals zum Leben zu erwecken, hätte die Autorin das Papier besser für etwas anderes verwendet.«

Abermals huschte ein Ausdruck von Schmerz über sein Gesicht. Er öffnete den Mund, um etwas zu erwidern, drehte sich dann aber plötzlich um. Ich sah an ihm vorbei, bemerkte, dass ihm Shelly auf die Schulter getippt hatte, und mein Kampfgeist löste sich in Luft auf. Ich hatte während eines kurzen Augenblicks vergessen, dass er nicht allein gekommen war. Mit Shelly an seiner Seite hatte er erneut gesiegt.

Meine Niederlage war mir vermutlich überdeutlich anzusehen, als er sich wieder umwandte. Er öffnete den Mund, um etwas zu sagen, und stand dann doch nur mit aufgerissenen Augen da. Ich wich seinem Blick aus. In diesem einen Augenblick erkannte ich, was mir im Grunde schon immer klar gewesen war. Ich konnte ihn nicht hassen, denn er war kein schlechter Mensch. Er war nur schlecht für mich gewesen, weiter nichts. Er war nicht unfähig zu lieben, sondern hatte einfach *mich* nicht so sehr lieben können, dass er meinetwegen hiergeblieben wäre. Dieses Opfer hatte er einer anderen gebracht. Das war schmerzlicher als alles andere für mich. Die Trauer, die mein Herz ergriff, zwang mich beinahe in die Knie.

Nicht. Nicht jetzt. Gib dir bloß nicht die Blöße, dass du jetzt vor den beiden zusammenbrichst.

Ich flüchtete auf die Toilette, wenig später erschien Marlo, richtete mich halbwegs wieder her, und als ich wieder in die Kneipe kam, waren er und Shelly gegangen.

23 Tenleigh

Obwohl ich an dem Wochenende noch zwei Schichten in der Kneipe hatte, tauchte Kyland nicht noch einmal auf, wofür ich wirklich dankbar war. Unser öffentlicher Streit war mir noch immer peinlich, doch ich wusste, dass so was im Al's nicht weiter ungewöhnlich und vor allem schon zwei Stunden später in Vergessenheit geraten war – dann nämlich, als Gable Clancy sich beinahe von seiner Freundin, die er Gerüchten zufolge im Katalog bestellt hatte, hatte überfahren lassen. Nein, im Grunde war ich wegen unserer Auseinandersetzung an sich verletzt. Der Zorn, an den ich mich in all der Zeit geklammert hatte, hatte sich viel besser angefühlt – so als hätte ich die Lage irgendwie im Griff. Der Schmerz, den ich jetzt empfand, tat einfach nur *weh.* Aber wenn ich nicht den Schwanz einziehen und die Stadt wieder verlassen wollte, musste ich versuchen, damit umzugehen. Ich würde dafür sorgen, dass es eine eigene Schule gab in der Stadt, die mir selbst die Ausbildung ermöglicht hatte. Dadurch würde ich mir meinen größten Traum erfüllen und dem Ort etwas zurückgeben, in dem ich aufgewachsen war. Danach würde ich mir überlegen, ob nicht jemand anderes weiter jährlich Spenden für die Schule sammeln konnte, und mir selbst einen Job woanders suchen. Danach würde ich noch einmal ganz von vorne anfangen. Aber vielleicht war dies ja der endgültige Abschluss, den ich brauchte, um dann ein für alle Mal nach vorn zu sehen. Hatte ich mir vielleicht etwas vorgemacht? Hatte ich verzweifelt wissen wollen, was passieren würde, wenn ich Kyland wiedersah? Ja, wahrscheinlich. Wirklich losgelassen hatte ich ihn bisher nicht. Und das war ein Problem. Doch es war besser, wenn ich wenigstens mir selbst gegenüber völlig ehrlich war, denn ich konnte es nicht leugnen – er war wirklich mit der Frau zusammen, mit der ich von ihm betrogen worden war. Er hatte einen Sohn mit ihr, und es war das Beste, sich damit zu arrangieren.

Du hast es selbst gesehen, Tenleigh. Kannst du es jetzt vielleicht endlich akzeptieren und nach vorne schauen? Du musst es einfach schaffen. Im Grunde bleibt dir gar nichts anderes übrig.

Am Montag wollten Mar und ich zu Mum in die Klinik fahren. Ich war schon zeitig auf den Beinen und beschloss, noch kurz bei Buster reinzuschauen, den ich bisher noch nicht gesehen hatte. Ich klopfte bei ihm an, er machte auf, zog mich juchzend an die Brust und schwenkte mich im Kreis.

»Hallo, Buster«, lachte ich. »Freut mich auch, dass wir uns endlich wiedersehen.«

Lächelnd stellte er mich wieder auf den Füßen ab. »Lass dich ansehen, Tenleigh-Mädchen«, rief er und schüttelte den Kopf. »Aber hallo, jetzt bist du ein echtes Mädchen aus der Stadt.«

Ich ging an ihm vorbei in sein mit eigenhändig gebauten Holzmöbeln gefülltes Haus. Wohin das Auge fiel, hatte er selbst geschnitzte Paare bei diversen sexuellen Praktiken verteilt, und hätte ich ihn nicht bereits mein Leben lang gekannt, hätte ich mich in dieser Umgebung sicherlich nicht allzu wohlgefühlt.

»Ich und eine Städterin? Du weißt, dass das unmöglich ist. Ich bin und bleibe eine echte Hinterwäldlerin.«

»Ich wollte nur ganz sichergehen«, gab er kichernd zu. »Denn du siehst wirklich schnieke aus.«

Ich lächelte und setzte mich auf einen Stuhl, der aussah wie ein auf dem Kopf stehender Mann. Hinter ihm war eine Frau geschnitzt, die seine Genitalien praktisch zu verschlucken schien, und ich bildete das letzte Mitglied dieser seltsamen Ménage-à-trois. Das war wohl das Äußerste, was ich in der nächsten Zeit in sexueller Hinsicht zu erwarten hatte. *Was hatte ich doch für ein Glück …*

»Erzähl mir, was du all die Zeit getrieben hast. Wie war es auf dem College?«

Ich erzählte Buster von der Universität, von Kalifornien, wie es für mich gewesen war, fern von Daheim zu sein, von der Handvoll Freunde, die ich dort gefunden hatte, von den Plänen für die Schule, und am Ende blickte ich ihn fragend an. »Und wie steht es mit dir, Buster? Was hast du selbst die ganze Zeit gemacht?«

»Mir geht es besser als jemals zuvor. Du hast doch sicher schon von den Geschäften gehört, die wir hier so betreiben, oder?«

»Geschäfte?« Ich runzelte die Stirn.

»Ja. Wir sind inzwischen richtige Unternehmer, und ein paar der Leute sind sogar echt stolz darauf. Sie haben ihre Gärten aufgeräumt …«

»Das ist mir bereits aufgefallen«, sagte ich. »Und was macht ihr genau?«

»Wir bauen Lavendel an, stellen verschiedene Sachen daraus her und bieten sie dann auf den Märkten der Umgebung an. Ich verkaufe sogar meine Schnitzereien. Sie gehen weg wie warme Semmeln«, klärte er mich augenzwinkernd auf.

Sie bauten also Lavendel an. *Lavendel?* Plötzlich dachte ich an eine Nacht, in der ein wunderschöner, junger Mann im Licht des Mondes voller Ehrfurcht meinen Körper erkundet hatte, während mir der Duft von blühendem Lavendel in die Nase gestiegen war. Ich zwang meine Gedanken in die Gegenwart zurück. »Davon bin ich überzeugt«, gab ich ein wenig abgelenkt zurück. »Und das mit dem Lavendel … wer hat euch auf die Idee gebracht?«

»Oh, Kyland Barrett. Er hat sich erkundigt und herausgefunden, dass man mit Lavendel ziemlich gut verdienen kann – selbst wenn man kein ganzes Feld, sondern nur einen kleinen Garten hat. Er hat eine Informationsbroschüre an die Haushalte verteilt und uns die Sache ganz genau erklärt. Außerdem gibt's keine anderen Blüten, die man so gut trocknen und zu so vielfältigen Produkten verarbeiten kann. Wir machen Seife, Öl, Duftsäckchen, den Tee, den ich immer von dir bekommen habe …«

»Dann verdient ihr damit also echtes Geld?« Ich war schockiert. Ich wäre nie darauf gekommen, dass so etwas möglich war.

»Sicher«, sagte Buster voller Stolz. »Und anders als mit anderen Pflanzen macht man mit Lavendel das gesamte Jahr durch Geld. Jeder Teil der Pflanze wird für irgendwas genutzt. Im Grunde ist es kinderleicht.«

»Du klingst, als wüsstest du genau, wovon du sprichst«, erklärte ich und wieder nickte Buster stolz. Ich schüttelte verblüfft den Kopf. »Und warum bauen dann nicht alle hier Lavendel an?«, hakte ich nach und dachte dabei an die Grundstücke der Gegend, die noch immer so verwahrlost wie vor meinem Weggang waren.

Buster kratzte sich den zwischenzeitlich praktisch kahlen Kopf. »Tja nun, du kannst zwar einem Hinterwäldler alles über den Lavendel erzählen, ihn aber nicht zwingen, selber welchen anzubauen.« Er schlug sich lachend auf die Knie, und verwundert fiel ich in sein Lachen ein.

»Nun, ich muss allmählich wieder los«, erklärte ich, bevor ein Klopfen an der Haustür mich zusammenfahren ließ. Doch es war nur Marlo, und so verabschiedete ich mich und sagte, dass ich bald noch einmal wiederkommen würde, und verließ nach einer weiteren Umarmung Busters Haus.

»Wusstest du, dass plötzlich alle in der Gegend Geld mit Lavendel verdienen?«, fragte ich, als Marlo neben mir in meinem Wagen saß.

Sie sah mich von der Seite an und nickte. »Ja. Ich finde

das echt cool. Am liebsten hätte ich es dir sofort erzählt, aber du warst wegen Kyland derart fertig, dass ich dachte, du müsstest es vielleicht nicht gleich in der ersten Woche hören.«

Ich nickte. »Es ist wirklich eine echt … coole Idee, oder? Ich meine, diese Leute können Geld mit was verdienen, was es quasi gratis gibt …« Ich biss mir auf die Lippe. »Aber warum baut er selbst keinen Lavendel an?«

»Keine Ahnung.«

Was ist mit dir los, Kyland?

Sein Gespür fürs Geschäft überraschte mich allerdings nicht, schließlich hatte er in all den Jahren nur dank seiner Findigkeit und seines ungeheuren Fleißes überlebt.

Wir näherten uns seinem Haus, und diesmal wandte ich den Kopf und blickte auf den weißen Pick-up-Truck, der in der Einfahrt seines Grundstücks stand. Ich zuckte leicht zusammen, als mit einem Mal die Haustür aufging, und ich ihn in Jeans, Flanellhemd, eine Baseballkappe auf dem Kopf und eine Brotdose in der Hand das Haus verlassen sah. Unsere Blicke trafen sich, verfingen sich ineinander, und seine Augen folgten uns, als wir davonfuhren. Ich hatte auch den Sticker an der Stoßstange des Wagens wahrgenommen. Er zeigte einen Bergarbeiter, der durch einen dunklen Tunnel kroch, und darüber den Satz: »Wir sind auch ganz unten füreinander da.«

Warum bist du so wütend auf mich, Kyland? Wie hast du es geschafft, dass du mich jetzt genauso leidenschaftlich hasst, wie du mich damals geliebt hast?

»Was war das denn eben für ein Blick?«, erkundigte sich Marlo überrascht.

»Keine Ahnung«, gab ich abgelenkt zurück. »Ich weiß es wirklich nicht.«

Zwei Stunden später hatten wir das Krankenhaus erreicht, und ich schaltete den Motor meines Käfers ab, blieb dann aber einfach sitzen und sah durch die Windschutzscheibe auf das große, alte, aber wunderbar erhaltene Backsteinhaus. »Wow.« Es lag inmitten ausgedehnter, sorgfältig gemähter Rasenflächen, zwischen denen ich Patienten, teilweise mit Schwestern und zum Teil allein, spazieren gehen oder auf den am Rand der Blumenbeete aufgestellten Holzbänken im Schatten uralter Kastanienbäume sitzen sah.

»Ich weiß«, stimmte mir Marlo zu. »Es ist ein wirklich schöner Ort. Und sie haben auch die besten Ärzte – Ärzte, deren Lebensaufgabe es ist, psychisch kranken Menschen beizustehen.«

Ich stieg aus und schaute meine Schwester fragend an. »Wie kann sich Sam so etwas leisten?«

»Er hat ein paar Ersparnisse, aber ich habe ihn bisher noch nie gefragt, wie hoch die sind.« Wir gingen los, und Marlo sah mich von der Seite an. »Ich wollte ihm immer wieder sagen, dass er das nicht machen soll, aber das hätte ich Mum nicht antun können, weil es ihr schon nach zwei Wochen spürbar besser ging.«

Ich drückte ihre Hand, und ein paar Minuten später hatten wir uns bei der Schwester vorne am Empfangstisch angemeldet und saßen in einem großen Warteraum. Als unsere Mutter um die Ecke bog, hätte ich sie beinahe nicht erkannt. Ihre Haare waren nur noch schulterlang, offensichtlich frisch gewaschen und frisiert, sie trug Jeans und einen kurzärmligen, cremefarbenen Pulli und hatte ein aufgeregtes Lächeln im Gesicht. Ich riss ungläubig die Augen auf, und sie blieb stehen und warf sich beide Hände vor den Mund.

»Tenleigh-Baby«, hauchte sie und trat langsam auf mich zu.

»Mum«, krächzte ich. »Du siehst unglaublich aus.«

Sie umarmte mich, und ich sog ihren sauberen, tröstlichen Geruch in meine Lungen ein.

»Oh, Mum.« Ich trat einen Schritt zurück, strich ihr sanft

über das Haar und sog ihren Anblick in mich auf. Sie lachte leise auf und sah dann grinsend Marlo an.

»Mein anderes Baby«, sagte sie und zog auch sie an ihre Brust.

Dann wies sie aus dem Fenster. »Sollen wir spazieren gehen?«

Wir gingen zusammen in den Garten, liefen einen sonnenhellen Weg entlang, und ein sanfter Wind hüllte uns in den Geruch des frisch gemähten Rasens ein. Marlo führte uns zu einer Holzbank unter einem Baum. Als Mum und ich uns setzten, blieb sie stehen. »Ich werde uns etwas zu trinken holen. Wollt ihr sonst noch was?«

Wir sagten beide Nein, und um uns etwas Zeit allein zu geben, kehrte sie zurück ins Gebäude.

Ich drückte Mums Hände und schaute sie fragend an. »Wie geht es dir?«

»Wirklich gut, Baby. Ich habe gute und auch schlechte Tage, aber die haben alle anderen auch. Ich entwickle eine ganz neue Normalität – ich lerne, meine eigenen Gefühle zu verstehen und damit umzugehen.«

»Das ist gut, Mum.«

Sie lachte leise auf. »Auf jeden Fall. Die Ärzte hier haben ein paar neue Medikamente ausprobiert, und auf die Sachen, die ich jetzt bekomme, spreche ich sehr gut an. Außerdem bin ich in einer Reihe von Therapiegruppen, die mir noch besser helfen als das Zeug, das man mich schlucken lässt, weil hier auch andere Leute sind, die genau verstehen, wie es mir geht.« Errötend fuhr sie fort. »Sie verstehen die Schuldgefühle, die man hat, wenn man den Menschen, die einen umgeben, immer wehtut, obwohl man das gar nicht will.«

Abermals drückte ich ihre Hände und wischte die Träne, die ihr über das Gesicht lief, mit dem Daumen fort. »Mir und Marlo gegenüber musst du keine Schuldgefühle haben.«

Mum nickte, verzog aber traurig das Gesicht. »Aber die

habe ich nun mal. Ihr hättet eine Mutter gebraucht, statt euer Leben lang mit einem Menschen unter einem Dach zu leben, den ihr eurerseits bemuttern müsst. Außerdem habe ich euch oft furchtbar in Verlegenheit gebracht ...« Wieder kullerte ihr eine Träne durchs Gesicht.

»Das hast du nicht gewollt, Mum. Das weiß ich. Es braucht dir also nicht leid zu tun.«

Sie atmete tief durch und sah mich an. »Ich habe eine psychische Erkrankung, Ten. Das, nun ja, das wird sich niemals ändern. Aber es gibt Möglichkeiten, damit umzugehen, Dinge, die ich tun, Trigger, die ich vermeiden kann. Das ist mir inzwischen klar. Und ich fühle mich viel stärker. Zum ersten Mal in meinem Leben kommt es mir so vor, als hätte ich die *Kontrolle* über die Monster in meinem Kopf. Ich habe zum ersten Mal im Leben Hoffnung.«

Ich lächelte sie an und stimmte schniefend zu: »Ich auch, Mum.« Dann umarmte ich sie erneut. »Hast du Angst davor, heimzukommen, Mum?«

»Ja, ein bisschen«, gab sie zu. »Ich meine, sieh dich hier doch nur mal um.« Sie machte eine ausholende Bewegung und fügte mit einem leisen Lachen an: »Das hier sind so was wie Luxusferien für mich.« Doch plötzlich wurde ihre Miene wieder ernst. »Aber früher oder später werde ich zurückkehren müssen in mein echtes Leben. Das ist eins der Dinge, an denen ich mit meinen Therapeuten arbeite. Wenn ich wieder nach Hause komme, werde ich mir eine Arbeit suchen, werde ich was tun ... Sam hat mir einen Job in seiner Praxis angeboten, das klingt wirklich gut ...« Sie atmete tief durch. »Aber inzwischen weiß ich, Baby, wenn man krank ist, ist man krank, egal, ob man in einem Wohnwagen oder einem Palast zu Hause ist.«

»Unsere ganze Lebenssituation hat es für dich nicht gerade einfacher gemacht, Mum. Das ist mir klar. Und Marlo auch. Und jetzt, da ich wieder zu Hause bin, und einen gut bezahlten Job bekommen kann, werde ich uns irgendwo ein kleines Häuschen mieten ... und auch wenn wir vielleicht immer noch nicht reich sind, werden wir alle zum Leben notwendigen Dinge haben und ein angenehmes Leben führen, okay?«

Sie lächelte mich an. »Mein Mädchen – du sorgst immer noch für mich.« Ihr Lächeln wurde traurig. »Aber das wirst du nicht immer müssen, das verspreche ich. Die Sache ist die, Tenleigh, mein Schatz, mir ging es nicht immer so. Als dein Vater mit mir in die Appalachen gezogen ist, habe ich es dort geliebt, obwohl er mir nicht mehr als einen alten Wohnwagen geboten hat. Ich habe die Berge und die Flüsse und die Sonnenuntergänge und die Menschen dort geliebt – es gibt dort Charaktere, die man so woanders niemals trifft, und die größten Herzen, denen ich jemals begegnet bin.« Jetzt lächelten wir beide, denn sie hatte völlig recht. »Außerdem war ich total verliebt.« Sie blickte vor sich auf die Erde. »Mir ist klar, dass er mich nicht geliebt hat, oder wenigstens nicht auf dieselbe Weise wie ich ihn, aber du musst wissen, Baby, dass ich deinen Dad geliebt habe. Und zwar von ganzem Herzen. Daran muss ich immer denken, wenn ich dich und deine Schwester sehe, und auch wenn mich das mitunter traurig macht, erfüllt es mich vor allem mit grenzenloser Dankbarkeit.«

Oh, Mum.

Nickend schluckte ich den Kloß in meinem Hals herunter. Konnte ich das auch? Konnte ich womöglich eines Tages dankbar dafür ein, dass ich einen Menschen so wie Kyland hatte lieben können, auch wenn mir deshalb das Herz gebrochen war?

»In all den Jahren habe ich mir eingeredet, dass das einzig Wertvolle, was ich jemals geleistet habe, der verdammte erste Platz bei diesem blöden Schönheitswettbewerb gewesen ist.« Sie schüttelte unglücklich den Kopf. »Aber ich habe mich geirrt. *Ihr beide,* du und Marlo, seid das Wunderbarste, was ich je gemacht habe.«

»Mum«, schluchzte ich und zog sie abermals an meine Brust.

Marlo kam mit unseren Getränken zurück, und während wir zusammen durch den Garten liefen, plapperten wir wie junge Mädchen. Am liebsten hätte ich mich alle drei Minuten in den Arm gekniffen, um mich zu vergewissern, dass das hier tatsächlich geschah. Mum wollte alles über Kalifornien, mein Studium und die Schule wissen, und wir unterhielten uns so angeregt wie nie zuvor. Es war einfach herrlich, und zum ersten Mal seit Jahren wurde mir bewusst, wie süß und schüchtern und zerbrechlich Mum war, wenn sie *sie selbst* war. Vor allem war sie wunderschön.

Wir küssten sie zum Abschied, und nachdem ich stumm vor Freude wieder in den Käfer eingestiegen war, brach ich nach einem Augenblick in hilfloses Gelächter aus und blickte Marlo an, als wäre mir bewusst, dass ich verrückt geworden war. Aber statt verständnislos den Kopf zu schütteln, fiel sie in mein Lachen ein und schlang mir glücklich ihre Arme um den Hals. »Ich weiß. Genauso ging's mir auch, nachdem ich sie zum ersten Mal so gesehen hatte. So ging es mir auch.«

Meine Mutter hatte sich in dieser Klinik selbst wiedergefunden, aber auch wir beide hatten sie zurückbekommen und konnten zum ersten Mal im Leben einfach ihre *Töchter* sein. Unser aller Leben hatte sich verändert, und für dieses unglaubliche, unbezahlbare Geschenk würde ich Sam bis an mein Lebensende dankbar sein.

♥

Kurz darauf fingen die Bauarbeiten an. Die Schule wurde also tatsächlich gebaut, und ich erlaubte mir einen Hauch von Stolz. Obwohl noch jede Menge Arbeit vor uns lag, und trotz der Verzweiflung, die ich Kylands wegen immer noch empfand, rief all die harte Arbeit, die ich in den letzten Jahren für die Stadt auf mich genommen hatte, ein Gefühl der Hoffnung in mir wach. Ich hatte allen Grund zu glauben, dass dieses Projekt ein Erfolg sein würde, dass ich wirklich etwas auf den Weg gebracht hatte, wodurch es mit Dennville aufwärtsging.

Ich musste noch den Rest der Bücher aus der kleinen Bibliothek verpacken, ein paar letzte leere Kisten füllen, und dann wäre es geschafft. Bisher hatte ich einen möglichst großen Bogen um das kleine Haus gemacht, weil der Besuch dort ganz besonders schmerzlich für mich war, aber da das Häuschen in den nächsten Tagen abgerissen werden würde, blieb mir keine andere Wahl, als abermals hineinzugehen.

Ich lag auf den Knien und räumte eins der unteren Regale aus, als hinter mir die Tür geöffnet wurde und ich über meine Schulter blickte. Ich war total schockiert, als ich sah, dass es Shelly war. Sie lächelte mich schüchtern an, und mit wild klopfendem Herzen stand ich eilig auf.

»Hi, Shelly«, grüßte ich sie argwöhnisch. Was wollte sie von mir?

»Hi, Tenleigh. Ich glaube nicht, dass wir uns vorher schon mal irgendwo direkt begegnet sind.« Wieder sah sie mich mit einem scheuen Lächeln an, und ich atmete auf und lächelte zurück.

»Nein, wahrscheinlich hast du recht. Tja, freut mich, dass ich jetzt offiziell deine Bekanntschaft machen kann.« Ich konnte nichts dagegen tun, dass dieser Satz wie eine Frage klang, denn sicher war sie wegen meines Streits mit Kyland in der Kneipe da. Weshalb also lächelte sie mich so freundlich an?

Sie nickte, und ihr Lächeln schwand. »Mich auch.«

Wir beide schwiegen kurz, doch dann wies ich mit meinem Kopf in Richtung Tisch. »Möchtest du dich vielleicht setzen?«

Sie schwang sich auf das kleine Möbelstück, das jahrelang von mir als Schreibtisch für die Hausaufgaben zweckentfremdet worden war. Ich selbst lehnte mich gegen ein Regal und unterzog sie einer kurzen Musterung. Mit ihrem dichten, blonden Haar und ihrer zierlichen Figur sah sie wirklich bezaubernd aus.

»Also«, fing sie an. »Wahrscheinlich fragst du dich, was ich hier will.«

Ich nickte knapp und hielt gespannt den Atem an. Würde sie mich freundlich bitten, Dennville wieder zu verlassen, weil kein Platz für mich und ihre kleine Familie hier war, oder würde sie mich dazu anhalten, ihrem Freund zumindest keine öffentlichen Szenen mehr zu machen, falls ich irgendwo mit ihm zusammentraf? Konnte ich es ihr verdenken, falls sie deswegen hierhergekommen war?

»Hast du Joey schon gesehen?«

Ich blinzelte verwirrt. »Joey?«

»Meinen Sohn.«

»Oh.« Ich atmete tief durch. Sie meinte *Kylands Sohn.*

»Nur von Weitem.« Also würde sie das Kind benutzen, um mir klarzumachen, dass es keinem Menschen half, dass ich noch einmal zurückgekommen war.

Sie nickte. »Er ist seinem Vater wie aus dem Gesicht geschnitten.«

Es tat mir in der Seele weh, als sie von Ky als Joeys Vater sprach. Denn eigentlich gehörte Kyland mir. Ich richtete mich kerzengerade auf. *Also bitte, Ten, so dämlich kannst du doch nicht sein. Du hast keinen Anspruch mehr auf ihn, und wenn du das noch immer nicht kapiert hast, bist du wirklich dümmer, als die Polizei erlaubt.* Vom Kopf her war mir das bewusst, warum also hatte ich nach all den Jahren noch immer das *Gefühl,* dass das, was uns verbunden hatte, etwas ganz Besonderes war?

»Was manchmal etwas schwierig für mich ist, weil er mich damals vergewaltigt hat.«

Was? Das konnte doch nicht sein. Nie im Leben hatte Kyland …

Oh mein Gott.

Mir wurde schwindelig, denn ihre Worte trafen mich ins Mark, und eilig griff ich hinter mich und tastete Halt suchend nach dem Regal.

»Dann ist Joey gar nicht von Ky?« Aus irgendeinem Grund, wahrscheinlich wegen meiner eigenen Blödheit, stiegen in meinen Augen Tränen auf.

Sie schüttelte den Kopf. »Wie sollte er das sein? Schließlich war nichts zwischen uns. Oder …« Shelly sah mich reglos an. »… zumindest zu der Zeit nicht mehr.« Sie schüttelte den Kopf. »Und das, was vorher war, war auch nichts anderes als blöde, jugendliche Fummelei.« Sie lachte leise auf. »Er hat mich nie geliebt, und er liebt mich auch jetzt nicht – oder wenn, dann nur so, wie man gute Freunde liebt.« Sie schwieg einen Moment. »Trotzdem habe ich mich gleich an ihn gewandt, als ich gemerkt habe, dass ich schwanger bin. Ich weiß im Grunde nicht einmal genau, warum. Vielleicht, weil ich damals in ihn verschossen war. Ich hätte ihn schon vorher gern als Freund gehabt, und vielleicht hatte ich gehofft, er würde sich aus Mitleid oder so mit mir zusammentun. Das war mir damals nicht bewusst, aber inzwischen weiß ich, dass ich deswegen zuerst zu ihm gegangen bin«, räumte sie achselzuckend ein.

Jetzt setzte ich mich zu ihr auf den Tisch. »Er hat mich damals angelogen«, sagte ich. Obwohl ich saß, war mir noch immer schwindelig.

Sie wandte sich mir zu und nickte. »Ja, ich weiß.«

»Warum, Shelly? Weshalb hätte er das machen sollen?«

»Das weiß ich nicht genau.« Mit einem neuerlichen Schulterzucken fuhr sie fort. »Er hat gesagt, dass er mir helfen will. Er hat gesagt, er müsste sowieso aus irgendeinem Grund in Dennville bleiben und würde mir helfen, falls ich knapp bei Kasse wäre oder so. Und dann hat er gefragt, ob ich ihm dafür auch einen Gefallen tun und seine Lüge stützen würde, falls du etwas zu mir sagst. Ich wusste nicht, warum …« Sie atmete vernehmlich aus. »Aber damals war ich derart durcheinander, dass ich froh war, sagen zu können, dass das Kind von ihm ist. Nur hast du mich niemals darauf angesprochen, also brauchte ich auch gar nicht so zu tun.«

»Nein.« Ich starrte reglos geradeaus. »Ich bin so schnell wie möglich abgehauen, nachdem er mir erzählt hatte, dass du ein Kind von ihm bekommst.« *Aber hat er das tatsächlich behauptet? Oder hat er mir nur erzählt, dass Shelly schwanger ist, und ich habe mir alles andere dazugereimt? So oder so hat er zugelassen, dass ich falsche Schlüsse aus der Sache gezogen habe. Er hat also eindeutig gewollt, dass ich von hier verschwinde.*

Sie nickte zustimmend. »Ich dachte mir bereits, dass das der Grund für dein Verschwinden war, aber er hat niemals ein Wort darüber gesagt. Er hilft mir mit Joey, wenn er kann. Mein Dad und meine Brüder …«, Shelly atmete erschaudernd ein und machte ein Gesicht, als bräche sie im nächsten Augenblick in Tränen aus. »Sie haben sich geweigert, mir zu helfen, und gesagt, ich wäre selber schuld, denn schließlich hätte ich die Beine praktisch für halb Dennville breit gemacht. Eine Zeit lang dachte ich tatsächlich selbst, ich wäre selber schuld daran, dass ich von diesem Typen vergewaltigt worden bin.«

Ich drückte ihr die Hand, und sie sah mich mit einem unglücklichen Lächeln an. »Wie ist es passiert?«, fragte ich sanft.

»Ich habe ihn bei Al getroffen, und als er gefragt hat, ob wir ins Hotel gehen wollen, habe ich Ja gesagt. Ich hatte sogar vor, mit ihm zu schlafen. Was wohl sonst?« Sie schwieg einen Moment. »Aber kaum, dass wir dort angekommen waren, wurde der Typ seltsam und hat mir erklärt, dass er mich fesseln will. Das war mir unheimlich, doch als ich wieder gehen wollte, hat er mich aufs Bett geworfen und gesagt, dass ich ihn heißgemacht habe und deshalb bis zum Ende gehen muss. Ich habe Nein gesagt, aber mich nicht gewehrt. Ich habe mich nicht einen Augenblick gewehrt.« Sie schüttelte erneut den Kopf. »Manchmal frage ich mich, ob … aber, tja nun, das hilft jetzt auch nicht mehr, nicht wahr? Er hat mich also vergewaltigt und dann hat er sich bei mir bedankt.« Die erste Träne brach sich Bahn. »Er hat sich tatsächlich bei mir bedankt, und ich kann noch heute manchmal hören, wie er ›Danke‹ sagt. Wobei ich keine Ahnung habe, warum das das Schlimmste für mich war, warum ich ausgerechnet dieses ›Danke‹ einfach nicht vergessen kann.«

Weil du ihm nichts gegeben hast, sondern er sich gegen deinen Willen etwas von dir genommen hat. Ich hatte keine Ahnung, wie sie sich deswegen fühlte, doch allein der Gedanke tat mir in der Seele weh, und deshalb nickte ich nur stumm.

»Wie dem auch sei, kurz darauf merkte ich, dass ich von diesem Typen schwanger war. Der Rest ist dir bekannt.«

»Hast du versucht, ihn irgendwie zu … kontaktieren?«

»Ich kannte nicht mal seinen Nachnamen.« Sie lachte leise auf, sah aber gleichzeitig verlegen aus. »Ich wusste nur, dass er ein Trucker war. Ich war damals gerade achtzehn, hing in einer Kneipe ab, ließ mich von einem Fremden aufreißen und bin freiwillig mit ihm in ein billiges Hotel. Ich war also nicht gerade der Inbegriff von jugendlicher Unschuld.«

»Trotzdem hatte er kein Recht, dich zu vergewaltigen, Shelly. Jede Frau und jedes Mädchen hat das Recht, zu jedem Zeitpunkt Nein zu sagen«, widersprach ich rau.

Nickend wischte Shelly sich die Tränen und die durch die Feuchtigkeit verschmierte, schwarze Wimperntusche aus dem Gesicht. Suchend sah ich mich nach einem Taschentuch oder etwas anderem um, fand aber nichts.

»Inzwischen ist mir das klar«, erklärte sie. »Wenigstens vom Kopf her. Und mein Freund Ian hilft mir sehr.«

»Du hast einen Freund?«

»Ja, er ist wirklich großartig. Wir wollen heiraten, er will Joey adoptieren.« Sie lächelte strahlend.

»Das ist super, Shelly.«

»Ja.« Seufzend schaute sie mich wieder an. »Freitagabend

musste Ian arbeiten, deshalb war Kyland mit mir in der Bar. Ian vertraut ihm blind, denn sie arbeiten zusammen in der Grube. Und, na ja, das war das erste Mal, dass ich seit … jener Nacht wieder ins Al's gegangen bin. Ich dachte, dass ich die Geschichte auf die Weise endgültig zu einem Abschluss bringen sollte, um danach nur noch nach vorn zu sehen. Und dann fingen du und Kyland plötzlich an zu streiten, und ich hätte fast etwas gesagt, aber du warst ja bei der Arbeit … und ich dachte, dass er dir das alles selbst erklären soll. Aber ich habe keine Ahnung, wann er je den Mund aufmachen wird. Vielleicht bildet er sich sogar ein, es stünde ihm nicht zu, meine Geschichte zu enthüllen. Aber ich an deiner Stelle wüsste einfach gern Bescheid. Als ich euch zwei zusammen sah, ist mir bewusst geworden, dass du ihn noch immer liebst.«

Ich starrte sie entgeistert an. »Ich liebe ihn nicht mehr!«

Sie wirkte skeptisch, ging aber nicht darauf ein. »Trotzdem ist es immer gut, wenn man sämtliche Fakten kennt. Und nachdem ich dir zumindest meinen Anteil daran erzählen konnte, bist du etwas klüger als zuvor.«

»Danke, Shelly. Wenn mir klar gewesen wäre, was du Freitagabend in der Kneipe wolltest, hätte ich es dir nicht noch schwerer gemacht.«

Sie schüttelte den Kopf. »Im Grunde hast du mir sogar geholfen, denn die Szene hat mich wunderbar von meinem eigenen Elend abgelenkt. Ich hatte gar nicht die Gelegenheit, nervös zu sein.«

Sie lachte leise auf, und ich fiel in ihr Lachen ein.

»Ich bin dir wirklich dankbar dafür, dass du extra hergekommen bist. Und es tut mir leid, dass wir uns nicht schon viel früher unterhalten haben.«

Sie schaute mich mit einem warmen Lächeln an. »Vorher hätte es bestimmt nicht funktioniert. Ich wäre vor Eifersucht auf dich geplatzt. Aber jetzt … tja nun, falls du merken würdest, dass du vielleicht doch noch was für ihn empfindest, würde er sich sicher riesig freuen.«

… weil Shelly schwanger ist. Noch immer jagten mich diese Worte quälend, noch immer quälten sie mich.

Ich nickte, hatte aber keine Ahnung, was ich denken sollte, denn das alles war ein Riesenschock für mich. »Ich habe euch direkt nach meiner Rückkehr in der Hauptstraße gesehen«, erzählte ich. »Kyland hatte Joey auf den Schultern …« Gott, das hatte wehgetan. Und obwohl ich jetzt die Wahrheit wusste, konnte ich den alten Schmerz noch immer deutlich spüren. Shelly hatte vor vier Jahren ein Kind von einem anderen Mann erwartet, und das hatte Kyland ausgenutzt.

Sie nickte. »Er ist wirklich nett zu ihm – wie ein Onkel. Er hat ihm schon als Baby Windeln, Strampler sowie jede Menge anderes Zeug gebracht und war, während meine eigenen Brüder kein einziges Wort mit mir gesprochen haben, immer für mich da. Aber das ist eben typisch Kyland, findest du nicht auch?«

Ehe ich ihr eine Antwort geben konnte, sprang sie plötzlich auf. »Hör zu, ich muss allmählich wieder los, weil meine Freundin, die auf Joey aufpasst, gleich zur Arbeit muss.«

Auch ich richtete mich auf. »Nochmals danke, Shelly. Du hättest nicht zu kommen brauchen und ich … vielen, vielen Dank.«

»Viel Glück, Tenleigh.« Sie lächelte mich an, verließ die Bücherei, zog die Tür hinter sich zu, und ich lehnte mich erneut gegen das Regal und atmete geräuschvoll aus.

»Danke«, sagte ich dem leeren Raum. »Das brauche ich auf jeden Fall.«

Was zum Teufel war hier los, und was zum Teufel war damals in Wirklichkeit geschehen? Warum in aller Welt hatte Kyland mich absichtlich so grausam belogen, dass ich mit gebrochenem Herzen schnellstmöglich von hier verschwunden war?

24 Tenleigh

An diesem Abend kehrte ich erschöpft und vollkommen verdreckt zu unserem Wohnwagen zurück. Ich hatte Shellys Offenbarungen noch immer nicht verdaut. Anfangs hatte ich nur verhaltene Freude und Erleichterung empfunden, doch inzwischen war ich wieder wütend und verletzt. Wenn er Shelly wirklich nicht geschwängert und nicht mal mit ihr geschlafen hatte, warum hatte er mir dann so wehgetan? Er hatte mein Herz und mein Vertrauen nicht nur erschüttert, sondern regelrecht zerstört. Ich hatte eine *Ewigkeit* gebraucht, um halbwegs damit klarzukommen – wobei ich im Grunde nicht mal sicher wusste, ob ich jemals wirklich damit klargekommen war. Und *warum?* Nur, damit ich das Stipendium annahm und von hier verschwand? Nur, weil ich angedeutet hatte, seinetwegen alles aufgeben zu wollen, was mir das Stipendium bot? Hatte er mir diese schlimmen Dinge deshalb angetan? War es tatsächlich sein allergrößter Wunsch gewesen, dass ich schnellstmöglich verschwand? Hatte er eine solche Angst davor gehabt, dass ich, statt meine Chance zu nutzen, tatsächlich versuchen könnte, mir mit ihm ein Leben hier in Dennville aufzubauen?

Auf alle Fälle hatte er Erfolg damit gehabt. Ich war praktisch an dem Tag, an dem er mir das Herz gebrochen hatte, von hier abgehauen. Konnte ich ihm dem Schmerz, den ich infolge seines – vorgetäuschten – schändlichen Verrats empfunden hatte, je verzeihen? Und wenn er nur getan hatte, als ob er mich damals betrogen hätte, warum tat es mir dann immer noch so weh? Ganz einfach: weil er gewollt hatte, dass ich verschwand – weil er mich nicht genug geliebt hatte, um eine Möglichkeit zu suchen, mit mir fortzugehen.

Ich stieg in die kleine Plastikdusche mit den unzähligen Rissen und versuchte, mich vom Dreck des Tages zu befreien. Danach zog ich ein Schlafshirt an, und obwohl ich sicherlich kein Auge zubekommen würde, legte ich mich auf die Couch. Aber offenbar war ich erschöpfter als ich angenommen hatte, denn bereits nach wenigen Minuten schlief ich ein.

Da erklang plötzlich vor unserem Wohnwagen verzweifeltes Geschrei. Erschrocken fuhr ich auf und nahm den Geruch von Rauch und hellen Feuerschein durchs Fenster wahr. Oh Gott! Es brannte irgendwo. Ich stürzte an die Tür und sah mich hektisch um. Der Vorderteil des Wohnwagens, der auf der anderen Straßenseite stand, und in dem Ginny Neil mit ihren beiden Kindern lebte, stand in Flammen, und ich rannte zu den Leuten, die ich auf der Straße stehen sah.

»Hat jemand die Feuerwehr gerufen?«, brüllte ich. »Habt ihr den Wohnwagen geräumt?«

»Die Feuerwehr ist unterwegs!«, gab irgendwer zurück. Verdammt, dies war der schlimmste Albtraum für uns Leute auf dem Berg. Die Straßen waren schmal und steil und die nächste Feuerwache acht Meilen entfernt. Ein kleiner Wohnwagen oder eine der Hütten, die hier oben standen, würde also deutlich schneller abbrennen, als die Feuerwehr den Berg erreichen konnte.

»MaryJane! Wo ist MaryJane?«, schrie eine Frau.

MaryJane? Ich hatte keine Ahnung, wer das war. Ich entdeckte Buster in der Menge und lief eilig auf ihn zu. »Buster, wer ist MaryJane?«, rief ich noch im Laufen.

»Die zweijährige Tochter von Ginny und von Billy Wilkes«, antwortete er und riss entsetzt die Augen auf. »Sie ist doch wohl nicht mehr da drin?«

Ich sah mich panisch um, wobei mein Blick auf Kyland fiel, der keuchend zu der kleinen Menschengruppe lief. »Sind alle draußen?«, rief er über das Gewirr der Stimmen, die den Namen aufgegriffen hatten, und ich stürzte auf ihn zu.

»Ky, vielleicht ist noch ein zweijähriges Mädchen drin.«

Billy Wilkes wollte sich noch einmal in die Flammen stürzen, doch da er aus irgendeinem Grund an Krücken ging, lief Kyland hinter ihm her und hielt ihn auf. Die beiden sprachen kurz und gingen dann gemeinsam auf das Inferno zu.

Mein Herz fing an zu rasen, und ich warf mir beide Hände vor den Mund, als Ky die Tür aufriss und ihm der dichte Rauch entgegenquoll. Er und Billy lehnten sich zurück, und Kyland zog sein Sweatshirt aus und wickelte es sich ums Gesicht, während Billy sich das T-Shirt bis unter die Augen zog und die Stellung hielt, als Kyland im Inneren des Wohnwagens verschwand. Ich konnte sehen, dass er den Mund bewegte, doch das Feuer und die Stimmen all der anderen Leute waren so laut, dass ich ihn nicht verstand.

Mein Herz klopfte noch schneller, und zusammen mit den anderen Nachbarn wich ich vor der dichten Rauchwolke, die uns entgegenschlug, zurück. Die Zeit verging quälend langsam, während ich mir vorstellte, was jetzt in diesem Augenblick im Inneren des Wohnwagens geschah. Die Flammen schienen nur im Vorderteil zu wüten, doch der Rauch war überall. War es möglich, in dem Wohnwagen zu überleben? Und wenn ja, wie lange? *Ky.* Hilflos ballte ich die Fäuste und sprach in Gedanken ein Gebet.

Plötzlich brach eine Gestalt mit einem großen Bündel auf den Armen durch den Rauch. Ich atmete tief durch und machte eilig einen Schritt nach vorn. Es war Kyland.

Billy hastete auf seinen Krücken, so schnell es ging, zu ihm, und als sie in sicherem Abstand zu dem Feuer waren, drückte Kyland ihm das Bündel in den Arm, beugte sich vor und brach in wildes Husten aus. Billy schob die Decke auseinander, und wir sahen einen kleinen, blonden Schopf. Er legte seine Tochter sachte auf den Boden, ließ sich auf die Knie fallen und wir liefen auf ihn zu.

»Atmet sie?«, fragte ihre Mutter schluchzend und kniete sich ebenfalls ins Gras.

»Wir brauchen Wasser!«, brüllte ich, und Buster antwortete: »Sofort!«

»Sie atmet und hat Puls«, erklärte jemand anderes.

In den nächsten paar Minuten herrschte vollkommenes Chaos. Die Eltern weinten, Buster brachte Wasser, und ich wusch dem Kind den Ruß aus dem Gesicht, während alle anderen durcheinanderschrien.

Schließlich hörten wir von irgendwoher eine Sirene heulen, und die Feuerwehr erschien. Ein paar Minuten später hatten sie den Brand gelöscht. Die Flammen hatten hauptsächlich im Vorderteil des Wohnwagens gewütet, doch der Rauch hatte die Unterkunft zerstört. Die Familie, die auch vorher kaum etwas besessen hatte, stand jetzt vor dem Nichts. Verzweiflung über ihr und unser aller Schicksal wogte in mir auf. Ich hielt mich nur noch mühsam auf den Beinen, leise schluchzend verfolgte ich, wie man MaryJane zu einem Krankenwagen trug. Die Kleine atmete und weinte, was doch sicherlich ein gutes Zeichen war. Nach allem, was ich mitbekommen hatte, hatte sie im hinteren Bereich des Wohnwagens geschlafen. In der Panik hatten die Eltern zunächst versucht, den Brand zu löschen, und schließlich die beiden anderen Kinder aus dem Wohnwagen gebracht – das kleine Mädchen war in diesem allgemeinen Durcheinander im Wohnwagen zurückgeblieben. Ich hatte nicht einmal gewusst, dass Ginny jetzt mit Billy Wilkes zusammen war und dass sie eine kleine Tochter hatten. Ginny war die Witwe eines Mannes, der vor acht Jahren bei dem Grubenunglück umgekommen war. Es freute mich, dass sie ein neues Glück gefunden hatte. *Und jetzt das.* Mit einem Mal empfand ich Scham, weil ich von Marlo niemals hatte wissen wollen, was in den vergangenen vier Jahren auf dem Berg geschehen war, aber es hätte mir einfach zu wehgetan, über diese Dinge zu sprechen.

Ich blieb noch etwas da, während die anderen darüber sprachen, wie sie der Familie helfen konnten, wenn sie wieder aus der Klinik kam. Cora Levin würde die beiden anderen Kinder bei sich aufnehmen, und Cheryl Skaggs hatte ein Zimmer für die Eltern und die kleine MaryJane.

Mein Herz zog ich zusammen, als ich verfolgte, wie das Bergvolk sich gegenseitig unterstützte. Diese Menschen mochten arm sein, doch wenn jemand Hilfe brauchte, gaben sie ihr letztes Hemd. Sie waren gute, anständige Leute, die kaum einen Ort hatten, an dem sie ihren Kopf niederlegen konnten, aber sie gaben alles, was sie nur geben konnten, wenn es jemand anderem noch schlechter ging.

»Ich habe etwas Geld gespart. Ich fahre morgen in die Stadt und kaufe den Kindern ein paar Kleider«, bot ich an.

Sie alle nickten. »Danke, Tenleigh.«

Als ich meinen Blick auf Kyland lenkte, starrte er mich reglos an. Doch ich konnte jetzt nicht an ihn denken. Ich konnte jetzt nicht daran denken, dass er mich belogen hatte. Dazu fehlte mir einfach die Kraft.

Ich machte auf dem Absatz kehrt, um zu meinem Wohnwagen zurückzugehen, und nach hundert Metern wurde ich derart von meinen Emotionen überwältigt, dass ich mich am liebsten hätte zu Boden fallen lassen. Ich stolperte und lief weiter. Der Schmerz und die Entbehrungen, die diese Menschen teilweise Zeit ihres Lebens zu ertragen hatten, die Tatsache, dass die arme Ginny und der arme Billy Wilkes das bisschen, was sie je besessen hatten, durch den Brand verloren hatten, dass sich andere darum bemühten, wenigstens ein paar der Dinge zu ersetzen, mein eigener Schmerz darüber, wieder hier zu sein, und gleichzeitig das sichere Gefühl, dass ich hierher gehörte, waren mehr als ich ertrug. Doch ich hatte keine Ahnung, wie ich mich davon befreien sollte. Ich hatte die Verzweiflung und die Trauer so lange unterdrückt, dass ich nicht wusste, wie jetzt damit umzugehen war.

Als ich mich außer Sichtweite glaubte, setzte ich mich auf die Treppe unseres Wohnwagens, warf beide Hände vors Gesicht und brach in leises Schluchzen aus.

»Hey.«

Ich blickte auf, und vor mir stand Kyland, seine Hände in die Taschen seiner Jeans gestopft, und sah mich reglos an.

»Hey«, erwiderte ich heiser. Sicher sah ich völlig fertig aus, aber auch Kyland wirkte mit dem Ruß auf seinen Wangen und seinem zerrissenen, verdreckten Sweatshirt ziemlich ramponiert. Er sah aus, als hätte er sich kurz zuvor durch Feuer und durch Rauch gekämpft, um ein kleines Mädchen aus einem Flammenmeer zu retten.

Ich rutschte etwas, wies auf den freien Platz an meiner Seite, und nach kurzem Zögern setzte er sich neben mich. Ich konnte seine Wärme spüren und mich genau an das Gefühl erinnern, als ich nachts in diese Wärme eingehüllt gewesen war. Ich wandte mich ihm zu und lehnte mich an das wacklige Geländer an. »Was du eben getan hast, war echt mutig.«

Kyland schüttelte den Kopf. »Das hätten diese Leute auch für mich getan.«

»Ja, das hätten sie.«

Er nickte und schaute mich weiter an. »Weißt du, damals standen manchmal plötzlich ein Korb voll Rhabarber oder ein paar Dosen Bohnen oder sonst etwas vor meiner Tür. Ich weiß noch immer nicht genau, von dem die kamen, aber … ich glaube, wahrscheinlich wussten sie, dass meine Mutter nicht mehr bei mir lebte, und haben ihr Möglichstes für mich getan. Das hat mich damals vor dem Hungertod bewahrt.«

Ich schwieg einen Moment, um diese Worte zu verdauen. »Der Rhabarber kam von Buster«, klärte ich ihn schließlich leise auf.

Wieder nickte er, seine Lippe war ganz rot und geschwollen vom Sägen seiner Zähne. Blinzelnd riss ich meinen Blick von seiner Lippe los und sah ihn fragend an. *Wer bist du heut-*

zutage, Kyland? Ich weiß nicht mehr, wer du bist, und auch wenn ich nicht weiß, warum, tut mir das furchtbar weh.

»Hast du sie deswegen auf die Idee mit dem Lavendel gebracht?«

Er riss die Augen auf. »Wer hat dir davon erzählt?«

»Buster.«

Er presste die Lippen fest zusammen und nickte erneut. »Ich … ja. Ich hatte davon gelesen, und ich dachte, vielleicht könnte ich den Leuten auf die Art ja was zurückgeben. Oder zumindest denen, die dafür offen waren. Im Grunde war es nicht weiter der Rede wert.«

»Klingt, als würde es für einige Familie super funktionieren.«

In seinen Augen blitzte Stolz. »Ja.«

»Kyland?«

»Ja?«

»Das ist sehr viel. Das ist sehr viel, was du den Leuten hier gegeben hast.«

Er atmete geräuschvoll aus, und nach einem Augenblick des Schweigens schaute er mich wieder an und sagte leise: »Tut mir leid, Tenleigh.«

Ich sah ihn reglos an. »Was tut dir leid?«

Er fuhr sich durchs Haar und blickte zum dunklen Himmel auf. »Wie ich in der Bücherei und Freitagabend in der Kneipe mit dir umgesprungen bin.« Er schüttelte den Kopf. »Das hattest du nicht verdient. Ich … Gott, Tenleigh, als du hier verschwunden warst, dachte ich … ich dachte, dass du diesem Elend ein für alle Mal entkommen wärst. Und als du plötzlich wieder da warst … als du … das hat mich verrückt gemacht. Es hat mich …« Er stieß ein raues Lachen aus. »… total verrückt gemacht.« Nach einer kurzen Pause fügte er hinzu: »Verrückt und wütend. Tut mir leid.«

Ich sah ihn forschend an. »Ich weiß, dass du von hier verschwinden wolltest, Ky. Besser als jeder andere. Ich nehme an, ich kann verstehen, dass es dich verrückt macht, dass ich etwas tue, worauf du, wenn du an meiner Stelle das Stipendium bekommen hättest, nie gekommen wärst. Aber du hast nicht mehr das Recht, mich für meine Entscheidungen zu verurteilen.«

Wirst du mir jetzt die Wahrheit sagen? Wirst du mir jetzt sagen, warum du mich damals angelogen hast? Wirst du mir jetzt erklären, warum du mir das Herz gebrochen und mich einfach gehen lassen hast?

»Oh Gott, ich weiß, Tenleigh, ich weiß.« Er massierte sich die Oberschenkel und atmete zitternd aus.

Jetzt sah ich meinerseits zum Himmel auf. »Mir tut es auch leid, denn ich habe mich bei Al wie eine Irre aufgeführt. Ich hatte zwei Shots getrunken und ich … vertrage einfach keinen Alkohol.« Ich lachte leise auf, fuhr dann aber mit ernster Stimme fort: »Ich habe mich benommen wie sonst immer meine Mutter.«

»Oh, Scheiße, Tenleigh.« Seine Stimme brach. »Nein, das hast du nicht. Es war vor allem meine Schuld. Ich habe mich unmöglich aufgeführt, aber als ich dich gesehen habe, wie du plötzlich wieder in der Kneipe jobbst, … bin ich einfach ausgeflippt.« Ich nickte traurig, während ich mit meinen Händen über meine Oberschenkel glitt. »Na ja, wie dem auch sei«, fuhr er mit rauer Stimme fort. »Niemand redet deshalb über uns. Alle reden nur von Gable Clancy und von seiner …«

»Katalogbraut«, führte ich den Satz zu Ende. »Ja, das habe ich gehört.«

Er verzog den Mund zu einem leisen Lächeln, und ich ließ den Blick auf seinen vollen Lippen ruhen. Doch schließlich zwang ich mich, woanders hinzusehen, und nach einem Augenblick der Stille meinte er: »Natürlich ist sich Gable nicht ganz sicher, ob sie ihn tatsächlich umbringen wollte oder ob sie nicht nur wegen ihrer Beinprothese die Kontrolle über die Kiste verloren hat.«

In meiner Kehle stieg ein Lachen auf. »Wie bitte?«

Er nickte. »Ja. Wir arbeiten zusammen und inzwischen

weiß ich über Katalogbräute mit Beinprothesen mehr, als ich je hätte wissen wollen.«

Ich wollte lachen, doch die Wehmut, die in meinem Innern aufstieg, war so mächtig, dass ich fast darin ertrank. Eine Träne rann mir aus dem Augenwinkel, und verblüfft und gleichzeitig verlegen wischte ich sie eilig fort. Ich hatte schon seit einer Ewigkeit nicht mehr geweint.

Kyland verzog schmerzlich das Gesicht, aber ich schüttelte den Kopf, als könnte ich auf diese Weise das Gefühl der Trauer leugnen, das mich plötzlich überkam. Trauer, weil ich ihn verloren hatte, obwohl er direkt neben mir saß. All die Jahre hatte ich mich ganz auf meinen Zorn, mein bloßes Überleben und die Zukunft konzentriert und die Erinnerung an unsere süße, unschuldige Liebe weitestgehend verdrängt. Aber, oh Gott, er hatte mir in all den Jahren gefehlt. Trotz meines gebrochenen Herzens und trotz meines Ärgers hatte er mir fürchterlich gefehlt. Ich hatte außer meiner Schwester und meiner Mutter keinen Menschen jemals so geliebt.

Er rutschte näher, der Blick fragend, ob das in Ordnung für mich war. Ja, natürlich war es das. Das sollte es nicht sein. Ich sollte ihn bitten, wegzugehen. Doch das tat ich nicht. Ich sah ihm in die Augen und blieb reglos sitzen, als er vorsichtig seine Arme um mich legte, als wäre ich ein scheues Tier. Dann zog er mich an seine breite Brust und aufschluchzend klammerte ich mich an seinem rußgeschwärzten Sweatshirt fest. Er hielt mich sanft im Arm, und ich ließ es geschehen. Endlich brachen sich die Tränen, die ich all die Jahre hatte unterdrücken müssen, Bahn.

Er hielt mich eine halbe Ewigkeit in seinen starken Armen, und sein Herz schlug dicht an meinem Ohr. Irgendwann versiegten meine Tränen, und ich zog den Kopf zurück und sah ihm ins Gesicht.

»Tenleigh.« Seine Stimme klang so rauchig, wie er roch, und drückte schmerzliches Verlangen aus.

Es gab so viele Dinge, über die wir reden, und so viele Dinge, die er mir erklären musste. So viele Gefühle, die wir über Jahre hatten unterdrücken müssen, und so viele Fragen, die noch offen waren. Doch in diesem Augenblick konnte das alles warten, und als er den Mund auf meine Lippen presste, schmiegte ich mich glücklich an ihn. Vielleicht war es verkehrt. Vielleicht oder *wahrscheinlich* war es grundverkehrt. Zögernd schob er mir die Zunge in den Mund und stöhnte – halb vor Qual, halb vor Lust. Glücklich schlang ich ihm die Arme um den Hals, verwob meine Finger fest mit seinem kurzen Haar, und er umfasste mein Gesicht mit seinen Händen und bog meinen Kopf zurück.

Der Kuss vertiefte sich, und wie der Wohnwagen von gegenüber ging mit einem Mal mein Leib in Flammen auf. Ich brannte vor Verlangen, aber Feuer war zerstörerisch und ließ am Ende nur ein Häufchen Asche von den Dingen, die es fraß, zurück. Entschlossen machte ich mich wieder los, und Kyland protestierte leise.

Ich starrte seine roten, feuchten Lippen an, und er bedachte mich mit einem Blick wie ein Verhungernder, der durch das Fenster eines Restaurants die Tische voller Köstlichkeiten sah. Blinzelnd wandte ich mich ab und atmete tief durch. Ich wollte ihn und hatte ihn von Anfang an und ohne Unterlass gewollt. Warum also wirkte alles, was uns zwei betraf, so einfach und zugleich so kompliziert?

»Kyland, ich …«, fing ich mit leiser Stimme an.

»Ich weiß.« Ich wollte einfach glauben, dass das stimmte, auch wenn ich nicht sicher war.

»Du solltest erst mal heimgehen und duschen. Und ich sollte … ich habe morgen einen großen Tag.«

Er schwieg einen Moment, doch schließlich nickte er. »Was du mit dieser Schule machst, ist echt, tja nun, erstaunlich.«

»Du weißt über mein Vorhaben Bescheid?«

Er nickte knapp. »Ich habe mich ein bisschen umgehört.«

»Oh.«

Er massierte sich den Nacken. »Vielleicht sollte ich jetzt langsam gehen und dich schlafen lassen.«

»Ja, okay.«

»Okay.«

Dann stand er auf. »Brauchst du noch irgendwas?«

Ich schüttelte den Kopf und dachte an das eine Mal, als er hierhergekommen war und es nicht über sich gebracht hatte, zu fragen, ob ich mit zu ihm nach Hause kommen wollte, damit er dort nicht alleine war. War er vielleicht immer noch so einsam wie zu jener Zeit? Ich hatte das Gefühl, dass dem so war, aber ich hatte ihm jetzt nichts zu bieten, denn ich fühlte mich völlig leer und zugleich immer noch mit einem Rest des Schmerzes all der Jahre angefüllt. Damals hatte ich ihm alles geben wollen, hatte ihm mein Herz und mein gesamtes Leben angeboten, doch an diesem Abend fehlte mir dafür die Kraft.

»Okay, dann gute Nacht.«

»Gute Nacht.« Er wandte sich zum Gehen, und nachdem ich ihm kurz hinterhergesehen hatte, stand ich auf, ging in den Wohnwagen zurück und legte mich dort wieder auf die Couch.

Die ganze Nacht hindurch warf ich mich unruhig auf dem Sofa hin und her. Bilder von uns beiden damals und Gesprächsfetzen gingen mir durch den Kopf. Und die Erinnerung an seine rauen Hände, die ehrfürchtig über meinen Körper glitten, füllte alle meine Sinne aus. Erst bei Tagesanbruch fielen mir die Augen zu, doch statt zu schlafen und mich zu erholen, schrecke ich im Viertelstundentakt aus irgendwelchen wirren Träumen auf.

25 Kyland

Ich wurde viel zu früh vom Sonnenlicht, das durch mein Fenster fiel, geweckt. Obwohl ich abgrundtief erschöpft gewesen war, hatte ich mich in der Nacht noch stundenlang herumgewälzt, nachdem ich frisch geduscht ins Bett geschlüpft war. Allerdings bekam ich, wenn ich ehrlich war, seit Tenleighs Rückkehr sowieso nur selten je ein Auge zu.

Tenleigh.

Mein Herz schlug bis zum Hals. Ich musste endlich völlig ehrlich zu ihr sein. Ich hatte ihr schon gestern Abend alles sagen wollen, doch das Timing hatte einfach nicht gepasst. Wie hätten wir im Dunkeln vor dem Wohnwagen zusammensitzen und die Dinge klären sollen? Aber vielleicht hatte mir auch einfach nur der Mut gefehlt. Ich hoffte, *musste* hoffen, dass sie in der Lage war, mir, wenn ich sie um Verzeihung bat und ihr alles offenbarte, zu vergeben. Doch wie sollte ich sie um Verzeihung bitten für eine gemeine Lüge, die beinah genauso grausam wie völlige Ehrlichkeit gewesen war?

Ich raufte mir die Haare.

Heilige Scheiße.

Außerdem war da noch eine andere Kleinigkeit – die Sache zwischen ihr und Jamie Kearney, der zur selben Zeit wie sie hierher zurückgekommen war. Von heißer Eifersucht erfüllt sprang ich aus dem Bett, marschierte in die Küche und lehnte mich gegen die Arbeitsplatte. Während ihrer ganzen Zeit in Kalifornien hatte das Bewusstsein, dass sie sich bestimmt mit anderen Männern traf und sich vielleicht sogar neu verlieben würde, mich gequält. Mir war klar, dass sie mich geliebt hatte, doch ich hatte sie fürchterlich verletzt, und ihre Liebe war sicherlich nicht stark genug gewesen, um sie davon abzuhalten, sich in all den Jahren nicht nach einem anderen Freund umzusehen. Schließlich hatte ich sie freigegeben, also hätte sie durchaus das Recht dazu gehabt. Ich hatte die Entscheidung damals ganz allein gefällt und fast vier Jahre lang damit gelebt. Aber dass sie ausgerechnet mit dem blöden Jamie Kearney zurück nach Kentucky kommen würde, hätte ich beim besten Willen nicht gedacht. Natürlich hatte er sie in der Nacht nach ihrer Schicht bei Al gerettet, als der widerliche Typ sie auf der Straße hatte überfallen wollen – dafür war ich ihm noch immer dankbar. Aber sein Vater war ein Schwein, und wer konnte schon sagen, was für ein Charakter Jamie war. Womöglich war er ja ein wirklich netter Kerl. Trotzdem, als ich ihn mit Tenleigh auf dem Bauplatz ihrer Schule stehen sehen hatte – er den Arm um ihre Schulter gelegt –, hatte ich sofort daran denken müssen, dass ich oben in den Bergen jede Menge Plätze wüsste, wo ich eine Leiche mühelos verschwinden lassen würde.

Ich setzte Kaffeewasser auf und dachte an den Vorabend zurück.

Ich hatte es nach ihrer Rückkehr hoffnungslos vermasselt. Ich war irgendwie noch nicht bereit gewesen, sie zu treffen, denn ich hätte mir im Leben niemals vorstellen können, dass wir uns noch einmal *hier in Dennville* wiedersehen würden. Ich hatte wie ein völliger Idiot oder eher wie ein Riesenarschloch reagiert. Aber woher hätte Tenleigh wissen sollen, dass sie all meinen Pläne zuwiderhandelte? Es war allerhöchste Zeit, die Angelegenheit zu klären.

Als sich Tenleigh von mir hatte umarmen lassen, hatte sich das einfach herrlich angefühlt. Wie sollte ich nur damit zurechtkommen, wenn sie mir nicht verzieh? Die vergangenen vier Jahre hatte ich in abgrundtiefem Elend zugebracht.

Aber wenn ich sie jetzt sah, erfüllten mich ihr Selbstbewusstsein und ihr elegantes Äußeres mit Stolz. Sie hatte sich genau zu dem Menschen entwickelt, der sie hatte werden sollen. Als ich daran dachte, wer die jugendliche Tenleigh und *ich selbst* gewesen waren, wogten die bekannte Einsamkeit und Trauer in mir auf. Denn so froh ihre Verwandlung mich auch machte, und auch wenn ich durchaus akzeptierte, wer ich selbst inzwischen war, war eines doch damals besser gewesen: Sie hatte mir gehört. Sie hatte mich voll Vertrauen und Liebe angeblickt. Damals hatte Tenleigh mich gewollt. Ich hatte ihr nichts bieten können, doch sie hatte mit Zähnen und Klauen um mich kämpfen wollen, *hatte …*

Lass es gut sein, Ky. Du musst dich damit arrangieren, dass jetzt alles anders ist.

Ich sollte mich fertig machen. Schließlich würde heute ein langer Tag werden. Um zehn begann meine Schicht, und vorher wollte ich mir noch einmal die Bücherei ansehen, denn sicher rissen sie sie heute oder morgen ein. Als ich an der Baustelle vorbeigefahren war, hatte es so ausgesehen, als bereiteten die Bauarbeiter schon den Abriss vor. Die verdammte Bücherei … nach Tenleighs Fortgang war ich fast jeden Tag dort gewesen, einfach, um ihr nah zu sein. Ich hatte an dem kleinen Tisch gesessen und gelitten. Und genau das hatte ich verdient.

♥

Ich betrat das kleine, abgesehen von den an den Wänden festgedübelten Regalen inzwischen leere Haus, blieb stehen und sah mich um. Was machte ich hier überhaupt? Ich sog den Geruch des Raumes ein, kniff kurz die Augen zu und dachte an die glücklichen und traurigen Momente dort zurück. Dann hörte ich mit einem Mal ein leises Klicken und wirbelte herum. Da stand Tenleigh und riss überrascht die Augen auf, als sie mich sah.

»Hi.« Sie kam herein und schob die Tür hinter sich zu.

»Hi«, gab ich zurück, während mein Herz vor Freude einen Trommelwirbel schlug. Mit ihren Jeans, dem College-T-Shirt und dem losen Pferdeschwanz war sie die schönste Frau der Welt. Das war sie immer schon für mich gewesen, und sie würde es auch immer sein. Während ich sie ansah, merkte ich, dass plötzlich etwas anders war. Ihr Blick war nicht mehr ganz so argwöhnisch und kalt und rief leise Hoffnung in mir wach.

»Es tut mir leid.« Ich wandte mich zum Gehen. »Falls ich nicht hier sein sollte, werde ich …«

»Schon gut. Die Bauarbeiter kommen erst in einer Stunde oder so. Ich …« Sie biss sich auf die Lippe und wich meinem Blick kurz aus. »Ich wollte nur noch einmal vorbeischauen, bevor das Häuschen abgerissen wird.«

Ich nickte zustimmend. »Ich auch.«

Wir sahen einander an, und wieder spürte ich die Energie, die jedes Mal die Luft erfüllte, wenn wir zwei im selben Raum waren. Nickend trat sie auf mich zu.

»Du hast Kontaktlinsen«, stellte ich leise fest.

»Stimmt.« Sie wirkte überrascht. »Woher weißt du das?«

Ich fuhr mir mit der Hand durchs Haar. »Du hast früher oft geblinzelt, wenn du mich quer durch den Raum angesehen hast.«

Sie lächelte. »Ich dachte, dass das niemand merkt.«

Es gibt nichts, was mir an dir nicht aufgefallen wäre.

»Und deine Stimme … dein Dialekt ist wieder da.«

Sie lachte leise auf. »Das hat meine Schwester auch gesagt. Es hat nicht lange gedauert, bis mein Körper sich darauf besonnen hat, dass ich ein Mädel aus Kentucky bin.«

Mein Mädel aus Kentucky.

Tenleigh atmete tief durch, wandte sich ab und fuhr mit einer Hand über ein Regalbrett. »Dieser Ort hat mich sehr oft vor der Einsamkeit gerettet«, stellte sie mit wehmütiger Stimme fest.

Ich holte Luft. »Mich auch. Nach deiner Abreise war ich … fast täglich hier.«

Wieder riss sie überrascht die Augen auf. »Ach ja?«

»Ach ja.« Nach einer kurzen Pause wiederholte ich: »Ach ja«, und empfand den altbekannten Schmerz.

Sie biss sich auf die Lippe, runzelte die Stirn und strich mit ihrem Finger über das Regal.

»Joey ist nicht von mir, Tenleigh. Ich wusste auch schon damals, dass ich nicht der Vater bin.«

»Ich weiß.«

Ich erstarrte kurz und atmete vernehmlich aus. »Von Shelly?«

»Ja. Sie ist gestern hier vorbeigekommen.«

Ich verschränkte meine Hände hinter dem Kopf. Im Grunde war ich alles andere als überrascht, denn schließlich hatte sie bereits die ganze Zeit von mir verlangt, dass ich mit Tenleigh sprach. Und das würde ich jetzt tun …

»Ich wollte es dir selber sagen. Ich … ich hatte nur auf den rechten Zeitpunkt warten wollen.«

Sie hob die Arme hoch und ließ sie wieder fallen. »Und wann wäre der rechte Augenblick gewesen, um mir zu gestehen, dass du mir absichtlich das Herz gebrochen hast?«

»Du wolltest nicht gehen, Tenleigh. Du wolltest das Stipendium sausen lassen und in Dennville bleiben. Also musste ich auf irgendeine Weise dafür sorgen, dass du gehst und deine Chance nutzt.«

»Das hättest du doch sicher auch auf andere Art gekonnt.«

»Vielleicht, nur fiel mir in dem Moment einfach nichts anderes ein. Mir fiel nichts ein, was garantiert hätte, dass du tatsächlich gehst und niemals wiederkommst.«

»Nun, auf jeden Fall hast du dafür gesorgt, dass ich damals verschwunden bin.« Schnaubend wandte sie sich ab, sah mich dann aber wieder an. »Warum bist du nicht mitgekommen? Das heißt, hättest du das überhaupt gewollt? Hättest du damals überhaupt … mit mir zusammenbleiben wollen?«

Sie sah aus, als bräche sie im nächsten Augenblick in Tränen aus, und eilig trat ich auf sie zu.

»Wie hätte ich dich wohl begleiten sollen? Ich hätte mitkommen wollen, Gott, ich hätte wirklich mitkommen wollen, aber ich konnte einfach nicht.«

»Und warum nicht?«, fragte sie mit einer leisen Stimme, der der Schmerz überdeutlich anzuhören war.

Ich trat so dicht vor Tenleigh wie kurz vor unserem allerersten Kuss, und ich hätte am liebsten meine Lippen genau wie damals fest auf ihren wunderbaren Mund gepresst.

»Ich wollte mehr für dich«, gab ich zurück und hoffte, dass sie sich damit zufriedengab. Denn mehr würde ich dazu nicht sagen. Alles anderes ging sie nichts an.

Sie ließ die Schultern sinken, sah mich aber weiter an, und einige Augenblicke lang herrschte Totenstille zwischen uns.

Ich lenkte meinen Blick auf das Regal und dachte an die vielen Bücher, die wir abwechselnd gelesen und mit kleinen Liebesbriefen für den jeweils anderen versehen hatten. Ich zumindest hatte die kurzen Rezensionen einzig und allein aus meiner großen Zuneigung zu ihr heraus verfasst. »Genau an dieser Stelle habe ich mich vor vier Jahren in dich verliebt.« Sie riss die Augen auf. »Ich habe permanent darüber nachgedacht, nachdem du von hier verschwunden warst. An welchem Ort genau habe ich mein Herz verloren? Als würden der Moment und der genaue Ort irgendeine Rolle spielen, als würde das mir leichter machen, alles zu verstehen. Und irgendwann erkannte ich, dass es genau an diesem Ort gewesen war. Genau hier, wo wir jetzt stehen.« Schmerz und Liebe schnürten mir derart die Kehle zu, dass meine Stimme wie ein heiseres Flüstern klang. »Ich habe mich damals unsterblich in dich verliebt. Und es war so schrecklich, hier an diesem Ort zu stehen, an dem ich dir mein Herz geschenkt habe – und du warst nicht da.« Ich fuhr mit meinen Fingern durch ihr Haar, und sie kniff kurz die Augen zu und seufzte leise auf. »Ich habe es total vermasselt, habe dir entsetzlich wehgetan, aber – ich habe mein Herz niemals zurückgenommen, und, oh Gott …« Kopfschüttelnd schob ich mich an sie heran, und blinzelnd sah sie zu mir auf. »Ich hoffe, dass du es womöglich eines Tages gerne haben willst.« Sie schaute mich aus großen Augen an, und da ich ihre Miene nicht ergründen konnte, flehte ich: »Bitte sag mir, was du denkst.«

Sie öffnete den Mund, räusperte sich kurz und flüsterte erstickt: »Genauso ging es mir damals auch. Als du hier zum ersten Mal so vor mir standst, dachte ich: ›Oh Gott, ich hoffe, dieser Junge küsst mich gleich‹.«

Mein Herzschlag setzte kurz aus, mein Innerstes zog sich zusammen. Vorsichtig beugte ich mich vor, legte ihr meine Lippen auf den Mund, und als meine Zunge auf die feuchte Wärme ihres Gaumens traf, stöhnte ich auf und presste sie gegen das Regal. Sie schmeckte nach Kaffee, Schokolade und nach Ten. Der leise Seufzer, der aus ihrer Kehle drang, ließ die Flammen in mir noch weiter auflodern, und sicher spürte sie das wilde Pochen meines Schwanzes an ihrem Bauch. Ich löste mich von ihrem Mund, sie warf den Kopf zurück, und ich bahnte mir mit den Lippen einen Weg an ihrem Hals hinunter bis zu ihrem wild flatternden Puls.

»Du dringst in meine Seele ein, und ich bestehe halb aus Hoffnung, halb aus Schmerz. Sag mir, dass ich nicht zu spät bin, dass die kostbaren Gefühle, die du für mich hattest, nicht völlig verschwunden sind … ich habe niemals eine andere geliebt als dich«, zitierte ich die Worte, die sie sicher nicht vergessen hatte, dicht an ihrer Haut.

Sie stand ganz ruhig, doch ihr Puls raste, und begierig sog ich ihren Duft in meine Lunge ein.

Himmel.

Mühsam riss ich mich zusammen. Abgesehen von dem Kuss vergangene Nacht hatte ich seit Jahren keine Frau derart intim berührt, doch schließlich hatte ich auch nie auf eine andere wie auf Tenleigh reagiert.

»Tenleigh«, murmelte ich heiser an ihrem Hals.

Sie verwob die Finger fest mit meinem Haar, zog meinen Kopf zurück und sah mir wieder ins Gesicht. »Was machen wir hier, Ky? Was mache *ich* hier nur?«, fragte sie sich praktisch selbst.

»Ich weiß nicht. Ich hoffe … hoffe, uns fällt eine Lösung ein. Ich möchte so vieles … doch ich werde mich mit dem zufriedengeben, was du mir noch geben kannst, Tenleigh. Egal, wie wenig das auch ist.«

Sie bedachte mich mit einem wehmütigen Blick. »Ich … ich weiß nicht … weiß nicht, ob ich dir noch etwas geben kann.«

Ich lehnte meine Stirn an die ihre, und wir atmeten beide leise aus und ein.

»Ist es wegen Jamie?«, fragte ich. War er vielleicht der Grund, weshalb sie sich nicht sicher war, ob sie es noch mal mit mir versuchen wollte oder nicht?

»Wegen *Jamie?*«, fragte sie verblüfft.

Ich atmete tief durch und richtete mich kerzengerade auf. »Ist er denn nicht dein Freund? Seid ihr denn nicht zusammen?«

Sie runzelte die Stirn, brach dann aber in lautes Lachen aus. »Ganz sicher nicht. Jamie ist schwul.«

Jetzt runzelte ich meinerseits die Stirn. »Ach ja?«

»Ach ja.«

Okay, das klingt schon mal durchaus verheißungsvoll.

»Dann seid ihr also nicht zusammen?«

»Nein, denn wenn ich mich nicht irre, bin ich eine Frau.«

Ich lachte leise auf. »Du bist auf alle Fälle eine Frau.«

Sie lachte ehrlich vergnügt. Mein Herz schlug einen Purzelbaum. Ich liebte dieses Lachen. Dieses Lachen hatte mir gefehlt, nach diesem Lachen hatte ich mich jahrelang *gesehnt.*

»Vor allem bist du wunderschön«, stieß ich mit ehrfürchtiger Stimme aus.

Wahrscheinlich war mir mein Verlangen überdeutlich anzusehen, denn Tenleigh riss die Augen auf, beugte sich mit ernster Miene zu mir vor und küsste mich so leidenschaftlich, dass das Blut in meinen Ohren rauschte und mir ganz schwindelig wurde. Dann lehnte sie sich rücklings gegen das Regal, schlang ihr linkes Bein um meine Hüfte, und mit einem dumpfen Stöhnen presste ich meinen harten Schwanz an ihren weichen Leib. Gott, sie fühlte sich fantastisch an. Mein Herz schlug wie verrückt, und ich nahm nur noch das wilde Tasten unserer Hände, unser lautes Keuchen und die Berührung unserer Körper wahr. Wir waren beide wie von Sinnen. Urplötzlich brach sich das Verlangen, das wir über Jahre hatten unterdrücken müssen, Bahn.

Ich legte meine Hand auf ihre Brust, ließ den Daumen über ihrem Nippel kreisen, und mit einem Aufstöhnen griff sie nach dem Reißverschluss von meiner Jeans und legte ihre Hand um meinen freigelegten Schwanz. Ich holte zischend Luft und stöhnte: »Tenleigh, fuck, oh Gott.« Ihre Augen blitzten lüstern, und mit ihrem leicht offenen Mund war sie die schönste Frau der Welt.

Eilig streifte sie die Schuhe von den Füßen, öffnete den Reißverschluss ihrer Hose, streifte sie zusammen mit dem Slip ab, schlang ihr nacktes Bein erneut um meine Hüfte und legte mir die Arme um den Nacken.

Wir küssten uns verzweifelt, mein Mund wanderte zu ihrem Hals, ihren Wangen, zurück zu den Lippen, während ich mich in Position brachte und endlich ... endlich ... wieder in sie eindrang. Wir lehnten uns zurück und blickten uns tief in die Augen. Tenleigh rang laut nach Luft, und als sie sich fest um mich zusammenzog, schloss ich glücklich die Augen. Endlich waren wir zwei wieder vereint. In meinem Innern wogte heiße Freude auf, und als ich mich in ihr bewegte, warft sie stöhnend ihren Kopf zurück und keuchte: »Ja, ja, ja.«

Das letzte Mal war so lange her, und ich versuchte, es möglichst langsam anzugehen. Entschlossen schob ich eine meiner Hände zwischen ihre Beine, streichelte sie sanft, und als sie wieder aufstöhnte, presste ich die Lippen abermals auf ihren Hals.

»Himmel, Ten, du fühlst dich noch genauso gut wie damals an.« Ich spürte, dass ich mich nicht mehr lange zurückhalten konnte, und mit einem dumpfen Stöhnen ließ ich meine Finger immer schneller um ihre Klitoris kreisen. Wie herrlich heiß und nass sie war. Ich hob den Kopf und sah ihr ins Gesicht, als ihr Stöhnen lauter wurde.

»Kyland, ich ...«

»Ich weiß, Tenleigh, ich weiß.«

Und dann zog sie sich um mich zusammen, ließ den Kopf nach hinten fallen und schrie auf.

»Ich komme, Tenleigh.« Ich erschauderte ein letztes Mal und kam mit solcher Macht, dass ich fast vornüberfiel. Worte, die ich selber nicht verstand, ergossen sich aus meinem Mund, und Freude breitete sich wellenförmig über meinen Bauch und meine Beine bis in meine Zehenspitzen aus.

So blieben wir ein paar Minuten keuchend stehen und kehrten nur ganz langsam in die Wirklichkeit zurück. Ich hatte das Gefühl, als ob ich endlich heimgekommen wäre. Endlich war ich wieder ganz.

Schließlich trat ich einen Schritt zurück, schloss den Reißverschluss von meiner Jeans, und auch Tenleigh zog sich wieder an. Sie hatte rote Wangen und schien richtiggehend unter Schock zu stehen. Lächelnd beugte ich mich vor, küsste sie zärtlich auf den Mund und schob ihr die Strähnen, die sich aus dem Pferdeschwanz gelöst hatten, aus dem Gesicht.

»Ich nehme an ... ich nehme an, das haben wir beide gebraucht«, stellte sie leise fest und blickte eilig fort.

Ich schüttelte den Kopf. »Für mich war es viel mehr. Bitte sag, dass es das auch für dich gewesen ist.«

Sie sah mich wieder an, atmete leise aus und nickte knapp. »Das war es auch für mich.«

Obwohl der innere Konflikt ihr deutlich anzusehen war,

rief diese Antwort Hoffnung in mir wach. Bevor ich dieses Thema allerdings vertiefen konnte, hörten wir, dass vor der Bibliothek ein Wagen hielt.

»Das ist wahrscheinlich Jamie«, sagte sie. »Er wollte vor der Arbeit noch vorbeischauen.«

Erleichtert, weil ich nun wusste, dass er nur ein guter Freund war, nickte ich. »Ich sollte sowieso allmählich los. Ich muss zur Arbeit. Aber vielleicht hast du ja morgen für mich Zeit«, erkundigte ich mich in hoffnungsvollem Ton. »Sag mir einfach, was ich tun soll, Tenleigh, und ich tue es.«

Sie biss sich auf die Lippe. »Warum arbeitest du in der Grube?«, platzte es aus ihr heraus, und ich sah sie verwundert an.

»Warum? Weil ich eine Arbeit brauche und es in der Gegend keine andere Arbeit gibt.« *Gelogen.*

Sie schüttelte den Kopf. »Ich verstehe nicht. Du wolltest doch von hier verschwinden und nie mehr zurückdenken an diesen Ort. Wenn Joey wirklich nicht von dir ist und du mich tatsächlich nur belogen hast, damit ich gehe, warum bist du selber dann noch hier?«

Mein Herzschlag setzte aus. Obwohl ich in diesem Augenblick kaum noch meinen eigenen Namen hätte nennen können, musste ich ihr eine Antwort geben, die zumindest halbwegs überzeugend klang. »So war es am besten. Irgendwann wurde mir klar, dass das hier meine Heimat ist. Also habe ich beschlossen, hierzubleiben. Das ist alles.« Sie bedachte mich mit einem argwöhnischen Blick, sagte aber nichts. »Ich muss jetzt wirklich los, sonst komme ich zu spät.«

Sie nickte knapp. »Okay. Wir sehen uns dann später.«

»Ja«, gab ich zurück, und zum ersten Mal seit vier Jahren keimte Hoffnung in mir auf.

»Schönen Tag.«

Ich lächelte. »Dir auch, Tenleigh.«

Ich gab ihr keinen Abschiedskuss, weil ihr der innere

Widerstreit noch immer deutlich anzusehen war. Doch ich konnte meinen Blick noch nicht von ihr lösen. Ich wollte noch nicht gehen. Am liebsten hätte ich mich niemals mehr von ihr getrennt. Ich lief rückwärts Richtung Tür, drückte sie mit meinem Rücken auf und lächelte sie an. Sie lächelte zurück, sah aber immer noch ein wenig ängstlich aus. Ich trat nach draußen, und dort sah ich Jamie, der in seinem Wagen saß und in sein Handy sprach. Ich winkte ihm kurz zu, schwang mich hinter das Lenkrad meines Trucks und fuhr davon.

Ich war total euphorisch. Ich hatte sie nicht nur berührt, ich war in ihr gewesen. Gott, ich brauchte nur an meiner Hand zu riechen und schon roch ich ihren süßen Moschusduft. Ich hoffte nur, dass ich sie davon hatte überzeugen können, dass ich sie noch immer liebte. Und auch wenn die Sache zwischen uns noch immer nicht geklärt war, hatte ich jetzt endlich wieder *Hoffnung* – ein Gefühl, dass mir in den vergangenen vier Jahren völlig fremd gewesen war.

26 Tenleigh

Ich stand wie gelähmt und starrte auf die Tür der Bibliothek, durch die er kurz zuvor verschwunden war. Ich hatte keine Ahnung, was ich denken oder *fühlen* sollte. Was zum Teufel hatte ich oder hatten *wir zwei* da nur getan? Dachte ich allen Ernstes darüber nach, noch einmal etwas mit Kyland anzufangen? War ich tatsächlich bereit, ihn noch einmal zu lieben? Hatte ich je wirklich damit aufgehört? Hatte ich tatsächlich eben meine Hose ausgezogen und in dem fast leeren Häuschen unglaublichen Sex mit ihm gehabt? Ich hatte keine Ahnung, was ich machen sollte, und mit einem lauten Stöhnen hob ich eine Hand an meine Stirn.

Die Tür ging auf und Jamie kam herein. »He, bist du okay? Du siehst ein bisschen elend aus.«

Abermals stieß ich ein Stöhnen aus. »Ich glaube, ich bin krank. Nur, dass es keine Pillen gegen diese Krankheit gibt.«

»Ich habe gehört, dass Heroin den Schmerz betäubt.«

»Immer mit der Ruhe. So schlecht, dass ich zu illegalen Substanzen greifen müsste, geht es mir bisher noch nicht. Wobei sich das durchaus noch ändern kann.«

»Komm einfach vorbei, wenn es so weit ist. Ich hänge meistens an der Ecke zwischen Goldenem Schuss und Eiterbeulenstraße ab.« Als ich leise lachte, trat er neben mich und lehnte sich an das Regal. »Ich habe Kyland gerade gehen sehen.«

Ich atmete tief durch und starrte geradeaus, doch schließlich schaute ich ihn wieder an. »Ich weiß noch allzu gut, wie dreckig es mir ging, nachdem er mir damals das Herz gebrochen hatte«, erklärte ich. »Und ich weiß nicht, ob ich darauf vertrauen kann, dass er mich nicht noch einmal fallen lässt. Die Sache ist die …« Ich runzelte die Stirn und biss mir auf die Lippe. »Ich weiß einfach nicht, was ich von all dem halten soll. Ich habe das Gefühl, dass er mir irgendwas verschweigt.« Kylands Miene hatte sich verdüstert, und er hatte mich mit einer kurzen Antwort abgefertigt, als ich ihn auf die Grube angesprochen hatte … »Und falls das der Fall ist, sehe ich beim besten Willen keine Chance für einen Neubeginn.«

»Ja, aber wenn du es nicht versuchst, wirst du es nie herausfinden, ob es nicht vielleicht doch zwischen euch klappen kann.«

»Und das ist vielleicht auch besser so.«

»Vielleicht«, stimmte mir Jamie achselzuckend zu. »Du bist die Einzige, die das entscheiden kann.«

»Ich hatte irgendwie gehofft, dass du mir sagen würdest, was ich machen soll.«

Er stieß ein leises Lachen aus. »Ich bin so ungefähr der Letzte, der dir irgendwelche Ratschläge erteilen kann. Außer wenn es darum geht, mit Eltern umzugehen, die sich in Grund und Boden dafür schämen, dass du ›anders‹ als die anderen auf die Welt gekommen bist. In der Hinsicht bin ich ein Quell der Weisheit.«

Seine Worte brachen mir das Herz und tröstend legte ich die Hand auf seine Schulter. Leise fragte ich: »Redet deine Mutter immer noch nicht mit dir?«

»Nein«, gab er mit unglücklicher Stimme zu. »Von meinem Vater hatte ich nichts anderes erwartet, denn wir kamen auch schon vorher nicht besonders gut miteinander aus. Ich konnte ihm schon früher nie was recht machen, und dass ich schwul bin, war nur noch das Tüpfelchen auf dem i. Aber die Beziehung zwischen mir und meiner Mutter war immer sehr eng, deswegen dachte oder hoffte ich …«

»Ich weiß, Jamie. Es tut mir leid.«

»Dass mein Vater ein verdammtes Arschloch ist, hast du am eigenen Leib erlebt.« Er blickte mich kurz an, wandte sich eilig wieder ab und stieß zwischen zusammengebissenen Zähnen aus: »So, wie er mit deiner Mum umgegangen ist, springt er auch mit seinen Arbeitern, mit seiner eigenen Familie und mit allen anderen Menschen um – sie sind für ihn Mittel zum Zweck, sonst nichts.«

»So habe ich es nie gesehen, bevor ich dir begegnet bin. Ich dachte einfach, dass er nur uns wie Dreck behandelt – eben weil er denkt, dass wir das sind; weil wir seiner Meinung nach nicht mal das Recht haben, dieselbe Luft zu atmen wie er selbst.«

Er schüttelte den Kopf. »Nein, ihr seid nicht die Einzigen. Aber ich hatte trotzdem Angst, wie er sich wohl benimmt, wenn er wegen des Stipendiums bei euch vorbeikommt. Ich hatte Angst davor, wie du dich fühlen würdest, wenn er plötzlich wieder bei euch in der Tür steht.« Im Gegensatz zu seinem Vater kannte Jamie das Gefühl der Scham und wagte nicht, mich anzusehen.

»Schon gut. Er war gar nicht bei uns zu Hause. Die Verleihung des Stipendiums fand auf unserer Abschlussfeier in der Schule statt.«

Jetzt drehte er den Kopf und starrte mich verwundert an. »Oh. Normalerweise sucht er die Stipendiaten vorher schon zu Hause auf, damit es auf der Feier in der Schule keine solche Überraschung für sie ist.« Mit nachdenklicher Stimme fügte er hinzu: »Vielleicht hat er ja doch ein Mindestmaß an Anstand und aus diesem Grund beschlossen, dass er nicht zu dir nach Hause kommt.«

»Hm, vielleicht. Aber das ist ja alles inzwischen ewig her.« Ich sah ihn von der Seite an. »Darf ich dir eine Frage stellen?«

»Sicher.«

Ich knabberte kurz an meiner Unterlippe, aber schließlich fragte ich: »Weißt du, wie es Kyland bei der Arbeit in der

Grube geht? Ich meine, kommt er mit der Arbeit unter Tage klar? Als ich ihn eben darauf angesprochen habe, hat er mich mit ein paar mageren Worten abgespeist.«

»Ehrlich gesagt habe ich kaum was mit den Bergleuten zu tun. Aber nach allem, was man sich erzählt, leistet er hervorragende Arbeit. Er hat anscheinend ein paar wirklich gute Vorschläge gemacht, wie man die Stollen sicherer machen kann, und ist bei den Kumpels ausnehmend beliebt.«

»Warst du selber schon mal unter Tage?«

»Meine Güte, nein«, gab er erschaudernd zu. »Das könnte ich niemals.«

Ich nickte, die Stirn in Falten.

Wie schaffst du das, Kyland? Wie hältst du es aus, wenn du zu Beginn jeder Schicht in deine ganz private Hölle fahren musst?

Das tue ich inzwischen jeden Tag. Für dich.

Für mich …

Bevor ich den Gedanken weiterverfolgen konnte, fuhren vor der Tür die Lastwagen des Bautrupps vor, und Jamie wandte sich zum Gehen. »Dann haue ich mal wieder ab«, erklärte er. »Ruf mich einfach später an, oder komm vorbei, okay?«

»An der Ecke zwischen Goldnem Schuss und Eiterbeulenstraße?«

»Ja, genau.« Er zwinkerte mir zu.

»Danke, dass du vorbeigekommen bist.« Ich sah ihm lachend hinterher, ließ den Blick noch einmal durch das leere Häuschen wandern, sog zum letzten Mal den Duft des Staubes und der Bücher in mich auf, trat auf das Baugrundstück hinaus und zog die Tür ins Schloss.

Als ich mich zu Marlo an die Theke setzte, sah sie mich hilflos von der Seite an.

»Aber hallo. Was ist denn mit dir passiert?«

»Sam.«

»Was hat er denn gemacht?«

»Er hat mich – schon wieder – gebeten, ihn zu heiraten.«

»Dieser elendige Schuft.«

»Was soll's denn sein, Mädels?«, erkundigte sich Al vom anderen Ende der praktisch noch leeren Bar.

»Eine Cola light mit Eis und Zitrone«, rief ich zurück.

Marlo hatte mich vor einer Stunde angerufen und gebeten, sie nach ihrer Schicht zu treffen, weil sie »ihre Sorgen nicht allein ertränken wollte«, und jetzt wusste ich, was das für »Sorgen« waren.

»Dieser gemeine Schuft hat dich also gebeten, zuzulassen, dass er dich ein Leben lang mit seiner Liebe überschüttet? Was meinst du, wie schnell wir eine Gruppe Frauen mit Mistgabeln zusammentrommeln können, die ihn aus der Stadt vertreibt?«

Sie seufzte tief. »Haha. Mach dich ruhig lustig über mich. Ich habe ihm gesagt, dass eine Heirat nicht infrage kommt. *Klipp und klar* habe ich es ihm gesagt, aber trotzdem gibt er immer noch nicht auf. Und dadurch macht er mir das Leben regelrecht zur Hölle.«

Fahr zur Hölle, Ky.

Das tue ich inzwischen jeden Tag. Für dich.

Ich drehte mich auf meinem Hocker zu ihr um. »Du liebst ihn also nicht?«

Sie starrte weiter reglos geradeaus. »Doch, ich schätze, schon. Wenigstens ein bisschen.«

»Wahnsinn. Wie romantisch du mal wieder bist.« Ich rollte mit den Augen. »Übertreib es bitte nicht mit deinen Liebesschwüren, Shakespeare.«

Obwohl Marlo lachen musste, meinte sie: »Im Ernst, Ten, hör mir zu. Ich will einfach nicht im Stich gelassen werden und am Schluss wieder allein dastehen. So, wie es zwischen uns läuft, fühle ich mich wohl, und ich habe einfach Angst, dass sich die Dinge ändern, sobald Sam sich meiner allzu sicher ist. Ich weiß einfach nicht, ob ich ihm wirklich trauen kann. Ich will nicht, dass er je begreift, wie viel ich für ihn empfinde, und mich dann verlässt.« Sie sah mich traurig an. »Denn sobald die Männer wissen, dass wir Frauen sie lieben, machen sie sich aus dem Staub. Du weißt, dass es so ist.«

Ich nippte an der Cola, die Al inzwischen gebracht hatte. »Also bitte, Marlo …«, fing ich in dem sicheren Bewusstsein an, dass ihr Sam den Mond und auch die Sterne jederzeit vom Himmel holen würde. »Meiner Meinung nach hat Sam inzwischen hinlänglich bewiesen, dass es ihm mit dir tatsächlich ernst ist. Er läuft dir seit vier Jahren hinterher, und meiner Meinung nach kannst du von Glück reden, dass er nicht längst schon aufgegeben hatte. Es muss wirklich ätzend sein, wenn man ernsthaft was von dir will.«

Sie runzelte die Stirn, doch dann lachte sie leise auf. »Wahrscheinlich hast du recht. Es ist nur … du kannst dich nicht mehr erinnern, weil du damals noch ein Baby warst, aber ich weiß noch genau, wie Dad gegangen ist. Ich habe ihn geliebt, Tenleigh. Ich habe ihn geliebt, und er ist einfach abgehauen und hat mir nicht einmal auf Wiedersehen gesagt. In all den Jahren wollte er nicht einmal wissen, wie es uns geht. Nicht ein einziges Mal. Eine andere Art von Männerliebe habe ich niemals erlebt.« Sie schüttelte den Kopf und fuhr mit unglücklicher Stimme fort: »Trotzdem habe ich danach gehofft, ich würde eines Tages einen Typen finden, der mich wirklich liebt. Und, tja nun, wir wissen beide, wie das ausgegangen ist.«

»Genau. Du bist bei einem guten, anständigen Kerl gelandet, der dich anfleht, seine Frau zu werden«, klärte ich sie leise seufzend auf. »Nicht alle Männer sind so wie die beiden Arschlöcher, von denen du im Stich gelassen worden bist. Das mit Dad, tja nun, das war nicht deine Schuld. Und bei diesem Donald hättest du vielleicht erkennen können, dass ihm nicht zu trauen ist, und hast dir möglicherweise nur nicht genügend Zeit genommen, um herauszufinden, wer er wirklich war. Aber natürlich kann ich dich verstehen. Das weißt du. Ky … ich konnte ewig nicht verstehen, weshalb er mich so grausam hintergangen hat, und selbst heute tut es mir noch weh, dass er mich damals angelogen hat …« Ich schüttelte den Kopf. »Aber *Sam,* ein Mann, der freiwillig hier in den Appalachen lebt, um aus reiner Herzensgüte armen Menschen neue, schöne Zähne zu verpassen, hat dich seit dem ersten Tag wie eine Königin behandelt und bezahlt dazu noch Mums Klinikaufenthalt. Mein Gott, wie soll der arme Kerl dir noch beweisen, dass du ihm vertrauen kannst und er dich liebt?«

Sie studierte ihre Fingernägel. »Tja, es gibt da noch etwas, worüber wir uns streiten«, sagte sie und sah mich wieder an. »Anscheinend kommt das Geld für Mums Klinikaufenthalt gar nicht von ihm. Er hat seine Ersparnisse für die Eröffnung seiner Praxis hier gebraucht, und nun, du weißt selbst, wie ihn die Leute hier bezahlen. Hauptsächlich mit selbst gebackenem Brot und Bisamratten oder so.« Sie schüttelte den Kopf.

»Was?«, stieß ich mit rauer Stimme aus. »Aber wer … bezahlt denn dann dafür?« Ich war total verwirrt. Was war hier los?

Sie schüttelte erneut den Kopf. »Das wollte er mir nicht verraten. Er hat nur gesagt, er hätte eine Abmachung mit jemandem getroffen, dessen Namen er uns nicht verraten darf. Das heißt, dass er nicht ehrlich zu mir war. Du siehst also, dass er genau wie alle anderen Männer durchaus lügen kann, selbst wenn es in diesem Fall zu unserem Vorteil war. Aber was, wenn er mich auch in anderen Dingen vorsätzlich belügt oder belügen wird? Und dann hat er die Dreistigkeit, um meine Hand zu bitten.«

Oh mein Gott. Mir wurde siedend heiß und eilig sprang ich auf. »Ich muss gehen«, sagte ich zu Marlo. »Oh mein Gott, Mar, ich muss sofort los.«

»Warum denn das? Wo willst du hin? Ich bin noch gar nicht fertig mit Jammern, und Sam holt mich frühestens in einer Stunde ab. Du erinnerst dich an Sam? Den verlogenen, nervtötenden Sam?«

»Er soll sich nachher mit dir betrinken.« Zitternd zog ich ein paar Dollarnoten aus dem Portemonnaie und warf sie auf die Bar. Wenn sie Sam erlaubte, sie abzuholen, konnte sie nicht wirklich sauer auf ihn sein. Sie hatte nur ein bisschen Bestätigung von mir gebraucht.

»Du brauchst doch hier nicht zu zahlen«, erklärte Al, griff aber trotzdem nach den Scheinen und steckte sie in das Trinkgeldglas, das auf dem Tresen stand.

Noch einmal wandte ich mich Marlo zu und schüttelte sie leicht.

»Was machst du da?«, erkundigte sie sich verblüfft.

»Ich schüttele dich, damit du Vernunft annimmst«, erklärte ich.

»Moment, du lebst doch selbst nach dem Motto …«

»Ach, vergiss das blöde Motto«, bat ich sie. »Sprich mit ihm und lass dir alles ganz genau von ihm erklären, Mar. Hör ihm zu, und hör vor allem endlich auf, so stur zu sein. Vielleicht tut er dir eines Tages weh, vielleicht aber auch nicht. Ich liebe dich und würde nie gegen dich wetten. Aber jetzt setze ich mein Geld auf Sam.« Ich nahm sie in den Arm und gab ihr einen Wangenkuss. »Mach endlich deine Augen auf für das, was direkt vor dir liegt.« Mit diesen Worten lief ich auf den Parkplatz, sprang in meinen Wagen und fuhr los.

Ich atmete tief durch, umklammerte das Lenkrad meines Käfers und versuchte, mich gedanklich zu sortieren.

Oh, Ky.

In meinen Augen stiegen Tränen auf, denn plötzlich war mir alles klar und ich fühlte mich schwach und atemlos.

Oh Gott. Oh Gott, oh Gott, oh Gott.

Du dummer, stolzer, wunderschöner, großherziger Mann.

In meiner Kehle stieg ein leises Schluchzen auf, aber ich schluckte es herunter und holte erneut so tief wie möglich Luft.

Ich hatte recht. Ich hatte recht. Urplötzlich ergab alles einen Sinn.

Am Fuß des Berges fing der Motor meines Wagens plötzlich an zu stottern und ging aus. Mit einem frustrierten Aufschrei lenkte ich den Käfer an den Straßenrand und drehte den Zündschlüssel im Schloss, doch nichts geschah. Ich ließ den Kopf aufs Lenkrad sinken und stieß einen abgrundtiefen Seufzer aus. So viel zu meinem Glück beim Autokauf. Mit wütend klopfendem Herzen sprang ich aus meinem Gefährt und hastete den Berg hinauf.

Genau wie an dem Tag, an dem ich mit genauso wild klopfendem Herzen und in der Gewissheit, dass ich Kyland liebte, ebenfalls den Berg hinaufgelaufen war.

Leise aufschluchzend lief ich an dem Stein vorbei, auf dem ich meine dumme, dumme Liste angefertigt hatte.

Kyland, Kyland, Kyland. Was hast du getan? Um Gottes willen, was hast du getan?

Ich fahre zur Hölle. Tag für Tag. Für dich.

27 Kyland

Ein lautes Klopfen an der Tür ließ mich zusammenfahren. Was um Himmels willen war passiert? Ich legte die Papiere, die ich gerade durchgesehen hatte, fort und wandte mich in Richtung Schlafzimmer, um mir ein T-Shirt anzuziehen. Nach der Dusche hatte ich mich nur in Jeans ins Wohnzimmer gesetzt, doch als das Klopfen immer lauter wurde, eilte ich leise fluchend direkt in den Flur. Ich öffnete und riss verblüfft die Augen auf, denn dort stand Tenleigh, atemlos, in dunklen Jeans und weißer, so tief ausgeschnittener Bluse, dass ich den Ansatz ihrer Brüste sah. Anscheinend hatte sie sich im Lauf des Tages umgezogen und war wieder einmal wunderschön. Ihr Anblick rief wie schon am Morgen glühendes Verlangen in mir wach, aber als ich ihrem Blick begegnete und in ihren Augen Tränen sah, trat ich mit besorgter Miene auf sie zu. Bevor ich sie erreichte, hob sie abwehrend die Hand und atmete erschaudernd ein.

»*Du* hast damals das Stipendium bekommen«, sagte sie und schüttelte den Kopf. »*Du*, nicht ich.«

Ich erstarrte und wir sahen uns reglos an.

»Wer hat dir das erzählt?«

Sie ließ sich gegen den Türrahmen sinken und verzog unglücklich das Gesicht. »Das hast du gerade selbst getan.«

Da ich keine Ahnung hatte, was ich sagen sollte, starrte ich sie wieder schweigend an. Es zu leugnen, war zwecklos, doch verdammt, sie hätte nie etwas davon erfahren sollen. Nie.

Verlegen stopfte ich die Hände in die Hosentaschen, und nachdem sie sich gesammelt hatte, fragte sie mich nur: »Warum?«

Ich zuckte mit den Achseln, weil es eigentlich ganz einfach war. »Ich hätte es nicht über mich gebracht, dich hier zurückzulassen, weil du damals schon die Liebe meines Lebens warst. Und das hat sich bis heute nicht geändert.«

♥

Vier Jahre zuvor

»Kyland Barrett?«

Ich rieb meine schwitzigen Hände an den Oberschenkeln meiner Jeans ab und stand eilig auf.

»Ja.«

Die Sekretärin, eine junge Frau mit langen, blonden Haaren, lächelte mich an und ließ den Blick an mir herunterwandern. Für dieses schnieke Büro war ich absolut unpassend angezogen. Ich hatte Angst gehabt, mich auf die helle Couch zu setzen und sie vielleicht dadurch zu beschmutzen. Doch ich hätte es nicht ändern können, weil die einzigen Klamotten, die ich hatte, alt und abgetragen waren, und ich damit nicht nur tagtäglich in die Schule, sondern auch zum Schrottsammeln, zum Fallenstellen und zum Beerenlesen ging.

»Mr Kearney wird dich jetzt empfangen«, sagte sie, und ich sah sie mit einem schmalen Lächeln an.

»Danke.«

Mit wiegenden Hüften führte sie mich einen langen Flur hinunter, dessen dicker, grauer Teppichboden die Geräusche unserer Schritte zu verschlucken schien. An den sauberen, weiß getünchten Wänden waren uralte Schwarz-Weiß-Aufnahmen aus der Anfangszeit der Grube aufgehängt, Fotografien von Männern, die in Overalls und mit rußgeschwärzten, ernsten Mienen vor dem Eingang standen, offensichtlich hatte die dunkle Erde sie vor wenigen Minuten erst wieder ausgespuckt.

Die Sekretärin klopfte an die letzte Tür des Flurs, machte sie auf und wies mir hineinzugehen. Ich nickte kurz, trat ein und mit einem leisen Klicken fiel die Tür wieder ins Schloss.

»Hast du noch eine Frage wegen des Stipendiums?«, fragte Edward Kearney, während er mit seinem Golfschläger gegen den Ball zu seinen Füßen schlug. Ich verfolgte, wie der Ball über den grünen Teil des Teppichs rollte und mit einem leisen Klacken in das Loch am anderen Ende fiel, und räusperte mich leicht.

»Ja, Sir. Ich, tja, nun, es tut mir leid.«

Er stützte sich auf seinen Golfschläger und sah mich fragend an.

»Ich war gestern Abend völlig überrascht. Ich wusste nicht, dass Sie zu mir nach Hause kommen würden, und habe in dem Moment einfach nicht nachgedacht.«

Er hob verwundert seine dichten, schwarzen Brauen an. »Worüber hast du nicht nachgedacht?«

»Dass ich das Stipendium gern auf jemand anderen übertragen würde, weil ich es nicht annehmen kann.«

Er stieß ein überraschtes Lachen aus. »Und weshalb solltest du das tun?«

Ich schob mir unglücklich die Haare aus der Stirn. »Ich habe meine Gründe, Sir, und dachte, wenn ich es bekomme, kann ich damit machen, was ich will.«

Als Edward Kearney einen Tag zuvor bei mir erschienen war, hatte ich vor Schreck kaum einen Ton herausgebracht. Ich war auf das Treffen nicht vorbereitet gewesen, denn ich hatte nicht gewusst, dass er persönlich kommen würde, um mir zum Stipendium zu gratulieren. Aber kaum dass er gegangen und wieder in seine schicke, schwarze Limousine eingestiegen war, hatte ich tief durchgeatmet und mir meine Worte sorgfältig zurechtgelegt. Und nun stand ich hier.

Leise lachend lehnte Edward Kearney sich an seinen großen Schreibtisch, verschränkte die Arme vor der Brust und unterzog mich einer eingehenden Musterung. Er wirkte mit seinem grau melierten Haar, das er in einem strengen Seitenscheitel trug, dem offensichtlich teuren Maßanzug und den wahrscheinlich handgenähten, blank polierten Schuhen ziemlich Furcht einflößend. Doch entschlossen straffte ich die Schultern und schaute ihm reglos ins Gesicht. Ich sah etwas wie Anerkennung in seinem Blick.

»Du kannst dieses Stipendium nicht auf jemand anderen übertragen. Die Uni von Columbia hat dich zugelassen, du hast angenommen, und das Geld, das du von uns bekommst, ist für die Bezahlung deines Studiums dort vorgesehen.«

Columbia. Ich kniff die Augen zu, und einen kurzen Augenblick lang wogte sehnliches Verlangen in mir auf. Doch sofort dachte ich an Ten mit ihrem blauen Auge und dem unglücklichen Blick und an Shelly, als sie nach der Vergewaltigung durch einen namenlosen Trucker, der ein Nein nicht hatte akzeptieren wollen, zu mir gekommen war. Das Leben hier war schon für Männer alles andere als einfach, aber mir war klar, dass es für Frauen noch viel schwerer war. Und ich konnte Tenleigh niemals mitnehmen, wenn ich diese Stadt verließ. Ich hatte einfach nicht genügend Geld, um das Flugticket, die Unterkunft und auch nur das einfachste Essen für sie zu bezahlen. Und wenn ich für vier Jahre von ihr fortging, was würde dann aus ihr werden? Würde sie sich irgendwann einfach geschlagen geben wie so viele andere hier? Würde ihr die Armut langsam, aber sicher aufs Gemüt schlagen? Bisher war sie, die ich von Herzen liebte, eine großherzige, lebensfrohe, junge Frau. Wie konnte ich sie je allein und ungeschützt zurücklassen an diesem Ort? Das konnte ich auf keinen Fall, denn das würde mich umbringen.

»Bitte, irgendwie muss das doch möglich sein? Man

könnte das Stipendium doch einfach jemand anderem geben. Bisher weiß niemand, dass es eigentlich an mich gegangen wäre. Das müsste doch gehen. Vor allem, weil die Person, an die es gehen soll, unter den Kandidaten war. Tenleigh Falyn.«

Er legte den Kopf schräg und zog die Unterlippe ein. »Ich habe gesehen, wo du wohnst und was für ein Leben du hier führst. Ich komme aus ganz ähnlichen Verhältnissen wie du. Auf dem Bild da drüben«, sagte er und zeigte auf ein Foto an der Wand, »kannst du die jämmerliche Hütte sehen, in der ich aufgewachsen bin. Ich habe mir alles, was ich je erreicht habe, erkämpft. Ich weiß, dass es dir auch so geht. Ich würde niemals etwas aufgeben, wofür ich so hart gekämpft habe ... ganz egal, für wen. Und das solltest du auch nicht tun. Vor allem nicht für irgend so eine dahergelaufene Frau.«

Ich bin nicht so wie Sie. Wir beide haben nicht das Mindeste gemein.

»Sie ist nicht einfach irgendeine Frau. Sie ist viel mehr als das. Sie ist mein Leben.«

Edward Kearney lachte kalt. »Was du nicht sagst.«

Er überlegte kurz und fuhr dann fort: »Im Gegensatz zu dir bin ich kein Mann, von dem man irgendwas umsonst bekommt. Deshalb stehe ich jetzt hier.« Er trat hinter seinen großen Mahagonischreibtisch und legte seine Fingerspitzen auf der darin eingelassenen Lederunterlage ab. »Du stehst hier in Schuhen, die drei Nummern zu klein sind, auf der anderen Seite, um mich um Hilfe anzuflehen. So habe ich es nicht dahin gebracht, wo ich inzwischen bin. Bei mir gibt es niemals was umsonst. Habe ich mich deutlich ausgedrückt? Wenn ich dir diesen Gefallen tue, erwarte ich eine Entschädigung dafür.«

»Sie wirken jedes Jahr bei der Verleihung eines wirklich großzügigen Stipendiums mit. Das ist ...«

»Alles PR, Junge, weiter nichts. Tyton Coal war nach dem Minenunglück damals ziemlich angeschlagen, und Dinge wie das Stipendium bewirken, dass die Leute nicht mehr daran denken, was damals geschehen ist. Und wenn die Leute nicht mehr daran denken, gehen die Aktien wieder hoch, und ich werde noch reicher als ich es bisher schon bin.«

Dieser widerliche Bastard. Wie kann irgendjemand auf diesem Planeten ihn nur mögen?

Ich atmete tief durch und unterdrückte den Zorn, der in mir aufstieg. »Bitte, Sir. Ich werde alles tun, was Sie von mir verlangen. Ich bin bereit, alles zu tun, damit sie dieses Stipendium bekommt. Wenn Sie möchten, zahle ich das Geld zurück. Ich stottere es in Raten ab. Alles, was Sie wollen.«

Er schaute mich so lange schweigend an, dass ich mir schließlich nicht mehr sicher war, ob er mir überhaupt antworten würde, aber schließlich sagte er: »Du unterschreibst einen Vertrag mit Tyton Coal. Uns fehlen Leute unter Tage. Uns fehlen immer Leute unter Tag. Du wirst für mich arbeiten, solange sie studiert. Dafür gehen die Studiengebühren, die Miete sowie alles andere an sie.«

In meinem Inneren wogte solche Panik auf, dass ich mich nur noch mühsam auf den Beinen hielt. *Vier Jahre unter Tage.* Das würde ich nicht aushalten. Das war das Einzige, wozu ich niemals in der Lage wäre. Und vor allem könnte ich mich dann nicht auf den Weg nach Kalifornien machen, wo sie auf die Uni gehen würde, denn ich säße weiterhin hier fest.

Tenleigh.

Tenleigh.

»Einverstanden«, stieß ich krächzend aus. »So machen wir es.«

Mit einem feisten Grinsen meinte er: »Ich nehme an, dass dir dafür der Blowjob deines Lebens sicher ist. Wenn sie auch nur annähernd so gut wie ihre irre Mutter ist, lohnt es sich vielleicht sogar.« Er stieß ein Lachen aus, als ob wir Buddys wären. Als hätte er etwas gesagt, was auch nur ansatzweise witzig war.

Ich biss die Zähne aufeinander, ballte meine Fäuste und gab kopfschüttelnd zurück: »Ich werde Tenleigh nichts davon erzählen. Sie darf es nie erfahren, denn wenn sie was davon wüsste, würde sie dieses Stipendium niemals annehmen. Tenleigh, sie …«

Sie ist leidenschaftlich und loyal, eine Kämpferin, sie riecht nach Wildblumen, sie mischt den hiesigen Dialekt mit hochgestochenen Fremdwörtern und ist die schönste Frau der Welt. Doch ich würde diesem Schwein nichts über sie erzählen, deshalb bat ich lediglich: »Sie müssen mir versprechen, dass sie nichts davon erfährt.«

»Entspann dich, Sohn. War nur ein Witz.« Meine ernste Miene gab ihm deutlich zu verstehen, dass seine Reaktion nicht einmal ansatzweise amüsant gewesen war. »Es wäre mir selber lieber, wenn sie nichts davon erfahren würde«, fuhr er fort. »Am besten wäre es, wenn niemand etwas davon mitbekommt, damit nicht bekannt wird, dass man das Stipendium auf jemand anderen übertragen kann. Am besten bleibt die Sache also unter uns. Du hältst den Mund, fängst an, für mich zu arbeiten und das Stipendium geht an sie. Wenn du vor Ablauf der vier Jahre kündigst oder stirbst, ziehen wir das Stipendium zurück. Wie sieht's aus, mein Junge, sind wir im Geschäft?«

Du elendes Stück Dreck, ich bin ganz sicher nicht dein Junge, sondern Sohn eines der Männer, die sich jahrelang für einen Hungerlohn in deiner Mine abgerackert haben, nur damit du immer reicher wirst. Der Sohn eines Mannes, der Tag für Tag für seine Frau und seine Kinder, die er liebte, in die dunkle Erde eingefahren ist und dessen Blut durch meine Adern strömt. Ich stamme nicht von einem Schwein wie dir, sondern von einem Ehrenmann ab.

»Okay. Ich werde für Sie arbeiten und Tenleigh nichts verraten.«

»Und wie soll dir das gelingen? Wie willst du es anstellen, dass sie nichts davon erfährt?«, erkundigte sich Edward Kearney interessiert.

»Indem ich uns beiden das Herz breche«, sagte ich mit einer Stimme, in der nicht mal mehr ein Hauch von Leben war.

Er sah mich an, als käme ich von einem anderen Stern, doch schließlich streckte er die Hand aus, und ich schüttelte sie kurz.

Jetzt war es abgemacht. Ich hatte das Gefühl, als ob ich mit dem Teufel einen Pakt geschlossen hätte, denn von nun an würde ich tagtäglich zur Hölle fahren.

♥

Tenleigh stand in meiner Tür und schüttelte den Kopf. Sie öffnete den Mund, klappte ihn wieder zu und stieß nach einem Augenblick mit rauer Stimme aus: »Wie sieht es aus? Lässt du mich rein?«

Ich zögerte. »Tja nun, mein Haus ist nicht besonders einladend.«

»Das ist der Wohnwagen, in dem ich hause, auch nicht.«

»Trotzdem …«

»Lass mich rein, Ky.« Ihre Stimme war ganz schwach.

Ach, verdammt. Ich atmete tief durch und schämte mich für das, was aus dem Haus geworden – oder eher nicht geworden – war. Doch es war an der Zeit, dass sie erfuhr, was hier geschehen war. Widerstrebend trat ich einen Schritt zur Seite, und als sie an mir vorbeiging, schloss ich die Tür hinter ihr und wandte mich ihr zu.

Ich hatte mir bis heute keine neuen Möbel und auch keinen neuen Ofen zugelegt. Das Rohr ragte aus der Decke wie zur täglichen Erinnerung an das Studentenleben, das mir vorenthalten worden war. Die vor vier Jahren gepackten Kisten hatte ich nie wieder ausgepackt. Ich hatte mir noch nicht einmal ein neues Bett gekauft. Ich schlief auf einem Haufen Decken auf dem Boden, hatte mir, um in den kalten Wintermonaten nicht zu erfrieren, zwei kleine Heizlüfter besorgt, und fing das Wasser, das durch die diversen Löcher meines Daches tropfte, mit verschiedenen Behältern auf. Nur auf Bücher hatte ich in all den Jahren nicht verzichten wollen. Ich hatte meinen Lesestoff im ganzen Haus zu Stapeln aufgetürmt und jedes Werk mit einer Unzahl kleiner, weißer Zettelchen versehen.

Tenleigh sah sich um, die Hände entsetzt vor den Mund gepresst, und fragte mich: »Warum?«

Sie blickte sich erneut im Zimmer um, und während eine erste Träne über ihre Wange rollte, wiederholte sie mit heiserer Stimme: »Warum lebst du so?«

»Nicht weinen, Tenleigh.« Eilig wischte ich die Träne mit dem Daumen fort. »Du musst nicht weinen, schließlich lebe ich absichtlich so. So sollte es nicht immer bleiben, nur bis …«

»Nur bis was?«

Ich blickte in ihr trauriges Gesicht. »Nur, bis ich mich auf die Suche nach dir hätte machen können. Nur, bis ich dich hätte suchen und dich um Verzeihung bitten können. Denn egal, wo du nach deinem Studium hingezogen wärst, ich hätte mich auf den Weg dorthin gemacht.«

Sie atmete tief durch und warf sich abermals die Hände vor den Mund. »Oh mein Gott. Aber jetzt bin ich wieder hier.« Sie brach in Schluchzen aus. »Jetzt bin ich wieder hier.« Tenleigh legte ihren Kopf zurück und schaute fragend zu mir auf. »Warum bist du nicht früher aufgebrochen, um mich zu suchen? Warum nicht, Ky?«

Ich schüttelte den Kopf und blickte durch das Fenster hinter ihr. »Ich hatte einen Deal gemacht, an den ich während all der Zeit gebunden war. Bei diesem Deal ging es darum, dass du dieses Stipendium bekommst. Wenn ich den Vertrag gebrochen hätte, hätte man dein Studium nicht weiterfinanziert. Ehrlich gesagt, habe ich keine Ahnung, ob dir Edward tatsächlich das Geld bei meiner Kündigung gestrichen hätte, doch das Risiko war mir einfach zu groß.«

»Was? Nein«, stieß Tenleigh mit erstickter Stimme aus. »Du schuftest unter Tage, weil Edward Kearney mich für dich hat studieren lassen?«

Ich nickte knapp. »Ich hatte keine andere Wahl. Nur deshalb war der Kerl bereit, das Stipendium auf dich zu übertragen. Aber die Entscheidung lag bei mir. Ich habe die Bedingungen des Deals freiwillig akzeptiert.«

Sie riss die Augen auf und starrte mich entgeistert an. »Das hätte ich nie zugelassen.« In ihrem Gesicht spiegelte sich nichts als Leidenschaft. »Ich hätte dich nie im Leben meinetwegen in die Grube einfahren lassen. Nicht in einer Million Jahre. *Nie.*«

»Ich weiß, Ten«, gab ich ruhig zurück. »Denkst du, das war mir nicht klar? Aber genauso wusste ich, dass du von hier verschwinden würdest, wenn du mich genügend hasst. Du hättest nie erfahren sollen, wie es damals abgelaufen ist.«

Ihre wunderschönen, ausdrucksvollen Augen füllten sich mit Tränen. »Deshalb hast du mich belogen. Damit ich es nicht verhindere. Damit ich nicht auf das Stipendium verzichte, um dich so daran zu hindern, dein Vorhaben durchzuziehen.«

Ich atmete vernehmlich aus. »Vielleicht war das falsch. Ich habe seitdem tausendmal darüber nachgedacht, wie ich es hätte anders machen können, ohne dir so wehzutun, aber ... ich habe das Einzige getan, was damals möglich war, und hatte einfach nicht genügend Zeit, um alle Möglichkeiten durchzugehen. Ich wusste einfach nicht, wie ich es hätte schaffen sollen, nebenher auch noch *um uns* zu kämpfen, also habe ich auf meine Art *für dich* gekämpft. Und letzten Endes bist du tatsächlich hier rausgekommen und hast deinen Abschluss gemacht. Inzwischen spielt es keine Rolle mehr, ob mein Vorgehen damals richtig war. Ich kann nicht mehr jede Nacht hier liegen und mich damit quälen, dass mein Handeln uns beiden das Herz gebrochen hat. Ich habe mich damals entschieden, und ich hoffe nur ... ich hoffe, dass du mir das irgendwann verzeihen kannst. Ich werde alles tun, wenn du mir nur verzeihst, Tenleigh. Ich werde alles dafür tun.«

»Oh, Ky.« Sie schüttelte den Kopf und brach in lautes Schluchzen aus.

Mein Herz schlug dreimal schneller als gewöhnlich. Sie hatte mir noch immer nicht gesagt, ob sie mir verzeihen würde oder mich noch immer liebte. Doch ich war bereit zu warten, und so zog ich sie erneut an meine Brust, presste lächelnd meine Lippen auf ihr Haar und murmelte leise ihren Namen vor mich hin.

Wir standen eine ganze Weile eng umschlungen da, ich sog ihren Duft in meine Lungen ein und war schon glücklich, dass sie endlich wieder in meinen Armen lag. Ich hatte nicht einmal gewagt, davon zu träumen, dass ich ihr tatsächlich noch einmal so nahekommen dürfte wie in diesem Augenblick.

»Diese Zettel in den Büchern«, stellte sie nach einer Weile fest, »sind die für mich?«

Ich blickte auf den Bücherstapel auf dem Tisch. »Ja.«

»Warum?«, erkundigte sie sich. »Warum hast du sie geschrieben?«

»Weil du mir gefehlt hast. Weil ich niemanden zum Reden hatte und deshalb auch weiter mit dir sprechen musste, auch wenn niemals eine Antwort von dir kam.« Ich bog ihren Kopf etwas zurück, bis sie mir in die Augen sah. »Du, Tenleigh, du bist die Stimme, die ich höre, wenn ich mir bei irgendwas nicht sicher bin. Ich rede noch immer hundertmal am Tag mit dir und erzähle dir von all den Sachen, von denen ich denke, dass sie dich womöglich interessieren. Ich ...« Ich stieß ein leicht verlegenes Lachen aus. »Das klingt bestimmt total verrückt.«

Sie lachte schniefend auf: »Nein, kein bisschen«, und wies mit dem Kopf auf einen anderen Bücherstapel voller weißer Zettelchen. »Darf ich lesen, was du da geschrieben hast?«

Ich nickte kurz und küsste sie sanft auf die Stirn. »Wann immer du willst.«

Sie blickte wieder zu mir auf. »Du verdienst inzwischen

ziemlich gut. Warum hast du dann nicht wenigstens das Dach in Ordnung bringen lassen?«

»Ähm.« Ich blickte auf die Töpfe und die Pfannen auf dem Boden. Sicher würde mir über kurz oder lang die Decke auf den Kopf fallen, denn ich brauchte tatsächlich schon seit Jahren ein neues Dach. »Tenleigh.« Ich trat einen Schritt von ihr weg und rieb mir das Genick. »Die Sache ist die – den Großteil meines Geldes gebe ich für etwas anderes aus. Ich hoffe …«

»Meine Mum«, stellte sie mit unglücklicher Stimme fest. »Du zahlst für Mums Klinikaufenthalt.«

»Woher weißt du das?«

»Du hast es mir soeben selbst gesagt.«

Ich stieß ein leises Lachen aus, verzog dann aber schmerzlich das Gesicht. »Verdammt, ich bin heute ein echtes Plappermaul.«

Tenleigh blickte mich mit einem schwachen Lächeln an. »Warum hast du Sam gebeten, Marlo zu erzählen, dass er für die Behandlung zahlt?«

»Ich hoffe nur, dass Marlo deswegen nicht sauer auf ihn ist. Er hätte das Ganze tatsächlich gerne selbst bezahlt, wenn er denn gekonnt hätte. Sobald er ein paar Dollar übrig hat, versucht er, sie mir aufzudrängen, doch das nehme ich nicht an. Er ist echt ein …«

»Keine Angst, sie wird es überleben«, fiel mir Ten ins Wort.

»Okay. Ich habe ihn gebeten, zu behaupten, dass das Geld von ihm kommt, weil ihr es von mir nie angenommen hättet, und weil ich der Ansicht war, dass es dir leichter fallen würde, Marlo und deine Mum nach Kalifornien zu holen, wenn es deiner Mum besser geht. Ich wusste, dass du zurückkommen würdest, wenn es deiner Mum nicht gut geht, und ich verdiene so gut, dass ich es mir leisten kann. Was hätte ich denn sonst mit all der Kohle machen sollen, Ten?«

»Du hättest sparen können, um nach den vier Jahren in der Grube endlich selber zu studieren. Um dir an einem anderen

Ort ein neues Leben aufzubauen?« Sie hob die Hände und ließ sie wieder fallen.

»Das hatte ich auch vor. Ich habe in den ersten Jahren jeden Cent, den ich verdient habe, gespart. Abgesehen von dem gebrauchten Truck habe ich mir nichts gekauft. Doch dann ging es deiner Mum … da ich nicht genug verdiene, um davon den Klinikaufenthalt zu zahlen, lege ich allmonatlich etwas von dem Ersparten drauf. Aber das wenige, was übrig geblieben ist, liegt weiter auf der Bank. Ich wollte nämlich möglichst schnell nach Abschluss deines Studiums dorthin ziehen, wo du dir eine Arbeit suchst. Es hätte also gar keinen Sinn gehabt, das Haus auf Vordermann zu bringen, ich wäre ja gleich nach Ende deines Studiums von hier abgehauen.«

Sie ließ die Schultern sinken. »Du hast dein eigenes Glück für meins und das meiner Mutter hintangestellt.«

Ich sah sie unbehaglich an. Ich hatte nicht gewollt, dass sie jemals etwas davon erfuhr. »Ich bin ganz sicher nicht so selbstlos, wie du denkst, denn ich habe die ganze Zeit darüber nachgedacht, wie ich dich zurückerobern kann. Ich hätte kein Problem damit gehabt, dich zu bestechen oder so lange vor dir zu Kreuz zu kriechen, bis du Mitleid mit mir hast. Notfalls hätte ich versucht, dafür zu sorgen, dass du dich schuldig fühlst, wenn du mich nicht erhörst.«

Sie schüttelte den Kopf und stellte traurig lachend fest: »Das hättest du niemals über dich gebracht.« Verlegen stopfte ich die Hände in die Hosentaschen und sah vor mich auf den Boden, und nach einer Weile meinte sie mit unglücklicher Stimme: »Du warst so entsetzlich wütend, als du mich zum ersten Mal nach meinem Studium hier gesehen hast.«

Ich zuckte zusammen und sah wieder auf. »Ich weiß. Das tut mir leid. Ich war einfach nicht drauf gefasst, dich noch mal hier zu sehen. Ich war total schockiert und so wütend, schließlich hatte ich vorgehabt, bald selbst endlich von hier zu verschwinden und zu dir zu ziehen. Und dann warst du plötzlich wieder da, und wieder einmal saß ich fest. Vor allem dachte ich, du wärst nicht nur zurückgekommen, sondern hättest einen neuen Freund. Ich dachte, dass du wegen Jamie zurück nach Dennville gekommen bist, und dass ich von nun an jeden Tag mit ansehen müsste, wie du jetzt mit einem anderen glücklich bist. Ich hatte jahrelang die Hölle durchgemacht, und dann sah es so aus, als täte sich mir plötzlich eine neue Hölle auf.«

»Kyland«, stellte sie mit unglücklicher Stimme fest. »Du hättest trotzdem gehen können. Dass ich wieder hier bin, heißt nicht, dass du bleiben musst.« Sie blickte fort, doch dann sah sie mich wieder an.

»Doch, das heißt es. Wenn du wüsstest, wie es in meinem Herzen aussieht, wüsstest du, dass ich nicht anders kann.«

Als sie mich mit einem zärtlichen, verwirrten Lächeln ansah, konnte ich nicht anders, als sie erneut an meine Brust zu ziehen. »Tenleigh, als ich sagte, dass ich selbst entschieden habe, hier auszuharren, damit du gehen kannst, meinte ich damit, dass ich es sehr gern getan habe. Das ist mein voller Ernst. Natürlich habe ich gelitten, aber mir war klar, dass ich mit Freuden für dich leiden würde, weil das, wenn man jemanden liebt, völlig natürlich ist. Weil man, wenn man liebt, bereit ist, alles für den anderen zu tun, jedes Opfer für den anderen zu bringen und zu leiden, wenn man dem geliebten Menschen dadurch Leid ersparen kann. Ich habe dich in der Highschool geliebt, und ich liebe dich jetzt immer noch.«

»Ky.« Sie schüttelte den Kopf. »Ich weiß nicht, was ich sagen soll. Das ist einfach unglaublich ...« Sie löste sich von mir, trat vor das Sofa, setzte sich, und als die Federn hörbar ächzten, sah sie wieder zu mir auf. »Ich habe damals meine Abschlussprüfungen vermasselt, damit *du* an meiner Stelle das Stipendium bekommst.«

Ich setzte mich neben sie. »Zwei Dumme, ein Gedanke, wie es so schön heißt.«

»Ich weiß nicht, ob ich lachen oder weinen soll.«

»Dann geht es dir wie mir.«

Sie wandte sich mir wieder zu. »Ich bin aus freien Stücken wieder da. Wenn ich möchte, kann ich jederzeit verschwinden und mir einen Job woanders suchen – und zwar überall im Land. Das verdanke ich nur dir. Du hast mir die Freiheit und die Möglichkeit dazu gegeben, und jetzt möchte ich mich gerne revanchieren. In sechs Monaten wird meine Schule stehen, und dann verdiene ich zum ersten Mal im Leben gutes Geld. Trotzdem werde ich nicht in ein Haus umziehen, sondern weiter in dem Wohnwagen von meiner Mutter leben und für dich das gleiche Opfer bringen wie du jahrelang für mich. Auch wenn mein Geld wahrscheinlich nicht für eins der besten Colleges reicht und du neben dem Studium jobben müssen wirst, besteht auf jeden Fall die …«

»Tenleigh«, sagte ich und legte ihr die Finger an den Mund. »Falls irgendeine Möglichkeit besteht, die Dinge zwischen uns wieder in Ordnung zu bringen …« Ich fuhr mir mit der Hand durchs Haar und kam mir nackt und ungemein verletzlich vor. »Falls du denkst, dass du mir irgendwann verzeihen kannst und es noch mal mit mir versuchen willst, würde ich gerne hier in Dennville bleiben. Ich würde weiter in der Grube oder sonst wo arbeiten, solange du …«

Jetzt legte sie mir ihrerseits die Finger an den Mund. »Ich habe dir bereits verziehen. Und ich habe dich die ganze Zeit geliebt.« Sie schüttelte den Kopf. »Natürlich hätte ich dich lieber hassen wollen, aber das hat nicht geklappt. Ich liebe dich, Kyland, und habe niemals damit aufgehört.«

Erfüllt von Dankbarkeit, Erleichterung und Liebe atmete ich zischend ein. Sie hatte mir verziehen. Sie hatte mich die ganze Zeit geliebt. Mein Mädchen. Mein wunderschönes Mädchen. Meine Kämpferin.

Ich stand so plötzlich auf, dass sie erschrocken quietschte, aber als ich sie in meine Arme zog, stieß sie ein kurzes, überraschtes Lachen aus.

»Ich nehme dich jetzt mit ins Schlafzimmer. Natürlich ist

es jämmerlich, dass dort nicht einmal mehr ein Bett steht, und ich schäme mich entsetzlich, dass ich dir nur ein paar Decken auf dem Boden bieten kann, aber Gott steh mir bei, ich muss dich endlich aus deinen Klamotten schälen.«

»Los, Kyland«, befahl sie mir lachend. »Beeil dich.«

Darum brauchte sie kein zweites Mal zu bitten, denn ich lief bereits entschlossen los.

28 Tenleigh

Ich lag in Kylands Armen, und es scherte mich nicht im Geringsten, dass das Bett, zu dem er mich trug, nur aus ein paar Decken auf dem Fußboden bestand. Obwohl der jämmerliche Zustand seines Hauses und das Leben, das er über Jahre hinweg hatte führen müssen, mir die Tränen in die Augen trieben, hätte ich selbst dieses Leben liebend gern mit ihm geteilt. Denn er hatte meinetwegen so gelebt. *Mein Ky.*

In seinem Zimmer angekommen, stellte er mich wieder auf den Füßen ab. Es sah genauso aus wie vor vier Jahren, nur dass dort, wo damals noch ein Bett gestanden hatte, eine Steppdecke sowie einige Wolldecken auf dem Boden lagen.

Erfüllt von köstlicher Erwartung zogen wir uns langsam aus. Anders als am Vortag ließen wir uns Zeit – und genossen jeden Augenblick. Ich zog mir meine Bluse über den Kopf und ließ sie auf den Boden fallen. Kyland war bereits mit nacktem Oberkörper an die Tür gekommen, und ich leckte mir die Lippen, als ich nun endlich bewusst meinen Blick über die straffe Männerhaut über den harten Muskeln wandern ließ. Bei Gott, er war noch schöner als in meiner Erinnerung.

»Tenleigh, wenn du mich so ansiehst, wird es nicht sehr lange dauern.«

Lachend blickte ich ihm ins Gesicht. »Warst du …« Ich räusperte mich kurz. »… in der Zwischenzeit mit einer anderen zusammen? Das wäre für mich völlig in Ordnung«, fuhr ich eilig fort. »Natürlich würde ich dir deshalb keinen Vorwurf machen, aber ich selbst hatte bis gestern … seit vier Jahren keinen Sex, und ich möchte, dass du das weißt, selbst wenn …«

»Tenleigh«, krächzte er, einen Ausdruck zärtlicher Erleichterung in seinen Augen. »Es gab in all den Jahren keine andere für mich.«

Jetzt war es an mir, erleichtert aufzuatmen. »Und warum nicht?«

»Wie hätte ich dich je dazu bewegen sollen, mir zu verzeihen, dass ich dich habe glauben lassen, dass ich etwas mit einer anderen gehabt habe, wenn *tatsächlich* etwas zwischen mir und einer anderen gewesen wäre, während du in Kalifornien warst? Außerdem habe ich eine durchaus funktionstüchtige rechte Hand, und im Grunde *wollte* ich, seitdem ich zum ersten Mal mit dir geschlafen hatte, nie wieder mit einer anderen ins Bett.«

Ein Gefühl der Zärtlichkeit erfüllte mich, doch plötzlich stellte ich mir Kyland vor, wie er, seinen harten Schwanz in der Hand, hier auf den Decken lag. Ein lüsterner Schauder rann durch meinen Körper und die Feuchtigkeit, die sich zwischen meinen Schenkeln angesammelt hatte, lief als dünnes Rinnsal an der Innenseite meines Beins herab. »Ich wollte auch mit keinem anderen ins Bett«, erklärte ich.

Er atmete auf, und ich trat vor ihn und fuhr mit den Fingerspitzen über seine Haut. Ich zog erst die Konturen seiner Schultern und danach die seiner Arme nach, und er blieb völlig reglos stehen und verzog fast schmerzlich das Gesicht. Ich konnte es nicht glauben, dass ich wirklich hier bei Kyland war. Er hatte alles für mich aufgegeben. Er liebte mich. Er hatte mich zu keiner Zeit betrogen, sondern immer nur versucht, mein Leben zu verbessern. Und ich liebte ihn noch immer, hatte ihn die ganze Zeit geliebt. Irgendwo in meinem Innern hatte ich den Schmerz, den ich empfunden hatte, niemals wirklich glauben können, weil er keinen Sinn ergeben hatte und mir im Grunde meines Herzens klar gewesen war, dass Kyland niemals in der Lage wäre, einem Menschen derart wehzutun. Ich kannte diesen Mann. Ich kannte seine Seele und sein Herz, und mir war klar, dass er ein guter Mensch war.

Bevor mich meine Gefühle überwältigten, hob Kyland eine Hand an mein Gesicht, strich mit dem Daumen über meine Wange, und ich schmiegte mich an die Berührung an, weil ich endlich wieder *ganz* zu Hause war.

Ich musste ihm so nah wie möglich sein, ihn überall berühren und mich vergewissern, dass ich tatsächlich wieder mit ihm zusammen war. Ich öffnete den Reißverschluss meiner Jeans, streifte sie zusammen mit der Unterwäsche ab und ließ sie fallen. Kyland folgte meinem Beispiel, und wir blieben gänzlich unbekleidet voreinander stehen. Ich blickte auf seinen steif aufgerichteten Schwanz, und wie am Vortag konnte ich nicht anders als ihn zu umfassen und daran auf und ab zu gleiten. Aus seiner Kehle drang ein dumpfes Stöhnen. Als er sich zu mir vorbeugte, ging ich davon aus, dass er mir seinen Mund begierig auf die Lippen pressen würde, doch sein Kuss war liebevoll und sanft. Er knabberte sacht an meinen Lippen, und nach einem Augenblick begannen unsere Zungen einen Tanz, der mich in eine Art von Trance versinken ließ.

Das Gefühl seiner nackten Haut auf meiner heizte meine Leidenschaft noch weiter an. Ich ließ mich nach hinten auf die Decken sinken, und er tat es mir nach. Unseren zärtlichen, fast vorsichtigen Kuss unterbrachen wir dabei nicht.

»Ich fand es immer wunderbar, wie gut unsere Körper zueinander passen«, murmelte er heiser und presste sich noch enger an mich. Ich spürte seine Härte zwischen meinen Beinen und stieß einen sehnsüchtigen Seufzer aus. »Spreiz die Beine, Ten«, bat er mich dicht an meinem Mund, und glühend vor Verlangen tat ich, was er sagte. Er brachte seinen Schwanz in Position und drang langsam zentimeterweise in mich ein. In seine Augen trat ein Ausdruck konzentrierten Glücks.

Gott, wie schön er war mit dem rosigen Hauch auf seinen hohen Wangenknochen, seinem leicht offenen Mund und seinen schweißglänzenden Brauen. »Ich liebe dich.«

Er stöhnte. »Ich dich auch. Ich habe dich die ganze Zeit geliebt und werde dich bis an mein Lebensende lieben.« Damit rammte er sich vollständig in mich hinein und füllte mich zur Gänze aus.

Ich rang nach Luft, doch dann schlang ich ihm meine Beine um die Hüften und entspannte mich, denn endlich waren wir wieder völlig eins.

Ich dachte kurz an das Gefühl zurück, als ich von ihm entjungfert worden war. Er hatte mich auf eine Weise ausgefüllt, die mir bis dahin völlig unbekannt gewesen war, und es hatte so wehgetan, dass ich ihn fast gebeten hätte, aufzuhören. Doch bereits nach wenigen Minuten hatte sich der größte Schmerz gelegt, und ich hatte mich auf das Wunder konzentrieren können, dass er sich in mir bewegte, während er mir lächelnd in die Augen sah. Ich hatte ihn schon damals unglaublich geliebt und tat es immer noch.

Er schob seinen Mund auf meinen Nippel, umspielte ihn mit der Zunge, und als er sich sacht in mir bewegte, kehrte ich schlagartig in die Gegenwart zurück. Stöhnend schob ich meine Finger in sein kurzes Haar und glitt mit meinen Nägeln über seine Kopfhaut. Ebenfalls mit einem Stöhnen schob er seinen Mund auf meinen anderen Nippel und bewegte sich noch immer langsam in mir.

»Oh Gott, Kyland.« Ich umfasste seine Schultern, und während das gleichmäßige Pochen zwischen meinen Schenkeln immer weiter anschwoll, bog ich mich ihm entgegen und fiel verlangend in den Rhythmus seiner Stöße ein.

»Du fühlst dich einfach herrlich an.«

Ich versuchte, etwas zu erwidern, doch die Worte lösten sich auf meiner Zunge auf, denn plötzlich explodierte ich in einem Orgasmus von bisher nie da gewesener Intensität, und Schockwelle um Schockwelle durchspülte meinen Körper bis hinab in meine Zehen. Wimmernd warf ich meinen Kopf zurück, während ich mich zuckend um seinen harten Schwanz zusammenzog. Er versetzte mir noch ein paar letzte ruckartige Stöße, drang noch einmal kraftvoll in mich ein, bis er schließlich stöhnend über mir zusammenbrach und seinen Orgasmus in meine Halsbeuge schrie.

Verschwitzt und keuchend lagen wir umschlugen auf dem Boden, bis er irgendwann den Kopf hob und lächelnd auf mich heruntersah. »Gott, du hast mir einfach unglaublich gefehlt. Ich hatte mich gefragt, ob gestern wohl das letzte Mal war«, meinte er noch immer zärtlich lächelnd, doch zugleich mit einem Hauch von Traurigkeit im Blick.

Ich hob eine Hand an sein Gesicht und zog mit dem Daumen die Konturen seines Wangenknochens nach. »Wir haben sehr viel nachzuholen, aber alle Zeit der Welt.« Ich erwiderte sein Lächeln, und in meinem Herzen stiegen Hoffnung, Glück und Freude auf.

Er zog sich aus mir zurück. Dann setzte er sich halb auf, zog eine Decke über uns, schlang mir erneut die Arme um den Leib, und ich lehnte meinen Kopf an seine Brust. »Das mit dem Bett tut mir echt leid.«

Ich schmiegte mich noch enger an ihn an, schnupperte an seiner Haut, küsste eine Brustwarze und fragte lächelnd: »Was gibt es da leidzutun?«

Er lachte leise auf. »Keine Ahnung. Ich weiß selbst nicht mehr.«

Ebenfalls mit einem leisen Lachen stützte ich mein Kinn auf meinen Händen ab und blickte zu ihm auf.

»Und wie soll es jetzt weitergehen, Ky?«

Er strich mir sanft die Haare aus der Stirn. »Womit?«

»Mit uns.«

Er hielt in der Bewegung inne und fragte mit rauer Stimme: »Was schwebt dir denn vor?«

»Ich würde gern darüber reden, wo wir leben werden.«

»Oh.« Er atmete erleichtert auf. »Da fällt uns sicher etwas ein. Sobald ich die Willenskraft aufbringe, wieder aufzustehen. Was eine ganze Weile dauern kann.«

Lachend setzte ich mich vor ihm auf die Knie und bedachte ihn mit einem ernsten Blick. »Ich muss hierbleiben, bis meine Schule steht. Ich bin eine Verpflichtung eingegangen, die mir wirklich wichtig ist. Und ich weiß, dass du noch immer Schichten unter Tage fährst, um die Behandlung meiner Mutter zu bezahlen.« Er hatte so unendlich viel für mich getan. Erfüllt von Liebe und von Dankbarkeit ergriff ich seine Hand. »Aber dann, Ky, kann wer anderes die Spenden für die Schule sammeln, und ich kann mir eine andere Arbeit suchen. Dort, wo du hinwillst. Ich möchte dir zurückgeben, was du mir vor vier Jahren ermöglicht hast. Jetzt bist du dran, endlich auf die Universität zu gehen.« Meine Gedanken überschlugen sich. »Statt alleine hierzubleiben, kann ich dich begleiten, ganz egal, wohin du gehst. Ich werde mir eine Arbeit suchen, und wir können eine kleine Wohnung kaufen, und auch wenn wir dafür unter Umständen einen Kredit aufnehmen müssen, werden …«

Als er fröhlich lachte, brach ich ab und sah ihn an. Zum ersten Mal, seit ich ihn kannte, drückte seine Miene nichts als Freude aus. »Das ist alles furchtbar süß, und wir könnten über alles reden, aber Ten, du bist noch immer nackt und nach vier Jahren der Enthaltsamkeit fällt es mir schwer, mich auf dieses Gespräch zu konzentrieren.« Lachend beugte ich mich vor und küsste ihn. Er lächelte an meinem Mund, küsste mich zurück und, ich schrie leise auf, als er mich auf den Rücken rollte und mit seinem wunderschönen Grinsen im Gesicht auf mich heruntersah. »Wir haben noch ein bisschen Zeit, um uns Gedanken zu machen, meine Schöne«, meinte er. »Mein Vertrag mit Tyton Coal läuft noch zwei Monate, und deine Mum wird noch eine Zeit lang in der Klinik bleiben müssen, aber danach wird die Welt uns offenstehen. Oder zumindest fühlt es sich so an.«

Frieden. Sein zärtliches Lächeln drückte Frieden und vor allem *Hoffnung* aus.

Durch das offene Fenster wehte ein sanfter Wind, und als ich den unverkennbaren Geruch von blühendem Lavendel wahrnahm, sah ich Kyland an. »Du hast selbst Lavendel angebaut.«

Er nickte. »Ich war in der Bibliothek in Evansly und habe im Computer nachgeguckt, wie man das macht, weil mich der Duft an dich erinnert hat. Er hat mich daran erinnert, dass mein Leiden einen Sinn hat, und dass ich mich darauf konzentrieren muss, warum ich diesen Weg gegangen bin. Er hat mir geholfen, an den Augenblick bei dem Lavendelfeld zu denken, nachdem ich das erste Mal mit dir geschlafen hatte und mir klar geworden war, dass ich alles dafür tun würde, um dich hier wegzubringen, selbst wenn du mich dafür hasst.« Ein Ausdruck der Trauer huschte über sein Gesicht. »Im Winter habe ich Lavendel mit ins Haus genommen, denn die Weihnachtszeit war jedes Jahr besonders schlimm für mich.«

»Oh, Kyland.« Mir stockte der Atem, denn die Worte dieses wunderbaren Mannes brachen mir das Herz. »Für mich auch.«

Ich kniff die Augen zu und dachte daran, dass ich zwar alljährlich die Feiertage bei der Nichte der Rektorin meiner alten Highschool verbrachte hatte, aber trotzdem unglücklich gewesen war.

Er schüttelte den Kopf. »Lass uns nicht traurig sein. Jetzt bist du hier, und es hat sich auf jeden Fall gelohnt. Außerdem habe ich so ganz nebenbei herausgefunden, dass sich mit Lavendel gutes Geld verdienen lässt. Das hat ein paar Leuten hier geholfen, also hat es durchaus was genützt.«

Ich nickte, beugte mich vor und gab ihm einen sanften Kuss.

Er liebte mich noch einmal – diesmal sanft und langsam, das erste, geradezu verzweifelte Verlangen hatten wir bereits gestillt. Danach lagen wir im abendlichen Sonnenlicht, das durch das Fenster fiel, ich blickte auf den Mann, den ich von ganzem Herzen liebte, und es kam mir vor, als wäre die gesamte Welt nur noch mit Licht und Hoffnung angefüllt.

29 Kyland

An diesem Wochenende war ich so glücklich wie nie zuvor in meinem Leben. Wir verbrachten es zur Hälfte auf dem Boden meines Zimmers, wo ein sanfter Wind den Lavendelduft durchs offene Fenster trug, und liebten uns, bis uns alles wehtat und ich nicht mehr wusste, wo sie endete und ich begann. Meine Tenleigh, die mich wie schon vor vier Jahren nicht nur körperlich erregte, sondern auch oder vor allem Balsam für meine Seele war.

Als wir nicht mehr auf dem harten Boden liegen konnten, brachen wir zu einer Wanderung durch unsere Berge auf. Früher hatte ich nur Armut und Verzweiflung in der Gegend registriert, doch obwohl das Leben in den Appalachen wirklich oft aus Schmerz und Kampf bestand, nahm ich – Hand in Hand mit Tenleigh – plötzlich auch die wilde Schönheit der Umgebung wahr. Sie erwachte gerade aus dem langen Winterschlaf, die frisch erblühten Wildblumen verwandelten die Wiesen in ein Farbenmeer, die Bäche glitzerten im Sonnenlicht, und die Luft war warm und schmeckte herrlich süß.

Diese Berge hatte ich im Blut, hier hatten mein Vater und vor ihm mein Groß- und Urgroßvater auf den Feldern oder unter Tage geschuftet, und die Frauen, die sie geliebt hatten, hatten die stolzen Söhne oder Töchter dieses Landstrichs auf die Welt gebracht. Zum ersten Mal, seit ich ein kleines Kind gewesen war, dachte ich voller Stolz und Liebe an die Berge und die Menschen, die hier lebten, sich trotz aller Rückschläge nie wirklich unterkriegen ließen und vor allem niemals ihre Liebe zu den Appalachen und ihren gottgegebenen Stolz verloren. Die meisten Leute hier waren sture Hinterwäldler, doch sie waren auch stark und mutig und gutherzige Menschen, die hart arbeiteten und immer füreinander einstanden. Wie hatte ich das je vergessen können, obwohl ich es direkt vor der Nase hatte und womöglich selbst nicht anders war? Vielleicht hatte ich ja einigen der Leute einzig deswegen geholfen, weil sie meine Leute waren.

Ten und ich hatten etwas zu essen mitgenommen, und wir picknickten am Rand des Feldes, auf dem ich sie zum ersten Mal geliebt hatte, und wo mir klar geworden war, dass ich alles, was ich hatte, für sie opfern würde: meine Träume, meine Seele und mein Herz. Dies war der Ort, der mich für alle Zeit verändert hatte. Dankbarkeit durchflutete mich. *Endlich schließt sich der Kreis.*

Wir saßen am Ufer eines kleinen Bachs im Gras, lauschten dem Plätschern des Wassers und schmiedeten Pläne für die Zukunft, die uns endlich offenstand. Das bisschen Geld von meinem Sparbuch hatte ich für die Reparatur des Dachs und ein paar Möbel ausgegeben, denn wir würden in dem kleinen Häuschen leben, bis ich mit der Arbeit fertig war und Tenleighs Schule stand. Ein Zimmer hatten wir für ihre Mum hergerichtet, und zum zweiten Mal in meinem Leben hatte ich Bewerbungen an eine Reihe Colleges abgeschickt. Sobald ich wüsste, welche Universität mich aufnehmen würde, würden wir gemeinsam überlegen, was wir machen wollten, denn ich könnte niemals bis ans Lebensende Bergmann sein. Ich hatte mich zwar irgendwie an diese Tätigkeit gewöhnt, aber ich musste mich noch immer täglich zwingen, in den Fahrstuhl einzusteigen, der uns Kumpel in die Dunkelheit des Bergs hinuntertrug.

Tenleigh hatte ihren Kopf in meinen Schoß gelegt und sah aus ihren sanften, grünen Augen zu mir auf. Im hellen Sonnenlicht nahm ich das Blau und Gold am Außenrand der Iris und ihre dichten, dunklen Wimpern überdeutlich wahr.

»Wie hat es sich beim ersten Mal angefühlt?«

»Was?« Ich ergötzte mich an der Weichheit ihrer Haut und dem warmen Schimmer ihres Haars, das auf meinen Oberschenkeln wie ein Fächer ausgebreitet war.

»An deinem ersten Arbeitstag«, erklärte sie, als wüsste sie, was mir vor wenigen Sekunden durch den Kopf gegangen war. »Wie war das für dich? Wie hast du es geschafft, tatsächlich in den Fahrstuhl zu steigen?« Sie hob eine Hand an mein Gesicht, und ich drehte den Kopf und küsste ihre warme Haut.

Ich schloss kurz die Augen und kehrte in Gedanken von der offenen Helligkeit der Wiese in den dunklen Stollen zurück. »Beim ersten Mal kam es mir tatsächlich wie eine Fahrt zur Hölle vor«, erklärte ich. »Aber ich hatte ein paar Lavendelzweige eingesteckt, und immer, wenn ich dachte, dass ich es nicht schaffte, dass ich den Verstand verlieren würde, habe ich die Augen zugemacht, daran gerochen und an dich gedacht. Ich habe mir die Lavendelfelder in der Mittagsbrise vorgestellt, und irgendwann hat meine Panik sich gelegt«, fügte ich achselzuckend an. »Ich habe es getan, weil ich es musste. Ich habe es getan, weil meine Fahrten in die Hölle der Garant für deine Freiheit waren. Und wie an die meisten Dinge, selbst die allerschlimmsten, habe ich mich irgendwann daran gewöhnt.«

Sie bedachte mich mit einem liebevollen Blick und fragte heiser: »Wie ist es dort?«

»Stockfinster. Dort herrscht eine Art von Dunkelheit, die man mit Worten nicht beschreiben kann. Und es ist furchtbar heiß – am Anfang fiel mir selbst das Atmen schwer.« Sie drehte sich in meinem Schoß, schlang mir tröstend ihre Arme um den Leib, und ich neigte den Kopf und küsste ihre Stirn. »Außerdem sollte man meinen, dass es so tief unten still ist, aber weit gefehlt. Du kannst hören, wie die Erde sich bewegt und wie sie stöhnt, als würde es sie traurig machen, dass wir Menschen in sie eingedrungen sind. Als hätten wir dort nichts verloren und als wollte sie uns durch den Lärm, den sie veranstaltet, daran erinnern, die von uns geschlagenen Löcher wieder aufzufüllen. An den meisten Tagen kommen die Geräusche mir wie eine Warnung vor.«

»Aber trotzdem hast du dich daran gewöhnt?«, fragte sie mit ungläubiger Stimme, und ich dachte kurz darüber nach.

»Ja … oder auf jeden Fall zum größten Teil. Ich hasse die Dunkelheit, und ich hasse die heiße, schwüle Luft. Ich hasse es, dass ich die Steine in gebückter Haltung klopfen muss. Ich hasse das Gefühl des Eingeschlossenseins, und dass ich einer Sache ausgeliefert bin, die eine Million mal stärker ist als ich. Aber … da sind all die anderen Männer, die mit mir zusammen Tag für Tag unter die Erde fahren und mit Stolz und Ehre eine Arbeit tun, von der die meisten Leute keinen Schimmer haben und die ungesund und furchtbar schmutzig ist. Sie schuften unter Tage für ihre Frauen und Kinder, und weil ihre Väter auch schon Bergarbeiter waren. Und es ist eine ehrliche und anständige Arbeit. Obwohl die meisten Leute nicht mal wissen, dass sie es der Kohle zu verdanken haben, wenn es Strom in ihren Häusern gibt.«

»Wir sollten also jedes Mal, wenn wir das Licht anmachen, einem Bergarbeiter danken«, stellte Tenleigh lächelnd fest. »Ich bin unendlich stolz auf dich.«

Ich lächelte zurück. »Ich mache einfach nur meine Arbeit wie Tausende von anderen Männern auch. Aber die Tätigkeit dort unten hat mich stolz auf meinen Bruder und auf meinen Dad gemacht, und irgendwann konnte ich Frieden damit schließen, wie sie umgekommen sind. Einerseits ist meine Arbeit wirklich höllisch, aber andererseits ist sie auch ein Geschenk.«

»Ich liebe dich«, flüsterte Tenleigh, und ich konnte deutlich sehen, dass sie mich verstand. Sie verstand den Schmerz, den ich empfunden hatte, sie verstand das Opfer, das mit meiner Tätigkeit verbunden war, und sie verstand den Stolz, der ebenfalls damit einherging. Ich hätte nicht gedacht, dass ich sie noch mehr lieben könnte, doch jetzt sah ich, dass das möglich war.

Tenleigh.

Meine Tenleigh.

»Ich liebe dich auch.«

Sonntag fuhren wir zum Frühstück in ein kleines Restaurant am Rand der Schnellstraße, und sie erzählte von San Diego, von den Kursen, von der Spendensammlung und dem Café, in dem sie fast jeden Tag gewesen war. Ich sog ihren Enthusiasmus, ihre Schönheit, ihren Stolz und ihre Klugheit in mich auf und war unendlich stolz darauf, dass ich mit einem derart tollen Mädchen zusammen war.

»Ich wäre vor Angst fast umgekommen«, gab ich zu und wagte nicht, ihr ins Gesicht zu sehen.

»Vor Angst, dass mir etwas passieren könnte?« Sie nahm meine Hand, und ich sah unsere verschränkten Finger an und schüttelte den Kopf.

»Das auch, aber vor allem, weil ich dachte, dass du … dass du vielleicht jemand anderen kennenlernst und dich verliebst.« Ich schaute wieder auf und wusste, dass meine Verletzlichkeit mir deutlich anzusehen war.

Sie öffnete den Mund, verzog unglücklich das Gesicht und schüttelte den Kopf. »Für mich gab es niemals einen anderen als dich. Ich wollte mir nicht eingestehen, dass es bei dem Bau der Schule … nun, dass es dabei zwar durchaus um die Kinder und auch darum ging, der Stadt, in der ich aufgewachsen bin, etwas zurückzugeben …« Sie sah vor sich auf den Tisch und blickte zögernd wieder auf. »Aber vor allem wollte ich endlich wieder in deiner Nähe sein. Obwohl ich wusste, dass es wehtun würde, hing ich einfach immer noch an dir. Ich habe mich in all der Zeit nie wirklich von dir abgewandt. Nicht mal, als ich dachte, dass du mich betrogen hast. Aber vielleicht wusste ich auch tief in meinem Innern, dass das völlig ausgeschlossen war.«

Ich lehnte mich über den Tisch und küsste sie.

Nach dem Frühstück fuhren wir ein ganzes Stück zu einem Kunsthandwerkermarkt auf einer alten, überdachten Brücke, wo Tenleigh ihr Handy zückte und zahlreiche Fotos von mir machte. Dabei musste sie erst einmal eine Reihe von Grimassen schneiden, bis mein angespanntes, unehrliches Lächeln einem echten Lachen wich. Ein Bild, auf dem ich breit grinsend auf der malerischen Brücke stand, gefiel ihr offenbar. Sie wählte es als Hintergrundbild, und obwohl ich fragte: »Willst du dieses Bild tatsächlich immer sehen, sobald du auf dein Handy guckst?«, hoffte ich, dass dem so war.

»Auf jeden Fall«, erklärte sie. »Denn schließlich kann ich mir auf diese Weise meinen attraktiven Freund auch ansehen, wenn er einmal nicht in meiner Nähe ist.«

Ich nahm sie in den Arm und presste meine Lippen auf ihr frisch gewaschenes Haar. *Freund.* Das Wort war viel zu klein, um das Ausmaß zu beschreiben, in dem ich dieser Frau verbunden war.

Bei einer alten, rotwangigen Frau in einem bunten Baumwollrock kauften wir selbst gemachtes Eis, und sie sah uns mit einem warmen Lächeln an, als wüsste sie, auch ohne dass wir es erzählten, dass unsere Verbindung inniger als die der meisten anderen Menschen war.

Händchen haltend betrachteten wir uns die Arbeiten der einheimischen Handwerker und Künstler und freuten uns, weil ihre Werke ebenso wie ihre Sprache einfach, doch zugleich in höchstem Maß poetisch waren. Ich wusste, dass ein paar Leute aus Dennville hier auf diesem Markt bereits Lavendel angeboten hatten, und der Unternehmergeist des Appalachenvolks erfüllte mich mit Stolz.

Schließlich setzten wir uns unter einen riesigen Kastanienbaum und lauschten einer einheimischen Band, deren Musik mit jeder Note von *zu Hause* sprach.

Ich beugte mich zu Ten hinüber und raunte ihr zu. »Ich würde dich gern heiraten.«

Sie lehnte ihren Kopf zurück und sah mich an. »Und ich will jede Menge Babys.«

»Meinetwegen«, stimmte ich ihr lachend zu. »Ich werde dafür sorgen, dass all deine Träume wahr werden. Mein Leben lang.«

Sie sah mich zärtlich an. »Und *ich* werde dafür sorgen, dass all *deine* Träume wahr werden. Mein Leben lang.«

Lächelnd beugte ich mich vor und küsste sie. *Das hast du schon getan. Du bist die Erfüllung meines allergrößten Traums.*

Bei Sonnenuntergang fuhren wir zurück zu meinem Haus, beendeten den Tag, indem wir uns bei offenem Fenster auf dem längst vertrauten Boden liebten, und nachdem ich meine Nächte allzu lange ohne Tenleighs eng an mich geschmiegten Leib hatte verbringen müssen, schlief ich glücklich und zufrieden ein.

Epilog

Kyland – Sechs Jahre später

Meine Frau stand vor dem großen Panoramafenster, das einen phänomenalen Ausblick auf die goldenen, von der Sonne angestrahlten Appalachen bot. Trotz der frühen Stunde zirpten in den Bäumen draußen schon die Grillen, und im Innern des Hauses stand die Luft. Es würde abermals ein drückend heißer Tag werden, und Tenleigh fuhr sich mit den Händen durch das Haar, wie um es zu entwirren.

Ich trat auf sie zu, schlang ihr die Arme um den runden Bauch und legte meine Hände dorthin, wo das Baby schon zu spüren war. »Hallo, meine Schöne«, murmelte ich verschlafen. Sie hielt meine Hände fest, und ich legte das Kinn auf ihre Schulter und schnupperte sanft an ihrem Hals. »Hat das Baby dich geweckt?«

»Er ist ein echt kräftiger Kerl.« Sie massierte eine Stelle ihres Unterbauchs, als hätte er ihr einen Tritt versetzt. »Seit vier Uhr versuche ich, ihn dazu zu bewegen, noch mal einzuschlafen. Aber er ist ein sturer Maulesel.«

Lächelnd schnupperte ich abermals an ihrer warmen Haut, und als ich sie küsste, zog sie meine Arme noch fester um sich. Ich fragte: »Er? Für mich klingt das nach einer *Sie*.«

Leise lachend drehte sie den Kopf und schmiegte ihr Gesicht gegen meine Wange.

»Ich bin nur froh, dass du und Silas nicht auch wach geworden seid.«

»Silas wird bestimmt noch eine Weile schlafen. Schließlich hat er gestern stundenlang am Fluss gespielt.« Ich hatte ihm am Vortag seinen ersten Angelunterricht erteilt. *Meinem Jungen.* Noch einmal küsste ich Tenleighs Hals. »Danach war er total erledigt. Aber ich denke, wir zwei haben die Zeit, nachdem er eingeschlafen war, hervorragend genutzt.«

Sie sah mich grinsend an. »Ach ja? Das haben wir auch schon vorher ziemlich häufig hingekriegt. Sonst liefe ich wohl kaum mit einer solchen Kugel durch die Gegend.« Wieder rieb sie sich den Bauch.

»Komm mit ins Bett, damit ich dich massieren kann.«

Zufrieden summend drehte sie sich um, nahm meine Hand, und ich zog sie ins Schlafzimmer zu unserem extra breiten Bett.

Vor vier Jahren hatten wir das alte, halb verfallene Bauernhaus, in dem wir jetzt lebten, am Rande des Städtchens gekauft. Uns war bewusst gewesen, dass die Renovierung jede Menge Arbeit machen würde, doch als wir das Wohnzimmer mit seiner hohen Balkendecke und dem riesengroßen Fenster mit der wunderbaren Aussicht auf den Berg betreten hatten, hatten wir uns angesehen und gewusst, dass kein anderes Haus für uns infrage kam. Es war einfach, aber wunderschön, und vor allem war es uns zu einem Heim geworden. Unser Heim, das wir mit Feuereifer renoviert hatten. Unser Heim, in dem unsere Zukunft ihren Anfang genommen hatte. Unser Heim, in dem ich Tenleigh immer wieder zärtlich liebte, ohne es jemals als selbstverständlich anzusehen, wenn sie in meinem Armen lag. Unser Heim, in dem ich meiner Liebsten zum Geburtstag keine echten Blumen, sondern eine kleine Torte mit perfekten, pinkfarbenen Rosen auf den Rändern schenkte, weil das jahrelang ihr größter Wunsch gewesen war. Ich hatte meine Braut über die Schwelle dieses Heims getragen, nachdem sie im Rahmen einer kleinen, aber wunderschönen Feier neben unserem Lavendelfeld, nur in Gesellschaft der Familie und der engsten Freunde meinen Namen angenommen hatte, und in dieses Heim hatten wir unseren inzwischen dreijährigen Sohn gebracht. In diesem Heim hatte mir Tenleigh offenbart, dass sie noch einmal schwanger war. In diesem Heim war Jamie Kearney als geliebter Freund stets gern gesehen. In dieses Heim luden wir jede Woche Tenleighs Mum, Marlo und Sam sowie Elijah, ihren kleinen Sohn, zum Abendessen ein und saßen dann zusammen um den großen, handgeschnitzten Tisch, den Buster anlässlich unserer Hochzeit angefertigt hatte – und auf dem, wenn Kinder in der Nähe waren, immer eine große Decke lag.

Wir hatten überlegt, ob ich auswärts studieren sollte, während Tenleigh Geld verdiente, doch letzten Endes hatte ich beschlossen, dass mein Leben und mein Herz hierher gehörten, an den Ort, an dem ich aufgewachsen war, und hatte kurzerhand ein Fernstudium als Bergbauingenieur an der Hochschule von Kentucky absolviert. Ich hatte mich bei Tyton Coal in mehr als nur im übertragenen Sinne hocharbeiten können. Schon kurz nachdem Tens Mum aus der Klinik heimgekommen war, hatte ich als technischer Berater über Tage begonnen, und inzwischen hatte ich eine ganze Abteilung unter mir.

Meinen Dad und meinen Bruder hatte ich damals nicht retten können, aber jetzt war ich verantwortlich dafür, dass es dort unten für die Männer, die noch heute mutig täglich unter Einsatz ihres Lebens das gesamte Land mit Strom versorgten, möglichst sicher war. Wahrscheinlich gab es niemanden, dem diese Aufgabe so sehr am Herzen lag wie mir, und wenn wir in Evansly die Züge voller Kohle sahen, die die Stadt verließen, straffte ich die Schultern und drückte voll Stolz die Hand von meiner Frau.

Edward Kearney war ein paar Wochen nach unserer Hochzeit an einem Herzinfarkt gestorben. Seine Frau hatte ihn ein paar Monate zuvor verlassen, und mit Jamie hatte er sich bis zu seinem Tod nicht mehr versöhnt. Mich selbst hatte sein Tod nicht sonderlich getroffen, denn er hatte sich bis an sein Lebensende immer nur als kaltherziger Egoist gezeigt, und wenn die Leitung unserer Grube weiterhin in seiner Hand gelegen hätte, hätte ich mir unter Umständen woanders einen Job gesucht. Edward Kearney hatte bis zu seinem Tod viel Geld auf seinen Konten angehäuft, doch meiner Meinung nach war er ein armer Mann gewesen, der, nachdem er es sich selbst mit Frau und Sohn verdorben hatte, einsam und allein gestorben war.

Ten und ich waren in den letzten Jahren immer wieder verreist – einmal nach New York im Rahmen unserer zweiwöchigen Hochzeitsreise, einmal bei meiner Zeugnisvergabe, und zuletzt zu einem dreitägigen Kurzurlaub nach Louisville. Als Junge hatte ich Kentucky unbedingt verlassen wollen. Ich hatte nie mehr hierher zurückkehren wollen, aber wenn wir jetzt im Urlaub waren, spürte ich die Sehnsucht nach meiner Heimat, die mich hieß, an diesen Ort zurückzukehren, so schön es anderswo auch sein mochte. Im Grunde meines Herzens war ich nun einmal ein Junge aus Kentucky, ich würde es für alle Zeiten bleiben, und ich hoffte, dass die wilde Schönheit unserer Berge sich auch unseren Kindern eines Tages so erschließen würde wie uns selbst.

Die Leute auf dem Berg und einige Familien in der Stadt bauten immer noch Lavendel an und hatten das Geschäft sogar noch ausgedehnt. Ein Jahr nach unserer Hochzeit hatten sie ein großes Festival organisiert, bei dem sich alles um die Pflanze drehte, und in einer Zeitung aus der Gegend hatte man von unserer kleinen, hoffnungslos verarmten Kohlestadt mit ihrer tragischen Vergangenheit berichtet, in die dank des duftenden Gewächses neue Hoffnung eingezogen war. Nachdem die landesweiten Nachrichten den Beitrag aufgegriffen hatten, waren von überall her Leute angereist, um die Kultur der Appalachen zu erforschen, einheimischen Kunsthandwerkern ihre Waren abzukaufen und sich an der Schönheit der Umgebung zu erfreuen. Unsere kleine Stadt florierte, und inzwischen freuten wir uns jeden Sommer auf das Fest. Armut ist nie einfach zu beheben, aber dank der

Blumen hatten ein paar Menschen Hoffnung schöpfen können, und darauf war ich natürlich stolz.

Tenleighs Mum lebte bei Marlo und Sam in Evansly. Sie arbeitete halbtags in Sams Praxis und half Marlo mit dem Kind. Es ging ihr ausgezeichnet, und wenn sie jetzt merkte, dass ihr irgendwas zu viel zu werden drohte, wandte sie sich rechtzeitig an einen Arzt. Im Sommer, wenn in Tenleighs Schule Ferien waren, wohnte sie bei uns, und die beiden unternahmen ausgedehnte Wanderungen in den Bergen und lernten sich zum ersten Mal als Mutter und als Tochter kennen.

»Ist es so bequem?« Ich schob ein Kissen zwischen Tenleighs Beine, während der am Fußende des Betts hängende Ventilator kühle Luft in unsere Richtung blies. Eines Tages hätten wir bestimmt genügend Geld für eine Klimaanlage gespart.

»So bequem, wie es mit diesem Riesenbauch geht.« In ihrer Stimme lag ein Lächeln, und als ich mit meinen Händen über ihren Rücken glitt, stieß sie einen entspannten Seufzer aus.

»Ich liebe dich«, erklärte ich.

»Ich liebe dich auch«, gab sie zurück.

Während ich den Rücken meiner Frau massierte, dankte ich dem Schicksal für das Glück, das mir zuteil geworden war. Statt mich selbst aus Liebe zu verlieren, wie ich einmal angenommen hatte, hatte ich genau das Gegenteil erreicht. Zwar hatte ich mein Herz an Ten verloren, aber dadurch hatte ich mich selbst und das gefunden, was mir wirklich wichtig war. Und als ich jetzt mit meinen Händen über ihren weichen Körper fuhr, war dieses Bett für mich der schönste Ort der Welt. Wir schwelgten sicher nicht in Luxus, aber wir genossen es, wenn wir abends im Warmen saßen und zusammen einen Film im Fernsehen sahen. Wir genossen, dass wir einen immer vollen Kühlschrank, dass wir Freunde und Verwandte hatten, die wir liebten, und dass wir durchs Fenster mitverfolgen konnten, wie im Herbst ein kühler, eleganter, weißer Nebelschleier über unserem Berg aufstieg. Und während ich dort lag, wurde mir plötzlich etwas klar. Ich spürte tief in meinem Inneren, dass es so war.

»Ten.« Ich legte meine Hand auf ihren Bauch. »Ich hatte immer das Gefühl …«

»Was für ein Gefühl?«, fragte sie mich schläfrig.

»Dass ich ein bestimmtes Leben leben muss.«

Sie drehte ihren Kopf, schaute mich an und mein Herzschlag setzte aus. »Ja?«, fragte sie sanft.

»Genau das Leben lebe ich.«

Sie hob zärtlich eine Hand an mein Gesicht, zog mit dem Daumen die Konturen meines Wangenknochens nach und fragte leise. »Und ist dieses Leben gut?«

Ich neigte meinen Kopf und küsste sie. Ich war mir völlig sicher, und ich flüsterte an ihrem Mund: »Auf jeden Fall. Ich hätte mir nie träumen lassen, dass ein Mensch so reich sein kann, wie ich es bin.«

Wir hatten alles, was wir brauchten, und auch wenn wir kein besonders aufwendiges Leben führten, wurde mir in diesem Augenblick bewusst, dass die Größe deines *Lebens* völlig unabhängig von der Größe deines Hauses, deines Wagens oder deines Kontos ist. Mein Leben fühlte sich *riesig* an, denn es war bis zum Rand mit Liebe und Sinn angefüllt.

Danksagungen

Mein besonderer Dank gilt meinen Korrektorinnen Angela Smith und Larissa Kahle. Ihr seid wie Schwestern für mich, habt unzählige Stunden in das Buch investiert und mir zahllose gute Ratschläge erteilt. Danke, dass ihr mich und die Figuren dieses Buches liebt und dazu beigetragen habt, das Beste aus uns herauszuholen.

Dank auch an meine Lektorin Marion Archer. Du hast nicht nur dieses Buch besser gemacht – so viel besser –, es hat auch so Spaß gemacht, mit dir zusammenzuarbeiten. (Und es ist schrecklich, dass du nicht auch *diese* Seite lektorierst, denn wenn ich mir selbst überlassen bin, baue ich wahrscheinlich zahlreiche Grammatikfehler ein.)

Karen Lawson hat mein Buch auf Hochglanz poliert. Durch deine Korrekturen bis zum letzten Augenblick steht Kyland jetzt viel besser da.

Dank an meine Beta-Leserinnen Cat Bracht, Natasha Gentile und Elena Eckmeyer, die sich mit dem straffen Zeitplan dieses Buches arrangiert haben und bereits lasen, als ich noch schrieb, und sogar so selbstlos waren, mein Skript zweimal durchzugehen. Ebenso danke ich Karin Hoffpauir Klein, meiner Freundin und Expertin für geistige Gesundheit, Nikki Larazo, die mich ständig angefeuert hat, und meiner erneuten Beta-Autorin A. L. Jackson für ihre Bereitschaft, die Geschichte schon zu lesen, als sie noch nicht mehr als 80 000 wirre, häufig fehlerhaft geschriebene Wörter war.

Auch Elle Chardou kann ich nicht genug danken für die schnelle Formatierung meines Buchs.

Ein riesengroßer Dank auch meiner Agentin Kimberly Brower. Ich habe Riesenglück, mit dir zusammenzuarbeiten, denn dein Enthusiasmus und deine Liebe zu deinem Beruf sind einfach ansteckend. Ich kann gar nicht genug Anrufe von dir bekommen, die mit dem verheißungsvollen Satz beginnen: »Setz dich besser erst mal hin.«

Und an alle Leserinnen und Blogger, die meine Bücher besprechen und weiterempfehlen: Ich liebe und ich danke euch.

Und was meinen Ehemann betrifft: Ich liebe dich und bin unendlich dankbar für die viele Arbeit, die du in Kyland investiert hast. Dieses Buch war eine echte Teamarbeit, und deine Liebe zu dieser Geschichte lässt mein Herz vor Freude übergehen. Alles, was ich über Liebesgeschichten weiß, hast du mir beigebracht.

Er versucht alles, um ihr Geheimnis zu lüften ...

Coveränderungen vorbehalten

Nina Schilling

Behind Me

Tessa & Dyan

Piper Taschenbuch, 480 Seiten

ISBN 978-3-492-50481-2

Tessas Leben ist alles andere als ein Traum. Ihr Vater trinkt und ihre Stiefmutter scheint direkt aus Aschenputtel entsprungen. Trotzdem behält sie nach außen die perfekte Fassade aufrecht. Doch dann hilft sie der kleinen Schwester des Bad Boys an ihrer Schule, Dyan, der damit nach seinen Regeln in ihrer Schuld steht. Er setzt alles daran, hinter Tessas Maske zu schauen und seine Schuld zu begleichen. Und auch Tessa will das Geheimnis um Dyan lüften, der ihr gegenüber immer mehr Herz zeigt ...

PIPER

Leseproben, E-Books und mehr unter www.piper.de